MW01519017

LA CHOSE DES TÉNÈBRES

ŒUVRES DE H. P. LOVECRAFT
et A. DERLETH
DANS PRESSES POCKET

SCIENCE-FICTION
Collection dirigée par Jacques Goimard

H. P. LOVECRAFT
et A. DERLETH

présentent

*LÉGENDES DU
MYTHE DE CTHULHU*

ÉDITION INTÉGRALE
TOME 2

LA CHOSE
DES TÉNÈBRES

*Traduit de l'américain par Claude Gilbert
et Claude Boland-Maskens*

CHRISTIAN BOURGOIS/PRESSES POCKET

© Christian Bourgois, 1975et 1989
© Marabout 1975 pour la traduction de
L'Ombre du clocher, Manuscrit trouvé dans une maison abandonnée, L'Abomination de Salem, La Chose dans le cimetière, Sueurs froides, La Cité sœur et *Le Rempart de béton*

ISBN : 2.266.03324.7

LA CHOSE DES TÉNÈBRES
par Howard Phillips LOVECRAFT

dédié à Robert BLOCH

J'ai vu s'entrouvrir l'univers ténébreux
Là où de noires planètes roulent sans but —
Là où, inaperçues, elles roulent en leur horreur
Sans savoir, ni lustre, ni nom.

NÉMÉSIS

Les personnes prudentes désireuses d'effectuer des recherches sur ce point hésiteront à remettre en question la conviction commune selon laquelle Robert Blake fut tué par la foudre ou par le profond choc nerveux que lui aurait causé une décharge électrique. Il est vrai que la fenêtre devant laquelle il se trouvait était intacte, mais la nature a déjà montré qu'elle était capable de plus d'une manifestation bizarre. L'expression de son visage pouvait sans doute avoir quelque origine musculaire, sans rapport avec tout ce qu'il aurait pu voir. Quant aux éléments de son journal intime, ils sont clairement le fait d'une imagination fantastique, réveillée par diverses superstitions locales et diverses affaires anciennes qu'il avait redécouvertes. Pour ce qui est des conditions anormales qui régnaient dans l'église abandonnée de Federal Hill, il ne faudra guère de temps à un observateur perspicace pour les attribuer à un certain charlatanisme, délibéré ou non, auquel, en partie du moins, Blake était secrètement lié.

Car, après tout, la victime n'était-elle pas un écrivain

7

et un peintre qui se vouait entièrement au domaine du mythe, du rêve, de la terreur et de la superstition, et ne recherchait-elle pas avec avidité des scènes et des effets d'un genre bizarre, d'un genre spectral ? Un précédent séjour que Blake avait fait dans cette ville — une visite qu'il avait rendue à un étrange vieillard, tout aussi profondément intéressé que lui-même au maintien de la tradition occulte, de la tradition interdite — l'avait mis, avant de s'achever, en présence de la mort et des flammes, et c'est un instinct morbide qui avait dû l'arracher une fois de plus à sa maison de Milwaukee pour le ramener là. Peut-être avait-il entendu parler d'histoires anciennes bien qu'il ait affirmé le contraire dans son journal, et sa mort avait peut-être étouffé dans le germe quelque mystification énorme dont il aurait attendu quelque répercussion littéraire.

Toutefois, parmi ceux qui ont examiné et rapproché les uns des autres tous les témoignages, quelques-uns restent fidèles à des explications moins rationnelles et moins banales. Ces gens-là sont enclins à accepter la plus grande partie du journal de Blake et soulignent les faits qui leur paraissent significatifs, tels l'indéniable passé de la vieille église, l'existence confirmée de la secte de la Sagesse étoilée, impopulaire et non orthodoxe, avant l'année 1877, la disparition bien attestée d'un journaliste curieux du nom d'Edwin M. Lillibridge en 1893 et — par-dessus tout — l'expression de peur monstrueuse qui se peignait sur le visage du jeune écrivain et qui le défigurait au moment de sa mort. C'est l'un des partisans de cette version qui, poussé à des extrémités fanatiques, jeta dans la baie la pierre aux angles curieux et la boîte de métal aux ornements étranges qu'il avait découvertes dans la flèche de la vieille église — la flèche sombre, sans ouvertures, et non la tour — où le journal intime de Blake disait que ces objets s'étaient trouvés, à l'origine. Bien que fort critiqué en public comme en privé, cet homme — un médecin réputé qui s'intéressait à tout ce qu'il y a de curieux dans le folklore — prétendit qu'il avait débarrassé la surface de la terre d'un objet trop dangereux pour qu'on l'y laissât.

Entre ces deux écoles d'opinion, le lecteur tranchera.

Les journaux ont fourni les détails et les ont présentés sous un angle sceptique, laissant à d'autres le soin de brosser le tableau tel que Robert Blake le vit — ou pensa le voir — ou tel qu'il prétendit l'avoir vu. Aujourd'hui, étudiant de près ce journal, sans passion, tout à loisir, nous voudrions dire brièvement ce que fut cette suite d'événements selon le point de vue de leur acteur principal.

Le jeune Blake était revenu à Providence au cours de l'hiver 1934-1935 et s'était installé au dernier étage d'un immeuble vénérable, au fond d'une cour envahie par les herbes qui donnait sur College Street — sur la crête d'une grande colline orientée vers l'est, près du campus de l'université Brown et derrière les bâtiments en marbre de la bibliothèque John Hay. C'était un lieu agréable et plein de charme, au cœur d'une petite oasis de jardins qui avaient ce caractère que l'on trouvait jadis dans les villages. D'énormes chats amicaux se chauffaient au soleil sur le toit d'un hangar qui se dressait là fort à propos. La maison carrée, dans le style de l'époque des rois George, avait un lanterneau, une porte classique aux nervures gravées en éventail, des fenêtres à petits carreaux, et toutes les autres caractéristiques chères à l'artisanat du début du XIX\ :superscript:`e` siècle. A l'intérieur, on découvrait des portes à six panneaux, un parquet aux lattes larges, un escalier courbe de style colonial, des linteaux de cheminée s'inspirant de ceux d'Adam, plus toute une suite de pièces qui donnaient sur l'arrière, trois marches au-dessous du niveau général.

Le bureau de Blake, une grande pièce exposée au sud-ouest, s'ouvrait d'un côté sur le jardin de devant, tandis qu'à l'ouest les fenêtres — c'est devant l'une d'elles qu'il avait installé sa table de travail — donnaient sur le front de la colline, offrant une vue splendide sur l'étendue des toits de la ville basse et les couchers de soleil mystiques qui s'embrasaient derrière. On apercevait, tout à fait à l'horizon, les vallonnements pourpres de la pleine campagne. C'est sur ce fond, à quelque cinq kilomètres de distance, que s'élevait la butte spectrale de Federal Hill, toute hérissée de flèches et de toits blottis les uns contre les autres, dont les silhouettes lointaines faisaient des signes mystérieux et prenaient des formes fantastiques quand les fumées de la ville montaient en tourbillons pour les prendre dans leurs rets. Blake avait l'impression étrange de jeter les yeux sur un monde inconnu, éthéré, qui s'évanouirait peut-être comme un rêve s'il tentait jamais de l'aller chercher et d'y pénétrer.

Ayant fait venir de chez lui la plus grande partie de ses livres, Blake acheta quelques meubles anciens qui s'accordaient avec le style de sa maison et s'installa pour écrire et pour peindre — vivant seul et prenant soin lui-même d'un entretien qui était simple. Son studio se trouvait dans une pièce du grenier orientée au nord, où les vitres du lanterneau lui fournissaient une lumière admirable. Au cours de ce premier hiver, il composa cinq de ses nouvelles les plus célèbres — *Le Fouisseur sous la Terre, L'Escalier dans la crypte, Shaggai, Dans le val de Pnath, L'Amateur venu des étoiles* — et peignit sept toiles — des études de monstres inhumains, sans noms, des paysages différents de tout ce que nous connaissons, extra-terrestres.

Au coucher du soleil, il s'asseyait souvent à son bureau et laissait flotter son regard, tout en rêvant, sur le paysage qui s'étendait vers l'ouest — les tours sombres du Memorial Hall, là, à ses pieds, le beffroi du palais de justice, dont le style évoquait les règnes des rois George, les clochetons de la ville basse puis, au loin, la butte ruisselante de lumière et couronnée de clochers dont les rues inconnues et les pignons labyrinthiques excitaient tant son imagination. Des rares relations qu'il avait pu se faire dans le voisinage, il avait appris que ce flanc de coteau lointain était un grand quartier italien, mais que la plupart des constructions y dataient de l'époque où il était habité par les Yankees et les Irlandais. De temps à autre, il tournait ses jumelles vers ce monde spectral, hors de portée, au-delà des fumées qui montaient en spirales, s'arrêtant sur un toit, une cheminée, une flèche, il spéculait sur les bizarres, les curieux mystères qu'ils pouvaient abriter. En dépit de l'aide apportée par l'optique, Federal Hill apparaissait comme un lieu différent, à demi fabuleux, ce qui le rapprochait des surprenantes créations, irréelles, intangibles, des contes et des tableaux de Blake. Cette impression persistait longtemps après que la colline s'était estompée dans le crépuscule violet, étoilé de lampes, et que les projecteurs du palais de justice et le phare rouge du Trust industriel s'étaient allumés, donnant à la nuit un caractère grotesque.

De tous les monuments qui se dressaient à distance sur Federal Hill, c'est une église énorme et noire qui intriguait le plus Blake. Elle se détachait avec une netteté toute particulière à certaines heures de la journée et, au coucher du soleil, la grande tour et sa flèche pointue se découpaient, sombres et menaçantes, contre le ciel embrasé. Cette église paraissait avoir été bâtie sur un terre-plein spécialement aménagé ; sa façade sévère et le côté nord que l'on apercevait de biais, le toit incliné et le haut des grandes fenêtres gothiques dominaient fièrement, en effet, l'entremêlement de faîtages et de cheminées qui l'entourait. D'un aspect nettement sévère, voire austère, elle paraissait avoir été édifiée avec des pierres que depuis un siècle ou même davantage les fumées et les intempéries avaient dégradées et salies. Le style, autant que les jumelles permettaient d'en juger, était une forme encore tout à fait expérimentale de ce gothique dont la renaissance avait précédé la manière noble mise à la mode par Upjohn et survécu aux lignes et aux proportions adoptées sous les règnes des rois George. Elle devait dater des alentours de 1810 ou de 1815.

Les mois passaient et Blake observait cet édifice lointain et menaçant avec un intérêt qui ne cessait curieusement de croître. Comme les grandes fenêtres n'en étaient jamais éclairées, il avait compris qu'il devait être inoccupé. Plus il l'examinait et plus son imagination travaillait, si bien qu'il finit par rêver de choses curieuses à son propos. Il crut que planait une si vague et si étrange aura de désolation autour de ce lieu que les pigeons et les hirondelles eux-mêmes fuyaient les corniches enfumées. Auprès des autres tours et des autres beffrois, ses jumelles lui révélaient la présence de grands rassemblements d'oiseaux, mais là, jamais ils ne se posaient. C'est du moins ce dont il se persuada et ce qu'il nota dans son journal intime. Il signala le monument à plusieurs de ses amis, mais nul d'entre eux ne s'était jamais rendu sur Federal Hill, ni n'avait la moindre idée de ce qu'était cette église ou de ce qu'elle avait pu être.

Au printemps, une profonde agitation s'empara de Blake. Il s'était mis à écrire le roman auquel il songeait depuis longtemps — le thème principal en était la survivance supposée de la sorcellerie dans l'Etat du Maine —, mais il était étrangement incapable de le faire avancer. De plus en plus souvent, il allait prendre place devant la fenêtre qui donnait vers l'ouest pour contempler la colline lointaine et sa noire et menaçante flèche que fuyaient les oiseaux. Quand les feuilles délicates se déplièrent sur les arbres des jardins, le monde s'emplit d'une beauté nouvelle mais l'agitation de Blake ne fit que croître. C'est alors que lui vint l'idée de traverser la ville et de grimper cette pente fabuleuse pour atteindre le monde ceint de fumées qui le faisait rêver.

C'est fin avril, à l'époque qui précède tout juste la nuit de Walpurgis, nuit vouée à l'ombre depuis toujours, que Blake fit son premier voyage dans l'inconnu. Suivant avec difficulté les rues sans fin de la ville basse et les mornes places laissées à l'abandon qui leur succédaient, il atteignit enfin l'avenue pentue, faite de marches usées qui avaient servi tout un siècle, de porches doriques affaissés et de coupoles aux vitres sales. Il sentait qu'elle devait le mener, par-delà les brumes, au monde inaccessible qu'il devinait depuis longtemps. Il y avait dans cette rue de vieux panneaux bleu et blanc qui ne lui disaient rien. Au bout d'un moment, pourtant, il remarqua les visages singulièrement basanés des nombreux promeneurs tout comme les enseignes en caractères étrangers des curieuses boutiques qui s'ouvraient au pied d'immeubles bruns marqués par des décennies d'intempéries. Nulle part il ne retrouvait trace de ce qu'il avait vu de loin. Une fois, il se persuada à demi que le Federal Hill qu'il avait aperçu à distance n'était qu'un univers de rêve et qu'aucun être humain n'en foulerait jamais le sol vivant.

De temps à autre, il voyait surgir la façade délabrée d'une église, un clocher en ruine, mais jamais l'édifice noirci qu'il recherchait. Il se renseigna auprès d'un boutiquier au sujet d'une grande église de pierre, mais l'homme sourit et hocha négativement la tête, bien qu'il s'exprimât sans difficulté en anglais. Plus Blake grimpait et plus la région qu'il parcourait gagnait en étrangeté, avec des labyrinthes déroutants de ruelles sombres et brunes qui menaient toutes vers le sud. Il franchit deux ou trois grandes avenues et crut une fois avoir entrevu une tour familière. Il interrogea à nouveau un commerçant au sujet de la massive église de pierre, mais, cette fois, il aurait presque pu jurer que l'allégation d'ignorance qu'il se voyait opposer était feinte. Une expression de crainte avait envahi le visage bistré de l'homme, malgré une tentative de la dissimuler, et Blake le vit faire un curieux signe de la main droite.

Puis, soudain, à sa gauche, une flèche se découpa sur le ciel nuageux par-dessus les rangées de toits bruns bordant les ruelles enchevêtrées orientées vers le sud. Blake comprit aussitôt de quoi il s'agissait et s'élança vers elle en suivant les pentes sordides et non pavées, issues de l'avenue. Par deux fois, il perdit son chemin, mais il n'osa le demander ni aux patriarches, ni aux ménagères assis sur le pas de leurs portes, ni même aux enfants qui criaient et jouaient dans la boue de ces sombres venelles.

Il vit enfin la tour se découper clairement vers le sud-ouest et une énorme masse de pierre sombre s'élever au bout d'une ruelle. Un instant plus tard, il se trouvait dans un square ouvert à tous les vents, curieusement pavé, qui s'achevait du côté opposé par un glacis élevé. Ceci marquait la fin de sa quête. Sur le vaste plateau envahi par les herbes, ceinturé d'une grille que supportait le glacis — petit univers qu'on avait élevé à deux mètres au-dessus des rues avoisinantes —, Blake voyait en effet érigée une masse sévère, titanesque, dont l'identité, en dépit de la nouveauté de sa perspective, était pour lui indiscutable.

L'église abandonnée était dans un sérieux état de décrépitude. Quelques-uns de ses grands piliers étaient tombés et plusieurs de ses délicats épis de faîte gisaient à demi dissimulés par de hautes herbes jaunies. Les fenêtres gothiques, recouvertes de suie, n'étaient pas brisées pour la plupart, bien que de nombreux meneaux eussent disparu. Blake se demanda comment les vitraux aux couleurs indistinctes avaient pu survivre, étant donné les habitudes des petits garçons du monde entier. Les robustes portes étaient intactes et solidement verrouillées. Au sommet du glacis, une grille de fer rouillée fermait complètement le terrain et sa porte — au sommet d'un escalier qui dominait la grande place — était visiblement cadenassée. Le sentier qui menait de cette porte à l'édifice était complètement envahi par les herbes. Les lieux semblaient funèbrement livrés à la désolation et à la décomposition et, devant ces corniches sans oiseaux, ces murs noircis, sans lierre, Blake éprouva une impression vaguement sinistre qu'il n'aurait su définir.

Il y avait très peu de gens sur cette place, mais Blake rencontra un policier sur le côté nord et alla lui poser des questions sur l'église. L'homme était un grand et solide Irlandais, et Blake trouva curieux de le voir se borner à faire le signe de la croix puis à marmonner que les gens ne parlaient jamais de ce bâtiment. Quand Blake le pressa, il déclara sur un ton précipité que les prêtres italiens mettaient tout le monde en garde contre cet édifice, affirmant qu'une malfaisance monstrueuse avait régné là autrefois et qu'elle y avait laissé sa marque. Il avait d'ailleurs entendu son propre père grommeler sourdement sur ce point quand il évoquait les divers bruits et rumeurs qui avaient couru dans sa propre enfance.

Une secte mauvaise s'était réunie là, jadis, une secte interdite qui demandait à des créatures terribles de sortir d'un gouffre inconnu de la nuit. Il avait fallu un bon prêtre pour exorciser ce qui était venu, même s'il s'était trouvé des gens pour dire qu'une simple lumière aurait suffi. Si le père O'Malley avait été encore en vie, il aurait pu en dire long. Mais, à présent, il n'y avait plus qu'à laisser tout cela en paix. Ça ne faisait plus de mal à personne désormais, et pour ce qui était des propriétaires, ils étaient morts ou partis. Ils s'étaient enfuis comme des rats après que des nouvelles menaçantes se furent répandues en 77, quand les gens s'étaient interrogés sur la façon dont diverses personnes du voisinage avaient disparu. Un jour, la ville finirait par intervenir et s'en saisirait, vu l'absence d'héritiers, mais si on s'avisait d'y toucher il n'en sortirait rien de bon. Il valait mieux la laisser telle quelle jusqu'à ce qu'elle s'écroulât plutôt que d'éveiller des choses qu'il valait mieux laisser pour toujours dans le sombre abîme qui les abritait.

Après le départ du policier, Blake demeura sur place à contempler le lugubre édifice surmonté d'un clocher. Ce qui éveillait son intérêt, c'était de découvrir que cette structure paraissait aussi sinistre aux autres qu'à lui-même, et il se demandait quelle parcelle de vérité pouvaient bien cacher les racontars que l'homme en uniforme lui avait rapportés. Il ne s'agissait sans doute que de légendes nées de l'aspect menaçant du lieu mais, même s'il en était ainsi, on aurait pu croire à une curieuse matérialisation des histoires qu'il inventait.

Le soleil de l'après-midi sortit de derrière les nuages qui se dispersaient mais parut incapable d'éclairer les murs souillés de suie du vieil édifice qui dominait tout, du haut de son grand plateau. Il était singulier que derrière la grille le printemps n'eût pas touché de vert les plantes jaunies et desséchées de l'enceinte. Blake se rendit compte qu'il se rapprochait de cette zone surélevée. Il examina le glacis et la clôture rouillée pour chercher par où il pourrait y pénétrer. Ce temple noirci avait une force d'attraction telle qu'on ne pouvait y résister. La grille ne comportait aucune ouverture près de l'escalier mais, sur le côté nord, il manquait quelques barreaux. Blake pourrait monter l'escalier, puis suivre, à l'extérieur de la grille, l'étroit couronnement du glacis jusqu'au trou de la clôture. Si les gens redoutaient l'endroit aussi farouchement qu'on le prétendait, nul ne s'interposerait.

Il fut sur la levée de terre et presque à l'intérieur de la grille avant d'avoir été surpris. Alors, baissant les yeux, il aperçut quelques personnes sur la place qui s'éloignaient à reculons et qui faisaient de la main droite le même signe qu'il avait vu faire au commerçant de l'avenue. Plusieurs fenêtres se fermèrent avec bruit et une grosse femme traversa la rue en courant pour faire rentrer plusieurs enfants dans une maison délabrée qui avait perdu toute peinture. Il était très facile de franchir la trouée de la clôture, aussi Blake se retrouva-t-il vite en train de se frayer un chemin parmi la végétation pourrissante et désordonnée de l'enceinte désertée. Ici et là, les fragments d'une pierre tombale lui révélaient qu'on avait jadis procédé ici à des enterrements ; cela, pourtant, il s'en rendit compte, avait dû se passer très longtemps auparavant. La masse même de l'église l'oppressait à présent qu'il en était tout près, mais il se domina et continua d'en approcher pour tenter d'ouvrir l'un ou l'autre des trois grands portails de la façade. Comme ils étaient tous trois solidement fermés, il entreprit le tour complet de cette construction cyclopéenne, en quête de quelque ouverture moins importante et plus accessible. Il n'était toujours pas certain de vouloir pénétrer dans ce royaume de la désertion et de l'ombre et, pourtant, l'attirance qu'il éprouvait à l'égard de tant d'étrangeté le poussait à poursuivre comme un automate.

Un soupirail qui béait, à l'arrière, sans protection, lui fournit l'accès dont il avait besoin. Fouillant l'intérieur du regard, Blake découvrit un gouffre souterrain, plein de toiles d'araignées et de poussière, faiblement éclairé par les rayons filtrés du soleil de l'ouest. Ses yeux décelèrent des débris de vieux tonneaux, des caisses et des meubles hétéroclites, malgré la couche de poussière omniprésente qui effaçait les angles. Les restes rouillés d'un fourneau de chaufferie montraient que le bâtiment avait servi et qu'il avait été entretenu jusqu'au XIXe siècle.

Sous le coup d'une impulsion presque inconsciente, Blake se glissa par le soupirail et se laissa tomber sur le sol cimenté, poussiéreux et tout couvert de débris. La cave voûtée était vaste, sans cloison ; dans un angle, loin sur la droite, plongée dans une ombre épaisse, il devina une porte cintrée qui, de toute évidence, menait vers le haut. Il éprouva un bizarre sentiment d'oppression à la pensée de se trouver réellement à l'intérieur du grand édifice spectral, mais il le domina et se mit à examiner prudemment ce qui l'entourait. Il découvrit un tonneau, encore intact sous la poussière, et le roula jusqu'à la fenêtre ouverte pour faciliter sa sortie. Puis, s'armant de tout son courage, il traversa le vaste espace festonné de toiles d'araignées et se dirigea vers la porte. A moitié étouffé par la poussière omniprésente, couvert de fibres arachnéennes et fantomatiques, il atteignit l'escalier usé qui s'élevait dans l'obscurité et entreprit de le gravir. Comme il n'avait pas de lumière, il avançait à l'aveuglette, s'aidant des mains. Après un coude brusque, il sentit une porte close devant lui ; quelques tâtonnements lui révélèrent la présence de l'ancien loquet. La porte s'étant ouverte vers lui, il aperçut au-delà un couloir faiblement éclairé, revêtu de boiseries vermoulues.

Une fois au rez-de-chaussée, Blake en entreprit l'exploration rapide. Toutes les portes intérieures étaient ouvertes, aussi put-il passer librement d'une partie du bâtiment à l'autre. La nef colossale avait quelque chose de quasiment fantastique avec ses monceaux, ses montagnes de poussière sur les bancs, l'autel, la chaire en forme de sablier, le tamis de l'orgue, et ses fils d'araignées titanesques tendus entre les ogives du chœur qui enlaçaient les colonnes gothiques en faisceaux. Une hideuse lumière plombée se jouait sur toute cette désolation étouffée alors que les rayons du soleil faiblissant de l'après-midi se glissaient par les vitraux étranges, à demi obscurcis, des grandes fenêtres de l'abside.

Les peintures de ces vitraux étaient si assombries par la suie que Blake ne distinguait qu'avec peine ce qu'elles représentaient ; le peu qu'il pouvait en comprendre, pourtant, ne les lui rendait pas sympathiques. Le graphisme en était en grande partie conventionnel, mais sa connaissance du symbolisme hermétique lui permettait de lire beaucoup de choses dans ces motifs anciens. Les rares saints qui y étaient représentés avaient des expressions si ennuyées que leur attitude était vraiment critiquable, tandis que l'une des fenêtres comportait simplement un espace sombre à l'intérieur duquel se déroulaient ici et là des spirales d'une curieuse luminosité. Détournant son regard des fenêtres, Blake remarqua au-dessus de l'autel une croix couverte d'arantèles qui, loin d'avoir une forme courante, ressemblait à l'ankh primitive ou à la croix ansée, la *crux ansata,* de la ténébreuse Egypte.

Dans une sacristie qui s'ouvrait à côté de l'abside, derrière l'autel, Blake découvrit un bureau rongé, puis des étagères qui montaient jusqu'au plafond, chargées de livres moisis qui se désintégraient. Là, pour la première fois, il éprouva un véritable choc d'horreur objective, car les titres de ces livres étaient pour lui révélateurs. Il s'agissait de noirs ouvrages interdits, dont la plupart des gens normaux n'avaient jamais entendu parler ou n'avaient ouï à leur propos que des murmures furtifs et peureux. Ces volumes étaient les dépositaires bannis et redoutés de secrets équivoques et de formules immémoriales qui avaient filtré tout au long des temps, depuis l'époque de la jeunesse de l'homme, et même depuis l'ère obscure, fabuleuse, d'avant la venue de l'homme. Il en avait lui-même lu un grand nombre — une version latine du *Necronomicon* abhorré, le sinistre *Liber Ivonis,* l'infâme *Culte des Goules* du comte d'Erlette, les *Unaussprechlichen Kulten* de von Junzt, le diabolique *De Vermis Mysteriis.* Mais il y en avait d'autres qu'il ne connaissait que de réputation ou qu'il n'avait jamais lui-même entendu mentionner — les *Manuscrits Pnakotiques,* le *Livre de Dzyan,* et un volume qui s'effritait, aux caractères totalement inidentifiables, mais comportant cependant certains symboles et diagrammes susceptibles de donner des frissons à tout homme versé dans l'occultisme qui les reconnaîtrait. Il était clair que les légendes répandues dans le voisinage n'avaient pas menti. Ce lieu avait été autrefois le refuge d'une malfaisance plus ancienne que l'humanité et plus vaste que l'univers que nous connaissons.

Dans le bureau vermoulu, Blake trouva un petit registre relié en cuir dans lequel des notes étaient consignées selon un bizarre système cryptographique. L'écriture de ce manuscrit était faite de ces symboles traditionnels et fort répandus, utilisés aujourd'hui en astronomie et qui l'étaient autrefois en alchimie, en astrologie et en divers autres arts plus ambigus — des représentations graphiques du soleil, de la lune, des planètes, des aspects et des signes du zodiaque —, groupés ici tout au long de pages entières de texte, avec des divisions et des coupures par paragraphes qui suggéraient l'existence d'une correspondance entre ces symboles et les lettres de l'alphabet.

Dans l'espoir de pouvoir résoudre plus tard ce cryptogramme, Blake glissa le volume dans la poche de son manteau. Nombre de grands tomes qu'il apercevait sur les étagères le passionnaient de manière indicible et il se sentit tenté de venir les rechercher plus tard. Il se demanda comment ils avaient pu demeurer si longtemps intouchés. Etait-il le premier à dominer cette crainte oppressante, envahissante, qui avait protégé des visiteurs cet endroit déserté pendant près de soixante années ?

A présent qu'il avait minutieusement exploré le rez-de-chaussée, Blake se fraya une fois encore péniblement un passage dans la poussière de la nef spectrale afin de gagner le vestibule de l'entrée où il avait vu une porte et un escalier, menant sans doute à la tour noircie et à sa flèche — structures qui, de loin, lui avaient été depuis si longtemps familières. L'ascension fut une expérience éprouvante pour ses poumons, car la poussière était épaisse et les araignées s'étaient surpassées dans cet espace restreint. L'escalier en spirale était fait de marches de bois hautes et étroites ; de temps à autre, Blake passait devant une fenêtre obscurcie qui lui offrait un aperçu vertigineux sur la ville. Bien qu'il n'eût pas vu de cordes en bas, il s'attendait à trouver une cloche ou un carillon dans la tour, dont ses jumelles avaient si souvent examiné les étroites fenêtres à lancette et les abat-son. Il allait pourtant être déçu. Quand il atteignit le haut de l'escalier, en effet, il découvrit que la chambre de la tour n'abritait pas le moindre carillon et qu'il était clair qu'elle avait été destinée à des buts bien différents.

La pièce, d'environ six mètres carrés, était faiblement éclairée par quatre fenêtres à lancette, une sur chaque côté, garnies de vitres sous le calfeutrement d'abat-son très endommagés. Ces derniers avaient en outre été pourvus d'écrans serrés et opaques qui, à présent, étaient pour la plupart tombés en morceaux. Au centre du plancher couvert de poussière s'élevait un pilier de pierre aux angles curieux. Il mesurait environ un mètre vingt de haut et avait à peu près partout soixante centimètres de diamètre. Toutes les faces étaient couvertes de bizarres hiéroglyphes, gravés de façon grossière, qui n'évoquaient rien de connu. Une boîte de métal étrangement asymétrique reposait sur ce pilier. Le couvercle à charnières était ouvert et l'intérieur recelait, sous une poussière vieille de bien des décennies, ce qui ressemblait à un œuf ou à un objet sphérique irrégulier, mesurant en tout et pour tout quelque vingt centimètres. Autour de ce pilier, sept chaises gothiques à haut dossier, encore intactes en grande partie, étaient rangées en un cercle approximatif. Derrière, le long des murs aux sombres boiseries, étaient alignées sept statues colossales de plâtre noir qui s'effritaient. Ces statues évoquaient aussitôt les énigmatiques mégalithes sculptés de la mystérieuse île de Pâques. Dans un coin de la salle, couverte de fils d'araignées, une échelle scellée dans le mur menait jusqu'à la trappe fermée de la flèche, dépourvue d'ouvertures, qui la surplombait.

Lorsque Blake fut accoutumé à la pénombre, il remarqua les bizarres bas-reliefs qui ornaient l'insolite boîte de métal jaunâtre. En s'approchant, il tenta d'enlever la poussière avec ses mains et son mouchoir, et il se rendit compte que les idéogrammes étaient d'une nature monstrueuse qui lui était tout à fait inconnue ; ils figuraient des entités qui, si elles avaient l'air d'être vivantes, ne rappelaient aucune forme de vie ayant jamais évolué, à notre connaissance, sur cette planète. Ce qui lui avait paru être une sphère de vingt centimètres se révéla être un polyèdre presque noir, strié de rouge, comportant un grand nombre de facettes planes. C'était soit un cristal très remarquable, soit un objet artificiel, façonné dans un minéral dont le polissage avait été poussé à un très haut degré. L'objet ne touchait pas le fond de la boîte, mais demeurait suspendu grâce à un ruban de métal tendu au-dessus du centre à l'aide de sept supports, au dessin très singulier, qui partaient à l'horizontale des angles de la paroi intérieure, près du sommet de la boîte. Cette pierre, une fois nettoyée, exerça sur Blake un attrait presque inquiétant. Il avait peine à en distraire son regard et, comme il en fixait les faces étincelantes, il faillit s'imaginer qu'elle était transparente et recelait des univers fabuleux qui n'étaient encore qu'à demi formés. Dans son esprit, il voyait défiler des images d'orbes inconnues avec de grandes tours de pierre, d'autres orbes avec des montagnes gigantesques, mais nulle trace de vie et des espaces encore plus éloignés où seul un frémissement en de vagues ténèbres révélait la présence de quelque conscience et quelque volonté.

Quand il détacha les yeux, ce fut pour remarquer la présence d'un monticule de poussière assez singulier dans le coin le plus lointain, près de l'échelle qui menait à la flèche. Il n'aurait su dire pourquoi son attention avait été attirée, mais son inconscient se trouvait alerté par la forme même de ce tas. Se frayant un chemin en écartant les toiles d'araignées sur son passage, il commença à discerner qu'il se trouvait en présence de quelque chose d'inexorable. Sa main et son mouchoir lui apprirent bientôt ce qu'il en était et Blake sursauta, sous le coup d'émotions aussi diverses que déconcertantes. Il s'agissait d'un squelette humain qui devait être là depuis très longtemps. Les vêtements étaient en lambeaux, mais quelques boutons et quelques fragments de tissu indiquaient qu'ils avaient appartenu à un costume d'homme de couleur grise. Il y avait aussi d'autres petits indices — des chaussures, des boucles de métal, d'énormes boutons destinés à des manchettes rondes, une épingle de cravate d'un modèle ancien, une carte de reporter avec l'en-tête du vieux *Providence Telegram,* un portefeuille de cuir qui se désagrégeait. Blake examina ce dernier avec soin, découvrant à l'intérieur diverses factures dont l'échéance était fort ancienne, un calendrier publicitaire en celluloïd pour l'année 1893, quelques cartes de visite au nom de « Edwin M. Lillibridge », et un papier couvert de notes au crayon.

Ce papier contenait des choses bien faites pour exciter sa curiosité, aussi Blake le lut-il avec attention à la faible lumière de la fenêtre ouest. Le texte, décousu, comprenait des phrases ainsi rédigées :

« Prof. Enoch Bowen, de retour d'Egypte, mai 1844 — achète la vieille église du Libre Arbitre en juillet —

ses travaux d'archéologie et ses recherches dans les sciences occultes sont fort connus. »

« Le docteur Drowne, de la 4e église baptiste, fait appel à la vigilance envers la Sagesse étincelante, au cours de son sermon du 29 déc. 1844. »

« Congrégation : 97, à la fin de 45. »

« 1846 — 3 disparitions — première mention du Trapézoèdre brillant. »

« 7 disparitions en 1848 — des histoires de sacrifices commencent à se répandre. »

« L'enquête de 1853 n'aboutit à rien — des rumeurs au sujet de bruits. »

« Le frère O'Malley évoque un type d'adoration du diable à l'aide d'une boîte découverte parmi de grandes ruines égyptiennes — il prétend qu'on invoque quelque chose qui ne peut subsister à la lumière. Quelque chose qui fuit une petite lumière et qui se trouve banni par une forte lumière. Quand cela se produit, il faut la rappeler. Tient sans doute ceci d'une confession recueillie sur le lit de mort de Francis X. Feeney, qui était membre de la secte de la Sagesse étincelante depuis 1849. Ces gens-là prétendent que le Trapézoèdre brillant leur fait connaître le ciel et d'autres univers, puis que l'Habitué des Ténèbres leur révèle des secrets par des moyens qui n'appartiennent qu'à lui. »

« Histoire d'Orrin B. Eddy, 1857. Ils l'invoquent en fixant le cristal et se servent d'un langage mystérieux qui leur est propre. »

« 200 ou davantage dans la cong., en 1863, sans compter les hommes au front. »

« Les jeunes Irlandais manifestent jusque dans l'église, en 1869, après la disparition de Patrick Regan. »

« Article voilé, dans le J., le 14 mars 72, mais les gens ne parlent pas. »

« 6 disparitions en 1876 — un comité secret rend visite au maire Doyle. »

« Promesse d'engagement d'une action en février 1877 — église fermée en avril. »

« Une bande — des jeunes gens de Federal Hill — menace le docteur — et les marguilliers, en mai. »

« 181 personnes quittent la ville avant la fin 77 — ne pas faire mention de noms. »

« Des histoires de fantômes commencent à se répandre aux environs de 1880 — tenter de vérifier ce qu'a de vrai le rapport selon lequel aucun être humain n'a pénétré dans l'église depuis 1877. »

« Demander à Lanigan la photographie du lieu, faite en 1851. »...

Remettant le papier dans le portefeuille et glissant ce dernier dans sa veste, Blake se tourna pour regarder le squelette qui gisait dans la poussière. Les implications de ces notes étaient claires : il ne pouvait faire aucun doute que cet homme avait pénétré dans l'édifice désert quarante-deux ans auparavant parce qu'il était en quête d'une exclusivité journalistique à caractère sensationnel que nul autre n'avait eu le courage de venir chercher. Peut-être n'avait-il mis personne au courant de ses projets — qui sait ? Pourtant, il ne s'était jamais représenté à son journal. La peur, qu'il avait dominée avec beaucoup de cran, l'avait-elle finalement envahi au point de provoquer chez lui une subite défaillance cardiaque ? Blake se pencha sur les ossements blanchis et remarqua l'état particulier dans lequel ils se trouvaient. Certains étaient très dispersés et d'autres paraissaient dissous aux extrémités, ce qui ne manquait pas d'être surprenant. D'autres encore étaient étrangement jaunis et cette teinte suggérait peut-être un début de carbonisation. Divers fragments de vêtements paraissaient d'ailleurs avoir été roussis. Le crâne, enfin, était dans un état étonnant — jauni, lui aussi, il présentait un trou de brûlure au sommet, comme si un acide puissant avait attaqué l'os même. Blake n'arrivait pas à imaginer ce qui avait pu arriver à ce squelette quarante ans auparavant quand cet endroit voué au silence était devenu son tombeau.

Sans s'en être rendu compte, il avait à nouveau tourné les yeux vers la pierre et s'était abandonné à la mystérieuse domination qui faisait défiler un nébuleux spectacle dans son esprit. Il découvrait des processions de silhouettes vêtues de robes et encapuchonnées dont les contours n'étaient pourtant pas humains, et il avait sous les yeux des étendues infinies de déserts où s'alignaient des monolithes sculptés qui montaient jusqu'au ciel. Il devinait des tours et des murailles dans les profondeurs ténébreuses de la mer, puis des tourbillons dans l'espace, où des traînées de brouillard noir flottaient sur un fond de froide brume pourpre aux faibles chatoiements. Et par-delà, il voyait béer un gouffre d'obscurité infini, où des formes solides et demi solides n'étaient reconnaissables qu'à leurs frémissements dans le vent, et où de nuageux motifs de force paraissaient ordonner le chaos et maîtriser tous les paradoxes et tous les arcanes des univers que nous connaissons.

Puis, tout à coup, le charme fut rompu car un accès de peur, une peur panique, indéfinissable, le submergea. Blake suffoqua et se détourna de la pierre, conscient de la proximité d'une présence inconnue et informe qui le surveillait avec une atroce intensité. Il se sentit entraîné par quelque chose — quelque chose qui ne se trouvait pas dans la pierre, mais qui l'avait examiné à travers elle —, une chose qui allait désormais le suivre sans cesse avec une connaissance de lui qui ne devrait rien à une perception visuelle. Il était manifeste que ce lieu l'affectait nerveusement — réaction bien naturelle, somme toute, étant donné la macabre découverte qu'il y avait faite. La lumière faiblissait et comme il n'avait rien apporté pour s'éclairer il savait qu'il lui faudrait partir sous peu.

C'est alors que dans le crépuscule qui s'annonçait il crut percevoir une faible trace de luminosité dans la pierre aux surprenantes arêtes. Il avait tenté d'en détacher son regard, bien qu'une obscure contrainte ne cessât de l'y ramener. Existait-il dans cet objet une subtile phosphorescence due à la radioactivité ? Qu'avait-il lu dans les notes du mort au sujet d'un *Trapézoèdre brillant* ? Et qu'était donc, en fin de compte, son tombeau abandonné, plein de malfaisance cosmique ? Que s'était-il passé ici ? Qu'est-ce qui pouvait bien se tapir encore dans ces ombres fuies des oiseaux ? Il semblait, à présent, qu'une fugitive et vague puanteur s'exhalât quelque part, tout près, bien que la source n'en fût pas apparente. Blake saisit le couvercle de la boîte si longtemps ouverte et le rabattit d'un coup sec. Il pivota aisément sur ses charnières fabriquées dans un ailleurs inconnu et se referma tout à fait sur la pierre qui, indéniablement, luisait.

Blake eut l'impression que en réponse au claquement sec de la fermeture, un son étouffé accompagnant un mouvement lui parvint de l'éternelle obscurité qui régnait là-haut, dans la flèche, de l'autre côté de la trappe. Des rats, sans doute — seules créatures vivantes à révéler leur présence dans cet édifice maudit, depuis qu'il y avait pénétré. Et pourtant, ce déplacement dans la flèche le terrorisa à tel point qu'il se jeta comme un fou dans l'escalier en spirale, traversa la nef, digne refuge pour des goules, se glissa dans le sous-sol voûté et se retrouva à l'air libre tandis que l'obscurité grandissante envahissait la place désertée. Il descendit ensuite les allées et avenues populeuses de Federal Hill que dominait la crainte, puis se dirigea vers les rues centrales où régnait la raison, suivant les trottoirs de brique du quartier du collège qui évoquaient pour lui ceux de son quartier.

Pendant les jours qui suivirent, Blake ne parla à personne de son expédition. Il se plongea, en revanche, dans certains livres, se rendit en ville pour consulter les archives de divers journaux sur de longues périodes, puis travailla fiévreusement à déchiffrer le cryptogramme du volume relié qui provenait de la sacristie livrée aux toiles d'araignées. Le chiffre, il s'en rendit compte aussitôt, n'avait rien de simple ; après beaucoup d'essais infructueux, il eut la certitude que ce langage ne pouvait être ni de l'anglais, ni du latin, ni même du grec, du français, de l'espagnol, de l'italien ou de l'allemand. Il était évident qu'il allait lui falloir faire appel aux sources les plus profondes de son étrange érudition.

Chaque soir, la vieille tentation de regarder vers l'ouest le reprenait, et il voyait la flèche noire se dresser, comme jadis, au milieu de la forêt des toits d'un univers lointain, à demi fabuleux. A présent, pourtant, il y percevait — et c'était nouveau, pour lui — une connotation de terreur. Il savait l'héritage de malfaisante tradition qu'il recelait et le fait de savoir entraînait son esprit vers de nouveaux, vers d'inexplicables fantasmes. Avec le printemps, les oiseaux revenaient et, comme il observait leurs vols, au coucher du soleil, il avait l'impression qu'ils évitaient plus encore qu'auparavant le lugubre clocher solitaire. Quand une troupe s'en approchait, il était persuadé qu'elle allait virer et s'éparpiller en une panique confuse — et il devinait les cris effarouchés qui ne pouvaient l'atteindre.

On était en juin lorsque le journal de Blake mentionna sa victoire sur le cryptogramme. Le texte, il l'avait découvert, était écrit dans la sombre langue aklo, utilisée par certains cultes de malfaisante antiquité et connue de lui, dans une certaine mesure, grâce à des recherches qu'il avait effectuées autrefois. Ce journal est curieusement réticent sur ce que Blake a pu déchiffrer, mais il est manifeste qu'il a été tout à la fois impressionné et déconcerté par les résultats qu'il a obtenus. On y trouve des références à un Habitué des Ténèbres qui peut être éveillé en contemplant le Trapézoèdre brillant, et des conjectures insensées sur les gouffres chaotiques d'où il sort lorsqu'on l'appelle. Il avance que l'être possède la connaissance absolue et qu'il exige de nombreux sacrifices. Certains éléments du journal de Blake indiquent aussi à quel point il redoute que cette créature — il semble considérer qu'elle a été invoquée — soit mise en liberté ; il ajoute toutefois que l'éclairage des rues constitue un rempart qui ne peut être franchi.

Du Trapézoèdre brillant, il parle souvent, car il le considère comme une fenêtre ouverte sur le temps et l'espace tout entiers. Il en retrace l'histoire depuis l'époque où il a été façonné sur la sombre Yuggoth, bien avant que les Grands Anciens ne l'apportent sur la terre. Cet objet a été précieusement conservé et placé dans sa drôle de boîte par les crinoïdes de l'Antarctique, sauvé de leurs ruines par les hommes-serpents de Valousie et enfin, c'est bien des années plus tard, en Lémurie, que les premiers êtres humains ont pu jeter les yeux sur lui. Il a traversé d'étranges terres, franchi de plus étranges mers puis a sombré avec l'Atlantide avant qu'un pêcheur minoen ne le prenne dans ses filets et ne le vende à de noirs marchands de la nocturne Khem. Le pharaon Nephren-Ka a fait élever pour lui un temple, doté d'une crypte sans ouverture, puis il a accompli ce qui lui a valu de voir son nom effacé de tous les monuments et de toutes les archives. C'est là, dans les ruines de ce funeste lieu culturel dont la destruction avait été ordonnée par des prêtres et par le nouveau pharaon, que le Trapézoèdre a dormi jusqu'à ce qu'une bêche l'exhume une fois de plus, pour la malédiction de l'humanité.

Au début du mois de juillet, par une étonnante coïncidence, la presse vint compléter les notes prises par Blake, bien qu'elle le fît d'une manière si succincte et si fortuite que seul son journal intime a pu attirer l'attention sur cette contribution. Il s'avère que Federal Hill est une fois de plus en proie à la terreur depuis qu'un étranger s'est introduit dans l'église redoutée. Les Italiens ont mentionné à voix basse l'existence de mouvements, de chocs, de grattements inhabituels, perçus dans la sombre flèche aveugle, et ils ont demandé à leurs prêtres de mettre en déroute cette entité qui vient hanter leurs rêves. Il y a quelque chose, ont-ils dit, qui guette sans cesse derrière une porte le moment où il fera assez sombre pour pouvoir s'aventurer au-dehors. La presse a rappelé les très anciennes superstitions locales, mais n'a guère apporté de lumière sur ce qui a été à l'origine de la grande peur. Il est manifeste que les jeunes reporters d'aujourd'hui n'ont pas le goût de l'histoire ancienne. En notant toutes ces choses dans son journal, Blake exprime une singulière sorte de remords puis il parle du devoir d'enterrer le Trapézoèdre brillant et de bannir ce qu'il a invoqué en laissant pénétrer la lumière du jour dans ce clocher qui pointe hideusement vers le ciel. Toutefois, il insiste en même temps sur la dangereuse portée de l'attrait que cet objet exerce encore sur lui et il reconnaît éprouver le désir morbide — qui envahit jusqu'à ses rêves — de visiter à nouveau la tour maudite et de chercher à percer du regard les secrets cosmiques de cette pierre rayonnante.

C'est alors qu'un article de l'édition du matin du *Journal* du 17 juillet jette l'écrivain dans de véritables transports d'horreur. Ce n'était qu'une simple variation sur un thème que d'autres articles avaient déjà traité sur un mode à demi humoristique pour rendre compte de l'agitation de Federal Hill mais, pour Blake, il s'agissait de quelque chose de réellement terrifiant. Au cours de la nuit, un orage avait mis hors de service le système d'éclairage de la ville pendant une bonne heure et, durant cet intervalle d'obscurité, les Italiens avaient failli devenir fous de terreur. Ceux qui demeuraient près de l'église tant redoutée avaient juré que la créature de la flèche avait profité de ce que les lampes n'étaient pas allumées dans les rues pour descendre dans la nef de l'église, et qu'en sautant et en se cognant à tout elle leur avait donné une impression de viscosité répulsive. Pour finir, elle avait tout heurté en remontant dans la tour, d'où étaient parvenus des bruits de verre brisé. Elle pouvait se déplacer partout où l'obscurité régnait, mais la lumière la chassait toujours.

Une fois le courant rétabli, il y avait eu une commotion bouleversante dans la tour, car la faible lumière, qui parvenait à filtrer à travers les fenêtres à abat-son couvertes de suie, était encore trop importante pour cette créature. Celle-ci s'était démenée pour se glisser juste à temps dans sa ténébreuse flèche — car une longue dose de lumière l'aurait renvoyée à l'abîme d'où cet étranger fou l'avait fait sortir en l'appelant. Au cours de l'heure d'obscurité, des foules en prière s'étaient rassemblées autour de l'église en portant des bougies, des lampes abritées tant bien que mal par des journaux pliés ou des parapluies — une garde de lumière pour protéger la ville du cauchemar qui se tenait à l'affût dans le noir. Une fois, devraient déclarer ceux qui se trouvaient le plus près de l'église, la grande porte avait été secouée d'atroce façon.

Ce n'était pas là, d'ailleurs, ce qui s'était produit de pire. Ce soir-là, dans le *Bulletin,* Blake put lire ce qu'avaient découvert les reporters — s'arrachant enfin à leur torpeur, car ils se rendaient compte de la singulière importance que représentait cette panique, du point de vue de l'information. Deux d'entre eux avaient défié les foules d'Italiens frénétiques et pénétré en rampant par la fenêtre de la cave, après avoir en vain tenté d'ouvrir les portes. Ils s'étaient rendu compte que la poussière du narthex et de la nef spectrale était balayée de façon surprenante, que des morceaux de coussins et de garnitures en satin des bancs qui se désagrégeaient avaient été curieusement éparpillés. Il régnait partout une odeur désagréable et on voyait ici et là des taches ou des plaques roussies qui semblaient bien dues à une carbonisation. Ouvrant la porte qui menait à la tour, et s'arrêtant un instant parce qu'ils avaient cru percevoir un grattement, plus haut, ils avaient trouvé l'étroit escalier en spirale balayé, lui aussi, au point d'avoir été à peu près nettoyé.

La tour elle-même se trouvait dans le même état à demi balayée. Ils disaient avoir vu un pilier de pierre heptagonal, des chaises gothiques renversées, de bizarres statues de plâtre peint, mais, chose étrange, ils ne mentionnaient ni la boîte de métal, ni le vieux squelette mutilé. Ce qui troubla le plus Blake — outre les allusions à des taches, à des plaques roussies et à de mauvaises odeurs —, ce fut le dernier détail, celui qui expliquait les bris de verre. Toutes les fenêtres à lancette de la tour avaient été brisées, et deux d'entre elles avaient été bouchées d'une manière grossière et rapide, avec des garnitures en satin des bancs et du crin des coussins entassés dans les espaces qui subsistaient entre les abatson extérieurs inclinés. D'autres fragments de satin et des paquets de crin étaient éparpillés depuis peu sur ce sol balayé ; c'était comme si quelqu'un avait été interrompu alors qu'il replongeait la tour dans l'obscurité qu'elle avait connue du temps où elle comportait des rideaux soigneusement tirés.

Il y avait également des taches roussies et des plaques noircies sur l'échelle qui menait au haut du clocher privé de fenêtres, mais quand un des reporters avait grimpé, ouvert la trappe qui glissait à l'horizontale, et balayé du faible faisceau de sa torche l'espace noir et anormalement fétide, il n'avait trouvé que l'obscurité et un désordre hétérogène de fragments sans forme près de l'ouverture. Leur verdict, bien entendu, était qu'on se trouvait en présence de charlatanerie. On avait fait une farce aux habitants superstitieux de la colline, à moins que quelque fanatique n'ait voulu étayer leurs craintes, soi-disant pour leur bien. Peut-être encore que certains de ces habitants, plus jeunes et plus évolués, avaient monté une mystification assez compliquée pour tromper le monde extérieur. Il y eut une suite assez amusante à cette enquête : la police envoya un officier pour la vérifier. Trois hommes réussirent à se dérober l'un après l'autre à cette corvée ; le quatrième se rendit sur les lieux avec beaucoup de répugnance et en revint très vite, sans avoir rien à ajouter au compte rendu des reporters.

A partir de ce point, le journal intime de Blake témoigne d'une montée constante d'horreur insidieuse et d'appréhension nerveuse. Il se reproche vivement de ne pas agir et spécule, comme pris d'effroi, sur les conséquences d'une autre coupure de courant. On a pu vérifier qu'en trois occasions — au cours d'orages — il avait téléphoné à la compagnie d'électricité et demandé sur un ton frénétique que soient prises absolument toutes les précautions pour qu'une panne soit évitée. De temps à autre, ses notes révèlent combien il était tourmenté à la pensée que les journalistes n'avaient trouvé ni la boîte de métal, ni la pierre, ni l'antique squelette aux curieuses mutilations. Il supposait que tous ces indices avaient été emportés — où et par qui ou par quoi, il en était réduit aux conjectures. Mais ses pires craintes concernaient sa propre personne et la sorte de relation impie dont il sentait l'existence entre son cerveau et cette horreur tapie dans la flèche lointaine — cette monstrueuse créature de la nuit que son imprudence avait tirée des ultimes espaces noirs. Il paraissait se rendre compte des tiraillements constants auxquels sa volonté était soumise, et les personnes qui lui rendirent visite à cette époque devaient se souvenir de la manière dont il restait assis à son bureau, l'air absent, et dont il contemplait, par la fenêtre ouest, ce tertre lointain, dominé par un clocher, derrière les spirales de fumée qui montaient de la ville. Son journal insiste alors de façon monotone sur certains rêves terrifiants puis sur le renforcement de ses correspondances impies durant son sommeil. Il est fait mention d'une nuit où il s'était réveillé pour se retrouver complètement vêtu, hors de chez lui, en train de descendre la pente de College Hill en direction de l'ouest. Il insiste sans relâche sur le fait que la créature qui se trouve dans la flèche sait où le rejoindre.

La semaine qui suivit le 30 juillet est surtout mémorable parce que Blake fut pris d'une dépression nerveuse partielle. Il ne s'habilla pas, commanda tous ses repas par téléphone. Les visiteurs remarquèrent la présence de cordes auprès de son lit, et il leur déclara que des crises de somnambulisme l'avaient contraint à se lier les chevilles toutes les nuits et à faire des nœuds capables de résister à ses efforts ou susceptibles de le réveiller s'il s'essayait à les défaire.

Dans son journal, il raconte à la suite de quelle atroce expérience il est tombé dans cet abattement. Après s'être couché, le soir du 30 juillet, il s'était brusquement retrouvé en train de tâtonner dans un espace où il faisait presque nuit. Tout ce qu'il pouvait distinguer, c'étaient de courtes et faibles raies horizontales d'une lumière bleuâtre mais il sentait qu'il se dégageait là une odeur pestilentielle qui le suffoquait. En même temps, il percevait une suite de sons confus, étouffés, furtifs, au-dessus de sa tête. Partout où il mettait le pied, il trébuchait sur quelque chose et à chaque bruit qu'il faisait une sorte d'écho paraissait lui répondre — un vague remuement, accompagné d'un prudent glissement du bois sur le bois.

Une fois, ses mains rencontrèrent à tâtons un pilier que rien ne surmontait puis, plus tard, il s'aperçut qu'il serrait les barreaux d'une échelle scellée dans un mur, qu'il cherchait à l'aveuglette au-dessus de sa tête, en direction d'un endroit où la puanteur se faisait plus intense et d'où un souffle chaud, un souffle brûlant même, se dirigeait vers lui. Devant ses yeux, il voyait défiler une gamme kaléidoscopique d'images fantomales, qui se dissolvaient toutes par intervalles pour faire place à la représentation d'un abîme de la nuit, vaste, insondé, où tourbillonnaient des soleils et des univers d'une obscurité plus dense encore. Il songeait aux légendes anciennes qui évoquaient le Chaos ultime, au centre duquel se vautre Azathoth, Seigneur de Toutes Choses, Dieu aveugle et idiot, entouré de sa horde affalée de danseurs amorphes et sans esprit, bercé qu'il est par le son maigre et monocorde d'une démoniaque flûte, tenue par des griffes indicibles.

Soudain, une brève détonation, claquant quelque part

dans le monde extérieur, l'avait arraché à sa stupeur et lui avait permis de constater l'horreur indicible de sa position. Ce qui en était la cause, il ne le sut jamais — peut-être était-ce quelque pièce tardive d'un de ces feux d'artifice que l'on entendait tout l'été sur Federal Hill, où les habitants honoraient leurs divers saints patrons, ou les saints de leurs villages natals d'Italie. Il poussa, en tout cas, un grand cri, sauta au bas de l'échelle comme un possédé, trébucha, tel un aveugle, sur le sol encombré de la chambre quasi dépourvue de lumière dans laquelle il évoluait.

Il comprit aussitôt où il était et se jeta témérairement dans l'étroit escalier en spirale, trébuchant et se cognant à chaque tournant. Comme dans un cauchemar, il détala à travers la vaste nef envahie par les toiles d'araignées dont les arcs fantomatiques se haussaient jusqu'à des royaumes d'ombres peuplés de regards malicieux, s'élança dans une course aveugle au travers d'un sous-sol jonché de débris, puis se hissa pour gagner l'extérieur où il allait retrouver l'air et les lumières des rues, se jeta dans une fuite éperdue le long de la pente d'une colline spectrale, qui résonnait jusqu'aux faîtages de bredouillements indistincts, traversa une ville sinistre, silencieuse, aux hautes tours sombres puis, en remontant l'autre flanc d'un précipice abrupt venu couper sa route vers l'est, il atteignit la porte ancienne de sa propre maison.

En reprenant connaissance, au matin, il avait découvert qu'il gisait tout habillé sur le plancher de son bureau. Il était couvert de poussière et de toiles d'araignées ; en outre, chaque centimètre de son corps lui paraissait sensible et comme couvert de bleus. Lorsqu'il se vit dans un miroir, il découvrit que ses cheveux étaient fortement roussis, puis il se rendit compte qu'une odeur étrange et désagréable paraissait imprégner de façon à peine perceptible le haut de ses vêtements. C'est alors qu'il sombra dans la neurasthénie. A partir de ce moment, il traîna, l'air épuisé, en robe de chambre dans son appartement, et ne fit guère plus que regarder par la fenêtre ouest ; il frissonnait lorsqu'il entendait l'orage menacer et emplissait son journal de considérations déraisonnables.

Le grand orage éclata juste avant minuit, le 8 août. La foudre frappa de façon répétée tous les quartiers de la ville et d'aucuns prétendirent avoir vu arriver deux extraordinaires boules de feu. La pluie fut torrentielle, tandis que le roulement permanent du tonnerre tenait éveillées des milliers de personnes. Blake était hagard, tant était grande sa frayeur au sujet de l'éclairage de ville, et il tenta de téléphoner à la compagnie vers une heure du matin, mais à ce moment-là le service avait déjà été coupé pour un temps par mesure de sécurité. Blake nota tout dans son journal — à l'aide de grands hiéroglyphes nerveux, souvent indéchiffrables, qui racontaient l'histoire de sa frénésie et de son désespoir croissants, ou de notes griffonnées dans le noir, alors qu'il ne pouvait plus y voir.

Il était contraint de laisser sa maison plongée dans l'obscurité, car il voulait pouvoir regarder par la fenêtre, et il semble qu'il a passé la plus grande partie de l'orage assis à son bureau, fouillant la pluie d'un regard anxieux puis, au-delà des kilomètres de toits luisants de la ville basse, cherchant la constellation de lumières lointaines qui marquait la position de Federal Hill. De temps à autre, il notait maladroitement quelque chose, si bien que des phrases isolées, telles que : « les lumières ne doivent pas s'éteindre » ; « elle sait où je me trouve » ; « il faut que je la détruise » ; « elle m'appelle, mais elle n'a peut-être pas l'intention de me faire du mal, cette fois », ont été trouvées, jetées au hasard sur deux pages.

C'est alors que toute la ville fut privée d'électricité. Ceci se produisit à deux heures et demie du matin, selon les registres de la centrale, mais le journal de Blake ne fournit pas d'indication de temps. On y trouve simplement : « Lumières éteintes — Que Dieu me vienne en aide. » Sur Federal Hill, il y avait pourtant des observateurs tout aussi anxieux que lui, car de petits groupes d'hommes, trempés par la pluie, s'étaient mis à défiler sur la place et dans les ruelles autour de l'église, abritant sous leurs parapluies des cierges, des torches électriques, des lampes à pétrole, des crucifix et toutes sortes d'obscurs charmes, communs en Italie du Sud. Ils bénirent chaque éclair et firent de mystérieux signes de la main droite pour exprimer leurs craintes jusqu'à ce qu'une nouvelle phase de l'orage vît diminuer les éclairs avant qu'ils ne disparaissent complètement. Le vent qui se levait souffla la plupart des bougies, si bien que tout le voisinage s'assombrit à un point inquiétant. On alla réveiller le père Merluzzo, de l'église Spirito Santo, qui se hâta de gagner la lugubre place afin d'y prononcer, si possible, quelques paroles réconfortantes. Pourtant, nul ne put ignorer l'existence des bruits et l'agitation étranges qui régnaient dans la tour aveuglée.

A propos de ce qui se produisit à deux heures trente-cinq, nous possédons le témoignage du prêtre, un homme jeune, intelligent, ayant reçu une solide éducation ; celui du policier William J. Monoham, du commissariat central, qui effectuait une ronde en qui on peut avoir toute confiance et qui s'était arrêté en ce point de son parcours pour observer la foule ; celui, enfin, des soixante-dix-huit hommes rassemblés autour du glacis de l'église — la déposition, surtout, de ceux qui, sur la place, pouvaient voir la façade. Bien entendu, il ne se passa rien dont on aurait pu jurer que cela se situât hors de l'ordre naturel des choses. Les causes d'un tel événement peuvent être nombreuses. Nul ne saurait parler avec certitude des obscurs processus chimiques qui sont susceptibles de se développer dans un bâtiment aussi vaste, aussi ancien, mal aéré, depuis longtemps déserté et renfermant des éléments hétérogènes. Des vapeurs méphitiques — une combustion spontanée — une compression des gaz due à une décomposition prolongée — d'innombrables phénomènes auraient pu en être responsables. Et puis, bien entendu, on ne pouvait en aucun cas écarter l'hypothèse d'un acte de charlatanerie. L'événement fut en réalité très simple et dura moins de trois minutes, en tout et pour tout. Le père Merluzzo, homme toujours précis, avait consulté sa montre de façon répétée.

Cela a débuté par une nette amplification des sons sourds à l'intérieur de la tour noire. Il se produisait, depuis quelque temps déjà, de vagues exhalaisons d'odeurs indéfinissables mais désagréables en provenance de l'église ; celles-ci se précisèrent et devinrent nettement nauséabondes. Il y eut ensuite un bruit de bois éclaté et un objet grand et lourd vint s'écraser sur le parvis, devant la façade est. La tour était invisible à présent que les bougies ne voulaient plus brûler, mais comme l'objet approchait du sol les gens reconnurent l'abat-son couvert de suie de la fenêtre est de la tour.

Aussitôt après, une puanteur absolument intolérable descendit de hauteurs invisibles, prenant les observateurs frissonnants à la gorge et leur soulevant le cœur, puis elle plongea presque dans la prostration tous ceux qui étaient sur la place. Au même moment, l'air trembla sous l'effet d'une vibration qui paraissait due à un claquement d'ailes. Le vent se mit brutalement à souffler de l'est et fut bientôt plus violent que toutes les bourrasques qui l'avaient précédé, enlevant les chapeaux ou arrachant les parapluies ruisselants de la foule. On ne voyait rien de net dans cette nuit désormais privée de bougies, mais certains spectateurs qui regardaient en l'air crurent avoir vu se former un grand brouillard d'un noir encore plus dense que le noir d'encre du ciel — un brouillard évoquant un informe nuage de fumée qui aurait fui vers l'est à la vitesse d'un météore.

Ce fut tout. Les observateurs étaient à demi engourdis par la frayeur, l'angoisse, l'inconfort et ne savaient ni ce qu'ils devaient faire ni s'il fallait faire quelque chose. Ignorant ce qui s'était produit, ils ne relâchèrent pas leur veille ; et un moment plus tard, leurs prières s'élevèrent alors qu'un vif et très tardif éclair, suivi d'un craquement assourdissant, déchirait le ciel lourd de pluie. Une demi-heure plus tard, la pluie cessa et, quinze minutes après, l'éclairage fut rétabli dans les rues, renvoyant dans leurs foyers les témoins las et crottés mais le cœur soulagé.

Les journaux du lendemain n'accordèrent que peu de place à cet événement dans les comptes rendus qu'ils firent sur l'orage. Il semble que le grand éclair et l'explosion assourdissante ayant suivi ce qui s'était passé sur Federal Hill aient été encore plus formidables dans l'est de la ville où l'on avait également remarqué qu'ils s'accompagnaient un moment d'une puanteur singulière. Ce phénomène avait été particulièrement marqué sur College Hill où la foudre, en tombant, avait réveillé tous les habitants endormis et les avait poussés à échanger les spéculations les plus confuses. Seuls, certains de ceux qui étaient restés debout virent l'anormal éclat de lumière qui se produisit près du sommet de la colline, ou remarquèrent l'inexplicable tourbillon d'air qui, en s'élevant, défeuilla les arbres et arracha les plantes des jardins. On convint que l'unique et soudain coup de foudre avait dû frapper quelque part dans le voisinage, bien que nulle trace n'en ait encore été découverte. Un jeune homme de la fraternité Tau Oméga crut avoir vu en l'air une masse de fumée aussi grotesque que hideuse, au moment précis où avait éclaté l'éclair préliminaire, mais son observation n'avait pas été confirmée. Les rares témoins étaient tous d'accord, cependant, sur l'arrivée du violent coup de vent venu de l'ouest et sur l'exhalaison brutale de l'intolérable puanteur qui avait précédé le coup de tonnerre tardif ; quant aux déclarations concernant l'odeur de brûlé perçue un moment après que la foudre fut tombée, elles sont tout aussi unanimes.

Ces points furent examinés avec beaucoup d'attention, étant donné la relation probable qu'ils avaient avec la mort de Robert Blake. Les étudiants de la maison Psi Delta, dont les fenêtres supérieures donnaient, à l'arrière, sur le bureau de Blake, avaient remarqué, au matin du 9, ce visage blanc et flou derrière la fenêtre ouest, et ils s'étaient demandé ce qu'il pouvait y avoir d'anormal dans son expression. Quand ils virent que le même visage se trouvait dans la même position ce soir-là, ils s'inquiétèrent et surveillèrent l'appartement pour voir si les lumières s'y allumaient. Plus tard, ils allèrent sonner à la porte de l'appartement plongé dans l'obscurité puis ils finirent par demander à un policier de forcer cette porte.

Le corps rigide était assis bien droit au bureau, près de la fenêtre, et quand ceux qui s'étaient introduits dans l'appartement virent les yeux vitreux, saillants, et les marques qu'une terreur absolue avait laissées sur ces traits déformés, ils se détournèrent, gagnés par un effroi qui les rendit malades. Peu après, quand le médecin légiste vint pour l'examiner, il conclut, en dépit du fait que la fenêtre n'était pas brisée, qu'un choc électrique ou une tension nerveuse due à une décharge électrique avait causé la mort. Il ne tint pas le moindre compte de l'expression hideuse, la considérant comme le résultat fort probable du choc qu'avait dû subir une personne dont l'imagination était si anormale et les émotions si disproportionnées. Il tira ces conclusions de l'examen des livres, tableaux et manuscrits trouvés dans l'appartement, ainsi que des éléments du journal intime, griffonnés en aveugle, qu'on avait découverts sur le bureau. Blake avait continué à jeter des notes frénétiques jusqu'à la toute dernière minute et on avait retrouvé un crayon à la mine brisée serré dans sa main droite.

Les éléments enregistrés pendant la panne étaient très décousus et seule une partie en était lisible. Certains enquêteurs ont tiré de l'ensemble des conclusions qui différaient beaucoup du rapport officiel, uniquement fondé sur les faits, mais de telles spéculations ont peu de chance de convaincre des personnes à l'esprit conservateur. Le cas de Blake, tel qu'il était présenté par ces théoriciens imaginatifs, a plutôt été desservi par l'intervention du Dr Dexter, homme superstitieux qui alla jeter la curieuse boîte et la pierre aux angles singuliers — un objet probablement luminescent lorsqu'il était observé dans la flèche noire et sans ouvertures où il avait été trouvé — dans le chenal le plus profond de la baie de Narragansett. Une imagination excessive et des troubles neurasthéniques renforcés, chez Blake, par la connaissance d'un culte du mal, observé dans le passé et dont il avait découvert de saisissants vestiges, telle était l'interprétation dominante qui fut donnée à ces ultimes notes frénétiques. Voici quelles étaient ces notes — du moins ce que l'on a pu en tirer :

« Les lumières sont encore éteintes — cela doit faire cinq minutes, maintenant. Tout dépend des éclairs. Que Yaddith fasse qu'ils se poursuivent... Il semble qu'une influence tente de passer au travers... Pluie, tonnerre et vent assourdiss... La chose est en train de s'emparer de mon esprit...

« Troubles de mémoire. Je vois des choses que je n'ai jamais perçues auparavant. D'autres mondes et d'autres galaxies... Noir... La foudre paraît noire et l'obscurité paraît être lumière...

« Ce ne peut être ni la véritable colline, ni la véritable église que j'aperçois dans ce noir d'encre. Doit être une impression rétinienne, laissée par les éclairs. Lè ciel fasse que les Italiens soient dehors avec leurs cierges, si jamais la foudre cesse de tomber !

« De quoi ai-je donc peur ? Ne serait-ce pas un avatar de Nyarlathotep qui, dans l'antique et ténébreuse Khem, est allé jusqu'à prendre figure humaine ? Je me souviens de Yuggoth, puis de Shaggai, plus distante encore, de l'ultime vide des planètes noires, enfin...

« Le long vol à tire-d'aile à travers le vide... ne peut franchir l'univers de lumière... recréé par les pensées emprisonnées dans le Trapézoèdre brillant... l'ai invoqué à travers les horribles abîmes du rayonnement...

« Je m'appelle Blake — Robert Harrison Blake, de 620 East Knapp Street, à Milwaukee, dans le Wisconsin... je suis sur cette planète...

« Azathoth, aie pitié de moi ! — il n'y a plus d'éclairs — horrible — je peux tout voir à l'aide d'un sens monstrueux qui n'est pas la vue — la lumière est noire et le noir est lumière... ces gens sur la colline... garde... les cierges et les charmes... leurs prêtres...

« Sens des distances disparu... loin est près et près est loin. Pas de lumière — pas de verre — vois cette flèche — cette tour — la fenêtre — peut entendre — Roderick Usher — suis fou ou deviens fou — la créature s'agite et cherche son chemin dans la tour — je suis elle et elle est moi — je veux sortir... dois sortir et unifier les forces. Elle sait où je me trouve...

« Je suis Robert Blake mais je vois la tour dans le noir... Il y règne une odeur monstrueuse... mes sens sont transfigurés... Planches de cette fenêtre de la tour craquent et cèdent... Iä... ngai... ygg...

« Je la vois — vient ici — vent d'enfer — voile titanesque — ailes noires — Yog-Sothoth, sauve-moi — l'œil brûlant aux trois lobes... »

L'OMBRE DU CLOCHER
par Robert BLOCH

William Hurley était irlandais de naissance et chauffeur de taxi de son métier : au su de ces deux caractéristiques, faut-il encore préciser qu'il était bavard !

Par cette chaude soirée d'été, dès l'instant où il embarqua son passager au centre de Providence, il se mit à parler. Le passager, un homme grand et mince d'une trentaine d'années, prit place dans la voiture en serrant contre lui une serviette. Il indiqua une adresse dans la Benefit Street ; Hurley démarra, mettant rapidement taxi et langue en quatrième vitesse.

Hurley entama ce qui allait être en fait un monologue, commentant l'exploit qu'avaient accompli cet après-midi les « Giants » de New York. Nullement inquiété par le silence de son passager, il fit ensuite quelques remarques sur le temps présent, il fit ensuite quelques remarques sur le temps présent, passé et à venir. Comme il ne recevait toujours aucune réponse, le conducteur se lança alors dans la relation d'un incident local, à savoir la fuite ce matin-là de deux panthères noires ou de deux léopards, on ne savait pas exactement, de la ménagerie ambulante du Langer Brothers Circus, actuellement en représentation dans la ville. Ayant demandé à son client s'il avait vu les animaux rôder en liberté, Hurley le vit secouer négativement la tête en guise de réponse.

Le chauffeur se livra alors à plusieurs remarques peu flatteuses sur les forces de la police locale et sur son incapacité à capturer les fauves. A son avis, cette section d'officiers était incapable d'attraper quoi que ce soit, même un rhume, après avoir été enfermée dans une glacière pendant un an. Ce trait d'esprit ne dérida pas son passager. Hélas, Hurley ne put reprendre son monologue : ils étaient arrivés à Benefit Street. Quatre-vingts *cents* changèrent de propriétaire, le passager à la serviette quitta le taxi et Hurley poursuivit sa route.

Il ne le savait pas, mais il devenait ainsi la dernière personne qui pourrait témoigner avoir vu cet homme en vie.

Le reste n'est que conjecture, et c'est peut-être mieux ainsi. Bien sûr, il serait assez aisé de tirer certaines conclusions sur ce qui se passa cette nuit-là dans la vieille maison de Benefit Street, mais qui pourrait supporter l'angoisse de telles conclusions !

Un détail mineur est assez simple à élucider : le silence insolite, ainsi que la réserve du passager. Ce passager, Edmund Fiske, venu de Chicago, méditait sur l'aboutissement de quinze années de recherches ; ce trajet en taxi représentait l'ultime étape de sa longue route et, tout en roulant, il passait en revue les événements qui l'avaient jalonnée.

L'enquête d'Edmund Fiske avait débuté le 8 août 1935, lors de la mort de son grand ami, Harrison Blake, de Milwaukee.

Tout comme Fiske à la même époque, Blake avait été un adolescent précoce, passionné de littérature fantastique ; en tant que tel, il était devenu membre des « Amis de Lovecraft », un groupe d'écrivains entretenant une correspondance suivie entre eux et avec feu Howard Phillips Lovecraft, de Providence.

C'est par correspondance que Fiske et Blake firent connaissance ; ils se rendirent visite mutuellement, à Milwaukee et à Chicago. Leur engouement commun pour le fantastique et le surnaturel en littérature comme en art servit de base à cette profonde amitié qui les unissait au moment du décès inopiné et inexplicable de Blake.

La plupart des faits — et certaines conjectures — relatifs à la mort de Blake ont été repris dans la nouvelle de Lovecraft, *Le Spectre des Ténèbres,* qui fut publiée plus d'un an après la disparition du jeune écrivain.

Lovecraft était extrêmement bien placé pour observer la situation, puisque c'est sur sa suggestion que le jeune Blake s'était rendu à Providence dans les premiers mois de 1935 et avait été hébergé à College Street par Lovecraft lui-même. Ce fut donc à la fois comme ami et voisin que le vieil écrivain fantastique avait pu narrer la singulière histoire des derniers mois de Blake.

Dans son récit, il raconte les efforts de Blake à mettre en œuvre un roman sur la survivance des cultes sorciers en Nouvelle-Angleterre, mais il omet modestement de parler de la part qu'il y joua en aidant son ami à se procurer le matériel de base. Apparemment, Blake commença le travail projeté, puis il se trouva confronté à une horreur sans nom, dépassant de loin ce que son imagination, pourtant féconde, aurait pu concevoir.

Blake fut en effet amené à fouiller ces pierres éboulées situées à Federal Hill, ruines désertes d'une église qui abrita jadis les célébrants d'un culte ésotérique. Au début de l'été, il se rendit à plusieurs reprises dans cet antre maudit et fit certaines découvertes qui, selon Lovecraft, rendirent sa mort inévitable.

En bref, voici les faits : Blake, malgré les palissades, pénétra dans l'église et trébucha sur le squelette d'un journaliste du *Providence Telegram,* un certain Edwin M. Lillibridge, qui avait sans doute tenté une enquête similaire en 1893. Il était déjà assez inquiétant que cette mort restât inexpliquée, mais il l'était plus encore de constater que personne n'avait été suffisamment hardi depuis lors pour s'aventurer dans l'église et y découvrir le corps.

Le carnet de notes du reporter se trouvait toujours dans ses vêtements et Blake en retira une révélation partielle des événements.

Un certain professeur Bowen, de Providence, avait effectué de nombreux voyages en Egypte et, en 1843, au cours des fouilles archéologiques de la chambre mortuaire de Nephren-Ka, avait fait une découverte étrange.

Nephren-Ka est le « pharaon oublié », dont le nom a été maudit par les prêtres et rayé des registres dynastiques officiels. A l'époque, le nom était familier au jeune écrivain, et ce, principalement, grâce à l'œuvre d'un autre auteur de Milwaukee qui avait parlé de ce souverain semi-légendaire dans un de ses contes, *Le Temple du pharaon noir*. Mais la découverte que fit Bowen dans la tombe était des plus inattendues.

Le carnet de notes du reporter défunt parlait peu de la nature réelle de cette découverte ; par contre, il retraçait de façon chronologique et précise les événements qui lui succédèrent. Immédiatement après avoir déterré sa mystérieuse trouvaille, le professeur Bowen abandonna ses recherches pour retourner à Providence. En 1844, il y acheta l'église du Libre Arbitre et en fit le quartier général de ce que l'on appelait la secte de la Sagesse étoilée.

Recrutés de toute évidence par Bowen lui-même, les fidèles de ce culte religieux déclaraient adorer une entité appelée le « Spectre des Ténèbres ». En concentrant leur attention sur un cristal, ils invoquaient la présence réelle de cette entité et lui rendaient hommage par un sacrifice sanglant.

C'est du moins la rumeur fantastique qui circulait à Providence à cette époque ; l'église devint ainsi un lieu à éviter. La superstition locale provoqua des troubles, lesquels, à leur tour, nécessitèrent une action directe. Sous la pression publique, la secte fut dissoute de force par les autorités en mai 1877 et plusieurs centaines de ses membres quittèrent la ville du jour au lendemain.

L'église elle-même fut fermée sur-le-champ et la curiosité individuelle, semble-t-il, ne put surmonter la terreur générale ; ce qui explique pourquoi l'édifice resta abandonné et inexploré jusqu'au jour où le journaliste Lillibridge entreprit de son propre chef sa fatale investigation de 1893.

Telle était en substance l'histoire rapportée dans son carnet de notes. Blake la lut, mais n'en fut pas pour autant arrêté dans son exploration minutieuse des lieux. Il tomba finalement sur le mystérieux objet que Bowen avait découvert dans la chambre mortuaire égyptienne, cet objet qui avait été la base du culte de la Sagesse étoilée.

C'était une boîte métallique asymétrique dont le couvercle, maintenu ouvert par d'étranges charnières, semblait n'avoir pas été fermé depuis d'innombrables années. Blake inspecta donc attentivement l'intérieur, y vit un polyèdre rouge-noir d'une dizaine de centimètres suspendu par sept supports. Il ne se contenta pas d'effleurer des yeux le polyèdre de cristal, mais y plongea le regard ; exactement comme le faisaient les adorateurs de ce culte... et avec les mêmes conséquences. Il fut aussitôt envahi par un trouble psychique curieux ; il semblait avoir « des visions d'autres pays et de gouffres au-delà des étoiles », comme le rapportaient les récits superstitieux.

C'est alors que Blake commit une faute irréparable : il referma la boîte.

En fermant la boîte — toujours suivant les superstitions annotées par Lillibridge —, il appelait l'entité surnaturelle elle-même, le Spectre des Ténèbres. Cette créature de la nuit ne pouvait survivre à la lumière. Et, dans la pénombre de la vieille église condamnée, la chose apparut.

Blake, terrorisé, s'enfuit à toute allure de l'église, mais le mal était fait. A la mi-juillet, un violent orage priva Providence d'éclairage pendant une heure, et la colonie italienne vivant près de l'église désertée entendit des frappements et des coups sourds provenant du bâtiment envahi par l'obscurité.

Une foule de gens, munis de chandelles, se rassemblèrent au-dehors, sous la pluie, éclairant ainsi l'édifice, afin de se protéger par une barrière de lumière contre la sortie possible de l'entité tant redoutée.

L'histoire devait être restée vivante dans la mémoire des habitants du voisinage. Une fois la tempête apaisée, les journaux locaux s'emparèrent de l'événement et, le 17 juillet, deux journalistes se risquèrent dans l'église, accompagnés d'un policier. On ne trouva rien de particulier, si ce n'est quelques taches et souillures inexplicables sur les marches de l'autel et sur les bancs.

Moins d'un mois plus tard — le 8 août à deux heures trente-cinq du matin pour être précis —, Robert Blake trouva la mort au cours d'un orage, alors qu'il se tenait assis devant la fenêtre de sa chambre à College Street.

Juste avant de mourir, alors que l'orage approchait, Blake griffonnait frénétiquement dans son journal, y révélant ses obsessions les plus profondes ainsi que ses hallucinations relatives au Spectre des Ténèbres. Blake était convaincu qu'en regardant fixement au centre du curieux cristal il avait en quelque sorte établi un lien avec l'entité supraterrestre. De plus, il croyait qu'en fermant la boîte il avait sommé l'entité de s'établir dans l'obscurité du clocher de l'église, et que son propre destin était dès lors irrévocablement lié à celui du monstre.

Ce furent les dernières révélations qu'il parvint à écrire tout en observant de sa fenêtre la progression de la tempête.

Au même moment, à l'église de Federal Hill, une foule de spectateurs agités se rassemblait pour éclairer la vieille bâtisse. Il est incontestable qu'ils entendirent des bruits inquiétants provenant de l'intérieur de l'édifice condamné ; c'est, en tout cas, ce qu'ont affirmé deux témoins dignes de foi. L'un d'eux, le père Merluzzo de l'église Spirito Santo, s'efforçait de calmer l'assistance. L'autre, le policier (à présent sergent) William J. Monahan, du commissariat central, essayait de maintenir l'ordre face à la panique croissante. Monahan lui-même vit la « vapeur » aveuglante qui sembla se couler comme de la fumée hors du clocher au moment précis de l'éclair final.

L'éclair, le météore, la boule de feu — appelez cela comme vous le voulez — se répandit sur la ville dans un éclat aveuglant ; peut-être au moment même où, à l'autre bout de la ville, Robert Harrison Blake écrivait : « N'est-ce pas une réincarnation de Nyarlathotep, qui prit dans le Khem antique et ténébreux l'apparence d'un homme ? »

Quelques secondes plus tard, il était mort. Le médecin légiste conclut à un « choc électrique » bien que la fenêtre devant laquelle il se trouvait fût intacte. Un autre médecin, connu de Lovecraft, manifesta en privé son désaccord sur cette explication et prit l'affaire en main dès le jour suivant. Dépourvu de toute autorité légale, il pénétra dans l'église et grimpa dans le clocher aux fenêtres bouchées. C'est là qu'il découvrit l'étrange boîte asymétrique — était-elle en or ? — et la curieuse pierre qu'elle renfermait. Sa première réaction fut de soulever le couvercle et d'exposer le cristal en pleine lumière. Son second geste fut ensuite de louer un bateau, de prendre à bord la boîte et sa pierre aux angles curieux, et de les laisser tomber dans le plus profond chenal de la baie de Narragansett.

C'est ici que Lovecraft termine son récit quelque peu romancé — personne ne le niera — de la mort du jeune Blake. C'est ici aussi que débutent les quinze années de recherches d'Edmund Fiske.

Certes, Fiske n'ignorait pas plusieurs événements retracés dans cette histoire. Lorsque, au printemps, Blake alla s'installer à Providence, Fiske lui promit de le rejoindre l'automne suivant. D'abord, les deux amis échangèrent une correspondance régulière, mais Blake, dès le début de l'été, n'envoya plus la moindre lettre.

A l'époque, Fiske ne se doutait pas que Blake avait exploré l'église en ruine. Il ne pouvait justifier le silence de son ami et écrivit à Lovecraft en quête d'une éventuelle explication.

Lovecraft ne lui apprit pas grand-chose. Le jeune Blake, répondit-il, lui avait rendu de fréquentes visites au cours des premières semaines de son séjour, l'avait consulté sur ses écrits et accompagné au cours de plusieurs promenades nocturnes en ville.

Mais, au cours de l'été, les visites de Blake s'étaient espacées. Il était contraire à la nature discrète de Lovecraft d'imposer sa présence à d'autres, aussi ne chercha-t-il pas à rencontrer Blake pendant plusieurs semaines.

Lorsqu'il s'y décida — et qu'il entendit de l'adolescent presque hystérique ses expériences dans l'église interdite de Federal Hill —, Lovecraft lui prodigua mille conseils et avertissements. Mais il était déjà trop tard. Moins de dix jours après sa visite, il apprit la mort brutale du jeune homme.

Le lendemain, Lovecraft avertit Fiske de ce décès. C'était à lui de prévenir les parents de Blake. Le jeune homme fut fort tenté de se rendre sur-le-champ à Providence, mais le manque d'argent et l'urgence de ses propres affaires lui firent reporter ce projet. Le corps de son ami fut ramené en temps voulu et Fiske assista à la courte cérémonie d'incinération.

Lovecraft entama alors ses propres recherches, recherches qui aboutirent finalement à la publication de son récit. L'affaire aurait pu en rester là.

Fiske n'était pourtant pas satisfait.

Son meilleur ami était mort dans des circonstances qui apparaissaient mystérieuses aux plus sceptiques eux-mêmes. Les autorités locales classèrent sommairement l'affaire par une explication idiote et insuffisante.

Fiske décida de percer ce mystère.

Mais il ne faut pas oublier un trait marquant : chacun de ces trois hommes, Lovecraft, Blake et Fiske, était un écrivain professionnel, féru de surnaturel et d'extra-ordinaire. Tous trois pouvaient accéder sans difficulté à de nombreux ouvrages traitant de légendes et de superstitions anciennes. L'application de leurs connaissances se limitait à des digressions dans la littérature fantastique ; à la lumière de ses propres expériences, et aussi ironique que cela puisse paraître, aucun d'eux ne put pourtant jamais partager complètement l'ironie incrédule de ses lecteurs devant les mythes dont il parlait.

En effet, comme l'écrivait Fiske à Lovecraft, « le terme *mythe* est simplement un euphémisme poli, nous le savons tous. La mort de Blake n'est pas un mythe, mais une affreuse réalité. Je vous supplie de mener votre enquête à fond. Cherchez la vérité jusqu'au bout, car si le journal de Blake contient une vérité, même déformée, Dieu sait ce qui a peut-être été lâché sur le monde ! ».

Lovecraft promit de l'aider. Il découvrit ce qu'il était advenu de la boîte métallique et de son contenu, et tenta d'arranger une rencontre avec le Dr Ambrose Dexter de Benefit Street. Il apparut que le Dr Dexter avait quitté la ville aussitôt après la nuit dramatique où il s'était emparé, pour s'en débarrasser immédiatement, du « Trapézoèdre étincelant », selon le propre terme de Lovecraft.

Lovecraft interrogea ensuite le père Merluzzo et le policier Monahan, puis il se plongea dans les archives du *Bulletin* et tenta de reconstituer l'histoire de la secte de la Sagesse étoilée et de l'entité qu'elle adorait.

Il apprit certainement bien plus qu'il n'osa le dévoiler dans sa nouvelle. En lisant les lettres qu'il écrivit à Edmund Fiske à la fin de l'automne et au début du printemps 1936, l'on retrouve des avertissements prudents et des références à des « menaces du Dehors ». Mais il tenait à être rassurant, et il affirma à Fiske que, s'il y avait eu quelque menace, dans le sens réaliste plutôt que surnaturel, le danger était à présent écarté puisque le Dr Dexter s'était débarrassé du « Trapézoèdre étincelant », talisman qui appelait l'entité. Tel était en substance son rapport, et l'affaire en resta là tout un temps.

Au début de 1937, Fiske se proposa de rendre visite à Lovecraft, avec l'intention secrète de reprendre de son côté les recherches entreprises sur la cause de la mort de Blake. Mais, une fois de plus, les circonstances s'y opposèrent. En mars de cette même année, Lovecraft mourut. La nouvelle inopinée de son décès plongea Fiske dans une période de dépression dont il mit longtemps à sortir ; il lui fallut donc presque un an avant de se rendre pour la première fois à Providence, sur le lieu des épisodes tragiques qui mirent un terme à la vie de Blake.

Cependant, un profond courant de suspicion subsistait toujours. Le médecin légiste s'était contenté d'explications faciles, et Lovecraft s'était montré fort prudent ; quant à la presse et à l'opinion publique, elles avaient aisément admis toute cette histoire... Pourtant Blake était mort, et une chose qu'on appelle entité s'était évadée dans la nuit.

Si seulement il pouvait lui-même visiter l'église maudite, parler avec le Dr Dexter — afin de découvrir ce qui l'avait attiré dans cette histoire —, s'il pouvait interroger les reporters et suivre toutes les pistes se rapportant à cette affaire, Fiske finirait bien, il le sentait, par découvrir la vérité et laver enfin le nom de son ami disparu de l'horrible réputation de déséquilibré mental dont on l'avait doté.

C'est pourquoi, après être arrivé à Providence et avoir réservé une chambre dans un hôtel, Fiske se rendit aussitôt à Federal Hill, où se trouvait l'église en ruine.

Sa visite était vouée à un échec immédiat et définitif :

l'église n'existait plus. Elle avait été rasée au cours de l'automne précédent et le terrain était devenu propriété de la ville. La flèche noire et sinistre n'étendait plus ses maléfices sur la colline.

Fiske se mit aussitôt en route pour rencontrer le père Merluzzo à Spirito Santo, à quelques minutes de là. Un concierge courtois lui apprit que le père Merluzzo était mort en 1936, moins d'un an après le jeune Blake.

Malgré son découragement, Fiske n'abandonna pas la partie ; il essaya alors de contacter le Dr Dexter, mais les volets de la vieille maison de Benefit Street étaient fermés. Un coup de téléphone au centre médical lui apprit que le médecin Ambrose Dexter avait quitté la ville pour une période indéterminée.

La visite qu'il rendit ensuite à l'éditeur en chef du *Bulletin* ne lui apporta rien de neuf. On lui permit néanmoins d'avoir accès aux archives du journal où il put lire le récit désespérément succinct et terre à terre de la mort de Blake ; en outre, les deux journalistes qui avaient assuré le reportage et donc visité l'église de Federal Hill avaient quitté le journal pour occuper un meilleur poste dans une autre ville.

Il restait bien sûr d'autres pistes à suivre. Au cours de la semaine suivante, Fiske n'en négligea aucune, mais en vain. Un exemplaire du *Who's Who* ne lui apprit rien de significatif sur le Dr Ambrose Dexter. Il était natif de Providence et y avait toujours vécu. Agé de quarante ans, célibataire, il pratiquait la médecine générale et était membre de plusieurs associations médicales. Mais nulle part il n'était fait mention de « hobbies » peu communs ou d'« autres intérêts » qui auraient pu fournir une explication quant à son rôle dans cette affaire.

Fiske finit par dénicher le sergent William J. Monahan du commissariat central et, pour la première fois, put parler réellement avec quelqu'un qui avait été mêlé aux événements qui menèrent à la mort de Blake. Monahan fut poli, tout en observant une prudente réserve.

Fiske raconta tout ce qu'il savait ; cependant, en dépit de sa franchise, l'officier de police resta réticent.

— En fait, je ne puis rien vous dire, dit-il. Il est exact, comme le rapporte M. Lovecraft, que j'étais à l'église cette nuit-là ; une foule agitée y était rassemblée et l'on ne sait jamais de quoi certains sont capables lorsqu'ils sont échauffés. Comme vous le savez, la vieille église avait mauvaise réputation ; je parie que Sheeley aurait pu vous en raconter plus d'une.

— Sheeley ? s'écria Fiske.

— Bert Sheeley, c'était sa ronde, pas la mienne. Il souffrait de pneumonie à l'époque ; je l'ai donc remplacé pendant deux semaines. Lorsqu'il mourut...

Fiske leva les bras au ciel. Une nouvelle source possible de renseignements s'éteignait. Blake était mort, Lovecraft était mort, le père Merluzzo était mort et à présent Sheeley... De plus, les journalistes avaient disparu dans la nature et le Dr Dexter s'était mystérieusement volatilisé. Fiske soupira puis poursuivit son interrogatoire.

— Au cours de cette dernière nuit, lorsque la « vapeur » apparut, demanda-t-il, ne vous souvenez-vous d'aucun autre détail ? Y avait-il du bruit ? Personne dans la foule n'a-t-il dit quelque chose ? Essayez de vous souvenir... tout ce que vous pourrez ajouter me sera peut-être d'une aide considérable.

Monahan secoua la tête.

— Il y avait du bruit partout, répondit-il. Mais avec cet orage et tout le vacarme, je ne pouvais pas distinguer si des bruits provenaient aussi de l'intérieur de l'église, comme le relate l'histoire. Quant à la foule, les femmes gémissaient, les hommes grognaient ; ajoutez à cela les coups de tonnerre et le vent : je parvenais tout juste à me faire entendre quand je leur criais de rester en place, sans essayer de comprendre ce qui se disait.

— Et la vapeur ? insista Fiske.

— C'était une vapeur, c'est tout. De la fumée, un nuage, ou encore simplement une ombre juste avant que la foudre ne frappe à nouveau. Mais je ne dirais pas que j'ai vu des diables, ou des monstres, ou encore des je-ne-sais-quoi... comme l'écrivait M. Lovecraft dans ses histoires bizarres !

Le sergent Monahan haussa les épaules d'un air hypocrite et répondit à la sonnerie du téléphone. L'entrevue était de toute évidence terminée.

L'enquête de Fiske l'était également par la même occasion. Mais il ne perdit cependant pas espoir. Toute une journée, il resta accroché au cornet du téléphone de l'hôtel et appela un à un chaque « Dexter » de l'annuaire dans l'espoir de tomber sur un parent du docteur disparu ; peine perdue. Il passa une autre journée sur un petit bateau dans la baie de Narragansett afin de localiser avec soin et certitude le « chenal le plus profond » mentionné par Lovecraft dans sa nouvelle.

Hélas, après une semaine à Providence, Fiske dut s'avouer vaincu. Il retourna à Chicago, pour y reprendre son travail et ses activités normales. Cette affaire passa progressivement à l'arrière-plan de ses préoccupations, mais jamais il ne l'oublia ni n'abandonna tout à fait l'idée d'élucider un jour ce mystère... si mystère il y avait.

En 1941, lors d'une permission de trois jours durant son instruction militaire, le soldat de première classe Edmund Fiske passa par Providence en se rendant à New York et tenta à nouveau, mais sans succès, de retrouver le Dr Ambrose Dexter.

Au cours des années 1942 et 1943, le sergent Edmund Fiske écrivit de ses différentes garnisons d'outre-mer au Dr Ambrose Dexter, poste restante, Providence, Rhode Island. Ses lettres furent-elles jamais reçues ? Elles restèrent sans réponse.

En 1945, dans le hall d'une bibliothèque américaine de Honolulu, Fiske tomba sur un article d'une revue d'astrophysique parlant, entre autres, d'un récent colloque tenu à l'université de Princeton, au cours duquel l'orateur invité, le Dr Ambrose Dexter, avait donné une conférence sur « les applications pratiques en technologie militaire ».

Fiske ne retourna pas aux Etats-Unis avant la fin de 1946. L'année suivante, ses affaires privées furent, bien entendu, le centre de ses préoccupations les plus urgentes. C'est en 1948 seulement qu'il rencontra à nouveau par hasard le nom du Dr Dexter, cette fois dans une liste de « chercheurs en physique nucléaire » publiée par un magazine hebdomadaire. Il écrivit à l'éditeur pour de plus amples informations, mais n'obtint aucune réponse. Une autre lettre envoyée à Providence resta également sans réponse.

Mais en 1949, vers la fin de l'automne, le nom de Dexter retint une fois de plus son attention ; il y était question du bien-fondé d'un travail sur la bombe H.

Peu importe ce qu'il supposa, craignit ou se permit d'imaginer, Fiske ne put s'empêcher de passer à l'action. C'est alors qu'il écrivit à un certain Ogden Purvis, un détective privé de Providence, et le chargea de retrouver le Dr Ambrose Dexter. Il exigeait d'être mis en rapport avec lui et avança une forte somme. Purvis accepta l'affaire.

Les premiers rapports que le détective privé envoya à Chicago étaient très décourageants. La résidence de Dexter était toujours inoccupée et, selon des informations de sources gouvernementales, Dexter lui-même était en mission spéciale. Le détective privé semblait en conclure que le savant était une personne au-dessus de tout soupçon, engagée dans une mission confidentielle de défense.

Fiske fut pris de panique.

Il proposa d'augmenter la provision et insista pour que Purvis poursuivît ses efforts en vue de retrouver l'insaisissable personnage.

Le détective privé suivit chaque piste suggérée par Fiske et l'une d'entre elles le mena finalement à Tom Jonas.

Tom Jonas était le propriétaire du petit bateau affrété par le Dr Dexter un soir de fin d'été 1935, et avec lequel il avait ramé jusqu'au « plus profond chenal de la baie de Narragansett ».

Là, Tom Jonas s'était arrêté pour permettre à Dexter de jeter par-dessus bord cette boîte de métal asymétrique et légèrement brillante dont le couvercle à charnières grand ouvert laissait voir le trapézoèdre étincelant.

Le vieux pêcheur avait parlé très ouvertement au détective privé ; ses paroles furent reprises mot pour mot dans un rapport confidentiel envoyé à Fiske.

« Bizarre », s'était dit Jonas après cet incident. Dexter lui avait offert « cinq mille balles pour conduire le bateau au milieu de la baie à minuit et balancer c'drôle de bazar par-dessus bord. Disait qu'y avait rien d'mal ;

qu'c'était juste un vieux souvenir et qu'il voulait s'en débarrasser. Mais tout le temps, il n'quitta pas des yeux cette espèce de bijou placé sur des lanières de fer dans la boîte, et il marmonnait dans une aut' langue, j'crois. Non, c'n'était pas du français, d'l'allemand ou d'l'italien. P't'-être du polonais. Je n'me souviens d'aucun mot non plus. On aurait dit qu'il était ivre. C'est pas que j'dirais quelque chose cont' le Dr Dexter, ça non, vous comprenez ; il vient d'une noble et vieille famille, même s'il n's'est pas montré dans les parages depuis, à c'que j'sais du moins. M'suis dit qu'il n'était pas lui-même. Autrement, pourquoi m'payer cinq mille balles pour une course aussi bête que ça ? ». Le compte rendu textuel du monologue du vieux pêcheur ne s'arrêtait pas là, mais il n'expliquait rien.

« Sûr, il semblait content d's'en débarrasser, je m'souviens. Au retour, il m'a dit d'la fermer à ce sujet, mais je n'vois rien de mal à le raconter après tant d'années. J'dirais même tout devant la loi. »

De fait, le détective privé avait eu recours à un stratagème peu moral ; pour amener Jonas à parler, il s'était fait passer pour un inspecteur de police. Fiske ne fut pas gêné le moins du monde par ce détail. Cela lui donnait enfin prise sur un élément tangible ; il en profita pour envoyer une nouvelle somme à Purvis avec pour mission de poursuivre son enquête sur Ambrose Dexter. Plusieurs mois s'écoulèrent dans l'attente.

Puis, vers la fin du printemps, Fiske reçut la nouvelle tant attendue. Le Dr Dexter était rentré ; il était revenu chez lui à Benefit Street. Les volets avaient été retirés, des camions avaient déchargé leur contenu de meubles et un domestique ouvrait la porte et prenait les messages téléphoniques.

Le Dr Dexter n'était chez lui ni pour le détective ni pour personne. Il semblait se remettre d'une grave maladie qu'il avait contractée lors d'une mission au service du gouvernement. Le valet prit la carte de Purvis et promit de lui remettre un message, mais des coups de téléphone répétés ne lui valurent aucune réponse.

Purvis, qui pourtant surveilla sans relâche la maison et ses alentours, ne parvint jamais à apercevoir le médecin convalescent ou à trouver une seule personne affirmant l'avoir croisé dans la rue.

On livrait régulièrement des produits alimentaires et le facteur déposait des lettres dans la boîte ; de plus, les lumières restaient allumées en permanence dans la maison de Benefit Street.

Oui, c'était la seule anomalie qu'avait relevée Purvis dans le mode de vie du docteur Dexter: il semblait utiliser l'éclairage électrique nuit et jour.

Fiske envoya une lettre à Dexter, puis une seconde. En vain ; il ne reçut pas la moindre réponse, ni même un accusé de réception. Alors, après plusieurs rapports de Purvis aussi insignifiants les uns que les autres, Fiske se décida. Il irait voir Dexter à Providence, advienne que pourra !

Peut-être ses soupçons étaient-ils imaginaires ; peut-être se trompait-il du tout au tout en présumant que le Dr Dexter pourrait laver le nom de son ami mort ; peut-être même n'existait-il aucun rapport entre eux… Mais, depuis quinze ans, il avait tellement ressassé le passé qu'il était temps à présent de mettre un terme à son propre conflit intérieur.

Vers la fin de l'été, Fiske câbla ses intentions à Purvis et lui proposa de le rencontrer dès son arrivée à l'hôtel.

C'est ainsi qu'Edmund Fiske vint pour la dernière fois à Providence… le jour de la défaite des « Giants », le jour où les frères Langer perdirent deux panthères noires, le jour enfin où le chauffeur de taxi, William Huxley, était d'humeur loquace.

Purvis ne l'attendait pas à l'hôtel, mais Fiske était sous l'emprise d'une impatience telle qu'il décida de passer à l'action sans lui et se fit conduire, comme nous l'avons vu, à Benefit Street, tôt dans la soirée.

Aussitôt après le départ du taxi, Fiske examina le portail à panneaux. Aux fenêtres supérieures, un éclairage puissant répandait son flot de lumière sur la demeure géorgienne. Une plaque de cuivre luisait sur la porte et la lumière permettait de lire l'inscription : *Ambrose Dexter, Docteur en médecine.*

Aussi bénin que ce fût, ce détail sembla rasurant à

Edmund Fiske. Le docteur ne cachait par au monde extérieur sa présence dans la maison, même s'il lui dissimulait sa personne physique. L'éclairage généreux et la plaque étaient de bon augure.

Fiske eut un haussement d'épaules et sonna.

La porte s'ouvrit sans tarder. Un petit homme voûté, à la peau sombre, apparut sur le seuil, lui posant un « oui » interrogatif.

— Le Dr Dexter, je vous prie.

— Le docteur ne reçoit aucune visite. Il est souffrant.

— Pourriez-vous lui transmettre un message, s'il vous plaît ?

— Certainement, fit le laquais au teint basané en souriant.

— Dites-lui qu'Edmund Fiske, de Chicago, désire le voir quelques instants à sa meilleure convenance. J'ai fait tout le trajet depuis le Middle West dans ce but, et ce dont j'ai à l'entretenir ne lui demandera qu'une minute ou deux de son temps.

— Attendez une minute, je vous prie.

La porte se referma. La nuit tombait. Fiske changea sa serviette de main.

Soudain, la porte s'ouvrit à nouveau. Le serviteur le scruta du regard.

— Monsieur Fiske, êtes-vous le gentleman qui a écrit les lettres ?

— Les lettres ? Oh, oui, c'est moi. J'ignorais que le docteur les avait reçues.

Le serviteur fit un signe de tête.

— Je ne pourrais pas vous le dire. Mais le Dr Dexter a dit que, si vous étiez l'homme qui lui a écrit, vous deviez entrer tout de suite.

Fiske poussa un bruyant soupir de soulagement tout en franchissant le seuil. Il avait mis quinze ans pour en arriver là, et maintenant...

— Montez, s'il vous plaît. Le Dr Dexter vous attend dans son cabinet, au bout du couloir.

Edmund Fiske grimpa quatre à quatre la volée d'escalier ; arrivé en haut, il se dirigea vers une porte et pénétra dans une pièce si violemment éclairée que la lumière semblait être une présence palpable.

Et là, se levant d'un fauteuil placé au coin du feu, il vit le Dr Ambrose Dexter.

Fiske faisait face à un homme élancé, mince, d'une élégance raffinée, qui devait avoir cinquante ans, mais en paraissait à peine trente-cinq ; un homme dont la finesse naturelle et l'harmonie des mouvements arrivaient à masquer — pas entièrement, hélas — la seule fausse note : un hâle inhabituel.

— Vous êtes donc Edmund Fiske ?

La voix était douce, modulée et trahissait nettement l'accent de la Nouvelle-Angleterre ; la poignée de main qui l'accompagnait était chaleureuse et ferme. Le sourire du Dr Dexter était naturel et amical. Ses dents blanches tranchaient sur le fond basané de ses traits.

— Asseyez-vous, je vous en prie, invita le docteur.

Il lui indiqua un fauteuil en se courbant légèrement. Fiske ne pouvait s'empêcher de dévisager son hôte ; l'allure et le comportement de cet homme ne portaient pas la moindre trace d'une maladie récente ou actuelle. Le savant reprit son siège près du feu. Tandis que Fiske, se déplaçant pour le rejoindre, remarqua, de part et d'autre de la pièce, des rayonnages couverts de livres. La taille et la forme de plusieurs de ces volumes attirèrent immédiatement toute son attention, à un point tel qu'il hésita à s'asseoir, et alla plutôt examiner les titres des ouvrages.

Pour la première fois de sa vie, Edmund Fiske se trouva confronté avec l'œuvre semi-légendaire *De Vermis Mysteriis,* le *Liber Ivonis,* et la version latine, presque mythique, du *Necronomicon.* Sans en demander la permission à son hôte, il retira ce dernier volume du rayon et se mit à feuilleter frénétiquement les pages jaunies de la traduction espagnole de 1622.

Il se tourna ensuite vers le Dr Dexter et son visage perdit l'expression de sang-froid qu'il avait prudemment adoptée :

— Ainsi, c'est vous qui avez trouvé ces livres dans l'église, dit-il, dans la petite sacristie arrière, à côté de l'abside. Lovecraft les mentionne dans son récit et je me suis toujours demandé ce qu'ils étaient devenus.

Dexter hocha gravement la tête.

— Oui, je les ai pris. A mon avis, il est préférable que de tels livres ne tombent pas entre les mains des autorités. Vous savez ce qu'ils renferment et ce qui pourrait arriver si une telle connaissance était employée à mauvais escient.

Fiske replaça à regret le grand livre sur l'étagère et s'assit au coin du feu, face au docteur. Il tenait sa serviette sur ses genoux et jouait nerveusement avec la boucle.

— Détendez-vous, dit le Dr Dexter avec un sourire aimable. Abordons franchement la question. Vous êtes ici dans le but de découvrir quel rôle j'ai joué dans cette affaire où mourut votre ami.

— Oui, j'aimerais vous poser quelques questions.

— Je vous en prie, dit le docteur en levant une main fine et brune. Ma santé n'est pas excellente pour l'instant et je ne puis vous accorder que quelques minutes. Permettez-moi de devancer vos questions en vous racontant le peu que je sais.

— Comme vous préférez...

Fiske ne quittait pas l'homme basané du regard ; il se demandait ce qui se cachait derrière tant de prestance.

— Je n'ai rencontré votre ami, Robert Harrison Blake, qu'une seule fois, commença le Dr Dexter. C'était un soir de fin juillet 1935. Il vint me consulter en tant que patient.

— Je n'ai jamais su cela ! s'exclama Fiske, en se penchant en avant.

— Personne n'avait de raison de le savoir. C'était un patient comme un autre. Il se plaignait d'insomnies. Après l'avoir examiné, je lui prescrivis un sédatif et, me basant sur la plus simple conjecture, je lui demandai s'il n'avait pas été récemment l'objet d'une tension ou d'un traumatisme inhabituels. C'est alors qu'il me raconta sa visite à l'église de Federal Hill et ce qu'il y découvrit. Je vous avoue que j'ai eu la délicatesse de ne pas rejeter son récit comme le produit d'une imagination hystérique. Appartenant à une des plus vieilles familles de l'endroit, je connaissais déjà les légendes entourant la secte de la Sagesse étoilée et le fameux Spectre des Ténèbres.

» Le jeune Blake m'avoua certaines de ses craintes

concernant le trapézoèdre, me laissant entendre que c'était le foyer du mal originel. Il confessa ensuite sa terreur d'être lié de quelque façon au monstre de l'église.

» Bien sûr, je n'étais pas prêt à accepter cette dernière supposition comme rationnelle. J'entrepris alors de rassurer le jeune homme, lui conseillai de quitter Providence et d'oublier. A l'époque, j'agissais en toute bonne foi. Puis, en août, j'appris la nouvelle de sa mort.

— Vous vous êtes alors rendu à l'église, dit Fiske.

— N'auriez-vous pas agi de la même façon ? riposta son interlocuteur. Si Blake était venu vous trouver avec cette histoire et vous avait fait part de son angoisse, sa mort ne vous aurait-elle pas décidé à agir ? Croyez-moi, j'ai fait ce qui me semblait le mieux. Plutôt que de provoquer un scandale, plutôt que d'exposer le grand public à d'inutiles frayeurs, plutôt que de permettre la possibilité d'un tel danger, je me rendis à l'église. Je pris les livres et m'emparai également du trapézoèdre étincelant au nez et à la barbe des autorités. Ensuite, je frétai un bateau et culbutai cette maudite chose dans la baie de Narragansett, où elle ne pouvait plus nuire à l'humanité. Le couvercle était relevé lorsque je la larguai... en effet, comme vous le savez, seule l'obscurité peut appeler le Spectre ; à présent, la pierre est à jamais exposée à la lumière.

» C'est là tout ce que je puis vous dire. Je déplore que mes travaux m'aient empêché de vous voir ou de communiquer plus tôt avec vous, au cours de ces dernières années. J'apprécie l'intérêt que vous portez à cette affaire et j'espère que mes remarques pourront, aussi peu que ce soit, vous éclairer et vous tranquilliser. Quant au jeune Blake, en ma qualité de médecin traitant, je serai heureux de vous délivrer un certificat attestant ma conviction de son équilibre mental lors de son décès. Je le ferai rédiger dès demain et l'enverrai à votre hôtel, si vous m'en donnez l'adresse. Cela vous suffit-il ?

Le docteur se leva, indiquant clairement par-là que l'entretien était terminé. Fiske resta assis, déplaçant nerveusement sa serviette.

— Maintenant, vous voudrez bien m'excuser, murmura le docteur.

— Un moment, je vous prie. Encore une ou deux questions.

— Très certainement.

Si le docteur s'en irritait, il ne le manifestait nullement.

— Avez-vous, par hasard, vu Lovecraft avant ou pendant sa fatale maladie ?

— Non. Je n'étais pas son médecin. En fait, jamais je n'ai rencontré cet homme. Je le connaissais de réputation ; ses travaux l'avaient rendu célèbre.

— Après l'affaire Blake, pourquoi avez-vous quitté Providence si brusquement ?

— Je portais un intérêt plus grand à la physique qu'à la médecine. Vous ne le savez peut-être pas mais, depuis dix ans au moins, je travaille sur des problèmes d'énergie atomique et de fission nucléaire. D'ailleurs, demain, je quitte à nouveau Providence pour une tournée de conférences dans les universités occidentales et certains groupes gouvernementaux.

— Cela m'intéresse énormément, docteur, dit Fiske. A propos, avez-vous jamais rencontré Einstein ?

— Oui, il y a quelques années. J'ai travaillé avec lui sur... mais qu'importe. Je vous prie de m'excuser, maintenant. Une prochaine fois, nous aurons peut-être l'occasion de discuter de ces choses.

A présent, son impatience était évidente. Fiske se leva ; il tenait d'une main sa serviette et avança soudain l'autre main pour éteindre la lampe qui se trouvait sur une petite table.

— Pourquoi craignez-vous l'obscurité, docteur ? demanda doucement Fiske.

— Je ne cr...

Pour la première fois, le docteur fut sur le point de perdre son sang-froid.

— Qu'est-ce qui vous fait penser cela, reprit-il dans un souffle.

— C'est le trapézoèdre étincelant, non ? Vous étiez trop pressé le jour où vous l'avez jeté dans la baie. A ce moment, vous n'avez pas pensé que, même si vous laissiez le couvercle ouvert, la pierre serait engloutie par les ténèbres, tout au fond de la mer. Peut-être le Spectre ne voulait-il pas que vous vous en souveniez. Vous avez regardé dans la pierre exactement comme Blake l'avait fait, et vous avez établi le même lien psychique. Ainsi, lorsque vous avez jeté la chose, vous l'avez livrée à l'obscurité éternelle, là où le pouvoir de l'entité pourrait se nourrir et grandir.

» C'est pour cette raison que vous avez alors quitté Providence... parce que vous craigniez que le Spectre ne vienne à vous, tout comme il l'avait fait pour Blake, et parce que vous saviez qu'à présent la chose resterait libre à jamais.

Le Dr Dexter se dirigea vers la porte.

— Je dois vous prier de sortir, à présent, dit-il. Si vous vous imaginez que je laisse les lumières allumées parce que je crains la vue du Spectre des Ténèbres, comme cela arriva à Blake, vous faites erreur.

Fiske grimaça un sourire et enchaîna :

— Pas du tout. Je sais que vous ne craignez pas cela... Parce qu'il est trop tard. Le Spectre doit vous avoir rendu visite, il y a longtemps, peut-être le jour même où vous lui avez rendu son pouvoir en livrant le trapézoèdre aux profondeurs de la baie. Il vous est apparu, mais, à la différence de Blake, il ne vous a pas tué.

» Il se sert de vous : c'est pour cela que vous appréhendez l'obscurité. Vous la redoutez exactement comme le Spectre lui-même redoute d'être découvert. Je crois que *votre apparence change* dans le noir et ressemble plus à l'ancienne apparition. Car, lorsque le Spectre vint à vous, il ne vous a pas tué, mais il s'est fondu en vous. *Vous* êtes le Spectre des Ténèbres !

— Voyons, monsieur Fiske...

— Il n'y a pas de Dr Dexter. Cette personne n'existe plus depuis des années. Seule subsiste l'enveloppe extérieure, habitée par une entité plus vieille que le monde ; une entité qui s'emploie avec rapidité et astuce à mener l'humanité à sa destruction. C'est vous qui êtes devenu un « scientifique » pour vous introduire dans les cercles appropriés, afin de rechercher, d'encourager et d'aider les hommes inconscients dans leur « découverte » subite de la fission nucléaire. Que vous avez dû rire lorsque éclata la première bombe atomique ! Aujourd'hui, vous leur avez livré le secret de la bombe à hydrogène, et vous vous apprêtez à leur dévoiler plus encore, à leur indiquer de nouveaux moyens pour les mener à leur propre anéantissement.

« Il m'a fallu des années de réflexion avant de découvrir les indices, les clefs des fameux mythes sauvages dont parle Lovecraft dans ses écrits. Il a toujours eu recours aux paraboles et aux symboles, mais il révélait la vérité. Il avait prédit en toutes lettres la prophétie de votre venue sur terre… Blake le comprit enfin lorsqu'il identifia le Spectre par son nom réel.

— Et quel est ce nom ?

— Nyarlathotep !

Le visage basané grimaça un sourire crispé.

— Je crains que vous ne soyez victime des mêmes projections fantastiques que le pauvre Blake et que votre ami Lovecraft. Personne n'ignore que Nyarlathotep relève de la plus pure invention… une partie du mythe lovecraftien.

— C'était également mon avis, jusqu'au jour où je trouvai la clef de son poème. C'est alors que tout prit un sens : le Spectre des Ténèbres, votre fuite et votre soudain intérêt pour la recherche scientifique. Les paroles de Lovecraft revêtaient une nouvelle signification :

> Et vint enfin du cœur de l'Egypte
> Cet étrange homme sombre devant qui
> Les fellahs s'inclinaient.

Fiske récita les vers, le regard rivé sur le visage brun du médecin.

— Absurde… Si vous tenez à le savoir, ce trouble dermatologique dont je suis atteint provient d'une exposition à des radiations, à Los Alamos.

Fiske ne l'entendit pas ; il poursuivait le poème de Lovecraft :

> Et les bêtes sauvages le suivaient et lui
> [léchaient les mains.
> Mais bientôt de la mer jaillit une puissance

> *[pernicieuse :*
> *Venant de régions oubliées aux fines flèches*
> *[d'or.*
> *Le sol se fendit et de folles aurores*
> *Déferlèrent sur les cités tremblantes des hommes*
> *Puis, écrasant tout ce qu'il rencontrait,*
> *Ce chaos insensé souffla au loin la croûte*
> *[terrestre.*

Le Dr Dexter secoua la tête.

— C'est du plus haut ridicule, affirma-t-il. Même dans votre, euh, état de trouble, vous pouvez certainement vous en rendre compte ! Ce poème n'a aucune signification littérale. Les bêtes sauvages me lèchent-elles les mains ? Quelque chose jaillit-il de la mer ? Y a-t-il des séismes et des aurores ? Balivernes ! Vous êtes sérieusement atteint de ce que nous appelons la « peur atomique ». Comme nombre de profanes, vous êtes victime d'une obsession absurde ; vous êtes convaincu que nos travaux en fission nucléaire entraîneront d'une manière ou d'une autre la destruction de la terre. Toute cette rationalisation n'est que le produit de votre imagination.

Fiske serrait fermement sa serviette.

— Je vous ai dit que cette prophétie de Lovecraft était une parabole. Dieu seul sait ce qu'il savait ou craignait. Quoi que ce fût, il se sentit obligé d'en voiler le sens. Et même alors, peut-être, lui firent-ils un sort, parce qu'il en savait trop.

— Ils ?

— Ceux d'Ailleurs, ceux que vous servez. Vous êtes leur agent de liaison, Nyarlatothep. Vous êtes venu, en rapport avec le trapézoèdre étincelant, du centre de l'Egypte, comme le dit le poème. Les fellahs, ces artisans de la classe populaire de Providence, qui se convertirent à la secte de la Sagesse étoilée s'inclinaient devant l'« étranger basané » qu'ils adoraient comme le Spectre des Ténèbres.

» Le trapézoèdre fut jeté dans la baie, et « bientôt jaillit du fond de la mer une puissance pernicieuse »... votre naissance, votre incarnation dans le corps du

Dr Dexter. Vous vous êtes alors mis à enseigner aux hommes de nouvelles méthodes de destruction, de destruction par la bombe atomique ; alors « le sol se fendit et de folles aurores déferlèrent sur les cités tremblantes des hommes ». Oh, Lovecraft savait parfaitement ce qu'il écrivait ! Blake aussi vous reconnut. Tous deux moururent. Je suppose que vous allez essayer de me supprimer, à présent, afin de pouvoir poursuivre votre œuvre maléfique. Vous allez organiser des séminaires et côtoyer de grands chercheurs, les encourageant, leur soufflant de nouvelles suggestions en vue d'un plus grand anéantissement. Finalement, vous « soufflerez au loin la croûte terrestre ».

— S'il vous plaît, suppliait le Dr Dexter, les mains tendues. Contrôlez-vous, laissez-moi placer un mot ! Ne réalisez-vous pas que cette histoire n'a ni queue ni tête ?

Fiske se dirigea vers lui, ses mains manipulant le fermoir de sa serviette. Le rabat s'ouvrit, Fiske plongea la main à l'intérieur, pour retirer un revolver qu'il pointa fermement sur la poitrine du docteur.

— Biens sûr que c'est absurde, marmonna-t-il. Personne n'a jamais cru en la secte de la Sagesse étoilée, si ce n'est une poignée de fanatiques et quelques étrangers ignares. Personne n'a jamais considéré les histoires de Blake ou de Lovecraft, ou encore les miennes comme autre chose qu'une forme morbide de divertissement. D'ailleurs, personne ne croira jamais qu'il y a quelque chose d'anormal en vous, ou dans cette soi-disant recherche sur l'énergie atomique, ou encore sur les horreurs que vous envisagez d'envoyer sur le monde pour le conduire à sa perte. Et c'est la raison pour laquelle je vais vous tuer aujourd'hui !

— Déposez cette arme !

Fiske se mit soudain à trembler. Tout son corps se secoua en un spasme spectaculaire. Dexter s'en aperçut et fit aussitôt un pas en avant. Les yeux du jeune homme lui sortaient des orbites, le médecin en profita pour s'approcher, centimètre par centimètre.

— Restez où vous êtes ! hurla Fiske ; les mots sortaient déformés par le tremblement convulsif de ses mâchoires. C'est tout ce que je devais savoir, poursuivit-il. Puisque vous habitez un corps humain, vous pouvez être détruit par une arme ordinaire... Et je vais vous détruire, Nyarlathotep !

Ses doigts bougèrent.

Ceux du Dr Dexter aussi. Il glissa prestement la main derrière l'homme armé et atteignit l'interrupteur mural. Un « clic » et la pièce se trouva plongée dans l'obscurité la plus totale.

Non, pas la plus totale, car on distinguait une lueur.

Le visage et les mains du Dr Dexter étaient phosphorescents dans le noir. Certaines formes d'empoisonnement au radium peuvent produire de tels effets ; c'est sans nul doute l'explication qu'aurait donnée le savant à Edmund Fiske, s'il en avait eu le loisir.

Mais il n'en eut pas l'occasion. Edmund Fiske entendit le déclic, vit les fantastiques traits embrasés et s'écroula.

Le Dr Ambrose Dexter ralluma calmement les lumières, se dirigea vers le jeune homme et s'agenouilla un long moment à son côté. Il chercha son pouls, en vain.

Edmund Fiske était mort.

Le docteur soupira, se releva et quitta la pièce. Dans le hall, au bas des escaliers, il appela son domestique.

— Un regrettable accident s'est produit, dit-il. Ce jeune visiteur, un hystérique, vient d'avoir une crise cardiaque. Vous feriez bien d'appeler la police tout de suite. Puis vous achèverez ensuite les préparatifs du voyage. Nous partons demain pour une tournée de conférences.

— Mais la police pourrait vous retenir.

Le Dr Dexter secoua la tête.

— Je ne crois pas. Le cas est très clair. Je pourrais fournir facilement une explication. Prévenez-moi dès qu'ils arrivent. Je suis au jardin.

Le docteur traversa le hall vers la sortie arrière de la maison. Il sortit dans le jardin, baigné par la splendeur d'un clair de lune.

Des murs séparaient cette éclaircie rayonnante du monde extérieur. L'homme sombre se tint immobile, éclairé par la lune, et son aura se confondit avec la splendeur de l'astre.

A ce moment, deux ombres soyeuses bondirent par-dessus le mur. Elles se tapirent dans la fraîcheur du jardin, puis rampèrent vers le Dr Dexter. Leur souffle haletant résonnait dans la nuit.

Sous le clair de lune, il reconnut deux panthères noires.

Il attendait immobile, tandis qu'elles avançaient à pas feutrés vers lui, les yeux brillants, les gueules béantes et baveuses.

Ambrose Dexter se détourna. Il contempla la lune avec un sourire diabolique, tandis que les fauves se couchaient devant lui et lui léchaient les mains.

MANUSCRIT TROUVÉ DANS UNE MAISON ABANDONNÉE

par Robert BLOCH

Tout d'abord, je tiens à écrire que je n'ai jamais rien fait de mal. A personne. Ils n'ont pas de raison de m'enfermer ici, qui qu'ils soient. Ils n'ont pas non plus de raison de faire ce que je pense qu'ils vont me faire.

Je crois qu'ils seront là bientôt, car ils sont dehors depuis longtemps, maintenant. En train de creuser, je suppose, dans ce vieux puits. J'ai entendu qu'ils cherchent une grille. Pas une grille ordinaire, bien sûr, mais quelque chose d'autre.

J'ai une idée de ce qu'ils veulent, et j'ai peur.

J'aurais bien regardé par les fenêtres, seulement elles sont cloisonnées et je ne peux pas voir.

Mais j'ai allumé la lumière et j'ai trouvé ce petit carnet et je vais tout raconter. Alors, avec un peu de chance, je pourrai peut-être l'envoyer à quelqu'un qui pourra m'aider. Ou peut-être que quelqu'un le trouvera. En tout cas, il vaut mieux écrire toute l'histoire du mieux que je peux, au lieu de rester simplement assis à attendre. A attendre qu'*ils* viennent me prendre.

Le mieux est de commencer par dire mon nom : Willie Osborne. J'ai douze ans depuis juillet. Je ne sais pas où je suis né.

La première chose dont je me souviens est que je vivais à Roodsford Road, dans ce que les gens appellent l'arrière-pays montagneux. C'est très solitaire par là, avec des bois profonds tout autour et des tas de montagnes et de collines que personne n'escalade jamais.

Grand-mère m'en parlait souvent quand j'étais petit.

C'est avec elle que je vivais, avec grand-mère toute seule, parce que mes parents étaient morts. C'est grand-mère qui m'a appris à lire et à écrire. Je n'ai jamais été à l'école.

Grand-mère connaissait toutes sortes de choses sur les collines et les forêts, et elle me racontait des histoires fort étranges. C'est en tout cas ce que je croyais que c'était, quand j'étais petit et que je vivais seul avec elle. Rien que des histoires, comme dans les livres.

Comme les histoires sur *ceux-là* qui se cachent dans les marécages et qui étaient ici bien avant les colons et les Indiens, et comment il y avait des cercles dans les marais et des grandes pierres appelées des autels où *ceux-là* faisaient des sacrifices à ce qu'ils adoraient.

Grand-mère disait qu'elle tenait ces histoires de sa grand-mère à elle… comment *ceux-là* se cachaient dans les bois et dans les marais parce qu'ils ne pouvaient pas supporter la lumière du soleil, et comment les Indiens les évitaient. Elle disait que parfois les Indiens laissaient quelques-uns de leurs jeunes ligotés à des arbres dans la forêt comme sacrifice ; comme ça, *ils* étaient contents et pacifiques.

Les Indiens savaient tout sur *eux* et ils essayaient d'empêcher les Blancs d'en savoir trop ou de s'établir trop près des collines. *Eux,* ils ne causaient pas beaucoup d'ennuis, mais ils le pourraient, s'ils se sentaient envahis. Alors, les Indiens trouvaient des excuses pour éloigner les Blancs, ils disaient que la chasse n'était pas bonne et qu'il n'y avait pas de pistes et puis que c'était trop loin de la côte.

Grand-mère m'a raconté que c'était pour cela que peu d'endroits étaient habités, même aujourd'hui. Elle me racontait qu'*ils* étaient toujours en vie et que, parfois, pendant certaines nuits, au printemps et en automne, on pouvait voir des lumières et entendre des bruits, très loin, au sommet des collines.

Grand-mère disait que j'avais une tante Lucie et un oncle Fred qui vivaient là-bas, en plein au milieu des collines. Elle disait que papa leur rendait souvent visite avant son mariage et qu'une fois il *les* avait entendus battre sur un tambour de bois toute la nuit, la veille de la Toussaint. C'était avant de rencontrer maman et ils se sont mariés et elle est morte quand je suis né et il est parti.

J'ai entendu toutes sortes d'histoires. Sur des sorcières, des diables et des hommes chauves-souris qui suçaient le sang des hommes et sur des lieux hantés. Sur Salem et Arkham parce que j'ai jamais été dans une ville et je voulais qu'on me raconte comment c'était. Sur un endroit appelé Innsmouth avec des vieilles maisons moisies où les gens enfermaient d'horribles choses dans les caves et les greniers. Elle m'a raconté comment des tombeaux étaient creusés très profondément sous Arkham. Cela faisait du bruit comme si toute la région était hantée.

Elle me faisait peur quand elle me racontait à quoi ressemblaient ces choses, mais j'avais beau supplier, elle ne m'aurait jamais raconté comment *ceux-là* étaient. Elle disait qu'elle ne voulait pas que j'aie des ennuis avec de telles choses... que c'était déjà assez qu'elle et sa famille en sachent autant, presque trop pour des honnêtes gens craignant Dieu. Heureusement pour moi, je n'avais pas à m'occuper de telles idées, comme mon propre ancêtre du côté de mon père, Mehitabel Osborne, qui avait été pendu à cause d'une sorcière, à Salem.

Pour moi, ce n'étaient donc que des histoires, jusqu'à l'an passé, quand grand-mère est morte, et que le juge Crubinthorp m'a mis dans le train pour aller vivre chez tante Lucie et oncle Fred dans ces fameuses collines dont grand-mère me parlait si souvent.

Vous pensez si j'étais excité! Le conducteur me laissa faire toute la route avec lui et me parla des villages qu'on traversait

Oncle Fred m'attendait à la gare. C'était un homme grand et mince avec une longue barbe. Un boghei nous emmena loin de la petite gare — pas de maison dans le coin, rien du tout — droit dans les bois.

Bizarres, ces bois. Ils étaient très calmes. J'avais la chair de poule tant ils étaient sombres et déserts. Comme si personne n'y avait jamais crié, ou ri, ou même souri. Je ne pouvais pas imaginer quelqu'un y parlant tout haut.

Les arbres semblaient très vieux. Il n'y avait pas d'animaux ou d'oiseaux. Le chemin était couvert d'herbes, comme si presque plus personne ne l'employait. Oncle Fred roulait vite, il ne parlait presque pas et faisait juste galoper son cheval.

Assez rapidement, nous avons atteint des collines qui étaient horriblement hautes. Il y avait des bois dessus, aussi, et parfois une rivière descendait, mais je ne voyais pas de maison et il faisait sombre comme au début de la nuit, partout où on regardait.

Finalement, nous sommes arrivés à la ferme : une vieille maison de bois et une grange dans une clairière avec des arbres tout autour, obscurs. Tante Lucie vint dehors pour nous dire bonjour. C'était une petite femme entre deux âges, assez jolie, qui m'a embrassé et qui a porté mes affaires à l'intérieur.

Mais tout ceci n'a rien à voir avec ce que je veux écrire ici. Peu importe si j'ai vécu avec eux toute cette année dans la maison, mangeant ce qu'oncle Fred faisait pousser, sans jamais aller à la ville. Pas d'autre ferme dans les environs à moins de six kilomètres et pas d'école ; alors, le soir, tante Lucie m'aidait à lire. Je n'ai jamais beaucoup joué.

Au début, j'avais peur d'aller dans les bois, après ce que grand-mère m'avait raconté. De plus, je savais que tante Lucie et oncle Fred craignaient quelque chose, à voir comment ils verrouillaient les portes le soir et n'allaient jamais dans la forêt après la tombée de la nuit, même en été.

Mais après quelques semaines, je me suis fait à l'idée de vivre dans les bois et ils n'avaient plus l'air si effrayants. J'aidais oncle Fred dans son travail, bien sûr, mais parfois, l'après-midi, quand il était occupé, je partais tout seul. Surtout à la fin de l'après-midi.

Et c'est ainsi que j'ai entendu une de ces choses. C'était début octobre. J'étais dans le vallon, juste à côté du grand bloc de pierre. Alors le bruit a commencé. Je me suis vite caché derrière le rocher.

Comme je l'ai déjà dit, il n'y a pas d'animaux dans ces bois. Ni de gens. Sauf peut-être le facteur, Cap Pritchett, mais il ne vient que le jeudi après-midi.

Alors, quand j'ai entendu un bruit qui n'était ni oncle Fred ni tante Lucie qui m'appelaient, j'ai su qu'il valait mieux se cacher.

Ah oui, ce bruit ! C'était tout d'abord très éloigné, comme des gouttes. Comme du sang tombant dans le fond du seau quand oncle Fred suspend un cochon égorgé.

Je regardais autour de moi, mais je ne voyais rien, et je ne parvenais pas à trouver non plus de quel côté ça venait. Le bruit sembla s'arrêter pendant une minute, et il n'y eut plus que la pénombre et les arbres, dans un silence de mort. Puis le bruit recommença, plus près et plus fort.

C'était comme si des gens se mettaient, tous ensemble, à courir ou à marcher, en se rapprochant. Un bruit de brindilles qui craquaient sous les pieds et de branches brisées. Je me suis fait tout petit derrière le rocher et je n'ai plus bougé.

Je peux dire que ce qui fait du bruit est vraiment tout près maintenant, juste dans le vallon. Je veux lever la tête pour voir, mais je ne le fais pas, parce que le bruit est si fort et si affreux. Et il y a aussi une infecte odeur, comme quelque chose qui serait mort et enterré et que l'on remettrait au soleil.

Tout d'un coup, le bruit s'arrête de nouveau et je peux dire que cette chose est tout tout près. Pendant une minute, les bois sont tout à fait silencieux. Puis j'entends un autre bruit.

C'est une voix et ce n'est pas une voix. Oui, c'est ça ; ça n'a pas le son d'une voix ; c'est plutôt un bourdonnement ou un coassement, profond et monotone. Mais ça doit pourtant être une voix, parce que ça dit des mots.

Pas des mots que je pouvais comprendre, mais des mots. Des mots qui me faisaient garder la tête rentrée, par peur d'être vu et par peur de voir quelque chose. Je restai là, tremblant et en sueur. L'odeur me rendait malade, mais cette horrible voix monotone était pire encore. Elle disait et répétait quelque chose comme :

« E uh shub nigger ath ngaa ryla neb shoggoth. »

Je ne sais pas comment cela s'écrit exactement, mais je l'ai entendu assez souvent pour me le rappeler. J'écoutais toujours quand l'odeur est devenue si forte que je me suis évanoui parce que, quand je me suis réveillé, la voix était partie, et la nuit tombait.

J'ai couru tout le long du chemin pour rentrer à la maison, ce soir-là, mais avant j'ai regardé où la chose se tenait quand elle parlait, et c'était en effet une chose.

Aucun être humain ne peut laisser des empreintes dans la boue qui ressemblent à des sabots de chèvre rendus verts par de la vase qui pue... Pas quatre ou huit traces, mais plusieurs centaines !

Je n'ai rien dit à tante Lucie et oncle Fred. Mais quand je me suis couché, cette nuit-là, j'ai eu des cauchemars. Je pensais être de nouveau dans le vallon, et cette fois je pouvais voir la chose. Elle était très grande et noire comme de l'encre, sans forme bien particulière, sauf un tas de lianes noires terminées par des espèces de sabots. Je veux dire, cela avait une forme, mais elle changeait sans arrêt ; elle se bombait et se tordait en différentes tailles. Elle était couverte de bouches, comme des feuilles sur une branche. C'est ce que je trouve de plus juste comme comparaison. Ces bouches faisaient penser à des feuilles et toute cette chose à un arbre dans le vent, un arbre noir avec beaucoup de branches traînant sur le sol, et un faisceau de racines se terminant en sabots. Et cette bave verdâtre, qui s'écoulait des bouches pour dégouliner le long des jambes, ressemblait à de la sève !

Le jour suivant, je me souviens avoir regardé un livre que tante Lucie gardait en bas. Il s'appelait *Mythologie*. Ce livre parlait de gens qui vivaient de l'autre côté de l'océan, en Angleterre et en France, jadis, et que l'on appelait des druides. Ils adoraient les arbres et croyaient qu'ils étaient vivants. Cette chose était peut-être ce que ces druides adoraient, ce que l'on appelle un « esprit de la nature ».

Mais les druides vivaient sur un autre continent ; alors, comment était-ce possible ? Cette question me tracassa beaucoup les jours qui suivirent, et je ne suis pas retourné jouer dans les bois.

Finalement, voici comment je me suis représenté les choses.

Peut-être qu'on a chassé ces druides des forêts de France et d'Angleterre et que quelques-uns d'entre eux ont été assez malins pour construire des bateaux et traverser l'océan comme l'a fait, paraît-il, le vieux Leaf Erikson. Alors ils se sont peut-être établis ici, au fond des bois, et ont effrayé les Indiens avec leurs formules magiques.

Ils savaient comment se cacher dans les marécages et ont pu ainsi poursuivre leur culte païen et évoquer les esprits venus de la terre ou de n'importe où.

Les Indiens ont toujours cru que les dieux blancs sont

venus de la mer, il y a très longtemps. Et si c'était une autre façon d'expliquer l'arrivée des druides? De vrais Indiens civilisés du Mexique ou du sud de l'Amérique — des Aztèques ou des Incas, je suppose — ont bien raconté qu'un dieu blanc est venu par la mer et leur a appris toutes sortes de trucs magiques. C'était peut-être un druide.

Cela expliquerait aussi les histoires de grand-mère sur *ceux-là*.

Ce sont ces druides qui, cachés dans les marais, seraient alors responsables de ces roulements de tambour, de ces bruits sourds et des feux sur les collines. Et ils invoquent *ceux-là,* les esprits des arbres ou autre chose, les appelant hors de la terre. Ils font alors leurs sacrifices. Ces druides faisaient toujours des sacrifices sanglants, comme les vieilles sorcières. Et grand-mère n'a-t-elle pas parlé de ces gens qui vivaient trop près des collines et qui avaient disparu à tout jamais?

C'est exactement dans ce genre d'endroit que nous vivons.

Et nous approchons de la veille de la Toussaint. C'était « le grand moment », comme disait grand-mère.

Et je me suis demandé: « Dans combien de temps, maintenant? »

J'avais tellement peur que je n'ai plus osé quitter la maison. Tante Lucie m'a fait prendre un remontant ; elle disait que j'avais l'air malade. Je suppose que je l'étais! Tout ce que je sais, c'est qu'un après-midi, lorsque j'entendis un boghei approcher, j'ai vite couru me cacher sous le lit.

Mais c'était seulement Cap Pritchett avec le courrier. Oncle Fred l'a pris et est revenu tout joyeux avec une lettre.

Cousin Osborne venait passer quelques jours avec nous. C'était un parent de tante Lucie, et il avait un congé et il voulait rester une semaine. Il allait arriver ici par le même train que moi — le seul train qui circule dans la contrée — le 25 octobre à midi.

Les jours suivants, nous étions tellement occupés que j'oubliai toutes ces sottes histoires de magie. Oncle Fred remettait en état la chambre de derrière pour cousin Osborne et je l'aidai dans ses travaux de menuiserie.

Les jours devenaient plus courts et les nuits étaient très froides avec beaucoup de vent. Il faisait plutôt frisquet le matin du 25 octobre et oncle Fred se couvrit chaudement pour traverser les bois. Il devait prendre cousin Osborne à midi et la gare se trouvait à plus à dix kilomètres de la maison. Il ne voulait pas m'emmener, et je n'ai pas insisté. Ces bois étaient pleins de craquements et de frôlements suspects à cause du vent... peut-être à cause d'autre chose aussi.

Il partit donc, et tante Lucie et moi-même sommes restés à la maison. Elle préparait des confitures — aux prunes — pour passer l'hiver. Moi, je lavais les pots dans le puits.

J'aurais dû vous dire qu'ils ont deux puits. Le nouveau, avec une grande pompe toute brillante, juste à côté de la maison. Et puis le vieux en pierre, près de la grange. Il n'a plus de pompe, depuis longtemps. Il n'a jamais servi à rien, disait oncle Fred ; il était déjà là quand ils ont acheté la ferme. L'eau y est toute vaseuse. C'est bizarre ce puits, parce que, même sans la pompe, il semble parfois revivre. Oncle Fred n'a jamais trouvé d'explication, mais le matin, parfois, l'eau déborde à nouveau sur les côtés... une eau verdâtre et vaseuse qui sent très mauvais.

Nous évitions donc ce puits et je restais près du nouveau, jusque vers midi, lorsque le temps se couvrit. Tante Lucie prépara le déjeuner. Il se mit à pleuvoir et le tonnerre roula sur toutes les collines de l'ouest.

Oncle Fred et cousin Osborne allaient avoir des difficultés à atteindre la maison dans cette tempête, mais tante Lucie ne s'en faisait pas pour cela, elle me demanda seulement de l'aider à ranger les pots de confiture.

A cinq heures, à la nuit tombante, toujours pas d'oncle Fred. Nous avons alors commencé à nous inquiéter. Le train avait peut-être eu du retard, ou quelque chose était arrivé au cheval ou au cabriolet.

Six heures et toujours pas d'oncle Fred. La pluie s'était arrêtée, mais l'orage grondait toujours sur les collines et dans les bois, les gouttes d'eau tombaient des branches avec un bruit qui ressemblait à des rires de femmes.

Peut-être la route avait-elle été coupée.

Le boghei avait pu s'embourber. Peut-être avaient-ils décidé de passer la nuit à la station...

Sept heures, et il faisait un noir d'encre dehors. Plus de bruit de pluie. Tante Lucie était horriblement inquiète. Alors nous sommes sortis accrocher une lanterne à la barrière, près de la route.

Nous avons suivi le chemin menant à la clôture. Il faisait sombre et le vent était tombé. Tout était calme, comme dans le cœur des bois. J'avais quand même peur en descendant le chemin avec tante Lucie... comme si quelque chose était là, tapi dans le noir, et attendait tranquillement de m'attraper.

Après avoir allumé la lanterne, nous sommes restés là à regarder la route toute noire.

— Qu'est-ce que c'est ? s'écria tante Lucie.

J'entendis alors très loin une sorte de grondement.

— Le cheval, et le boghei, dis-je.

Tante Lucie se ranima.

— Tu as raison.

En effet, c'était bien cela. Le cheval, le mors aux dents, galopait à toute vitesse, traînant derrière lui le boghei brinquebalant. Pas besoin de réfléchir longtemps pour voir que quelque chose s'était passé, car le cabriolet ne s'arrêta pas à la grille mais continua à toute vitesse vers la grange, avec tante Lucie et moi courant dans la boue pour le rattraper. Le cheval était tout couvert d'écume et de bave et, une fois maîtrisé, ne parvenait pas à rester immobile. Tante Lucie et moi attendions qu'oncle Fred et cousin Osborne descendent du cabriolet ; rien ne bougea. Nous regardâmes à l'intérieur.

Vide, le boghei était vide !

Tante Lucie poussa un « oh » d'horreur et s'évanouit. J'ai dû la ramener à la maison et la mettre au lit.

J'ai entendu presque toute la nuit à la fenêtre, mais oncle Fred et cousin Osborne ne se sont jamais manifestés. Jamais.

Les quelques jours qui suivirent furent horribles. Il n'y avait pas le moindre indice dans le boghei pour expliquer ce qui était arrivé, et tante Lucie ne voulait pas que je rejoigne le village par la route, ni même la gare par les bois.

Le lendemain, on trouva le cheval mort dans l'écurie, et, bien sûr, nous aurions dû aller à pied jusqu'à la station ou marcher tous ces kilomètres jusqu'à la ferme de Warren. Tante Lucie avait peur de partir et peur de rester et elle accepta que, quand Cap Pritchett viendrait, nous allions avec lui au village pour exposer la situation et y restions jusqu'à ce qu'on ait découvert ce qui s'était passé.

Moi, j'avais mon idée sur ce qui s'était passé. La veille de la Toussaint était proche et peut-être qu'*ils* avaient pris oncle Fred et cousin Osborne pour leur sacrifice. *Ils* ou les druides. Le livre sur la mythologie disait qu'avec leurs incantations les druides pouvaient même provoquer un ouragan s'ils le voulaient.

Mais à quoi bon en parler à tante Lucie. Elle était morte d'inquiétude, allant et venant sans cesse, et grommelait toujours :

— Ils sont partis. Fred m'avait pourtant bien prévenue. A quoi bon, à quoi bon !

Je devais préparer les repas et m'occuper des bêtes moi-même. La nuit, je ne parvenais pas à dormir, car j'attendais le roulement des tambours. Je n'en ai jamais entendu, mais c'était quand même mieux que de dormir et d'avoir ces cauchemars.

Des cauchemars de cette chose noire, de cette espèce d'arbre qui marchait dans les bois, puis s'enracinait en un endroit précis pour pouvoir prier avec toutes ses bouches... prier cet ancien dieu enfoui sous la terre.

Je ne sais pas où j'ai pêché l'idée qu'il priait comme ça... comme s'il collait ses bouches au sol. C'est peut-être parce que j'avais vu cette vase verdâtre. L'avais-je réellement vue ? Je n'étais jamais retourné voir. C'était peut-être né dans ma tête... l'histoire des druides et de *ceux-là* et la voix qui disait « shoggoth » et tout le reste.

Mais où se trouvaient alors cousin Osborne et oncle Fred ? Et qu'est-ce qui avait fait si peur au cheval qu'il en était mort le lendemain ?

Mille pensées se bousculaient dans ma tête, se chassant l'une l'autre, mais tout ce que je savais c'est que nous devions à tout prix avoir vidé les lieux pour la nuit de la veille de la Toussaint.

Cette fête traditionnelle des druides tombait un jeudi et Cap Pritchett viendrait avant et nous emmènerait avec lui au village.

La veille au soir, je fis faire ses paquets à tante Lucie et, quand tout fut prêt, je me mis au lit. Il faisait très calme et, pour la première fois, je me sentis un peu mieux.

Seuls les rêves revinrent. Je rêvais qu'un groupe d'hommes venaient dans la nuit et se glissaient par la fenêtre de la chambre-salon où dormait tante Lucie. Ils la ligotaient et l'emportaient, dans un calme absolu, dans le noir, car ils avaient des yeux de chat et n'avaient pas besoin de lumière pour voir.

Ce rêve m'a tellement effrayé que je me suis éveillé. C'était l'aube. Je suis tout de suite descendu chez tante Lucie.

Elle était partie.

La fenêtre était grande ouverte comme dans mon rêve, et les couvertures étaient déchirées.

Le sol était dur devant la fenêtre et je ne pus y relever aucune trace de pas, rien du tout. Mais elle était partie.

Alors, je crois que j'ai crié.

Je n'arrive pas à me rappeler ce que j'ai fait après. Pas envie de petit déjeuner. Je sortis appeler « tante Lucie » sans m'attendre à une réponse. J'allai à l'étable ; la porte était ouverte et les vaches avaient disparu. Je vis bien une ou deux traces à la sortie de la cour vers la route, mais je me suis dit qu'il n'était pas prudent de les suivre.

Un peu plus tard, j'ai été au puits. Là, j'ai crié de surprise et j'ai pleuré, car l'eau était aussi vaseuse et verdâtre dans le nouveau puits que dans le vieux.

Alors, j'ai su que j'avais raison. *Ils* avaient dû venir pendant la nuit sans même essayer de dissimuler leur passage. Comme s'ils étaient sûrs de leur fait.

Ce soir, c'était la fête du 31 octobre. Il me fallait coûte que coûte sortir de ce trou. Et s'*ils* me surveillaient et attendaient leur heure, mieux valait ne pas trop compter sur la venue de Cap Pritchett dans l'après-midi. Je devais risquer le coup et descendre par la route, et j'avais avantage à me mettre en route maintenant, dans la matinée, comme ça j'arriverais au village avant la tombée de la nuit.

Alors j'ai farfouillé un peu partout et j'ai trouvé de l'argent dans le tiroir du bureau d'oncle Fred et la lettre de cousin Osborne avec l'adresse de Kingsport, d'où il nous avait écrit. C'est là que je devais aller après avoir raconté aux gens du village ce qui s'était passé. Il devait y avoir de la famille dans ce patelin.

Je me demandais s'ils me prendraient au sérieux au village quand je leur raconterais comment oncle Fred avait disparu et tante Lucie, et qu'*ils* avaient volé le bétail pour leur sacrifice et que la vase du puits était devenue verdâtre après que quelque chose s'y fut arrêté pour boire. Je me demandais s'ils seraient au courant des roulements de tambour et des feux allumés sur les collines, ce soir, et s'ils allaient essayer de réunir un groupe pour revenir ici et essayer de *les* attraper et quel dieu grondant ils allaient faire sortir de la terre. Je me demandais s'ils savaient ce qu'était un « shoggoth ».

Bref, qu'ils le sachent ou non, je ne pouvais pas rester et attendre de le découvrir moi-même. Alors j'ai fait mon balluchon et je me suis préparé à partir. Il devait être environ midi, tout était parfaitement calme.

J'allai vers la porte et franchis le seuil, sans me soucier de la verrouiller derrière moi. A quoi bon, sans personne à des kilomètres de distance ?

C'est alors que j'ai entendu ce bruit au bas de la route.

Des pas.

Quelqu'un venait, juste avant le tournant.

Je retins ma respiration une minute, pour voir, prêt à courir.

Alors il arriva.

Il était grand, mince, et ressemblait à un peu à oncle Fred sauf qu'il était plus jeune et n'avait pas de barbe, et portait un beau costume de ville et un chapeau mou. En me voyant, il sourit et vint vers moi, l'air décidé, comme s'il me connaissait.

— Hello, Willie, dit-il.

Je n'ai rien répondu, j'étais tellement surpris !

— Ne me reconnais-tu pas ? dit-il. Je suis ton cousin Osborne. Ton cousin Frank, poursuivit-il en me tendant la main. Tu ne te souviens sans doute pas de moi ! La dernière fois que je t'ai vu, tu étais encore un bébé.

— Mais je croyais que tu devais venir la semaine passée, dis-je. Nous t'attendions le 25.

— Vous n'avez pas reçu mon télégramme ? demanda-t-il. Je devais encore régler quelques affaires.

Je secouai la tête.

— Nous ne recevons jamais rien ici, à part ce que nous délivre la poste chaque jeudi. Il est peut-être à la gare.

Cousin Osborne essaya de sourire.

— Vous êtes vraiment à l'écart des chemins fréquentés. Personne à la gare, ce midi. J'espérais que Fred serait venu me chercher avec le boghei, comme cela je n'aurais pas dû marcher, mais pas de chance.

— Tu as fait toute la route à pied? demandai-je.

— C'est exact.

— Et tu es venu en train?

Cousin Osborne fit oui de la tête.

— Alors, où est ta valise?

— Je l'ai laissée à la consigne, expliqua-t-il. Trop loin pour la porter tout le chemin. Je me suis dit que Fred reviendrait la chercher en boghei avec moi.

C'est alors qu'il remarqua mon sac:

— Mais, dis donc, fiston... où t'en vas-tu avec ce balluchon?

Il ne me restait plus qu'à lui raconter ce qui était arrivé. Je lui ai donc dit de me suivre dans la maison et de s'asseoir pour que je lui explique.

Nous sommes remontés à la ferme; il a fait du café et j'ai préparé quelques tartines et nous avons mangé. Je lui ai raconté ensuite qu'oncle Fred s'était rendu à la gare et n'était jamais revenu, et que le cheval était mort et puis ce qui était arrivé à tante Lucie. Je n ai pas parlé de mon escapade dans les bois, bien sûr, et je n'ai même pas fait allusion à *ceux-là*. Mais je lui ai dit que j'avais peur et que je comptais descendre au village avant la tombée de la nuit.

Cousin Osborne m'écouta, approuvant de la tête, sans m'interrompre.

— Tu comprends à présent pourquoi nous devons partir, dis-je. Cette chose qui les a attaqués va s'en prendre à nous, et je n'ai pas envie de passer une autre nuit ici.

Cousin Osborne se leva.

— Tu as peut-être raison, Willie, dit-il. Mais ne te fie pas trop à ton imagination, fiston. Essaie de séparer l'imaginaire du réel. Ton oncle et ta tante ont disparu. C'est un fait. Mais cette autre invention à propos de choses qui vous poursuivent dans les bois... ça, ce sont des histoires. Cela me fait penser à tous ces bavardages stupides que j'ai entendus chez moi, à Arkham. Et, Dieu sait pourquoi, il semble que ce soit pis encore, à cette époque de l'année. Tiens, quand j'ai quitté...

— Pardon, cousin Osborne, dis-je, mais ne vis-tu pas à Kingsport?

— Oui, oui, certainement, me dit-il. Mais avant, j'ai vécu à Arkham, et je connais les gens du coin. Je ne m'étonne pas que tu aies été si effrayé dans les bois et que tu te sois mis à imaginer des fantômes. Dans ta situation, j'admire ton courage. Pour un gars de douze ans, tu as agi avec beaucoup de bons sens.

— Alors, mettons-nous en route, dis-je. Il est presque deux heures, nous avons intérêt à partir, si nous voulons être au village avant la nuit.

— Encore un moment, fiston, dit cousin Osborne. Je ne sais pas s'il convient de nous éloigner sans fouiller les alentours pour voir si nous ne pouvons rien découvrir sur ce mystère. Tu comprends, nous ne pouvons pas nous rendre en ville d'un pas décidé pour raconter au shérif des histoires sans queue ni tête à propos d'étranges créatures des bois qui auraient enlevé ton oncle et ta tante. Aucune personne sensée ne nous croirait. On pourrait penser que j'ai menti, et rire de moi. Tiens, ils pourraient même croire que tu as quelque chose à voir avec... euh, le départ de ta tante et de ton oncle.

— S'il te plaît, fis-je. Il nous faut partir, tout de suite. Il secoua la tête.

Je ne parlai plus. J'aurais pu lui raconter plein de choses sur ce que j'avais rêvé, entendu et vu, et sur ce que je savais... mais je me dis que cela n'aurait servi à rien.

De plus, il y avait plusieurs choses que je n'avais pas envie de lui dire, maintenant que j'avais parlé avec lui. J'avais de nouveau peur.

Au début, il avait dit qu'il était d'Arkham et puis, quand je le lui ai demandé, il a dit qu'il était de Kingsport. J'aurais parié qu'il mentait.

Puis il a dit des choses sur la peur que j'avais eue dans les bois, et comment pouvait-il le savoir? Je ne lui ai jamais parlé du tout de *cet* incident.

Si vous voulez savoir ce que je pensais réellement, je me disais qu'il n'était peut-être pas du tout cousin Osborne.

Et, s'il ne l'était pas, alors... qui était-il ?

Je me levai et retournai dans le hall.

— Où vas-tu, mon garçon ? demanda-t-il.

— Dehors.

— Je viens avec toi.

Pas de doute, il me surveillait. Il n'allait pas me perdre de vue une seconde. Il me rejoignit et me prit le bras, très amicalement... mais je ne pouvais me dégager. Non, il ne me lâchait pas. Il savait que j'avais envie de ficher le camp.

Que pouvais-je faire ? Tout seul avec cet homme dans la maison au fond des bois ; la nuit tombait, la nuit du 31 octobre, et *ceux-là* dehors qui attendaient.

Nous sommes sortis, et j'ai remarqué qu'il commençait à faire noir, même dans l'après-midi. Des nuages avaient recouvert le soleil, le vent soufflait dans les arbres et ils tendaient leurs branches comme s'ils voulaient me retenir. Les feuilles bruissaient, elles chuchotaient des choses sur moi, et il les écoutait en les regardant. Peut-être qu'il comprenait ce qu'elles disaient. Peut-être qu'elles lui donnaient des ordres.

Alors, j'ai presque dû rire, car il écoutait effectivement quelque chose et maintenant je l'entendais aussi.

C'était une sorte de grondement, sur la route.

— Cap Pritchett ! dis-je. C'est le facteur, nous pouvons descendre avec lui au village.

— Laisse-moi lui parler, répondit-il. Au sujet de ta tante et de ton oncle. Pas la peine de l'alarmer, et nous ne désirons aucun scandale, pas vrai ? Toi, file à l'intérieur.

— Mais, cousin Osborne... dis-je en protestant. Nous devons raconter la vérité.

— Bien sûr, mon gars. Mais c'est une affaire d'adultes. File, maintenant. Je t'appellerai.

Il parlait de façon très polie et souriait même, mais il me traîna malgré tout jusque dans la maison et claqua la porte. Tandis que je me tenais là, dans le hall tout sombre, je pouvais entendre Cap Pritchett ralentir et l'appeler. Cousin Osborne s'approcha du boghei et parla au facteur, et alors je n'entendis plus qu'une sorte de murmure très bas. Par une fente de la porte, je pus les apercevoir. Cap

Pritchett lui parlait amicalement, détendu, et tout semblait en ordre.

Sauf que, environ une minute plus tard, Cap Pritchett lui fit au revoir de la main, puis prit les rênes... et le boghei redémarra !

Alors, je sus que je devais agir, sans penser à ce qui allait se passer. J'ai ouvert la porte et j'ai foncé dehors, sac à la main. J'ai couru sur le sentier après le boghei. Cousin Osborne a essayé de me rattraper au passage, mais je me suis esquivé en criant :

— Attendez-moi, Cap... je viens... emmenez-moi au village !

Cap ralentit et se retourna, manifestement étonné.

— Willie ! dit-il. Mais je pensais que tu étais parti. Il m'a dit que tu étais parti avec Fred et Lucie...

— Ne faites pas attention, dis-je. Il ne voulait pas que je m'en aille. Emmenez-moi au village. Je vais vous raconter ce qui s'est réellement passé. S'il vous plaît, Cap, vous devez m'emmener.

— Bien sûr que je t'emmène, Willie. Allez, hop, monte.

Je grimpai dans le boghei.

A ce moment, cousin Osborne arriva à notre hauteur.

— Viens ici, ordonna-t-il méchamment. Tu ne peux pas partir comme cela. Je te le défends. Tu es sous ma garde.

— Ne l'écoutez pas, hurlai-je. Emmenez-moi, Cap. S'il vous plaît !

— Très bien, dit cousin Osborne. Si tu persistes à n'être pas raisonnable, nous allons tous y aller. Je ne peux pas te laisser aller seul.

» Vous voyez comme moi que cet enfant n'a plus toute sa raison, dit-il à Cap. Et j'espère bien que vous ne vous laisserez pas troubler par ses histoires. A vivre comme un sauvage ici — enfin, vous comprenez —, il n'est plus tout à fait lui-même. Je vais tout vous expliquer en cours de route.

Il adressa une sorte de haussement d'épaules entendu à Cap et se frappa le front de l'index. Puis il sourit à nouveau et fit mine de monter à côté de nous, sur le siège du boghei.

Mais Cap ne lui rendit pas son sourire.

— Non, pas vous, dit-il. Willie est un bon petit gars. Je

le connais. Vous, je ne vous connais pas. J'ai l'impression que vous avez donné assez d'explications comme ça, monsieur, en disant que Willie s'en était allé

— Mais je voulais tout simplement éviter de parler... voyez-vous, on m'a demandé de venir pour soigner cet enfant... il est instable...

— Au diable, les stables!

Cap cracha du jus de tabac juste aux pieds de cousin Osborne.

— ... Nous partons.

Cousin Osborne arrêta net de sourire :

— Alors, j'insiste pour que vous me preniez avec vous, dit-il.

Et il essaya de grimper dans le boghei.

Cap mit la main à sa poche et, lorsqu'il la ressortit, il tenait un grand pistolet.

— Des-cen-dez! hurla-t-il. Monsieur, vous parlez au service des postes des Etats-Unis d'Amérique et vous n'avez rien à dire au gouvernement, compris? Maintenant, descendez avant que je ne souille la route de votre cerveau.

Cousin Osborne se renfrogna, mais descendit aussitôt du boghei.

Il me regarda et haussa les épaules.

— Tu commets une grosse erreur, Willie, dit-il.

Je ne l'ai même pas regardé. Sur un « Uuh da » de Cap, le cheval démarra à toute allure. Les roues du boghei tournaient de plus en plus vite ; bientôt la ferme fut hors de vue. Cap remit son pistolet en poche et me tapota amicalement l'épaule.

— Cesse de trembler, Willie, dit-il. Tu es sauvé, à présent. Il n'y a plus de quoi t'inquiéter. Nous serons en ville dans une heure à peu près. Maintenant, installe-toi bien et raconte au vieux Cap tout ce qui s'est passé.

Alors je lui ai tout dit. Cela mit longtemps. Nous roulions toujours dans les bois. Sans que nous le remarquions, la nuit tombait : le soleil descendit furtivement et alla se cacher derrière les collines ; l'obscurité sortit des bois pour s'étendre de chaque côté de la route et les arbres se mirent à bruire, murmurant à la grande ombre qui nous suivait.

Le cheval allait bon train, et l'on entendit bientôt d'autres bruits éloignés. Cela aurait pu être le tonnerre, ou même quelque chose d'autre. Mais une chose était certaine, la nuit tombait et c'était la nuit du 31 octobre.

La route traversait les collines, à présent. On arrivait à peine à distinguer le prochain tournant. De plus, les ténèbres s'étendaient à une vitesse effrayante.

— Je parie que nous n'échapperons pas à l'averse, constata Cap en regardant le ciel. C'est l'orage, je suppose.

— Des tambours, dis-je.

— Des tambours ?

— La nuit, on les entend dans les collines, lui racontai-je. Je les ai entendus tout ce mois-ci. Ce sont *eux*, ils se préparent pour le sabbat.

— Le sabbat ? s'exclama Cap en me regardant. Où as-tu entendu parler d'un sabbat ?

Alors, je lui ai raconté un peu plus de ce qui s'était passé. Je lui ai raconté tout le reste. Il n'a rien dit, et n'a rien pu me répondre avant longtemps, parce que le tonnerre nous entourait de toutes parts, et que la pluie fouettait le boghei, la route, partout. Il faisait tout noir dehors maintenant, et nous ne pouvions voir que quand les éclairs déchiraient le ciel. Je devais crier pour qu'il m'entende... crier sur les choses qui avaient pris oncle Fred et tante Lucie, les choses qui avaient enlevé notre bétail et puis envoyé cousin Osborne pour me prendre. Je criai aussi sur ce que j'avais entendu dans les bois.

A la lumière des éclairs, je pouvais voir le visage de Cap. Il ne souriait pas, mais n'était pas fâché non plus... il avait simplement l'air de me croire. A ce moment, j'ai remarqué qu'il avait repris son pistolet et tenait les rênes d'une main, alors que nous roulions à toute allure. Le cheval était si affolé qu'il n'avait pas besoin de fouet pour galoper.

Le vieux boghei était ballotté dans tous les sens, et la pluie sifflait en tombant dans le vent, et c'était comme dans un horrible rêve, sauf que c'était réel. C'était réel quand, dans les bois, j'ai crié à Cap Pritchett :

— Shoggoth. Qu'est-ce que c'est un shoggoth ?

Cap me saisit le bras. Il y eut un éclair et je vis son visage convulsé, la bouche grande ouverte. Il ne me regardait pas. Il regardait la route et ce qui se dressait devant nous.

Les arbres avaient l'air de se rejoindre et obstruaient le prochain tournant. Dans le noir, on aurait dit qu'ils étaient vivants... bougeant, se courbant et se tordant pour nous bloquer le passage. L'éclair illumina tout et je pus les voir très nettement... et aussi quelque chose d'autre.

Quelque chose de sombre sur le chemin, quelque chose qui n'était pas un arbre. Quelque chose de grand et de noir, tapi là à attendre, avec des bras noueux qui se tordaient et se tendaient.

— Shoggoth! cria Cap.

Mais je pouvais à peine l'entendre car l'orage grondait et le cheval a henni, et j'ai senti le boghei déraper d'un côté à l'autre de la route et le cheval s'est cabré... nous étions presque dans le machin noir. Je sentis une odeur affreuse, et Cap pointa son pistolet et le coup partit avec un bang qui était presque aussi bruyant que le tonnerre et presque aussi fort que le bruit que nous avons fait en heurtant la chose noire.

Alors tout alla très vite. Le tonnerre, la chute du cheval, le coup de fusil et le choc, lorsque le boghei s'est renversé Cap devait avoir les rênes serrées autour du poignet parce que, quand le cheval est tombé et que le boghei s'est retourné, il a foncé la tête la première dans le pare-boue, puis dans le cheval qui bougeait encore... et enfin dans la chose noire qui l'attrapa. Je me suis senti tomber moi-même dans le noir, puis atterrir dans la boue et le gravier de la route.

Il y avait le tonnerre, des hurlements et un autre son que j'avais déjà entendu une fois, dans les bois... un son bourdonnant comme une voix.

Voilà pourquoi je ne me suis jamais retourné. Voilà pourquoi je ne me suis même pas demandé si je m'étais fait mal en tombant... je me suis relevé et je me suis mis à descendre la route en courant aussi vite que je pouvais, descendre la route en courant dans la tempête et le noir, sous la menace des arbres noueux qui se tordaient et secouaient la tête en me montrant de leurs branches, et ils riaient.

Dans le tonnerre, j'ai entendu hennir le cheval, et hurler Cap aussi, mais je ne me suis pourtant pas retourné. Les éclairs clignotaient, et je courais entre les arbres maintenant, car la route n'était plus qu'un fleuve de boue qui me ralentissait et me tirait par les jambes. Après un moment, je me suis mis à hurler aussi, mais je ne pouvais même pas m'entendre dans l'orage. Et, en plus de l'orage, j'entendis les tambours.

Tout d'un coup je surgis hors des bois et je débouchai sur les collines. J'escaladai en courant, et les battements se rapprochaient, et je pus bientôt voir sans les éclairs. Parce qu'il y avait des feux qui j'ai vu clairement les feux ; des feux rouge et vert qui brûlaient sur la colline, et que le grondement des tambours venait de là.

J'étais perdu dans le vacarme : les hurlements du vent, le ricanement des arbres et les battements des tam-tams. Mais je me suis arrêté à temps. Je me suis arrêté lorsque j'ai vu clairement des feux ; des feux rouge et vert qui brûlaient dans toute cette pluie.

J'aperçus une grande pierre blanche au centre d'un espace dégagé au sommet de la colline. Les feux rouge et vert étaient autour et derrière elle et, ainsi, tout se dessinait clairement contre les flammes.

Il y avait des hommes autour de l'autel, des hommes au visage raviné avec de longues barbes grises, des hommes qui jetaient du soufre sur les feux pour que leur lumière soit rouge et vert. Et ils avaient des couteaux à la main et, malgré la tempête, je pouvais les entendre hurler. A l'arrière, accroupis sur le sol, d'autres hommes battaient des tambours.

Peu après quelque chose d'autre arriva sur la colline... deux hommes avec du bétail. Je pouvais dire que c'était notre bétail qu'ils conduisaient, ils le menaient tout droit vers l'autel et alors les hommes aux couteaux ont tranché leurs gorges en sacrifice.

J'ai pu voir tout cela à la lueur des éclairs et du feu, et je me suis aplati pour que personne ne puisse me repérer.

Mais bientôt je n'ai plus pu bien distinguer de nouveau à cause d'une matière qu'ils jetaient sur le feu. Cela provoquait une fumée noire fort épaisse. Tandis que cette fumée s'élevait, les hommes se mirent à psalmodier et à prier plus fort.

Je ne pouvais reconnaître les mots, mais les sons ressemblaient à ce que j'avais entendu dans les bois. Je ne parvenais pas à bien voir, mais je savais ce qui allait se passer. Les deux hommes qui avaient conduit les animaux redescendirent de l'autre côté de la colline ; quand ils revinrent, ils avaient de nouvelles offrandes. La fumée m'empêchait de bien distinguer, mais ces victimes avaient deux jambes, pas quatre. J'aurais pu mieux voir, si je ne m'étais caché le visage quand ils les traînèrent vers l'autel et brandirent leurs couteaux, et le feu et la fumée se ravivèrent soudain, et les tambours grondaient et eux tous psalmodiaient et appelaient à haute voix quelque chose qui attendait de l'autre côté de la colline.

Le sol se mit à trembler. Il y avait de l'orage, du tonnerre et des éclairs, du feu et de la fumée, et ils chantaient et je devins à moitié mort de peur, mais je jure une chose : le sol se mit à trembler. Il trembla et frémit, et ils invoquèrent quelque chose et, immédiatement, ce quelque chose vint.

Il gravit le versant de la colline en rampant et se dirigea vers l'autel, et je reconnus la chose noire de mes rêves... cette chose gélatineuse, noueuse et vaseuse, en forme d'arbre, venue des bois. Elle montait en rampant, s'appuyant sur ses sabots, sur ses bouches et ses bras tordus. Les hommes s'inclinèrent et se tinrent en retrait, tandis que leur dieu s'approchait de l'autel au sommet duquel quelque chose se débattait, se débattait et criait.

La chose noire se pencha sur la pierre du sacrifice et des sons bourdonnants recouvrirent alors les cris de la victime. J'observai malgré moi et je vis la chose se gonfler et *grandir*.

Ce fut trop. Plus rien ne m'importait. Je me suis levé et je me suis mis à courir, à courir, à courir, en criant de toutes mes forces sans me soucier de qui pouvait m'entendre.

J'ai continué à courir et à crier, dans les bois, dans la tempête, le plus loin possible de cette colline et de cet autel, et alors, tout d'un coup, j'ai su où j'étais : j'étais de retour à la ferme.

Oui, voilà ce que j'avais fait : j'avais couru en rond et j'étais revenu. Mais je ne pouvais aller plus loin ; je n'aurais pu supporter la nuit et l'orage. Je me suis précipité à l'intérieur, ici. Puis, après avoir verrouillé la porte, je me suis laissé tomber par terre, épuisé d'avoir crié et couru.

Mais après un bref moment je me suis levé et j'ai déniché des clous et un marteau, et quelques planches qu'oncle Fred n'avait pas encore fendues en petit bois.

J'ai d'abord cloué la porte puis j'ai bouché les fenêtres avec ces planches. Chacune d'elles, jusqu'à la plus petite. Je dois bien avoir travaillé quatre heures, tant j'étais fatigué. Quand tout fut fait, la tempête s'est calmée et tout est redevenu calme. Assez calme pour me permettre de me coucher sur le divan et de dormir.

Je me suis réveillé, il y a deux ou trois heures. Il faisait clair. Je pouvais voir la lumière filtrer par les fentes des planches. A la position du soleil, je savais que c'était déjà l'après-midi. J'avais dormi toute la matinée et rien n'était venu.

Je me suis dit que je pourrais peut-être me glisser dehors et rejoindre le village à pied, comme je l'avais prévu hier.

Mais je me faisais des idées.

Avant de commencer à enlever les clous, je l'ai entendu. Qui ? Cousin Osborne, évidemment. Enfin l'homme qui prétendait être cousin Osborne.

Il arriva dans la cour en criant : « Willie ! », mais je n'ai pas répondu. Alors il a essayé la porte, puis les fenêtres. Je l'entendais frapper en jurant. Mauvais, ça.

Il se mit alors à chuchoter, et c'était pire. Parce que cela signifiait qu'il n'était pas seul dehors.

J'ai jeté un regard furtif par la fente, mais il était déjà parti à l'arrière de la maison. Je n'ai pas pu le voir, ni qui était avec lui.

En fait, ce n'était pas plus mal, parce que, si j'ai raison, je n'ai aucune envie de le voir.

L'entendre est déjà bien suffisant.

Entendre ce profond coassement et puis cousin parler, et puis à nouveau cette espèce de coassement.

Sentir cette horrible odeur, comme la vase verdâtre des bois et autour du puits.

Le puits... ils sont retournés au fond du jardin vers le puits. Et j'ai entendu cousin Osborne dire quelque chose comme : « Attendons qu'il fasse noir. Nous pouvons employer le puits si vous trouvez la grille. Cherchez la grille. »

Je sais ce que cela veut dire, maintenant. Le puits doit être une sorte de passage vers le monde souterrain... c'est là que ces espèces de druides vivent. Et la chose noire.

Ils sont dans la cour, à présent ; ils cherchent.

J'ai écrit pendant longtemps et l'après-midi est déjà presque fini. Je guette par les fentes et je peux voir que l'obscurité tombe déjà.

C'est alors qu'ils viendront me chercher... quand il fera noir.

Ils vont enfoncer les portes ou les fenêtres pour me prendre. Ils vont m'entraîner dans le puits, dans ces endroits sombres où vivent les shoggoths. Il doit exister tout un monde en dessous des collines, un monde où ils se cachent et attendent de sortir pour de nouveaux sacrifices, pour faire couler une nouvelle fois le sang. Ils n'aiment pas la proximité des humains, sauf pour les sacrifices.

J'ai vu ce que la chose noire a fait sur l'autel. Je sais ce qui va m'arriver.

Peut-être qu'ils vont s'inquiéter de l'absence du vrai cousin Osborne et envoyer quelqu'un pour savoir ce qu'il est devenu. Peut-être que les gens du village vont s'étonner de ne plus voir Cap Pritchett et partir à sa recherche. Peut-être qu'ils vont venir ici et me trouver. Mais s'ils ne viennent pas tout de suite, il sera trop tard.

C'est pour cela que j'écris ceci. Chaque mot est vrai, je le jure. Et si quelqu'un trouve ce carnet où je vais le laisser, qu'il aille voir au fond du puits. Le vieux puits, dehors, à l'arrière de la maison.

Souvenez-vous de ce que j'ai raconté sur *ceux-là*. Condamnez le puits et nettoyez les marécages. Pas la peine de me chercher... je ne suis plus ici.

J'aimerai n'avoir pas si peur... Je n'ai pas tellement peur pour moi-même, mais pour les autres gens. Pour ceux qui pourraient venir ici après et s'établir dans les parages et à qui la même chose risque d'arriver... ou pire !

Il faut absolument me croire. Sinon allez dans les bois. Allez sur la colline. La colline où ils ont offert ces sacrifices. Peut-être que les taches sont parties et que la pluie a effacé les traces de pas. Peut-être qu'ils ont supprimé toutes les traces des feux. Mais le rocher de l'autel doit être là. Et, s'il y est, vous connaîtrez la vérité. Il devrait y avoir de grandes marques rondes sur cette pierre. Des marques rondes d'environ cinquante centimètres de large.

Je n'ai pas encore parlé de ça. A la fin, je me suis

retourné. J'ai regardé cette grande chose noire qu'est un shoggoth. J'ai regardé quand il continuait à se gonfler et à grandir. Je pourrais dire comment il change de forme et quelle grandeur il atteint. Mais, même alors, vous ne pourriez vous imaginer ni sa forme ni sa taille et c'est pourquoi je ne le raconte pas.

Je vous dis simplement d'ouvrir l'œil. Et vous verrez ce qui se cache sous la terre, à l'intérieur de ces collines, et qui attend de ramper dehors pour la grande fête où l'on sacrifie de nouvelles victimes.

Attention ! Ils arrivent, maintenant. C'est le crépuscule et j'entends des bruits de pas. Et d'autres sons. Des voix et d'autres sons. Ils cognent à la porte. C'est sûr, ils doivent avoir un tronc d'arbre ou une planche pour l'enfoncer. Toute la maison tremble. J'entends crier cousin Osborne et ce bourdonnement. L'odeur est terrible, cela me rend malade et, dans quelque secondes...

Regardez l'autel. Vous comprendrez alors ce que j'essaie de vous expliquer. Regardez les grandes marques rondes, cinquante centimètres de large, de chaque côté. C'est là que la grande chose prenait appui.

Cherchez ces marques et vous saurez ce que j'ai vu, ce que je redoute, ce qui attend l'heure de vous saisir, à moins que vous ne l'enfermiez à jamais sous terre.

Des marques noires de cinquante centimètres de large.

En fait, ce sont des *empreintes digitales* !

La porte cède a.......

L'ABOMINATION DE SALEM
PAR Henry KUTTNER

Des rats, sans doute, pensa Carson la première fois qu'il entendit de légers bruits dans sa cave.

Plus tard, il eut vent des histoires superstitieuses que les ouvriers polonais du moulin de Derby Street se chuchotaient au sujet d'Abigail Prinn, première occupante de cette ancienne demeure. Si aucun villageois ne se souvenait plus de cette vieille sorcière diabolique, des détails troublants sur ses activités foisonnaient dans les légendes morbides qui prospéraient dans le « district des sorcières » de Salem comme autant d'herbes folles sur une tombe oubliée ? De plus, elles étaient d'une précision déplaisante quant aux détestables sacrifices qu'elle offrait à une icône vermivore aux cornes en forme de croissant d'origine équivoque. Les Anciens murmuraient qu'Abbie Prinn se vantait d'être la grande prêtresse d'un dieu infiniment puissant qui demeurait au plus profond des collines. C'est en effet la vantardise impitoyable de cette vieille folle qui causa sa mort soudaine et mystérieuse en 1692, à l'époque des célèbres pendaisons de la colline du Gibet. Personne n'aimait en parler ; parfois, quelque vieille édentée marmonnait avec effroi que les flammes ne l'avaient pas brûlée, car son corps tout entier était rendu insensible par son état de sorcière.

Abbie Prinn et sa statue bizarre avaient disparu depuis longtemps déjà ; il était pourtant toujours difficile de trouver des locataires pour sa vieille maison au pignon décrépi, au second étage en porte-à-faux et dont les curieuses croisées s'ornaient de vitres en forme de losange.

La réputation sinistre de la bâtisse s'était répandue dans tout Salem. Rien de particulier pourtant ne s'était produit au cours des dernières années qui justifiât ces inexplicables racontars, mais de fait, à peine installé, chaque nouveau locataire déménageait aussitôt. Ils donnaient généralement de vagues explications peu convaincantes à propos de rats.

Et ce fut un rat qui conduisit Carson à la salle des Sorcières. Carson avait loué cette maison afin d'y trouver la solitude qui lui permettrait de terminer son dernier livre — impatiemment attendu par ses éditeurs —, une nouvelle histoire romanesque à ajouter à la longue liste de ses best-sellers populaires. Or, dès la première semaine, de petits cris et des grattements dans les murs pourris avaient dérangé l'écrivain à plusieurs reprises durant la nuit. Il mit pourtant un certain temps avant de se poser des questions sur l'intelligence de ce rat qui, un soir, détala sous ses pieds dans le vaste hall obscur.

La maison était raccordée à l'électricité, mais l'ampoule du hall était petite et ne prodiguait qu'une faible lumière. Le rat n'était qu'une forme noire, déformée, lorsqu'il s'éloigna de quelques bonds pour s'arrêter et, sembla-t-il, l'observer.

A un autre moment, Carson aurait sans doute chassé la bête avec un geste menaçant pour se replonger ensuite dans son travail, mais la circulation de Derby Street avait été particulièrement bruyante ce jour-là et l'avait empêché de se concentrer sur son roman. Sans raison apparente, il avait les nerfs à fleur de peau. De plus, ce rat immobile, hors de sa portée, semblait l'épier avec un plaisir sardonique.

Amusé par cette idée, il avança de quelques pas en direction du rat, lequel détala vers la porte de la cave. Et surprise, cette porte était entrouverte ! Il avait dû oublier de la refermer la dernière fois qu'il était descendu à la cave, bien qu'en règle générale, il fût attentif à la fermer, car la vieille maison était pleine de courants d'air. Le rat attendait dans l'encadrement de la porte.

Déraisonnablement ennuyé, Carson hâta le pas, forçant ainsi l'animal à dévaler les escaliers. Il alluma la lumière de la cave et observa le rat tapi dans un coin. Celui-ci l'épiait de ses petits yeux enflammés et perçants.

Tout en descendant les marches, il eut conscience d'agir comme un fou. Mais son travail l'avait épuisé et, inconsciemment, il accueillait avec joie toute interruption. Il traversa alors la cave en direction du rat, mais celui-ci ne bougea pas, les yeux toujours fixés sur lui. Un étrange sentiment de malaise s'empara alors de l'écrivain. Ce rat n'agissait pas normalement, il le sentait bien, et ces yeux froids et fixes, a peine plus grands que des boutons de chaussure, commençaient à le déranger.

Tout à coup, le rat bondit sur le côté pour disparaître dans un petit trou du mur. Carson se surprit alors à sourire. D'un orteil nonchalant, il dessina une croix devant son refuge, bien décidé à y placer un piège dès le lendemain.

Le museau et les moustaches ébouriffés du rat pointèrent prudemment. Il fit un pas en avant, hésita, puis recula. Ensuite, l'animal se mit à agir de manière singulière, inexplicable, comme s'il dansait, pensa Carson.

Il avançait timidement pour battre en retraite tout aussitôt. Il s'élançait à nouveau pour s'arrêter net et bondir en arrière, comme si — la comparaison jaillit dans l'esprit de Carson — un serpent était lové devant le trou de l'animal et l'empêchait d'en sortir. Pourtant, à part la petite croix dans la poussière, rien n'expliquait cette conduite.

C'était donc la présence de Carson qui contrariait le rat car il se tenait à quelques pieds du trou. Quand il avança d'un pas, l'animal recula et disparut dans l'orifice.

La curiosité en éveil, Carson prit un bâton et le plongea dans le trou. Et ainsi, son œil, tout proche du mur, détecta quelque chose d'étrange à la dalle de pierre juste au-dessus du trou. Une rapide inspection de l'arête confirma ses soupçons : cette dalle semblait mobile.

Carson l'examina plus attentivement et remarqua un vide qui pouvait servir de prise. Il glissa une main dans l'encoche et tira avec une certaine hésitation. La pierre bougea. Il tira plus fort et, comme si elle était sur pivots, la pierre s'écarta subitement du mur, l'aspergeant de terre sèche.

A hauteur d'épaule, un rectangle noir béait dans le mur. Une odeur nauséabonde de pourriture s'en dégagea, forçant Carson à reculer d'un pas. Il pensa alors subitement aux contes monstrueux circulant sur Abbie Prinn et sur les secrets odieux qu'elle dissimulait dans sa maison. Avait-il découvert la retraite cachée de cette vieille sorcière?

Avant de s'aventurer dans cette gueule obscure, il alla chercher une lanterne. Se baissant prudemment, il enjamba alors la paroi et pénétra dans le passage étroit et fétide, qu'il balaya du rayon de sa lampe.

Carson se trouvait dans un tunnel étroit, à peine plus haut que sa tête, dont le sol et les murs étaient dallés. Après quelques mètres de ligne droite, le passage s'élargit en une chambre spacieuse. Il devait certainement s'agir de la retraite cachée d'Abbie Prinn, cette cachette qui ne l'avait pourtant pas sauvée le jour où la foule en furie avait envahi Derby Street. Lorsque Carson pénétra dans la salle souterraine, il eut la respiration coupée par la surprise : la pièce était fantastique, surprenante.

Le sol surtout retint son regard. Le gris neutre du mur cédait ici le pas à une mosaïque de petits carreaux multicolores aux dominantes bleues, vertes et pourpres ; en effet, aucune couleur chaude ne s'y trouvait. Des milliers de petits carreaux colorés, pas plus grands qu'une noix, composaient ce prestigieux parterre. La mosaïque semblait suivre un dessin précis, inconnu de Carson : des courbes pourpres et mauves se mêlaient à des lignes brisées bleues et vertes, s'entrelaçant en de fantastiques arabesques. On y distinguait des cercles, des triangles, un pentacle et d'autres figures, moins familières. La plupart de ces lignes et de ces motifs émanaient d'un point précis, au centre de la chambre : un disque de pierre noire et mate d'environ cinquante centimètres de diamètre.

Le silence était total. Le bruit des voitures qui passaient de temps à autre par Derby Street ne pouvait s'entendre. Dans une alcôve peu profonde, Carson crut apercevoir des signes. Il avança lentement dans cette direction, éclairant de bas en haut les parois de la niche.

Ces signes, quels qu'ils soient, avaient dû être tracés sur la pierre, il y a longtemps, car ce qui restait des symboles occultes était indéchiffrable. Carson distingua plusieurs hiéroglyphes partiellement effacés qui lui firent penser à de l'arabe, mais il hésitait cependant. Le sol de l'alcôve consistait en un disque métallique corrodé d'environ deux mètres cinquante de diamètre. Carson eut la très nette impression qu'il devait être mobile, mais aucun système d'ouverture n'était apparent.

Il réalisa soudain qu'il se trouvait au centre même de la chambre, dans le cercle de pierre noire, au cœur de l'insolite dessin. Une fois de plus, le silence absolu le frappa. Cédant à une impulsion, il éteignit la lampe et fut aussitôt plongé dans une obscurité totale.

A ce moment, une idée curieuse lui vint à l'esprit. Il s'imaginait au fond d'un puits ; un torrent d'eau tombait d'en haut, près de l'engloutir. L'impression était si forte qu'il crut effectivement entendre un grondement sourd, le mugissement de la cataracte... Profondément troublé, il ralluma la lampe et jeta un regard furtif autour de lui. Le battement s'expliquait bien sûr par les pulsations de son sang, audibles dans le profond silence, phénomène familier. Mais si l'endroit était aussi calme...

L'idée jaillit de son esprit, comme imposée à sa conscience. Cette cave constituerait un lieu de travail idéal. Il n'était pas difficile d'y installer l'électricité, de descendre une table, une chaise et, si nécessaire, un ventilateur électrique, bien que l'odeur de moisi du début semblât avoir complètement disparu. Il pénétra à nouveau dans l'étroit passage et, lorsqu'il quitta la cave, ses muscles se détendirent de façon inexplicable. Il n'avait pas réalisé qu'ils s'étaient contractés et imputa cette tension à la nervosité. Une fois à l'étage, il se fit un café bien noir et écrivit à son propriétaire, à Boston, pour lui faire part de sa découverte.

Le visiteur observa attentivement le vestibule, après que Carson eût ouvert la porte, et hocha la tête de satisfaction. C'était un homme grand et maigre, aux sourcils gris d'acier cachant des yeux perçants. Son visage décharné, aux traits accusés, n'avait pas une ride.

— C'est à propos de la salle des Sorcières, je suppose ? demanda Carson de mauvaise humeur.

Son propriétaire n'avait pas su se taire : toute la semaine précédente, Carson avait été dérangé par des amateurs d'antiquités et par des occultistes désireux de jeter un coup d'œil sur la chambre secrète qui avait vu Abbie Prinn marmonner ses incantations. La patience de Carson était mise à rude épreuve, et il en était venu à envisager sérieusement de déménager dans un endroit plus calme. Mais son obstination innée l'avait décidé à rester et à terminer son roman coûte que coûte, malgré les interruptions.

— Je suis désolé, mais l'exposition a fermé ses portes, dit-il, jetant un regard glacial sur le nouveau venu.

L'autre le considéra bouche bée, puis un éclair de compréhension traversa aussitôt son regard. Il sortit une carte de visite qu'il tendit à Carson.

— Michael Leigh... un occultiste sans doute ? demanda Carson.

Il poussa un profond soupir ; d'après ses constatations, les occultistes étaient les pires. Ils se répandaient en allusions obscures envers des choses innommables et manifestaient un intérêt profond pour les mosaïques de la chambre des Sorcières.

— ... Je suis vraiment désolé, monsieur Leigh, mais... Je suis extrêmement occupé en ce moment. Excusez-moi, je vous prie.

Et peu aimable, il fit mine de rentrer dans la maison.

— Un moment, s'écria Leigh vivement.

Sans laisser à Carson le temps de protester, il avait saisi l'écrivain par les épaules et le regardait fixement, dans les yeux. Alarmé, Carson recula, pas assez vite cependant pour n'avoir pas remarqué une expression mélangée d'appréhension et de satisfaction se dessiner sur le maigre visage de Leigh. C'était comme si l'occultiste y avait vu quelque chose de déplaisant... mais pas d'imprévu.

— Qu'est-ce qui vous prend ? demanda Carson sur la défensive... Il n'est pas dans mes habitudes...

— Je suis vraiment désolé, dit Leigh, d'une voix profonde et agréable. Veuillez m'excuser. Je pensais... euh, une fois de plus, je vous prie de m'excuser. Je suis assez ému par tout ceci. En fait, je viens de San Francisco pour voir votre salle des Sorcières. Cela vous dérangerait-il vraiment de me la montrer ? Je serais heureux de vous dédommager...

— Pas question, fit Carson avec un geste d'excuse.

Il sentait s'établir un lien pervers entre lui et cet homme

à la voix bien modulée et plaisante, dont le visage puissant révélait la personnalité magnétique.

— Non, j'aspire simplement à un peu de calme... Vous n'avez pas idée à quel point ces visites me dérangent, poursuivit-il, vaguement surpris de s'entendre parler en termes d'excuse. C'est un tel désagrément! Je regrette presque d'avoir découvert cette salle.

Leigh se pencha avec sollicitude.

— Puis-je la voir? C'est très important pour moi... je porte un intérêt vital à ces choses-là. Je vous promets de ne pas prendre plus de dix minutes de votre temps.

Carson hésita, puis accepta. Tout en conduisant son hôte vers la cave, il se surprit à lui raconter les circonstances de la découverte de la salle des Sorcières. Leigh écoutait attentivement, l'interrompant de temps à autre pour lui poser une question.

— Le rat, savez-vous ce qu'il est devenu? demanda-t-il.

— Tiens, non, dit Carson, surpris. Il doit sans doute se terrer dans son trou. Pourquoi?

— On ne sait jamais, dit Leigh, tandis qu'ils pénétraient dans la salle.

Carson alluma. Il y avait fait installer l'électricité et, à part quelques chaises et une table, rien d'autre n'avait été modifié. Il observait le visage de l'occultiste quand, à sa grande surprise, il le vit s'obscurcir, devenir presque fâché.

En deux pas, Leigh atteignit le centre de la pièce. Il indiqua la chaise qui se trouvait posée sur le cercle de pierre noire:

— C'est ici que vous travaillez? demanda-t-il lentement.

— Oui. C'est calme... je ne pouvais plus travailler en haut. Trop de bruit. Ici, par contre, c'est l'idéal... Dieu sait pourquoi, j'écris facilement ici. Mon esprit se sent... — il hésita — libre, c'est-à-dire dissocié de tout. C'est un sentiment peu banal.

Leigh acquiesça, comme si les paroles de Carson venaient confirmer ses convictions. Il se tourna alors vers l'alcôve et le disque de métal imbriqué dans le sol. Carson le suivit. L'occultiste s'approcha du mur et passa un index décharné sur les symboles effacés. Il marmonna quelque chose qui n'avait aucun sens pour Carson.

— *Nyogtha... k'yarnak...*

Il fit alors demi-tour, le visage sombre et blême.

— J'en ai vu assez, dit-il doucement. Nous remontons ?

Carson, surpris, fit signe que oui et reprit le chemin de la cave.

En haut des escaliers, Leigh hésita, comme s'il ne savait comment aborder le sujet. Il finit cependant par demander :

— Monsieur Carson... cela vous dérangerait-il de me dire si vous avez eu d'étranges songes ces derniers temps ?

Carson le regarda, les yeux rieurs :

— Des songes ? répéta-t-il. Oh, je vois. Eh bien, monsieur Leigh, je ne crois pas que vous parviendrez à m'effrayer. Vos compatriotes — j'entends par là les autres occultistes avec qui j'ai discuté — ont déjà essayé ce coup-là.

— Ah, vraiment ? Ils vous ont demandé si vous aviez rêvé ? demanda-t-il, ses épais sourcils relevés.

— Plusieurs d'entre eux, oui.

— Et vous leur avez répondu ?

— Non.

Puis, comme Leigh se renfonçait dans son siège, le visage soucieux, Carson poursuivit lentement :

— ... Bien que, en fait, je n'oserais le jurer.

— Que voulez-vous dire ?

— Je *pense*, j'ai la vague impression d'avoir rêvé ces dernières nuits. Mais comment en être sûr ? Voyez-vous, je ne parviens pas à me souvenir du contenu de ces rêves. Et... oh, il est plus que probable que vos confrères occultistes m'aient enfoncé cette idée dans le crâne !

— Peut-être, dit Leigh avec réserve.

Il se leva puis, hésitant :

— ... Monsieur Carson, je vais vous poser une question plutôt présomptueuse. Est-il nécessaire que vous viviez dans cette maison ?

Carson poussa un soupir résigné.

— La première fois que cette question m'a été posée, j'ai expliqué que je voulais un endroit tranquille pour travailler à mon roman et que n'importe quelle place conviendrait. Mais ce n'est pas facile à trouver. A présent que j'ai cette salle des Sorcières, et que mon travail avance aussi facilement, je ne vois aucune raison de déménager et de risquer ainsi de bouleverser mon programme. Dès que mon roman sera fini, je libérerai cette maison. Vous autres occultistes pourrez alors vous en emparer et en faire un musée ou ce que vous voulez. Je m'en fiche. Mais j'ai l'intention de rester ici jusqu'à l'achèvement de ce roman.

— C'est ça, dit Leigh en se frottant le menton. Je comprends votre point de vue. Mais... est-ce le seul endroit de la maison où vous puissiez travailler ?

Il observa un instant le visage de Carson puis poursuivit rapidement :

— Vous ne me croirez probablement pas. Vous êtes du genre matérialiste. La plupart des gens le sont. Un petit nombre d'entre nous savent cependant que, au-delà et au-dessus de ce que les hommes appellent la science, existe une science supérieure, fondée sur des lois et des principes qui seraient incompréhensibles à l'homme de la rue. Si vous avez lu Machen, vous vous souviendrez qu'il parle de l'abîme qui sépare le monde de la conscience de ce monde en question. Il est possible de franchir cet abîme. La salle des Sorcières en est une passerelle ! Savez-vous ce qu'est une galerie à écho ?

— Hein ? fit Carson, interdit. Mais il n'y a aucun...

— Une analogie, une simple analogie. Un homme peut chuchoter un mot dans une galerie ou dans une cave et, si vous vous trouvez à un endroit précis, même à une trentaine de mètres, vous entendrez son murmure alors que quelqu'un se tenant à trois mètres ne l'entendra pas. C'est un simple jeu d'acoustique, le son est transmis à un point focal. Ce principe peut très bien s'appliquer à d'autres éléments que le son : à toute impulsion ondulatoire... *même à la pensée* !

Carson essaya de l'interrompre, mais Leigh poursuivit :

— Cette pierre noire située au centre de la salle des Sorcières est l'un de ces points de focalisation. Le dessin du sol... lorsque vous êtes assis dans le cercle noir, vous possédez une sensibilité anormale à certaines vibrations... à certaines puissances spirituelles... une sensibilité dangereuse ! A votre avis, pourquoi votre esprit vous semble-t-il si clair lorsque vous travaillez là ? Ce qui est une erreur, un faux sentiment de lucidité : vous êtes simplement un instrument, un microphone, branché pour enregistrer certaines vibrations pernicieuses dont vous ne pourriez comprendre la nature !

Sur le visage de Carson se lisaient à présent effroi et incrédulité.

— Mais... vous ne voulez pas dire que vous *croyez* vraiment...

Leigh se redressa. Ses yeux perdirent toute intensité et redevinrent mornes et impersonnels.

— Très bien. Mais, j'ai étudié l'histoire de votre Abigail Prinn. Elle aussi comprenait la super-science dont je vous parle. Elle l'employait dans des buts diaboliques : la magie noire, comme on l'appelle. J'ai lu qu'elle a maudit Salem jadis, et la malédiction d'une sorcière peut être redoutable. Voulez-vous...

Il se leva, se mordillant les lèvres.

— ... Voulez-vous, au moins, me permettre de vous appeler demain ?

Carson acquiesça, presque sans le vouloir.

— Je crains fort cependant que vous ne perdiez votre temps, répondit-il. Je ne crois pas... c'est-à-dire, je n'ai pas... Il s'arrêta en bredouillant, sans trouver les mots.

— Je désire simplement m'assurer que vous... oh, autre chose... Si vous rêvez cette nuit, essayez de vous en souvenir. Si vous vous appliquez à reconstituer le rêve dès votre réveil, il est fort probable que vous y parviendrez.

— D'accord. Si je rêve...

Carson rêva cette nuit-là.

Il s'éveilla juste avant l'aube, habité par un curieux sentiment de malaise. Son cœur battait à tout rompre. Il entendait des galopades furtives de rats dans les murs et en bas. D'un bond, il fut debout, grelottant dans la froide grisaille du jour naissant. La lune pâle s'effaçait doucement dans le ciel nouveau.

C'est alors qu'il se souvint des paroles de Leigh. *Il avait rêvé,* pas de doute. Quant au contenu de ce songe, c'était un autre problème. Il avait beau essayer... impossible de se rappeler : il lui restait simplement une très vague impression de course effrénée dans l'obscurité.

Il s'habilla rapidement et, énervé par le calme trop parfait de la vieille demeure, sortit acheter un journal.

Mais, à cette heure matinale, les magasins étaient encore fermés. Il se mit alors à la recherche d'un camelot. Tout en marchant, un sentiment inexplicable l'envahit : un sentiment... de familiarité ! Il avait déjà parcouru ce chemin : le profil des maisons, la ligne des toits lui étaient familiers. Pourtant — et c'était là que résidait le mystère — il n'avait pas souvenance d'avoir jamais parcouru cette rue. Paresseux de nature, il ne s'était jamais promené dans ce quartier de Salem. Impossible cependant de se débarrasser de cet extraordinaire sentiment de réminiscence, qui allait croissant au fur et à mesure de sa promenade.

Il atteignit un coin et, sans penser, tourna vers la gauche. L'étrange sensation grandit encore. Il poursuivit lentement sa marche, pensif.

C'était certain : *Il avait suivi cette route* auparavant... Très probablement l'avait-il même parcourue plongé dans de profondes rêveries, de sorte qu'il n'avait pas été conscient de son trajet. C'était là l'explication, pas de doute. Lorsqu'il prit Charter Street, un sentiment déplaisant de malaise s'agita en lui. Salem s'éveillait. Avec le jour, d'impassibles travailleurs polonais le dépassèrent en hâte pour se rendre à l'usine. De temps à autre, une auto rompait le calme du matin.

Devant lui, une foule compacte s'était rassemblée sur le trottoir. Il hâta le pas, conscient d'une catastrophe imminente. Avec un choc, il constata qu'il était arrivé à hauteur du cimetière de Charter Street, l'ancien « Rendezvous des Morts », à l'odieuse renommée. Il se fraya aussitôt un chemin à travers la foule.

Des commentaires chuchotés arrivèrent jusqu'à lui. Un dos bleu et massif s'interposa soudain ; il regarda pardessus les épaules du policier et le spectacle horrible lui coupa la respiration.

Un homme était appuyé contre la grille du vieux cimetière. Il portait un costume bon marché, de mauvais goût, et étreignait les barreaux rouillés dans une crispation telle que les muscles ressortaient sur le dos poilu de ses mains. L'homme était mort, et sur son visage, levé vers le ciel à un angle fou, s'était figée une expression d'horreur indicible. Ses prunelles blanches étaient convulsées en un mouvement hideux. Sa bouche s'était figée en un rictus amer.

Un homme à côté de Carson tourna vers lui un visage blême :

— Dirait qu'il crevait de peur, dit-il d'une voix rauque. J'voudrais pour rien au monde voir ce qu'il a vu. Pouah ! Quel visage !

Carson recula machinalement d'un pas, glacé par un frisson incoercible. Il se frotta les yeux, mais la vision de cette face morte et tordue refusait de le quitter. Secoué et tremblant légèrement, il revint sur ses pas. Son regard glissa involontairement sur les pierres tombales et les caveaux éparpillés du vieux cimetière. Personne n'y avait été enterré depuis plus d'un siècle et les tombes recouvertes de lichen, avec leurs chérubins joufflus et leurs urnes funéraires, semblaient exhaler d'antiques miasmes. Qu'est-ce qui avait pu faire mourir cet homme de peur ?

Carson respira profondément. D'accord, ce cadavre constituait un horrible spectacle, mais de là à tolérer qu'il ébranlât tant ses nerfs ! Il ne pouvait à aucun prix... Son roman en souffrirait. De plus, se disait-il sombrement, cette affaire ne nécessitait aucune explication : la victime était apparemment polonaise, appartenant à ce groupe d'émigrés qui demeurent près du port. En longeant cette nuit le cimetière, endroit sur lequel d'affreuses légendes circulaient depuis près de trois cents ans, ses yeux abusés par la boisson avaient dû voir des fantômes n'existant que dans un esprit superstitieux. Ces Polonais étaient d'ailleurs réputés peu stables sur le plan émotionnel, sujets à l'hystérie collective et doués d'une imagination prolifique. Ainsi, la fameuse panique des Immigrés de 1853, où trois maisons de sorcières avaient été complètement brûlées, était née de l'affirmation confuse et hystérique d'une vieille femme, qui prétendait avoir vu un étranger habillé de blanc « enlever son visage ». Que pouvait-on attendre d'autre de tels gens, pensa Carson ?

Cependant, il ne parvint pas à retrouver son calme et ne rentra chez lui que peu avant midi. Lorsque à son retour, il trouva Leigh qui l'attendait, il fut content de le voir et l'invita cordialement à entrer.

Leigh etait grave.

— Avez-vous entendu la dernière de votre amie, Abigail Prinn ? demanda-t-il sans préambule.

Carson, qui s'apprêtait à verser de l'eau gazéifiée dans un verre, s'arrêta net. Après un long moment, il pressa le levier et fit gicler le liquide dans le whisky. Il tendit le verre à Leigh, en prit un pour lui — sec — avant de répondre à la question.

— J'ignore de quoi vous parlez. A-t-elle?... Que lui reproche-t-on? s'enquit-il d'un air faussement dégagé.

— J'ai consulté les archives, dit Leigh, et découvert qu'Abigail Prinn a été enterrée le 14 décembre 1690, dans le cimetière de Charter Street, un pieu planté dans le cœur. Mais qu'y a-t-il?

— Rien, dit Carson d'une voix blanche. Eh bien?

— ... On a ouvert et saccagé sa tombe, c'est tout. Le pieu a été arraché, on l'a retrouvé à proximité; il y avait des traces de pas tout autour de la fosse. Des traces de souliers. Avez-vous rêvé la nuit dernière, Carson?

Leigh avait décoché cette question à brûle-pourpoint et ses yeux gris fixaient l'écrivain avec dureté.

— Je ne sais pas, répondit Carson confus, en se frottant le front. Je ne me souviens de rien. Je me suis rendu au cimetière de Charter Street, ce matin.

— Oh, dans ce cas, vous avez sûrement entendu parler de l'homme qui...

— Je l'ai vu, interrompit Carson en frissonnant. Cela m'a bouleversé.

Il avala son whisky d'un trait.

Leigh l'observait.

— Bien, fit-il. Etes-vous toujours décidé à rester dans cette maison?

Carson déposa son verre et se leva.

— Pourquoi pas? rétorqua-t-il. Voyez-vous une raison pour que je la quitte? Hein?

— Après les événements de cette nuit...

— Après *quels* événements? Une tombe a été pillée. Un Polonais superstitieux est mort de frousse en voyant les voleurs. Et alors?

— Vous essayez de vous convaincre vous-même, répondit calmement Leigh. Mais au fond de vous, vous connaissez — vous devez connaître — la vérité. Carson, vous êtes devenu l'instrument de puissances gigantesques et terribles. Pendant trois cents ans, Abbie Prinn s'est morfondue dans son cercueil — *vivante* — en attendant que quelqu'un tombe dans son piège : la salle des Sorcières. Peut-être prévoyait-elle le futur en la construisant, peut-être prévoyait-elle que, un jour ou l'autre, quelqu'un finirait par aboutir dans cette chambre infernale et serait la proie du dessin de mosaïque. Ce dessin vous a eu, Carson... il a permis à cette horreur toujours vivante de franchir l'abîme entre la conscience et la matière, d'entrer *en rapport* avec vous. L'hypnotisme est un jeu d'enfant pour un être muni des pouvoirs effroyables d'Abigail Prinn. Elle pouvait sans difficulté aucune vous forcer à vous rendre à son tombeau pour y arracher le pieu qui l'emprisonnait ; elle pouvait tout aussi facilement effacer le souvenir de cet acte de votre mémoire, de sorte que vous ne vous en souveniez pas, pas même comme d'un rêve !

Carson s'était levé ; une étrange lueur brillait au fond de ses yeux.

— Pour l'amour de Dieu, mon vieux, savez-vous ce que vous dites ?

— De Dieu ! s'écria Leigh dans un rire perçant. Du diable, plutôt : le diable qui menace Salem en ce moment. Oui, Salem court un danger, un terrible danger. Les hommes, les femmes et les enfants de la ville maudits par Abbie Prinn lorsqu'ils la lièrent à un pieu... et comprirent qu'ils ne pouvaient la brûler ! J'ai parcouru des archives secrètes ce matin et je suis venu vous demander, pour la dernière fois, de quitter cette maison.

— Avez-vous terminé ? s'enquit froidement Carson. Très bien. Je veux rester ici. Vous êtes soit fou soit ivre, mais vous n'arriverez pas à m'impressionner avec vos discours.

— Partiriez-vous si je vous offrais mille dollars ? Ou plus, alors... dix mille ? Je dispose de fonds considérables.

— Non, au diable ! rugit Carson soudain furieux. Tout ce que je veux, c'est un peu de paix pour terminer mon roman. Je ne parviens à travailler nulle part ailleurs... je n'ai pas envie de... je veux...

— Je m'attendais à cela, reprit Leigh soudain calme, la voix empreinte d'une curieuse note de sympathie. Vous ne pouvez pas partir d'ici, mon vieux ! Vous êtes pris au piège, et il est trop tard pour vous en sortir, aussi longtemps que le cerveau d'Abbie Prinn vous contrôle par la salle des Sorcières. Le pire, c'est qu'elle ne peut se manifester qu'avec votre aide... elle draine vos forces vitales, Carson, elle se nourrit de vous comme un vampire.

— Vous êtes fou, dit Carson, à bout.

— J'ai peur. Le disque de métal dans la salle des Sorcières... j'ai peur de lui, et de ce qu'il recouvre. Abbie Prinn adorait d'étranges divinités, Carson... et ce que j'ai lu sur le mur de cette alcôve est un avertissement. Avez-vous jamais entendu parler de Nyogtha ?

Carson secoua la tête impatiemment. Leigh fouilla dans une poche et en retira un chiffon de papier.

— J'ai copié ceci d'un livre de la bibliothèque Kester, dit-il, un livre appelé *Necronomicon* ; il a été écrit par un homme qui fouillait si profondément dans les secrets défendus que les autres le disaient fou. Tenez, lisez ceci.

Carson lut l'extrait, les sourcils froncés :

« Pour les hommes il est le prince des Ténèbres, ce frère des Anciens appelés Nyogtha, la Chose qui ne devrait pas être. Il peut être appelé à la surface de la terre par des crevasses et des cavernes secrètes, et des sorciers l'ont vu en Syrie ainsi que sous la tour noire de Leng. Des grottes Thang de Tartarie, il a répandu la terreur, apportant mort et destruction parmi les tentes du grand Khan. Seuls la croix "potencée", l'incantation de Vach-Viraj et l'élixir de Tikkoun peuvent le repousser dans les antres ténébreux d'infamie voilée où il demeure. »

Leigh fixa calmement les yeux embarrassés de Carson.

— Vous comprenez à présent ?

— Des incantations et des élixirs ! s'exclama Carson en lui rendant le papier. La bonne blague !

— Au contraire. Les occultistes et les initiés connaissent cette incantation et cet élixir depuis des milliers d'années. Moi-même, j'ai déjà eu l'occasion de les utiliser par le passé, en certaines... circonstances. Et si je ne me trompe à ce sujet...

Il se tourna vers la porte, les lèvres pincées en une ligne blême.

— De telles manifestations ont pu être mises en échec, jadis ; le problème consiste à obtenir l'élixir, c'est très difficile à trouver. Mais j'espère... je reviens tout de suite.

Pouvez-vous me jurer de ne pas aller à la salle des Sorcières avant mon retour ?

— Je ne promets rien, dit Carson. Au revoir.

Un mal de tête sourd l'oppressait, qui ne cessait de grandir depuis qu'il avait envahi sa conscience ; il éprouvait de légères nausées.

Il reconduisit Leigh à la porte et attendit sur les marches du perron. Il lui répugnait de rentrer à l'intérieur. Tandis qu'il regardait l'occultiste descendre en toute hâte la rue, une femme sortit de la maison voisine. Elle l'aperçut, s'arrêta, interdite, puis se répandit soudain en une tirade aiguë et furieuse.

Carson se tourna vers elle et la regarda, étonné. Des élancements rendaient sa migraine insupportable. La femme approchait, le menaçant de son poing grassouillet.

— Pourquoi c'que vous faites peur à ma Sarah ? cria-t-elle, la figure rouge de colère. Pourquoi c'que vous lui faites peur avec vos bêtes trucs, hein ?

Carson s'humecta les lèvres.

— Je suis désolé, dit-il lentement. Tout à fait désolé. Je n'ai pas effrayé votre Sarah. J'ai été absent toute la journée. De quoi a-t-elle eu peur ?

— C'te chose brune… elle courait dans vot' maison, m'a dit Sarah…

La femme s'arrêta, pantelante. Ses prunelles s'agrandirent. De la main droite, elle fit un geste singulier : l'index et l'annulaire pointés vers Carson ; le pouce passait au-dessus des autres doigts :

— La vieil' sorcière !

Elle recula aussitôt, marmonnant en polonais d'une voix effrayée.

Carson rentra chez lui. Il se versa une rasade de whisky, réfléchit, puis l'écarta sans y toucher. Il se mit alors à arpenter le salon, se frottant de temps à autre le front de ses doigts chauds et secs. De vagues et confuses idées se bousculaient dans son esprit. Ses tempes fiévreuses battaient.

Finalement, il descendit à la salle des Sorcières et resta là sans pouvoir travailler. Son mal de tête devenait plus supportable dans le calme mort de la chambre souterraine. Après quelques minutes, il s'endormit.

Combien de temps dura cet assoupissement ? Il n'aurait pu le dire. Il rêva de Salem ; il rêva d'une chose noire, floue et gélatineuse qui fonçait à toute vitesse dans les rues. Cette gigantesque amibe d'un noir de jais engloutissait sur son passage hommes et femmes qui tentaient de s'enfuir en criant. Il vit aussi une tête de mort qui l'épiait, un visage desséché et rétréci où seuls les yeux semblaient vivre, embrasés d'une lumière diabolique et pernicieuse.

Il s'éveilla enfin, s'assit d'un bond. Il crevait de froid.

Un silence total régnait. A la lumière de l'ampoule électrique, la mosaïque vert et pourpre semblait se tordre et se contracter vers lui, illusion qui disparut lorsqu'il sortit tout à fait des paysages brumeux de ses rêves. Il regarda sa montre : deux heures. Il avait dormi tout l'après-midi et une bonne partie de la nuit.

Il se sentait étrangement faible, et la lassitude le retenait immobile sur son siège. Toute son énergie semblait lui avoir été ôtée...

L'humidité de la pièce pénétrait son cerveau, mais sa migraine avait disparu. Son esprit était parfaitement clair... dans l'expectative, comme s'il attendait que quelque chose arrivât. Un mouvement tout proche attira son attention.

Une dalle du mur bougeait. Il entendit un léger grattement et, lentement, l'étroit rectangle de la cavité noire s'élargit en un carré. Quelque chose se tapissait là, dans l'ombre. Cette chose se mit alors à ramper vers la lumière, sous le regard horrifié de Carson.

On aurait dit une momie. Pendant une intolérable et interminable seconde, cette pensée rongea le cerveau de Carson : *on aurait dit une momie* ! C'était un corps squelettique, d'un brun de parchemin ; il ressemblait à un squelette sur lequel on aurait tendu la dépouille d'un grand lézard. Il remua, avança en se traînant, et ses longs ongles griffèrent bruyamment la pierre. Il arriva dans la salle des Sorcières et la lumière blanche révéla sans pitié son visage impossible, dont seules les orbites brillaient d'une vie charnelle. Carson distingua l'arête dentelée de son dos brunâtre, racorni...

L'écrivain restait assis, médusé. Une peur insondable le terrassait, l'empêchant de faire tout mouvement. Il semblait pris dans les maillons d'une paralysie fantasmatique dans laquelle son cerveau, seul témoin conscient, refusait de transmettre la moindre impulsion nerveuse à ses muscles. Il se disait frénétiquement qu'il rêvait, qu'il n'allait pas tarder à se réveiller.

L'horreur desséchée se leva. D'une minceur squelettique, elle se dirigea vers l'alcôve, où le disque de fer était encastré dans le sol. Le dos tourné à Carson, elle s'arrêta. Un murmure sec et rauque se fit aussitôt entendre dans le silence de mort. Carson aurait voulu hurler, mais il ne le pouvait. L'épouvantable murmure se poursuivit dans un langage venu d'Ailleurs et, comme en réponse, un tremblement à peine perceptible secoua le disque de métal.

Il frémit et s'éleva lentement tandis que, triomphante, la monstrueuse créature levait ses bras frêles. Le disque devait avoir trente centimètres d'épaisseur, mais à présent, tandis qu'il continuait à se dresser au-dessus du niveau du sol, une odeur insidieuse pénétra dans la pièce. Une odeur fauve, vaguement reptilienne et nauséabonde. Le disque s'élevait inexorablement et un petit doigt noir apparut sous le rebord. Carson se souvint tout à coup de son cauchemar, de cet être gélatineux qui filait dans les rues de Salem. Il essayait de toutes ses forces de rompre les chaînes de sa paralysie, en vain. La chambre s'obscurcit et un sombre vertige s'approcha pour l'engloutir. La pièce tout entière bascula.

Le disque de fer montait toujours ; l'horreur ratatinée avait gardé ses bras levés dans un mouvement de bénédiction blasphématoire ; la noirceur s'écoulait toujours de son abîme dans un mouvement d'amibe.

Un bruit vint interrompre le murmure rauque de la momie, des pas précipités. Du coin de l'œil, Carson vit un homme s'engouffrer dans la salle des Sorcières. C'était Leigh, l'occultiste ; ses yeux brûlaient dans un visage d'une pâleur mortelle. Il bondit vers l'alcôve d'où se libérait le monstre noir.

Avec une lenteur surnaturelle, la chose desséchée se retourna. Leigh tenait une *crux ansata* d'or et d'ivoire dans la main gauche. Sa main droite pendait sur le côté. Sa voix déferla dans la pièce, grondante et autoritaire. De petites gouttes de transpiration perlaient sur son visage blême.

*— Ya na kadishtu nilgh'ri... stell'bsna kn'aa Nyogtha...
k'yarnak phlegethor...*

Magiques et irréelles, les syllabes éclatèrent, reprises en écho par les parois de la voûte. Leigh s'avançait à pas lents, brandissant la croix ansée. Le monstre noir surgit de dessous le disque de fer !

Le disque fut projeté sur le côté et une grande vague de noirceur iridescente, ni liquide ni solide, une effarante masse gélatineuse se répandit en direction de Leigh. Sans interrompre sa marche, il fit un rapide mouvement de la main droite, et jeta un petit tube de verre dans la direction de la chose noire qui l'engloutit.

Le monstre informe s'arrêta. Il hésita, indécis, puis recula. L'air fut aussitôt envahi par une écœurante odeur de putréfaction. Sous les yeux de Carson, de grands lambeaux brûlés se détachèrent de la chose noire, se ratatinant comme sous l'action d'un acide. L'infecte créature entama une retraite liquescente, laissant derrière elle d'affreux morceaux de chair noire.

Un pseudopode s'étira de la masse centrale et, tel un immense tentacule, enserra la momie et l'entraîna dans la fosse. Un autre tentacule s'empara du disque de fer, le traîna sans effort sur le sol et, tandis que le monstre disparaissait, le disque retomba à sa place avec un fracas infernal.

La pièce tout entière dansait autour de Carson. Il fut pris d'une affreuse envie de vomir. Par un effort surhumain, il parvint à se lever ; soudain, la lumière pâlit puis disparut. L'obscurité l'entoura.

Le roman de Carson ne fut jamais terminé. Il brûla le manuscrit, mais continua pourtant à écrire, bien qu'à dater de ce jour aucune de ses œuvres ne fût jamais publiée. Ses éditeurs secouaient la tête et se demandaient pourquoi un aussi brillant écrivain de romans populaires s'était si soudainement engoué pour le surnaturel et l'effroyable.

— C'est de l'excellent travail, dit un jour l'éditeur à Carson en lui rendant son roman, le *Dieu Noir de la Démence*. En son genre, c'est remarquable, mais trop horrible et morbide. Personne ne le lira. Carson, pourquoi n'écrivez-vous plus le genre de romans d'avant, comme ceux qui vous ont rendu célèbre ?

C'est alors que Carson rompit son vœu de ne jamais parler de la salle des Sorcières. Il raconta toute l'histoire, espérant trouver une certaine compréhension. Hélas, une fois le récit terminé, son cœur se serra lorsqu'il aperçut le visage de l'autre — un visage compatissant mais sceptique.

— C'est un rêve, n'est-ce pas? demanda l'homme, et Carson rit amèrement.

— Oui... un rêve.

— Cela a dû terriblement vous impressionner. Les rêves sont parfois comme ça. Bah! Vous oublierez avec le temps, prédit-il, et Carson acquiesça.

Il sut alors avec certitude qu'il ne parviendrait jamais qu'à éveiller le doute quant à son équilibre mental. Il ne parla plus de cette chose gravée pour toujours dans son cerveau, de ce monstre qu'il avait vu dans la salle des Sorcières après son long sommeil. Avant de fuir, pâle et tremblant, cette chambre avec Leigh, Carson avait jeté un rapide coup d'œil derrière lui. Les lambeaux racornis et brûlés qu'il avait vus se détacher de ce monstre blasphématoire et absurde avaient manifestement disparu, seules des taches noires restaient sur la pierre. Sans doute — qui sait? — Abbie Prinn s'en était-elle retournée en enfer. Son dieu inhumain, lui, s'était retiré dans les gouffres cachés, au-delà de la compréhension humaine, repoussé par les forces puissantes de magies anciennes, ordonnées par l'occultiste. Mais la sorcière avait laissé un souvenir derrière elle, une trace odieuse qu'avait aperçue Carson dans ce dernier regard en arrière: dépassant du bord du disque de fer, levée dans une sorte de salut ironique, il avait vu... *une main griffue et desséchée*!

LA CHOSE DANS LE CIMETIÈRE
J. Vernon SHEA

Ses nouveaux amis ne trouvaient jamais facilement la maison d'Elmer Harrod. Sa rue donnait pourtant bien sur l'une des artères principales de la ville, mais une rangée de sapins en cachait partiellement l'entrée. De plus, un grand écriteau, RUE SANS ISSUE, n'incitait nullement à s'y engager ; seule, une petite flèche tremblante dans le vent et portant la légende : CIMETIÈRE DE OLD DETHSHILL, semblait réfuter cette attestation.

Malgré la pancarte, aucune voie d'accès n'avait été prévue ni pour les voitures ni même pour les piétons, et le cimetière n'était pas gardé. Il fallait enjamber un muret de pierre pour se trouver à l'arrière du cimetière. Ce lieu n'avait plus servi depuis longtemps, chaque parcelle étant occupée. Le dernier enterrement remontait à plus de cinquante ans.

La municipalité n'avait d'ailleurs aucun intérêt à conserver ce cimetière. Il y a douze ans, elle avait projeté d'y faire passer une autoroute, mais devant le tollé général suscité par la profanation de ces terres consacrées, elle avait dû renoncer à son plan. La cause ayant été gagnée, les défenseurs du cimetière historique s'empressèrent de l'oublier. Des mauvaises herbes se déployaient triomphalement dans les fentes du béton et les allées étaient à ce point délabrées qu'elles étaient fermées à la circulation automobile. Même la piste cavalière, qui contournait le cimetière tout en traversant ses sentiers en plusieurs endroits, avait été abandonnée.

Les chevaux s'y comportaient toujours de manière étrange : ils renâclaient comme s'ils refusaient un obstacle invisible.

La rue d'Harrod se terminait en pente raide. Il avait peu de voisins ; quelques pavillons délabrés, depuis longtemps abandonnés, offraient parfois leur abri périlleux à quelque vagabond. La maison d'Harrod était la dernière de la rue, contiguë au muret du cimetière. C'était une habitation typiquement victorienne, avec coupole, péristyle, pignons et autres détails de mauvais goût. Son côté tape-à-l'œil ravissait le sens prononcé d'Harrod pour le théâtre et justifiait à lui seul son achat. Si cette maison n'avait pas offert de telles touches gothiques, il les aurait certainement fait ajouter.

Il se vantait même de ce que la vieille demeure recelait un passage secret, mais il se gardait bien de le montrer à ses hôtes « autrement, ce ne serait plus un secret ». Ses amis le soupçonnaient d'embellir son côté « fantastique » — Harrod exagérait toujours — ; c'était pourtant la stricte vérité.

Il avait découvert cette galerie d'une curieuse façon. Peu après son emménagement, il avait fait un rêve, un rêve très troublant. Il avait été convoqué, au cours de la nuit, à quelque étrange cérémonial et était descendu à la cave et là, comme si ce geste lui était familier, il avait touché le mur à un certain endroit et s'était engagé dans l'ouverture qui venait d'apparaître. Le rêve s'arrêtait là, sans lui laisser le temps de découvrir où menait ce couloir, ni pourquoi il y avait été appelé. Le lendemain, il avait refait le même chemin jusqu'au mur du sous-sol et, tout en se sentant plutôt ridicule, avait cherché une protubérance dissimulée... et en avait trouvé une !

Ce passage, découvrit-il, était en réalité un tunnel creusé sous terre. Il semblait s'enfoncer profondément pendant des kilomètres et à première vue, ce souterrain humide et couvert de toiles d'araignées paraissait n'avoir pas de fin. Des ouvertures cachées laissaient circuler un peu d'air. Sur les murs, des encoches étaient prévues pour des torches et, à voir le sol — non pas de la terre battue, mais un revêtement stabilisé —, il était clair que beaucoup de monde avait déjà emprunté ce chemin.

Même le rayon de sa lampe ne pouvait éclairer toutes les niches découpées le long du parcours, mais elles ne semblaient rien contenir d'intéressant, pas même les ossements ou les crânes qu'il s'attendait à moitié à y trouver. Large et élevé, le tunnel permettait à plusieurs personnes de marcher ou de courir de front.

Courir... un sentiment d'urgence se dégageait du souterrain. Les gens qui passaient par ici ne devaient pas traîner. Harrod lui-même, il en était conscient, avait hâte d'atteindre l'extrémité du tunnel.

Il se terminait de façon fort inattendue, par un mur nu. Aucune bifurcation n'y prenait naissance ; il eut beau balayer toute la surface du rayon de sa torche, il ne put découvrir aucune trace de dispositif d'ouverture. Harrod avait l'impression que, lorsqu'il pressait l'oreille contre la paroi, il entendait de l'autre côté un grondement lointain, comme le battement du ressac. Mais il savait fort bien que c'était une illusion, puisque la maison était située à des kilomètres de la mer.

Les jours suivants, il se rendit souvent dans la galerie, mais il ne parvint jamais à franchir le mur. Au cours d'une de ses explorations, il découvrit néanmoins qu'une des niches cachait une sortie qui lui avait échappé ; cette extension du passage menait à l'extérieur, dans un coin écarté du vieux cimetière de Dethshill, derrière un imposant mausolée.

Sans doute cette découverte aiguisa-t-elle son intérêt pour le cimetière ; peu de visiteurs s'y rendaient. Harrod voyait bien parfois de son balcon un petit vieux chercher péniblement la tombe d'un aïeul, ou quelque curieux, un appareil photographique en bandoulière, déambuler à la recherche de quelque vieille pierre tombale particulièrement ancienne. Ou alors, c'était un jeune étudiant en histoire de l'art, absorbé par la lecture de l'une ou l'autre curieuse inscription aux trois quarts effacée. Des amoureux s'y donnaient parfois rendez-vous ou des vagabonds y cuisaient leur maigre pitance sur de petits feux. Des enfants, nouveaux venus dans le voisinage, escaladaient le muret, stupéfaits devant cette plaine de jeu improvisée. Mais, même en plein jour, ils ne s'y attardaient guère. Bien vite, ils battaient en retraite, pris d'une panique soudaine.

Dans la ville, le cimetière avait depuis longtemps acquis la réputation d'un endroit à éviter ; et la découverte faite par Harrod, la première année de son occupation de la maison, du corps d'un clochard en bordure d'un des chemins, n'avait rien fait pour arranger les choses. Il avait eu la gorge arrachée par quelque chose de très tranchant. Sans doute était-ce le fait d'un autre vagabond, cherchant vengeance, ou encore l'œuvre de quelque gros animal. Il fit part de sa découverte aux autorités ; la police descendit sur les lieux et, après un examen superficiel, fit rapidement emporter la dépouille.

Les arbres proliféraient dans le cimetière, descendant jusqu'à la vallée pour y boire dans les méandres du ruisseau, ou poussant résolument sur les pentes du coteau. Ils devenaient tellement gros, se poussant pour se préserver un espace vital, que, même à midi, les rayons du soleil ne parvenaient pas à percer leur masse serrée. Lorsque Harrod se couchait sous l'un de ces arbres, le soleil n'était plus qu'une lueur dans le ciel.

Avec une telle profusion d'arbres, on serait tenté de croire que le cimetière résonnait de chants d'oiseaux, mais jamais Harrod n'en avait vu, ni même entendu un seul. L'endroit n'était pourtant jamais silencieux : de légers froissements ou bruissements le berçaient constamment. Harrod n'y avait cependant jamais rencontré la moindre créature, pas même un rat musqué au bord du cours d'eau, ni un mulot furtif. N'était-il pas assez observateur ? Lorsqu'il s'arrêtait pour examiner une inscription, il entendait parfois un battement d'ailes derrière lui, mais il avait beau se retourner immédiatement, il ne voyait rien.

Les arbres que le soleil ne perce pas ont quelque chose d'inquiétant ; une impression de crépuscule y prévaut même en plein midi. Harrod ne pouvait s'empêcher de retourner à cet endroit, ne fût-ce que pour surprendre ce qui, lui semblait-il, se cachait dans la futaie. Il avait beau s'abîmer les yeux, tourner la tête à l'improviste ou rester le regard fixé sur le sol pour le lever tout à coup, jamais il ne put surprendre quelque chose ou quelqu'un qui l'observait, comme il en avait la nette impression : pas même le museum curieux d'un cerf. Seuls les arbres, l'espace qui les entourait et la ronde des feuilles dans le vent s'offraient à sa vue.

Cette luxuriante végétation faisait penser aux forêts vierges, à l'aspect que devait revêtir cette région avant la venue de l'Homme. Ces bois ne voulaient aucun visiteur et Harrod sentait qu'il était un intrus.

Mais il devait faire intrusion. C'était dans sa nature, tout comme l'acteur se sent poussé à jouer sur une scène sombre, dans un théâtre vide. La proximité de sa maison avait fait naître en lui un sentiment de propriété envers ce cimetière et il s'irritait les rares jours où il y croisait un promeneur.

Des milliers de téléspectateurs connaissaient la maison d'Harrod, car dans ses shows, il s'y faisait souvent filmer sous un horrible maquillage. Parfois aussi, la caméra glissait avec complaisance sur l'une ou l'autre particularité architecturale — la gargouille du toit était un de ses objets favoris —, pour finalement découvrir Harrod dans la bibliothèque, entouré de son immense collection d'œuvres fantastiques. Harrod minaudait alors à l'intention des téléspectateurs, puis, lissant parfois une barbe postiche, montrait du doigt un livre en rapport avec le film qui allait suivre. Alors, une voix chaude, bien modulée, il contait l'histoire du vampire, du loup-garou ou de la goule, tandis que le générique du film défilait sur l'écran.

La spécialité d'Harrod — et son gagne-pain — était de présenter des films d'horreur, le plus souvent, vieux et stupides, à un public de téléspectateurs composé surtout d'adolescents. Il n'ignorait pas qu'ils suivaient son émission — ou du moins le prétendaient — non pas par goût des frissons, mais à cause des commentaires sardoniques dont il agrémentait fréquemment la projection. D'un ton acerbe, il faisait des remarques sur le jeu des acteurs, la qualité du scénario, il soulignait le trucage évident des arrière-plans et « encourageait » les protagonistes : « Vas-y, Bela, sors tes griffes maintenant. » « Tu aurais avantage à ne pas t'aventurer par là, ma jolie. » « Hou ! Tu ne vaux pas mieux. » Harrod faisait la sourde oreille à ces fanatiques des films d'horreur qui lui téléphonaient pour lui suggérer de se taire pendant la projection. Une fois sur l'écran, tout film constituait un gibier de choix pour ses flèches.

Au fil des ans, le cimetière fascina de plus en plus Harrod. Il renfermait un mystère qu'il était décidé à pénétrer. Pendant un temps, il avait soupçonné que quelqu'un — un de ses voisins peut-être, ou même un téléspectateur — avait pris l'habitude de lui jouer des tours. Parfois le soir, il voyait des lumières danser dans le cimetière, mais quand il se rendait sur place, il ne découvrait pas le moindre signe d'une autre présence.

D'autres fois encore, le vent lui apportait de mystérieux sons, comme des murmures ou des lamentations, des sons horribles qui donnaient le frisson. Lorsqu'il les entendait, son cœur cessait de battre et pour rien au monde il n'aurait mis les pieds dans le cimetière.

Harrod racontait à ses amis que le cimetière lui faisait penser à un décor de cinéma. Quand la brume enveloppait la vallée et que les pierres tombales prenaient des formes indistinctes et fantastiques, on s'attendait un peu à voir émerger Dracula dans une de ses errances nocturnes. Certaines parties du cimetière ressemblaient même aux landes des Brontë. Au début, Harrod s'était complu à se faire photographier dans un tel décor — son album était bourré d'instantanés de lui sous d'effrayants déguisements — mais, après un certain temps cependant, il se dit que si c'était fort bien de s'amuser dans le cimetière, il avait jusqu'à présent complètement négligé ses possibilités directement exploitables.

Il imagina alors de courts scénarios dramatiques et recruta quelques étudiants de l'université de Miskatonic pour les jouer. Le cimetière résonna ainsi des bruits inhabituels d'une équipe de prises de vues au travail. Les acteurs s'imprégnaient sans difficulté de l'esprit du film. Il n'était pas difficile de jouer la peur ou l'épouvante dans ce cadre macabre, surtout quand les lieux eux-mêmes semblaient offrir leur collaboration. Lorsqu'elle assista à la projection du travail de la journée, l'équipe eut l'impression de voir des choses qu'elle ne se souvenait pas avoir filmées : de gigantesques ombres mena-

çantes se penchaient sur les acteurs ; des choses balbu-
tiantes apparaissaient sur le bord de l'image ; des nuages
de brume voilaient par moments l'écran et le ciel semblait bien plus bas que ne s'en souvenait leur mémoire.
La bande sonore avait enregistré bien plus de choses que
n'avaient entendues les ingénieurs du son : non pas ces
bruits typiques qu'affectionnaient les équipes hollywoo-
diennes, tels que le bourdonnement d'un insecte ou le
ronronnement des avions, mais au contraire des sons en
accord complet avec l'esprit du film, une longue suite de
chuchotements et de bruissements à demi étouffés. En
fait, la partie sonore du film était tellement chargée
qu'Harrod décida de supprimer l'habituelle et coûteuse
musique électronique d'arrière-fond.

Lorsque ces films furent projetés, ils impressionnèrent
fortement les agences de publicité et constituèrent donc
la base d'une émission publicitaire présentée par Harrod. Après un plan d'introduction où l'on voyait Harrod
se frayer un chemin entre les tombes jonchant la colline,
parmi les arbres qui se pliaient si fort dans le vent qu'ils
semblaient vouloir le saisir, venait un film d'horreur,
lequel, par contraste, ressemblait à un décor de carton-
pâte, sous les sarcasmes plus drôles que jamais d'Harrod. Il soupçonnait — mais préférait ne pas savoir — les
étudiants de Miskatonic d'avoir truqué plusieurs de ces
plans présumés authentiques, lorsqu'il avait eu le dos
tourné, car sinon, si ces prises de vues et ces sons étaient
réels... Cette possibilité ouvrait des perspectives tellement effroyables qu'il lui sembla préférable de ne pas s'y
arrêter !

Sa mémoire ne lui accordait aucun répit. Il se souvenait que, lorsque l'équipe avait quitté les lieux, et qu'il
accomplissait son tour quotidien dans le cimetière, il
avait senti immédiatement un changement dans l'atmosphère. Il se sentait surveillé... et cette surveillance
était nettement hostile. Il avait l'impression d'avoir trahi
un pacte. Il comprit bien vite la raison de cette hostilité
en voyant les ravages causés par l'équipe. mégots de
cigarettes écrasés par terre, gobelets de carton contenant
encore un fond de café, ampoules de flash grillées, herbe
piétinée, repères tracés à la craie sur les tombes et

empreintes laissées par le matériel. L'air était d'un calme parfait, comme si quelque chose attendait. La branche d'un arbre sous laquelle il passa se tendit comme pour le saisir à la gorge.

Personne n'était préposé à l'entretien du vieux cimetière de Dethshill, et il se sentit un peu ridicule lorsqu'il se mit à réparer de son mieux les dégâts. Il amoncela les détritus puis alla chercher chez lui des boîtes de carton pour les transporter... Il avait la très nette impression que sa présence resterait malvenue en ces lieux tant qu'il ne leur aurait pas, au moins, fait montre de sa bonne volonté.

Il est vrai que l'endroit n'arborait pas toujours un air aussi rébarbatif, autrement il aurait hésité à s'y rendre aussi fréquemment. Lors des belles journées de printemps et d'été, le cimetière était d'humeur détendue, tel un tigre qui se lèche au soleil. Bien sûr, il n'y avait jamais de fleurs sur les monuments funéraires mais, pendant la belle saison, la nature elle-même les décorait de bouquets de fleurs sauvages. L'œil se repose avec joie sur un coteau ensoleillé, couvert de boutons-d'or, et dans la douce lumière qui filtrait parfois au travers des arbres pour tacheter le sol, le cimetière semblait presque accueillant. Tout en bas, dans le ruisseau, l'eau gazouillait en franchissant des rochers qui prétendaient ainsi former des rapides. Parfois, un gros chat tigré longeait quelques mètres du muret, prêt, semblait-il, à s'aventurer à l'intérieur, mais, au dernier moment, changeait d'idée et s'en allait rapidement.

C'est par un de ces beaux jours qu'Harrod pensa pour la première fois à emporter de quoi lire lors de ses promenades. Par la suite, jamais plus il ne s'y rendit sans un livre ou une revue. Il devait sélectionner soigneusement ses lectures ; il avait en effet constaté que ses écrivains préférés, tels que Jane Austen ou Peacock, par exemple, ne cadraient absolument pas avec les alentours. Réciproquement, il découvrit que, lorsqu'il s'étendait sur une pierre tombale pour y lire, même l'histoire la plus rocambolesque d'un magazine d'horreur prenait corps. S'il adoptait cette nouvelle conduite par pure bravade, il en retirait néanmoins un délicieux effroi. Un jour, un enfant s'aventura dans le cimetière et le trouva enveloppé dans une cape (appartenant à son costume de Dracula), assoupi sur une tombe. L'enfant avait tellement hurlé en s'enfuyant que ses cris donnaient encore la chair de poule à Harrod lorsqu'il se plaisait à s'en souvenir.

Mais le plus excitant était encore de lire la nuit, dans le vieux cimetière de Dethshill, une puissante torche projetant son éclat de lumière sur les pages de Blackwood ou de Machen. Pour ces excursions nocturnes, il choisissait de préférence les meilleurs contes d'horreur et avait parfois peur de tourner la page parce que la dernière phrase qu'il venait de lire avait été ponctuée d'un son indéfinissable...

La journée avait été chaude, mais à présent, l'air vif de la nuit annonçait l'hiver imminent. Harrod rabattit le col de son pardessus sur son visage pour se protéger. Un calme surnaturel planait sur le cimetière, troublé un instant par le craquement des feuilles mortes sous ses pas.

Dénuées de toutes leurs feuilles, les branches ressortaient exagérément ; chaque forme tordue retenait le regard comme si elle venait d'être peinte. Les arbres semblaient moins serrés ; leur nudité permettait au clair de lune de pénétrer dans le cimetière.

Ce clair de lune ne contenait aucune chaleur. Un nuage le cacha soudain et Harrod leva les yeux. Cette vue lui rappelait tellement certains films d'épouvante qu'il frissonna sans le vouloir et, levant la tête d'un air moqueur, il hurla à la lune, dans une imitation adroite de l'homme-loup.

La plaisanterie était déplacée. Harrod le sentit immédiatement. Un picotement lui chatouilla la peau. Le cimetière ne cachait pas qu'il était conscient de sa présence. Le présentateur avait l'inquiétante sensation d'être *observé*. Il n'aurait pas été surpris de voir la tentacule d'un monstre extra-terrestre sortir en tâtonnant des fourrés.

L'herbe qui longeait le sentier n'avait pas été coupée de mémoire d'homme. Plus hautes que ses genoux, les tiges semblaient vouloir lui décocher des coups de leurs bords dentelés. Juste à ce moment, un vent violent se leva et les graminées ondulèrent comme pour marquer le passage de quelque petite créature.

Il trébucha sur une tombe dissimulée par les herbes folles. Les écartant d'une main, il dirigea le rayon lumineux sur l'inscription commémorative. Un nom, OBEDIAH CARTER, y était gravé. Le temps avait presque effacé les dates, mais il put déchiffrer : 179--18-7. Il y avait beaucoup de tombes appartenant aux Carter dans les parages, membres d'une famille d'armateurs jadis très prospère. N'avait-il jamais connu un certain Randolph Carter dans sa jeunesse, ce garçon qui racontait une histoire horrible sur un cimetière pareil à celui-ci ?

De nombreux récits de ce genre circulaient au sujet de Old Dethshill. Harrod s'était déjà souvent demandé à quoi ressemblait le visage des gens qui reposaient ici, dans leur froide solitude. Des visages austères et puritains sans doute, ou encore des visages troublés, furieux. Des faces de cauchemar…

La tombe d'Obediah Carter était trop envahie par les herbes sauvages ; il n'aurait pu y trouver ce qu'il cherchait. Il continua d'un pas pressé. Ce n'était pas la première fois qu'il empruntait ce chemin ; pourtant, tout semblait étrangement différent au clair de lune ; des tombes surgissaient à des endroits où il n'en avait pas souvenance ; l'allée aussi se faufilait en des tournants inattendus. Il arriva plus vite que prévu à l'endroit qu'il avait baptisé « l'antre des Sorciers », sa destination.

On aurait dit qu'un géant avait repoussé les arbres et les broussailles, dégageant ainsi un cercle grossier où la terre était aussi noire et morte que celle d'une forêt complètement calcinée, bien qu'aucun feu n'y eût jamais brûlé de mémoire humaine. Peut-être était-ce, environ un siècle plus tôt, le lieu de rassemblement d'une confrérie de sorcières pour y immoler par le feu leurs offrandes à un bouc noir ?

Des sapins, les plus hauts arbres du cimetière, montaient la garde autour de l'antre. Derrière eux, des chênes, des saules et des érables se pressaient pour voir.

A l'intérieur du cercle, les pierres tombales étaient disposées suivant un certain ordre, perdu pour l'histoire. Harrod se disait que, si l'on déplaçait de quelques pouces les pierres tombales, on formerait un pentacle parfait. Il fallait peu d'imagination ensuite pour visualiser les sorcières et les magiciens assis sur les tombes, à l'observer. Harrod avait en effet tourné ici même une scène semblable.

Il avait tenu lui-même le rôle de la victime du sacrifice ; son physique grassouillet et son air sensuel le désignaient tout particulièrement. Il estimait qu'il avait été plutôt brillant, roulant des prunelles pleines d'effroi et parlant d'une voix tremblante.

Comme d'habitude, Harrod s'installa le plus confortablement possible sur la tombe de Jeremy Kent. Il ouvrit son livre et y dirigea le rayon de sa torche électrique ; le clair de lune inondait si généreusement la scène qu'il eût presque pu se passer de la lampe. Le marbre de la pierre était glacé ; après quelques minutes, le froid qui s'en dégageait pénétra jusqu'à lui, malgré son chaud pardessus. Sans gants, ses doigts devinrent si engourdis et raides qu'il avait de la peine à tourner les pages.

Jeremy Kent. Un nom agréable à l'oreille. Pourtant, le folklore local rapportait que Jeremy Kent avait été devin ou sorcier, voire même le chef de la confrérie. D'après l'inscription, il mourut dans sa trentième année. C'était un bel homme aux yeux bleus et glacés. Les légendes sur Kent étaient particulièrement intéressantes et Harrod avait depuis longtemps projeté, le jour où il pourrait réunir le capital nécessaire, de tourner un long métrage sur sa vie. Mais comment parviendrait-il jamais à suggérer la scène où Jeremy Kent arrache le cœur d'un enfant encore en vie ?

Cet homme n'était pas mort de causes naturelles. Les villageois, échauffés, avaient pris les choses en main. Mais, si Harrod respectait la vérité historique des événements, la séquence ressemblerait trop aux scènes de *Frankenstein* et à une douzaine d'autres films d'horreur. Et pourquoi, pensait Harrod, Kent ne serait-il pas puni dans le film par une vengeance céleste ?...

Il continua à méditer sur Kent, comme s'il répugnait à reprendre l'histoire de Lovecraft au point où il l'avait abandonnée le soir précédent. L'ermite de Providence s'était trop rapproché de la réalité. Le vieux cimetière de Dethshill n'était qu'une copie de ses écrits ; cette clairière qu'Harrod appelait l'antre des Sorciers prenait place trop facilement dans l'œuvre de Lovecraft ; quant à Jeremy Kent, il différait vraiment peu d'un des mauvais décrits par Lovecraft. C'était presque comme si Lovecraft en personne avait parcouru cet endroit... du fait de ses nombreuses pérégrinations dans la région, cette probabilité n'était pas si invraisemblable !

Le plus troublant était le rêve. H.P. Lovecraft avait fait des rêves particulièrement inquiétants, c'était notoire ; d'étranges dislocations du temps et de l'espace dans des cauchemars si bien articulés qu'il pouvait souvent les transposer par écrit sans en changer le moindre détail. Ses songes n'avaient rien de l'illogisme habituel ; au contraire, leur cohérence fantastique leur conférait un caractère de réalité indéniable.

Harrod était persuadé que l'histoire qu'il avait commencée la veille avait trouvé son origine dans un rêve de Lovecraft. L'intrigue était si troublante qu'il n'avait pu s'empêcher d'y penser toute la soirée. Il n'est donc pas surprenant que, lorsqu'il tomba évanoui, il revécût lui-même l'histoire de Lovercraft.

Avec cette différence cependant ; la scène se déroulait dans la propre maison d'Harrod. Il faisait partie d'un groupe de personnages portant des cagoules et des vêtements d'un autre siècle et tous avançaient rapidement dans le passage secret qu'il avait découvert. Ils s'étaient munis de torches et marchaient à trois de front. Arrivés devant le mur qui bouchait la sortie, ils n'hésitèrent pas longtemps : leur chef passa les doigts sur une cannelure au bas de la paroi et souleva : aussitôt, l'épais mur glissa vers le haut comme une porte de garage.

Un souffle d'air froid émana alors de derrière le mur. Harrod pénétra avec le groupe dans une grotte illuminée. L'immensité de cette caverne aux parois suintantes lui donna le vertige. La lumière verdâtre lui permit de voir de l'eau clapoter à quelques centaines de mètres de ses pieds : probablement un lac souterrain dont l'accès à la mer devait sans doute se situer loin au-delà des rochers. Le plus étrange était qu'Harrod avait parfaitement conscience qu'il rêvait et luttait pour s'éveiller. A ce stade du rêve, il dut y avoir quelque coupure dans le temps, car, le moment d'après, il participait avec tout le groupe à une sorte de cérémonie sur la grève du lac. Tous psalmodiaient entre leurs dents une incantation gutturale :

Iä ! Iä ! Cthulhu fhtagn ! Ph'nglui mglw'nafh Cthulhu R'lyeh wgah-nagl fhtagn.

Et dans son rêve, cet appel reçut une *réponse* ! Sa mémoire refusa d'enregistrer les détails de la chose qui s'éleva alors à la surface de la nappe d'eau : un être gigantesque, avec des tentacules d'une longueur incroyable...

A ce stade culminant de son songe, il s'éveilla. Le lendemain, Harrod avait été tellement secoué que son esprit refusait l'idée de descendre dans la galerie pour vérifier si la paroi se soulevait effectivement comme il l'avait rêvé ; la pensée qu'il pourrait à nouveau voir cette baie était trop pour la tranquillité de son âme !

Par chance, on lui téléphona du studio et il passa la majeure partie de la journée à rédiger un scénario. Mais à présent qu'il lisait les pages de Lovecraft, le cauchemar monstrueux l'assiégeait à nouveau...

Un violent coup de vent balaya subitement les pages, lui arrachant presque le livre des mains. Ce fut très bref et un calme absolu envahit ensuite la clairière. Les sapins, qui venaient de se secouer comme des chiens trempés, se tenaient maintenant parfaitement immobiles.

Il faisait trop silencieux. Poussé par une impulsion d'origine mystérieuse, Harrod se replongea dans le livre de Lovecraft et finit par y trouver ce qu'il cherchait. Il se drapa dans son pardessus, se leva comme un comédien puis, avec une emphase spectaculaire, prononça lentement et du mieux qu'il put la formule suivante :

Iä ! Iä ! Cthulhu fhtagn ! Pn'nglui mglw'nafh Cthulhu R'lyeh wgah-nagl fhtagn.

La lune pâlit. Des ombres se rassemblèrent là où

aucune ombre ne se dessinait ; la lumière disparut, effaçant ainsi les arbres et les hautes herbes. Les ombres semblèrent avancer.

Harrod cligna des yeux et se frotta les paupières pour les débarrasser d'éventuelles poussières. Mais non, ce n'était pas un mauvais tour de son imagination ! Les ombres étaient bien là, plus massives, semblait-il, à chaque instant ; elles s'avançaient telle une phalange ténébreuse.

Des gouttes de sueur froide perlèrent dans son dos. Les ombres étaient là. Elles venaient de s'arrêter, mais ne reculaient pas : elles restaient sur place. Elles regardaient Harrod. Elles attendaient.

Eclairant à nouveau le ciel, les nuages découvrirent la lune, et un rayon de lumière tomba sur le bord de la clairière, entre les conifères immobiles.

Et il y avait des choses dans le ciel, bien plus haut que les arbres. C'étaient des visages immenses, des visages très vaguement humains, encadrés d'un mélange tumultueux de parties inhumaines suggérant des tentacules.

Leurs yeux avides guettaient la terre, mais il semblait qu'ils ne s'étaient pas encore fixés sur Harrod. Ils scrutaient le sol comme un rapace en quête d'une proie. Laissant échapper une plainte, Harrod chercha où se cacher : il s'arracha à la pierre tombale et se mit à gratter de ses mains le gravier épars de l'allée.

Sans doute le mouvement de ses pieds déclencha-t-il quelque mécanisme caché, car alors qu'il tentait de se tapir à côté de la tombe, il entendit un grincement, comme des charnières rouillées, et le bruit métallique se réverbéra dans l'air de la nuit... Lentement, la pierre tombale qu'il venait de quitter se souleva sous ses yeux.

Harrod s'aperçut que la tombe recelait des marches ; une volée de degrés descendaient sous terre, libérant un air fétide et nauséabond.

Terrifié, les yeux rivés sur les marches, il prit conscience d'une baisse de clarté juste au-delà de son champ de vision. Levant le regard, il constata que le rayon de lune avait quitté la clairière et que les ombres s'étaient fort rapprochées. Elles l'entouraient à présent dans un cercle infranchissable tacheté de minuscules points lumineux qui auraient bien pu être des yeux.

La lumière blafarde n'arrivait pas à souligner leurs silhouettes. Elles n'étaient pas spectrales du tout, pas le moins du monde transparentes : c'était plutôt comme une concentration d'obscurité.

Une susurration à peine perceptible emplissait l'air et s'amplifiait progressivement en un chuchotement caverneux. Elle s'élevait du passage souterrain.

Il n'y avait personne ; il n'y avait rien là en bas. Il le savait. Il ne pouvait d'ailleurs rien y avoir. Affolé, il ne parvenait pourtant pas à détacher le regard des marches, comme s'il s'attendait à voir apparaître d'une seconde à l'autre un être enveloppé d'un suaire, aux yeux bleus et glacés...

Les murmures augmentèrent, se firent pressants, insistèrent... Cette voix d'outre-tombe était froide et d'une perversité indicible. Il distingua peu à peu les mots :

Descends, Harrod. Descends.

Le vieux cimetière de Dethshill est un endroit peu fréquenté. Ce n'est donc que bien plus tard que, s'écartant du chemin, un couple d'amoureux faillit trébucher sur un corps. Il était déjà dans un tel état de décomposition qu'il fallut effectuer un examen dentaire pour l'identifier comme étant celui d'Elmer Harrod, porté disparu.

S'il avait toujours été vivant, Harrod lui-même aurait préféré couper cette scène, la trouvant trop horrible pour ses téléspectateurs. Et pour cause : la tête avait été presque complètement arrachée du corps ; elle n'y était plus attachée que par quelques lambeaux de chair putréfiée. La bouche grimaçait un cri éternel et les yeux, jaillissant presque de leurs orbites, contenaient trop d'horreur cauchemardesque pour être longtemps contemplés. Le cadavre n'avait presque plus rien d'humain : il était retourné comme un gant, et quelque animal monstrueux devait l'avoir rongé de part en part.

SUEURS FROIDES
par J. Ramsey CAMPBELL

> *... car même les adeptes de Cthulhu n'osent parler de Y'golonac ; pourtant, le temps viendra où Y'golonac quittera solennellement la solitude des âges pour revenir une fois de plus parmi les hommes...*

> *Révélations de Glaaki,* vol. XII

San Strutt se lécha les doigts puis les essuya à son mouchoir ; ils étaient recouverts d'une neige grise, à force d'avoir tenu la barre de la plate-forme du bus. Il tira alors soigneusement son livre du sac de plastique déposé sur le siège voisin, en retira un ticket de bus coincé entre les pages et le tint contre la couverture pour la protéger du contact de ses doigts mouillés. Il se mit à lire. Comme il arrivait souvent, le receveur crut que ce ticket payait le trajet de Strutt... lequel se garda bien de le détromper. Dehors, la neige tourbillonnait dans les rues latérales et se glissait sous les roues prudentes des voitures.

Lorsqu'il descendit à Brichester Central, la neige fondue l'éclaboussa et pénétra dans ses bottes. Serrant son sac sous son manteau pour mieux le protéger, il se fraya un chemin vers le kiosque à journaux, posant le pied sur les flocons de neige fraîche. Les panneaux vitrés du kiosque n'étaient pas tout à fait fermés ; la neige s'y était infiltrée et voilait les couvertures lustrées des romans bon marché.

— Regardez-moi ça! se plaignit Strutt à un jeune homme qui, planté à côté de lui, guettait anxieusement la foule, le cou enfoui dans son col à la manière des tortues. N'est-ce pas révoltant? Ces gens s'en fichent complètement!

Sans cesser d'examiner les visages humides, le jeune homme acquiesça distraitement. Outré, Strutt gagna l'autre côté du kiosque, où le vendeur tendait des journaux à un client.

— Dites! appela Strutt.

Le vendeur tout en rendant la monnaie lui fit signe de patienter. Par-dessus les livres, au travers de la vitre embuée, Strutt vit le jeune homme se précipiter et étreindre une jeune fille, puis, de son mouchoir, lui sécher délicatement le visage. Strutt jeta un coup d'œil sur le journal que venait d'acheter son voisin. *Meurtre brutal dans une église en ruine,* lut-il. « Au cours de la nuit précédente, un cadavre avait été trouvé dans les ruines d'une vieille église à Lower Brichester. Une fois la neige dégagée de cette statue de marbre, on avait découvert d'horribles mutilations sur tout le corps, des mutilations ovales qui ressemblaient... » L'homme s'en alla avec le journal et la monnaie. Le vendeur se tourna alors vers Strutt:

— Veuillez m'excuser, je vous ai fait attendre, dit-il avec un sourire.

— Oui, dit Strutt. Avez-vous vu que ces livres ne sont pas protégés de la neige? Il y a peut-être des gens qui voudraient les acheter.

— Est-ce votre cas? répondit le vendeur.

Strutt serra les lèvres et repartit dans les bourrasques de neige. Derrière lui il entendit se refermer les cloisons vitrées.

Sur la grand-route, la librairie *Good Books* assurait un abri appréciable. Strutt secoua la neige fondue de ses vêtements et examina attentivement les livres. Sur les rayons, les titres connus étaient présentés de face, tandis que les autres se montraient de dos. Des petites filles riaient en regardant des cartes de Noël; un homme mal rasé, entraîné par une rafale de flocons, entra. Mal à l'aise, il jeta des regards inquiets autour de lui. Strutt claqua la langue: il faudrait interdire l'accès des librairies aux vagabonds; ils souillent les livres. Sans quitter l'homme des yeux pour voir s'il n'allait pas arracher les couvertures ou déchirer des pages, Strutt circula parmi les rayons, mais ne trouva pas ce qu'il cherchait. Il aperçut alors, bavardant avec le caissier, le vendeur qui lui avait vanté *Last exit to Brooklyn* lorsqu'il l'avait acheté la semaine dernière, et qui avait prêté une oreille patiente à la liste de ses récentes lectures, bien qu'il ne semblât pas en reconnaître les titres Strutt s'approcha de lui.

— Hello... De nouveaux livres passionnants cette semaine ?

— De nouveaux... ? fit l'homme, se tournant vers lui, perplexe.

— Mais oui, des livres du genre de celui-ci.

Strutt prit son sac de plastique pour lui montrer la couverture grise Ultimate Press du *Maître du Fouet* écrit par Hector.

— Ah, non. Je ne crois pas que nous en ayons. Il se tapota la lèvre, pensif : ... à moins que... Jean Genet ?

— Qui ? Oh, vous voulez dire *Jennet*. Non merci, il est plus endormant qu'un somnifère.

— Eh bien, je suis désolé, monsieur, je crains de ne pouvoir vous aider.

— Oh !

Strutt se sentit repoussé. L'homme ne semblait pas le reconnaître, à moins qu'il ne fasse semblant. Strutt avait déjà rencontré ce genre d'hommes auparavant. Il parcourut à nouveau les rayons du regard, mais aucune couverture ne retint son attention. A la porte, il déboutonna furtivement sa veste pour protéger encore mieux son livre. Une main s'abattit sur son bras. Une main sale et ridée descendit vers la sienne et toucha son sac. Irrité, Strutt se dégagea violemment et se trouva face à face avec le clochard.

— Une minute ! siffla l'homme. Cherchez-vous d'autres livres du même genre ? Je sais où vous pouvez en trouver.

Cette allusion à ses lectures blessa le caractère hypocrite de Strutt... quant à ça, personne n'avait le droit d'y toucher ! Il arracha le sac des doigts de l'inconnu.

— Alors, vous les aimez aussi ?

— Oh, oui ; j'en ai des tas.

Strutt le mit à l'épreuve.

— Par exemple ?

— Oh, *Adam et Eve, Prends-moi comme tu veux,* toutes les aventures d'Harrison ; il y en a beaucoup.

Strutt reconnut de mauvaise grâce que la proposition de l'homme semblait sérieuse. Le vendeur les observait de la caisse. Strutt jeta un coup d'œil en arrière.

— D'accord, dit-il, montrez-moi cet endroit dont vous parlez.

L'autre lui prit le bras et l'entraîna avec empressement dans les tourbillons de neige. Tenant leurs cols serrés, des piétons patinaient entre les voitures en attendant que l'on dégage leur bus ; les essuie-glaces écrasaient les flocons dans les coins des pare-brise. L'homme mena Strutt au milieu d'un concert de klaxons, entre deux vitrines de magasin où des jeunes filles arboraient un air suffisant, tandis qu'elles habillaient des mannequins décapités. Ils descendirent ensuite une ruelle latérale. Strutt connaissait bien ce quartier ; il l'avait en vain ratissé à la recherche de bouquinistes de second rang. Il se composait surtout de petits étalages miteux spécialisés en revues pour hommes, de voitures recouvertes d'un manteau de neige et de pubs bruyants et chauds contrastant avec le mauvais temps. Parfois, une porte ouverte laissait échapper d'une cuisine une bouffée chaude et âcre. Le guide de Strutt se glissa dans l'entrée d'un bar pour secouer son manteau ; la glace s'en détacha en craquant. Strutt le rejoignit et ajusta le livre dans son sac enfoui sous sa veste. Il frappa alors énergiquement des pieds pour faire tomber la croûte neigeuse de ses bottes, mais s'arrêta lorsque l'autre fit de même. Il voulait éviter à tout prix le moindre lien avec cet homme, même par un geste aussi terre à terre. Strutt jeta un regard de dégoût sur son compagnon, sur son nez rouge duquel s'échappait de la morve, sur cette barbe de trois jours qui se dressait sur ses joues lorsqu'elles se gonflaient et que l'homme soufflait dans ses mains tremblotantes.

Strutt ne supportait aucun contact avec des personnes mal soignées. Sur le trottoir, les flocons recouvraient déjà leurs pas et l'homme dit :

— Ça me donne une sacrée soif de marcher aussi vite !

— Alors, c'est ça qui vous intéresse ?

Mais la librairie en restait l'enjeu. Strutt entra dans le bar et commanda deux chopes à une énorme serveuse à la poitrine opulente toute hérissée de dentelles. Les verres à la main, elle se balançait d'avant en arrière et actionnait les pompes avec délectation. Dans de vagues renfoncements, des vieillards mâchonnaient leur pipe ; une radio diffusait des marches retentissantes. Une chope à la main, des hommes visaient avec une imprécision joviale la cible du jeu de fléchettes ou le crachoir. Strutt secoua son pardessus et le pendit à côté de lui ; l'autre garda le sien, les yeux plongés dans sa bière. Fermement décidé à ne pas parler, Strutt promena son regard sur les miroirs qui renvoyaient des reflets de groupes gesticulant autour de tables mal rangées, jonchées de verres et de cendres. Le mutisme de son compagnon le surprit peu à peu. Ces gens, pensait-il, étaient d'habitude d'une loquacité remarquable, en fait virtuellement impossible à réduire au silence. Cette situation était intolérable. Rester paresseusement assis dans ce bar étouffant alors qu'il pouvait faire quelque chose d'autre ou lire !

... Il fallait réagir. Il engloutit sa bière et déposa violemment le verre sur son carton.

L'autre sursauta. Visiblement confus, il se mit à boire à petites gorgées, avec nervosité. Puis, il traîna encore pour achever la mousse — c'était clair — et finit par poser son verre et le fixer d'un air absent.

— Je crois qu'il est temps d'y aller, dit Strutt.

L'homme leva les yeux ; la crainte habitait son regard.

— Seigneur, je suis trempé, murmura-t-il. Je vous emmènerai lorsque cette satanée neige se sera calmée.

— C'est ça votre jeu ? cria Strutt. Dans les miroirs, des paires d'yeux le cherchaient. Ne vous imaginez pas que je vous paie ce verre pour des prunes ! Je ne suis pas venu jusqu'ici...

L'homme se balançait d'avant en arrière, pris au piège.

— Bon, bon... mais je ne le retrouverai peut-être pas, par un temps pareil.

Strutt jugea cette remarque trop inepte pour y répondre. Il se leva, boutonna son manteau et s'élança dans la neige, se retournant pour s'assurer que l'autre l'avait suivi.

Les dernières vitrines, derrière lesquelles s'élevaient des pyramides de boîtes de conserve marquées par des pancartes mal orthographiées, furent bientôt remplacées par des rangées de fenêtres aux pauvres rideaux, encastrées dans une perspective monotone de briques rouges. Derrière les carreaux, des décorations de Noël pendaient en guirlandes. De l'autre côté de la rue, une femme d'âge moyen fermait les tentures d'une chambre à coucher et dissimula vivement derrière son épaule un garçonnet d'une dizaine d'années.

— Cette fois-ci, c'est parti, pensa Strutt.

Il sentit qu'il pouvait contrôler la silhouette devant lui sans pour autant lui parler ; il n'avait d'ailleurs pas la moindre envie de s'adresser à cet homme qui marchait en tremblant, de froid à coup sûr, et se hâtait d'avancer tandis que l'ombre de Strutt, dépassant de quelques centimètres le mètre soixante-dix du vagabond, le talonnait impitoyablement. Une fraction de seconde cependant, alors qu'une vague de neige descendait la rue dans leur direction et que les flocons, ensevelissant le paysage, coupaient ses joues comme des rasoirs, Strutt eut une envie folle de parler. Il voulut raconter ces nuits où il restait éveillé dans sa chambre, à écouter le propriétaire battre sa fille dans la mansarde d'en haut ; ces nuits où il tendait l'oreille pour surprendre des bruits étouffés par le craquement d'un sommier, du couple d'en bas. Mais cet élan passa, emporté par la neige. L'extrémité de la rue s'était élargie. Un refuge pour piétons la divisait en deux nouvelles voies recouvertes d'un lourd manteau de neige ; l'une donnait sur un rond-point tandis que l'autre s'enfonçait en courbes raides parmi les maisons. Strutt se situait à présent. Au cours de la semaine, il avait remarqué du bus le panneau *Keep Left* abandonné sur le refuge et qui pendait lamentablement.

Ils dépassèrent le rond-point et franchirent les rebords défoncés des ornières pleines de flaques glacées laissées par les bulldozers travaillant au plan de redéveloppement. Puis, poursuivant leur chemin dans les tourbillons de neige, ils traversèrent une parcelle de terrain vague où un feu solitaire buvait la neige. Le guide de Strutt fila dans une ruelle et Strutt le suivit, attentif à ne pas s'éloigner de cet homme qui claquait d'un coup la neige poudreuse des couvercles des poubelles et évitait les portes des arrière-cours derrière lesquelles des chiens aboyaient. L'homme prenait à gauche, puis à droite, dans le labyrinthe de ces murs rapprochés, parmi des maisons dont même la neige, plus clémente envers les bâtiments qu'envers leurs occupants, ne parvenait pas à adoucir les arêtes cruelles des vitres ébréchées et des portes disjointes. Un dernier tournant, et l'homme glissa sur le trottoir à côté des vestiges d'un magasin dont l'étalage vide s'ouvrait sur un tas de bouteilles de vin abandonnées sous une affiche de *Heinz 57 Variety*. Une plaque de neige se détacha de la banne, ou plutôt de ce qui en restait, pour être aussitôt avalée par la boue. L'homme tremblait. Strutt l'interrogea du regard et le malheureux indiqua craintivement le trottoir opposé :

— C'est là. C'est ici que je voulais vous conduire.

Les flaques de neige fondante éclaboussèrent les jambes du pantalon de Strutt lorsqu'il traversa la rue en courant, tout en s'assurant que, malgré les efforts de l'homme pour le désorienter, il avait bien repéré quelle artère principale se trouvait à cinq cents mètres de là. *Reprise et Vente de Livres Américains* annonçait l'enseigne du magasin. Strutt saisit la grille qui protégeait une fenêtre opaque, plus basse que le niveau de la rue, et dont la rouille humide crissa sous ses ongles, et passa en revue les titres que lui offrait l'étalage : *Histoire de la Verge* — un livre qu'il avait trouvé monotone — se détachait à côté des romans de science-fiction d'Aldiss, de Tubb et d'Harrison qui se cachaient honteusement derrière de vulgaires couvertures ; *Le Sadisme au Cinéma* ; le *Voyeur* de Robbe-Grillet qui semblait égaré ; *Le Festin sur...* rien qui valût tout ce chemin, pensa Strutt.

— Bien, dit-il, il est temps d'entrer.

Poussant l'homme à l'intérieur, il jeta un regard vers la fenêtre du premier étage, où le dos du miroir d'une coiffeuse remplaçait une vitre, puis entra à son tour.

L'homme s'était de nouveau arrêté et l'espace d'une désagréable seconde, les doigts de Strutt frôlèrent le vieux pardessus du clochard.

— Allons, où sont ces livres ? demanda-t-il, le bousculant pour atteindre le centre du magasin.

La clarté blafarde du dehors paraissait plus pâle encore à cause des livres qui obstruaient la vitrine et des revues pornographiques placées sur la porte vitrée. Des grains de poussière flottaient nonchalamment dans les rayons de lumière. Strutt se pencha pour lire les titres de romans bon marché empilés sur une table dans des caisses de carton ; mais ces boîtes ne renfermaient que des histoires de western, des romans à l'eau de rose et des livres américains sexy, vendus à moitié prix. Avec une grimace à ces livres dont les coins s'ouvraient comme des fleurs épanouies, il évita les éditions reliées et se glissa furtivement derrière le comptoir, l'air préoccupé. En fermant la porte dépourvue de sonnette, il avait cru entendre un cri, par très loin de lui, mais aussitôt étouffé.

Ce doit être le genre de chose qu'on entend tout le temps dans ces quartiers douteux, pensa-t-il, et il se tourna vers l'autre :

— Dites, je ne vois pas ce que je cherche. Il n'y a personne qui travaille dans cette baraque ?

Les prunelles écarquillées, l'homme regardait fixement au-delà des épaules de Strutt. Strutt se retourna aussitôt, et ne vit que le verre dépoli d'une porte vitrée dont un coin avait été réparé avec du carton, faisant tache sur la faible lumière jaune que laissait filtrer la vitre. Le bureau du libraire sans doute... Avait-il entendu la remarque de Strutt ? Strutt affronta la porte, prêt à riposter à toute insolence. Puis l'homme le bouscula. Il chercha frénétiquement derrière le comptoir, farfouilla dans une bibliothèque vitrée bourrée de volumes recouverts de papier brun et retira finalement d'un coin du rayonnage un livre emballé de papier gris. Il le tendit à Strutt :

— En voici un, en voici un, murmura-t-il.

Le sang battant nerveusement sous ses paupières crispées, l'homme observa Strutt tandis qu'il arrachait le papier : *La Vie Secrète de Wackford Squeers.*

— Ah, voilà qui est mieux, approuva Strutt, s'oubliant momentanément.

Il voulut prendre son portefeuille, mais des doigts graisseux se refermèrent sur son poignet :

— Payez la prochaine fois, supplia l'homme.

Strutt hésita. Pouvait-il partir avec ce livre sans rien payer ? A ce moment, une ombre passa d'un bout à l'autre du verre dépoli : l'ombre d'un homme sans tête tirant quelque chose de lourd. Probablement décapité par l'effet du verre dépoli et par son attitude, voûtée, présuma Strutt, puis il eut la certitude que le libraire — ce devait être lui — était en contact avec Ultimate Press. Il ne fallait surtout pas nuire à ce contact en volant un livre. Strutt se dégagea vivement des doigts frénétiques et sortit deux livres sterling, mais l'autre revint à la charge, les mains tendues par une sorte d'épouvante. Il se tapit contre la porte du bureau d'où l'ombre avait disparu, avant de défaillir quasiment dans les bras de Strutt. Celui-ci repoussa le clochard et déposa les billets sur le rayon, à l'endroit laissé vide par *Wackford Squeers*. Il se tourna alors vers l'homme :

— Vous ne comptez pas l'emballer ? Non, après tout, je vais le faire moi-même.

Le rouleau du comptoir livra avec bruit une bande de papier brun ; Strutt choisit un morceau pas trop décoloré. Il emballa le livre, les pieds empêtrés dans le restant de papier, quand un bruit fracassant l'interrompit. Profitant de son inattention, l'autre s'était furtivement dirigé vers la porte de rue, lorsqu'un de ses boutons de manchettes s'était accroché au coin d'une caisse pleine de livres de poche. Il s'immobilisa devant les livres éparpillés, bouche bée et bras ballants, le pied posé sur un roman ouvert telle une phalène déployée ; des particules de poussière flottaient autour de lui dans les rais de lumière, se mêlant à des flocons de neige qui s'infiltraient. Un verrou cliqueta. Strutt reprit sa respiration, ferma le paquet et, contournant l'homme avec dégoût, ouvrit la porte. Le froid attaqua ses jambes. Il se mit à gravir les marches et l'autre s'élança à sa suite. Le pied de l'homme se posait déjà sur le seuil de la porte lorsque des pas pesants se firent entendre. L'homme fit demi-tour et la porte claqua derrière Strutt. Strutt attendit, puis il se dit que s'il se dépêchait, il pourrait semer son guide. Il atteignit la rue et une brise poudreuse lui picota les joues, emportant la poussière et l'odeur désagréable du magasin. Il détourna la tête et donna un coup de pied à la croûte de neige qui recouvrait les titres d'un journal trempé. Ensuite, il se mit en route pour l'artère principale, laquelle, il le savait, passait non loin de là.

Lorsqu'il s'éveilla, Strutt tremblait. L'enseigne au néon installée devant la fenêtre de son appartement défiait la nuit toutes les cinq secondes, aussi implacablement qu'un mal de dents ; ces éclats et la fraîcheur de l'air indiquèrent à Strutt qu'il était encore fort tôt. Il referma les yeux, mais bien que ses paupières fussent lourdes et brûlantes, son esprit ne pouvait trouver le sommeil. Au-delà des limites de sa mémoire flottait le rêve qui l'avait éveillé ; il se retourna, mal à l'aise. Dieu sait pourquoi, un passage lu le soir précédent lui revint à l'esprit : « Lorsque Adam atteignit la porte, la main d'Eve agrippa la sienne, lui tordant le bras derrière le dos. Elle le força à s'agenouiller... » Il ouvrit les yeux, chercha le livre du regard pour se rassurer ; oui, le livre était là, bien à l'abri dans la liseuse, soigneusement aligné avec les autres. Il se souvint du soir où il était revenu chez lui pour trouver *Miss Whippe, la Gouvernante vieux jeu* à l'intérieur de la couverture de *Les Anciens et les Bleus*. La propriétaire lui avait expliqué qu'elle devait les avoir déplacés en époussetant, mais Strutt savait qu'elle les avait dérangés par rancune. Il avait alors acheté un coffre qui fermait à clef, et, lorsqu'elle lui avait demandé cette clef, il lui avait répondu :

— Merci, je crois que je pourrai leur rendre justice tout seul.

De nos jours, impossible de se faire de vrais amis. Il referma les yeux ; la pièce et le coffre, éclairés pendant cinq secondes par le néon et détruits aussitôt avec la même régularité, remplissaient le vide des semaines creuses qui le séparaient encore du nouveau trimestre. Il affronterait la première classe du matin en ajoutant :

« Vous me connaissez à présent » à son introduction habituelle : « Vous êtes chics avec moi, et je le serai avec vous... »

Avertissement que plus d'un garnement vérifierait à coup sûr. Strutt voyait déjà ce derrière blanc, moulé dans un short de gymn, sur lequel il abattrait avec une intense satisfaction sa sandale de gymnastique... Strutt se détendit, bercé par l'écho irrésistible des jeunes pieds battant le parquet de la salle de gymnastique, et par le tremblement saccadé des espaliers sous l'escalade des garçons, alors qu'il les surveillait d'en bas... Il s'endormit.

Une fois éveillé, il esquissa quelques exercices matinaux, puis avala d'un trait le jus de fruits que lui avait monté la fille du propriétaire. Vicieusement, il heurta le verre contre le bord du plateau et le brisa : il dirait que c'était un accident. Ce n'était pas pour rien qu'il payait un loyer aussi élevé ; autant profiter un peu de cet argent.

— Je parie que vous aurez un Noël sensass ! avait dit la fille en inspectant la pièce.

Il avait alors essayé de la prendre par la taille pour retenir sa féminité effrontée... mais déjà elle s'en était allée dans un frou-frou gracieux, le laissant l'estomac contracté de chaude anticipation.

Plus tard, il se traîna jusqu'au supermarché. Le grattement crispant des pelles déblayant la neige s'élevait de plusieurs jardins de façade ; ce bruit fut bientôt recouvert par le crissement de la neige sous ses bottes. Au moment où il émergea du grand magasin, serrant contre lui une brassée de boîtes de conserve, une boule de neige lui rasa le nez pour aller s'écraser sourdement contre la fenêtre. Une barbe diaphane couvrit le panneau vitré, pareille à ce fluide qui s'écoule du nez des garçons sur lesquels s'exerce le plus souvent la colère de Strutt, car il était bien décidé à extraire de ces petits êtres cette laideur révoltante. Strutt regarda autour de lui et vit un gamin de sept ans enfourcher son vélo pour battre en retraite aussi vite que possible. Strutt eut un geste, comme s'il voulait basculer le garçon sur ses genoux pour le corriger. Mais la rue n'était pas déserte ; la mère de l'enfant, en pantoufles et bigoudis, lui administrait déjà une claque sur la main.

— Je t'ai dit de ne pas faire ça… Excusez-le, dit-elle à Strutt.

— Pas de quoi, grogna-t-il.

Il retourna à pas lents vers son appartement.

Son cœur battait à tout rompre. Si seulement il pouvait parler à quelqu'un, comme il l'avait fait avec le libraire du coin de Goatswood, cet homme aimable qui partageait ses goûts. Lorsqu'il était mort au début de l'année, Strutt s'était senti abandonné dans un monde hostile conspirant tacitement contre lui. Peut-être que le propriétaire du magasin découvert hier serait-il aussi sympathique. Strutt espérait que l'homme qui l'y avait conduit la veille ne serait pas présent, dans le cas contraire, il pourrait sûrement s'en débarrasser… un libraire en relation avec Ultimate Press devait être du genre de Strutt et ne souhaiterait donc certainement pas la présence de l'autre lorsqu'ils parleraient en toute franchise. Il n'y avait pas que cette conversation ; Strutt avait aussi un grand besoin de livres pour passer Noël et *Squeers* ne ferait pas long feu. Il y avait peu de chance pour que la boutique soit fermée une veillée de fête. Rassuré par ce raisonnement, il déposa les boîtes sur la table de la cuisine et dévala les escaliers.

Aussitôt descendu du bus, Strutt fut plongé dans un profond silence. Le vrombissement du moteur fut rapidement étouffé par les maisons enneigées. Les monceaux de neige engloutissaient tous les sons. Strutt sautilla jusqu'au trottoir, dans les ornières fangeuses laissées par les voitures, éclaboussant ainsi son vieux manteau élimé. La route tournait légèrement. Une fois la rue principale hors de vue, la rue latérale qu'il parcourait révéla son caractère réel. La neige rendait les façades des maisons plus misérables encore ; sa blancheur était tachée de rouille. Une ou deux fenêtres montraient des sapins de Noël, déjà à moitié dénudés, dont les branches ployaient sous le clignotement blafard des guirlandes lumineuses. Mais dans ce matin blême, Strutt ne leur prêtait pas la moindre attention. Il marchait les yeux rivés au sol, veillant à éviter les souillures entourées d'empreintes de pattes de chiens. Une fois seulement, il croisa le regard d'une vieille femme qui, penchée à sa fenêtre, fixait un point sur le trottoir, peut-être la prolongation de son monde extérieur? Pris d'un frisson subit, il hâta le pas, suivi par une autre femme qui tirait des journaux dans une voiture d'enfant, et s'arrêta devant le magasin.

La lueur orange du ciel aurait difficilement suffi à éclairer l'intérieur ; pourtant, aucune lumière électrique n'apparaissait derrière les magazines. Sur le billet chiffonné pendu à la porte, derrière la saleté du carreau, on pouvait lire « FERMÉ ». Strutt descendit lentement les escaliers. La poussette poursuivit sa route en grinçant, éclaboussant au passage les journaux étalés. Strutt fusilla la propriétaire du regard, pivota sur lui-même et se retrouva dans une obscurité quasi totale. Sur ces entrefaites, la porte de la petite librairie s'était ouverte et un homme se tenait dans l'entrebâillement.

— Vous n'êtes pas fermé, n'est-ce pas? demanda Strutt, la gorge nouée.

— Peut-être bien que non. Puis-je vous aider ?

— Je suis venu ici hier. J'ai acheté ce livre d'Ultimate Press, répondit Strutt à ce visage tout proche, trop proche du sien.

— Mais oui, bien sûr, je me souviens.

L'autre se balançait sans cesse, comme un athlète qui se chauffe les muscles. Sa voix passait constamment de la basse à la voix de fausset. Strutt trouvait cela fort déplaisant.

— ... eh bien, entrez avant que vous n'attrapiez quelque chose ! poursuivit-il.

Il claqua la porte dans leur dos, faisant tinter en écho le battant de la sonnette

Derrière lui, la silhouette efflanquée du libraire — ce devait être lui — se confondait avec la pénombre. Dans cette cave sinistre, perdu au milieu de vagues coins de table agressifs, Strutt sentit naître en lui le besoin obscur de s'affirmer :

— Vous avez trouvé l'argent pour le livre, j'espère, remarqua-t-il. Votre homme ne semblait pas avoir fort envie que je paie. D'autres amateurs l'auraient sans doute pris au mot.

— Il n'est pas ici aujourd'hui.

Le boutiquier alluma dans son bureau. Son visage ridé et bouffi sembla grandir ; ses yeux s'enfonçaient dans des replis de chair plissée ; à la lumière, de profonds sillons accusaient les joues et le front ; la tête flottait comme un ballon à moitié dégonflé au-dessus du costume de tweed rembourré. L'éclairage cru de l'ampoule dévoilait l'exiguïté de la pièce. Les murs se pressaient autour d'un bureau délabré, enseveli sous des copies dactylographiées du *Libraire* repoussées sur le côté par une machine à écrire noire, encrassée, à côté de laquelle se trouvait un bout de cire à cacheter et une boîte d'allumettes ouverte. Deux chaises entouraient la table devant une porte fermée. Strutt s'assit, faisant voler la poussière. Le libraire se mit à marcher de long en large et soudain, comme frappé par cette idée, demanda :

— Dites-moi, pourquoi lisez-vous de tels livres ?

Strutt connaissait bien cette question. Le professeur d'anglais la lui avait si souvent posée dans le bureau des enseignants qu'un jour il avait cessé de lire ses romans durant la récréation. Le fait d'entendre ce vieux refrain lui fit perdre toute réserve, et il ne put que reprendre sa riposte habituelle :

— Que voulez-vous dire : pourquoi ? Pourquoi pas ?

— Ce n'était pas une critique, s'empressa d'ajouter l'autre en contournant le bureau. Je suis réellement intéressé. J'allais en venir à ce que... dans le fond, n'avez-vous pas envie que vos lectures deviennent réalité ?

— Eh bien..., peut-être.

Strutt se méfiait du tour que prenait la conversation et aurait aimé l'orienter à son gré. Dans ces murs sales, ses mots semblaient tomber dans un silence ouaté pour disparaître aussitôt, sans laisser d'impression.

— Comprenez-moi bien : lorsque vous lisez un bouquin, l'intrigue ne se déroule-t-elle pas devant vous, dans votre esprit ? Plus particulièrement, si vous essayez consciemment de la visualiser, mais ce n'est pas indispensable. Vous pourriez rejeter ce livre, bien sûr. J'ai connu un libraire qui travaillait à cette théorie. Il avait peu de temps à y consacrer, mais quand il le pouvait, il

138

s'y appliquait, bien qu'il ne l'eût jamais réellement formulée... Attendez un instant, je vais vous montrer quelque chose.

Il disparut dans le magasin. Strutt se demandait ce qui se cachait au-delà de la porte, derrière le bureau. Il se leva à moitié mais, en se retournant, aperçut le libraire qui revenait déjà comme une ombre flottante. Il apportait un volume rangé sur le rayon, entre les œuvres de Lovecraft et de Derleth.

— Ceci rejoint tout à fait vos livres d'Ultimate Press, dit l'homme, frappant légèrement sur la porte du bureau en entrant. L'an prochain, ils vont publier un livre de Johannes Henricus Pott, c'est du moins ce qu'ils disent, consacré aux savoirs maudits, tout comme celui-ci, du reste. Vous serez sans doute stupéfait d'apprendre que, à leur avis, ils devront peut-être garder des extraits de Pott en version latine. Mais ceci devrait vous intéresser ; la seule copie qui soit ! Vous n'avez probablement jamais entendu parler des *Révélations de Glaaki* : il s'agit d'une sorte de bible ; elle fut inspirée par une puissance surnaturelle. Il n'y avait que onze volumes... pourtant, voici le douzième, écrit par un homme, au sommet de Mercy Hill, guidé dans ses songes.

A mesure qu'il racontait, la voix du libraire se faisait plus fébrile.

— ... J'ignore comment ce livre est arrivé sur le marché. La famille de cet homme aura dû le trouver dans quelque grenier après son décès et aura estimé qu'il ne valait pas tripette, qui sait ? Mon libraire, lui... euh, il connaissait l'existence des *Révélations*. Il comprit que ce douzième volume était d'une valeur inestimable. Mais, comme il voulait à tout prix éviter que le vendeur ne réalisât l'importance de sa trouvaille pour la vendre alors à l'Université ou à une bibliothèque, il la lui racheta dans un lot de livres d'occasion et ajouta qu'elle pourrait toujours servir comme papier de brouillon. Lorsqu'il lut l'ouvrage... euh, il tomba sur un passage étonnant, un vrai don du ciel pour mettre sa théorie à l'épreuve. Regardez.

Le libraire contourna à nouveau Strutt et plaça le livre sur les genoux de ce dernier, ses bras reposant sur les épaules de Strutt. Celui-ci serra les lèvres en levant le visage vers l'autre. Mais toute force l'abandonna, il se sentit incapable de lui opposer un refus... il ouvrit le volume. Le vieux livre était de taille ; la reliure craqua en découvrant des pages jaunies, couvertes de lignes irrégulières à l'écriture griffonnée. Strutt avait été déconcerté durant tout le monologue introductif du libraire... et à présent le livre était sous ses yeux ; il lui rappelait vaguement ces liasses polycopiées de feuilles dactylographiées qui circulaient dans les toilettes lors de son adolescence. « Révélations » suggérait « défendu ». Intrigué, il lut au hasard : « Ici, à Lower Brichester, l'ampoule nue n'épargnait aucun des fragments de peinture écaillée qui se détachaient sur la porte d'en face et des mains se déplaçaient sur ses épaules. Mais quelque part, tout en bas, il se sentait poursuivi dans l'obscurité par de vastes bruits de pas étouffés. Lorsqu'il se retourna pour mieux voir, un être bouffi et rayonnant était penché sur lui... A quoi rimait tout ceci ? Une main agrippa son épaule gauche, et une autre tourna les pages. Finalement, un doigt souligna une phrase :

»Au-delà d'un abîme dans la nuit souterraine, un passage mène à une paroi de briques massives. Au-delà de ce mur trône Y'golonac pour y être servi par les êtres des ténèbres, dépenaillés et sans yeux. Il a reposé longtemps de l'autre côté de ce mur et ceux qui l'ont franchi en rampant passent sur le corps d'Y'golonac sans savoir que c'est Y'golonac. Mais, lorsqu'on lit ou prononce son nom, il s'avance pour être adoré ou pour se nourrir et revêt alors parfois la forme et l'âme de ceux qu'il prend en pâture. Ceux qui recherchent les lectures diaboliques et tentent de s'imaginer ces êtres en pensée les invoquent. Et alors, il se peut que lorsque la voie sera libre, Y'golonac revienne sur Terre parmi les hommes. Cthulhu sortira de sa tombe parmi les herbes sauvages. Glaaki ouvrira d'un geste la trappe de cristal. Les rejetons d'Eihort naîtront à la lumière du jour. Les foulées puissantes de Shub-niggurath résonnant dans le cosmos ; il écrasera les objectifs lunaires, Byatis fera éclater sa geôle. Le voile de l'illusion se déchirera et Daoloth révélera la vérité cachée. »

Les mains allaient et venaient sur ses épaules ; elles ralentissaient puis resserraient leur étreinte. La voix chantante demanda :

— Que pensez-vous de tout cela ?

Pour Strutt, tout cela n'avait aucun sens, mais, allez savoir pourquoi, il n'eut pas la force de répondre ce qu'il pensait :

— Eh bien, c'est... c'est pas le genre de bouquin qu'on vend tous les jours.

— Ça vous intéresse ?

La voix se faisait plus grave ; c'était maintenant une basse écrasante. D'un bond, l'autre fut de l'autre côté de la table. Il avait l'air plus grand... son crâne heurta l'ampoule au passage, provoquant le flux et le reflux répété d'une ombre.

— Vous êtes intéressé ? insista-t-il, le visage tendu, du moins pour ce qu'on en voyait, car la lumière repoussait l'obscurité dans les parties creuses de son visage, comme si la structure osseuse se fondait visiblement.

Un soupçon naquit cependant dans le cerveau brumeux de Strutt. Son cher ami, le libraire de Goatswood, ne lui avait-il pas dit qu'il existait un culte de magie noire à Brichester, un cercle de jeunes hommes dominés par un certain Franklin ou Franklyn ? Essayait-on de l'y attirer ?

— Je n'irai pas jusque-là, parvint-il à répondre, réticent.

— Écoutez. Un libraire a lu ceci. Je lui ai dit qu'on pouvait devenir grand prêtre d'Y'golonac. Vous invoquerez les ombres de la nuit pour l'adorer d'ère en ère. Vous vous prosternerez à ses pieds, et en retour, vous survivrez lorsque la Terre sera nettoyée pour la venue des Grands Anciens. Vous irez au-delà des confins et connaîtrez ce qui émane de la lumière...

Sans prendre le temps de réfléchir, Strutt explosa :

— C'est de moi que vous parlez ?

Il venait de réaliser qu'il se trouvait seul dans la pièce en présence de ce fou !

— Non, non, pas du tout. Je parlais du libraire. Mais l'offre s'adresse à vous, à présent.

— Bon, excusez-moi, mais j'ai autre chose à faire, dit Strutt, faisant mine de se lever.

— Il a aussi refusé.

Strutt avait les oreilles écorchées par le timbre de cette voix.

— ... j'ai dû le tuer.

Strutt frissonna. Comment se comporter avec les déséquilibrés mentaux ? Surtout, ne jamais les exciter, rester calme.

— Allons, allons, répondit Strutt, attendez une minute...

— Vous n'avez aucune raison de mettre ses paroles en doute. Je dispose de plus de preuves que vous ne pourriez en supporter. Vous serez mon grand prêtre ou vous ne quitterez jamais cette pièce.

Pour la première fois de sa vie, alors que les ombres bougeaient plus lentement entre les murs oppressifs, comme si elles attendaient, Strutt eut de la peine à contrôler ses émotions. Il parvint à maîtriser avec le calme le plus parfait la crainte mélangée de colère qui l'habitait.

— Permettez, on m'attend.

— Pas tant que votre devoir se trouve ici entre ces murs, fit la voix toujours plus grave. Vous savez que j'ai tué le libraire... c'était dans les journaux. Il s'est enfui vers l'église en ruine, mais je l'ai attrapé de mes propres mains... Alors j'ai laissé ce livre dans le magasin, dans l'espoir que quelqu'un le lise, mais le seul qui le sortit par erreur des rayons était l'homme qui vous a mené ici... Pauvre idiot ! Il perdit la tête et se blottit dans un coin lorsqu'il vit les bouches ! Je l'ai gardé, car je pensais qu'il pourrait attirer l'un ou l'autre de ses amis qui se vautre dans les tabous physiques tout en ignorant les vraies expériences, ces endroits interdits à l'esprit. Mais il n'a contacté que vous et vous a conduit ici pendant que je me nourrissais... A l'occasion, j'ai de quoi manger : de jeunes garçons qui viennent ici chercher des livres en secret ; ils s'assurent que personne ne sait ce qu'ils lisent !... Facile de les persuader d'ouvrir les *Révélations*. L'imbécile ! Il ne peut plus me tromper avec ses maladresses... mais je savais que vous reviendriez. Maintenant vous allez m'appartenir.

Strutt serrait violemment ses mâchoires, au point qu'il

eut peur de les briser. Il se leva, opinant de la tête, et tendit le volume des *Révélations* à l'étrange personnage. La main refusa le livre. Avec un calme calculé, Strutt se dirigea vers la porte du bureau.

— N'essayez pas de sortir. C'est fermé à clé.

Le libraire fit mine d'avancer, mais resta où il était ; les ombres étaient devenues d'une clarté impitoyable ; la poussière voletait en silence.

— ... Vous n'avez pas peur, poursuivit-il. Vous avez un regard calculateur. Est-il possible que vous ne me croyiez pas encore ? Bien...

Il posa la main sur le bouton de porte derrière le bureau.

— Désirez-vous voir les restes de mon festin ?

Une porte s'ouvrit dans l'esprit de Strutt et il se refusa à envisager ce spectacle.

— Non ! Non ! supplia-t-il.

Il s'en voulut aussitôt d'avoir laissé percer sa frayeur. S'il avait seulement une canne pour venir à bout de cet insupportable personnage. A en juger par son visage, les ballonnements qui gonflaient le costume de tweed devaient être de la graisse. Dans l'hypothèse d'une lutte, Strutt gagnerait probablement.

— Finissons-en, s'écria-t-il ; assez de comédie ! Vous allez me laisser sortir d'ici ou...

Il cherchait en vain une arme ou quelque objet solide. Soudain, il pensa au livre qu'il tenait toujours en main. Il saisit violemment la boîte d'allumettes sur la table derrière laquelle le narguait son adversaire, gratta une allumette, saisit les plats du volume entre le pouce et l'index et en secoua les pages.

— Je vais brûler ce livre ! menaça-t-il.

Le visage de l'autre se crispa. Quelle allait être sa réaction ? Strutt tremblait d'y penser. Il approcha la flamme du papier. Les pages jaunes se recroquevillèrent. Elles se consumèrent à toute vitesse. La vive clarté éblouit Strutt ; il vit les ombres toujours plus massives danser sur les murs... mais il secouait déjà les cendres sur le sol.

Les deux adversaires se firent face quelques secondes, immobiles. L'obscurité avait succédé aux flammes.

Strutt vit cependant le tweed se déchirer bruyamment dans la pénombre, tandis que le personnage grandissait.

Strutt se jeta sur la porte du bureau ; elle résista. Il serra les poings et les vit avec un détachement étrange briser en éclats la vitre dépolie. Ce geste semblait l'isoler, suspendant toute action. Au-delà des pointes de verre sur lesquelles luisaient quelques gouttes de sang, les flocons de neige tournoyaient dans la lumière ambrée... loin, tellement loin. Trop loin pour appeler à l'aide. Un son s'éleva du fond du bureau. Strutt fit volte-face tout en fermant les yeux, épouvanté de voir l'origine d'un tel bruit... mais lorsqu'il les rouvrit, il comprit pourquoi l'ombre apparue hier sur le panneau de verre dépoli était sans tête. Strutt hurla ; d'un geste, l'être monstrueux et gigantesque auquel pendaient encore quelques lambeaux du costume de tweed balaya la table sur le côté. Strutt eut alors l'ultime et intime conviction que tout cela arrivait parce qu'il avait lu les *Révélations*. Quelqu'un, quelque part, avait *voulu* que cela lui arrive. Ce n'était pas juste, il ne le méritait pas, il n'avait rien fait pour cela... mais il n'eut pas le temps de proférer le moindre cri de protestation. Les mains s'abattaient déjà sur son visage pour l'empêcher de respirer... et dans leurs paumes s'ouvraient des gueules rouges et humides.

LA CITÉ SŒUR
PAR Brian LUMLEY

**Ce manuscrit constitue
l'annexe A du rapport
M-Y-127/52, du 7 août 1952.**

Nous habitions Londres quand, vers la fin de la guerre, notre demeure fut détruite par un bombardement. Mes parents y laissèrent la vie. Je fus moi-même hospitalisé pour blessures graves et dus passer deux années environ allongé sur le dos. C'est pendant cette période de ma jeunesse — j'avais à peine dix-sept ans à ma sortie d'hôpital —, que naquit cet enthousiasme qui se transforma plus tard en un appétit insatiable pour les voyages, l'aventure et la découverte des vestiges des premiers âges de la Terre. Aventurier de nature, je m'étais senti tellement emprisonné au cours de ces deux longues années qu'à la première occasion, je pris ma revanche sur le temps perdu et donnai libre cours à mes aspirations.

Ce n'est pas que ces longs et pénibles mois furent totalement dépourvus de joies. Dès que ma santé le permettait, je me précipitais entre deux opérations à la bibliothèque de l'hôpital, tout d'abord pour oublier mon affliction, puis, en fin de compte, pour me laisser emporter dans ces mondes de merveilles des fabuleuses *Mille et Une Nuits*.

En plus de l'envoûtement intense qu'il me procurait, ce livre m'aidait à oublier les rumeurs qui circulaient à mon sujet dans les salles de l'hôpital : « J'étais différent. » Les docteurs avaient soi-disant trouvé quelque chose d'anormal dans ma constitution physique. On chuchotait de bouche à oreille que ma peau possédait d'étranges particularités et qu'un cartilage osseux se développait peu à peu à la base de ma colonne vertébrale. On s'étonnait aussi de ce que mes doigts et mes orteils fussent légèrement palmés. Comme de plus, je n'avais pas le moindre cheveu ou poil sur le corps, je devins rapidement l'objet de nombreux regards détournés.

Ajoutés à mon nom, Robert Krug, ces éléments n'augmentaient en rien ma popularité à l'hôpital. En fait, à cette époque où Hitler larguait encore à l'occasion des bombes sur Londres, un nom de famille comme Krug, avec ses implications d'ascendance germanique, constituait un obstacle bien plus grand encore que toutes mes autres caractéristiques réunies.

La fin de la guerre me trouva riche. J'étais le seul héritier de la fortune de mon père et n'avais pas encore vingt ans. Si j'avais abandonné loin derrière moi les djinns, les goules et les efrits de Scott, c'était cependant pour retourner au même type de sensations ressenties dans les *Mille et Une Nuits,* par la lecture de *Fouilles des sites sumériens* de Lloyd. C'est ce livre qui fut le principal responsable de la fascination que j'éprouvai dès lors pour les mots magiques de « cités perdues ».

Au cours des mois suivants, à dire vrai tout au long des années — formatives — qui me restaient, l'ouvrage de Lloyd resta pour moi un événement marquant. Un nombre considérable de volumes de la même veine lui succédèrent. Je me plongeai avec avidité dans le *Ninive et Babylone* de Layard, ainsi que dans les *Premières aventures perses* et *La Susiane et la Babylonie.* Je m'étendis longuement sur des œuvres telles que *Naissance et progrès de l'assyriologie* de Budge, sans parler des *Voyages en Syrie et en Terre Sainte* de Burckhardt.

Les contrées légendaires de Mésopotamie n'étaient pas seules à me captiver. Les cités imaginaires de Shangri-La et Ephiroth prenaient place à côté des réalités de Mycène, Knossos, Palmyre et Thèbes. Mon enthousiasme ne connut plus de borne quand mes lectures m'amenèrent à Atlantide et à Chichen Itza. Jamais, je ne me suis soucié de séparer réalité et fiction. Dans mes rêves, j'aspirais tout autant à connaître le palais de Minos en Crète que la Kadath inconnue au désert de glace.

La lecture de plusieurs documents sur l'expédition africaine de Sir Amery Wendy-Smith à la recherche de G'harne, la cité morte, me confirmèrent que certains mythes et légendes ne sont pas fort éloignés de la réalité historique. Si une personnalité aussi respectable que cet éminent archéologue avait mis sur pied une telle expédition pour partir à la recherche de cette ville de la jungle considérée par la plupart des autorités sérieuses comme purement mythologique... Son échec ne lui ôtait pas le mérite d'avoir essayé...

Alors que d'autres avaient ridiculisé ce personnage rustre, cet explorateur fou, qui était revenu seul des jungles du continent noir, moi, par contre, j'avais plutôt tendance à adopter, voire surpasser, ses idées saugrenues — c'est ainsi que l'on considérait ses théories. J'examinai une fois de plus les preuves en faveur de Chyria et de G'harne. Je fouillai de plus en plus profondément les vestiges fragmentaires des cités légendaires et des contrées aux noms aussi incroyables que R'lyeh, Ephiroth, Mnar et Hyperboréa.

Au cours des ans, je retrouvai une parfaite santé physique, et l'adolescent fasciné devint un homme entièrement voué à sa passion. Je n'ai jamais su quelle force me poussait à explorer les passages obscurs de l'histoire, réelle comme imaginaire. Je savais seulement qu'il y avait quelque chose de fascinant pour moi à redécouvrir ces anciens mondes de rêves et de légendes.

Avant d'entreprendre les lointaines expéditions qui allaient m'occuper à différentes reprises pendant quatre années, j'achetai une maison à Marske, à la limite même des marais du Yorkshire. C'était la région de mon enfance ; j'avais toujours ressenti une forte affinité pour ces régions sinistres et marécageuses, une affinité difficile à définir. C'est-à-dire que je m'y sentais plus près de *chez moi*... et infiniment plus proche de ce passé qui me harcelait. Chaque départ était un véritable déchirement, et pourtant, je ne pouvais résister à cette attirance inexplicable des lieux lointains et des noms étranges d'outre-mer.

Je visitai pour commencer les pays proches, ignorant les contrées de mes rêves, mais bien déterminé à ce que plus tard... plus tard !

L'Egypte aux mille mystères ! La pyramide en escaliers à redans de Djoser à Saqqarah, le chef-d'œuvre d'Imhotep ; les antiques mastabas, les tombes où dorment les rois depuis des siècles ; la pyramide de Snéfrou à Meidoum ainsi que celles de Chéphren et de Chéops à Gizeh ; les momies, les divinités souveraines...

Malgré toutes ses merveilles, l'Egypte ne put me retenir longtemps. Ma peau ne supportait pas la chaleur et le sable ; elle s'était rapidement tannée et devint rugueuse en une nuit.

La Crète, nymphe de la Méditerranée d'azur... Thésée et le Minotaure ; le palais de Minos à Knossos... Quoi de plus merveilleux ?... Hélas, ce que je cherchais devait être ailleurs !

Salamine et Chypre, et leurs nombreux vestiges des civilisations passées, ne me retinrent chacune qu'un mois à peine. C'est cependant à Chypre que je découvris une nouvelle aptitude physique : mes étranges capacités sous l'eau...

A Famagouste, je me liai d'amitié avec un groupe de plongeurs sous-marins. Ils plongeaient tous les jours à la recherche d'amphores et d'autres objets du passé, au large des ruines de Salonique, sur la côte sud-est. Je pouvais rester sous l'eau trois fois plus longtemps que le meilleur d'entre eux et nager plus loin sans l'aide de palmes ni de bouteille d'oxygène. Au début, cette singularité provoqua leur étonnement ; après quelques jours cependant, je remarquai qu'ils évitaient tout contact avec moi. Ils ne s'inquiétaient pas de l'absence complète de système pileux sur mon corps ni des membranes, qui semblaient avoir allongé, entre mes orteils et mes doigts. Mais ils se méfiaient de la protubérance qui apparaissait à l'arrière, au bas de mon costume de bain, et n'acceptaient surtout pas la facilité avec laquelle je conversais avec eux dans leur propre langue, sans avoir jamais étudié le grec de ma vie.

Il était temps de reprendre la route. Mes pérégrinations m'emmenèrent partout à travers le monde ; je devins une autorité en matière de civilisations mortes, ma seule joie dans la vie. C'est alors que, à Phetri, j'entendis parler pour la première fois de la Cité sans Nom.

Tout au fond du désert d'Arabie repose la Cité sans Nom ; elle n'est plus que ruines et le sable, au cours des millénaires, a presque recouvert ses murs. C'est ici que rêva le poète fou, Abdul Alhazred, la nuit où il chanta cet inexplicable couplet :

Ce qui gît dans l'éternité ne connaît pas la mort,
D'étranges éons viendront et même la mort mourra
[alors.

Mes guides arabes pensèrent que j'étais fou, moi aussi, lorsque, ignorant leurs avertissements, je m'obstinai néanmoins à chercher la Cité diabolique. Les pieds ailés de leurs chameaux les emportèrent dans une course folle, car ils venaient de remarquer ma peau squameuse et d'autres détails qui les rendaient mal à l'aise en ma présence. Tout comme moi du reste, ils étaient désemparés devant la facilité avec laquelle je parlais leur langage.

Qu'ai-je vu et fait à Kara-Shehr ? Inutile de le relater. Il suffit de dire que j'y ai appris des choses qui se sont emparées de mon subconscient ; des choses qui me poussèrent à voyager plus loin encore, à la recherche de Sarnath là maudite, dans ce qui fut jadis le pays de Mnar...

Aucun être humain ne connaît l'emplacement de Sarnath et c'est mieux ainsi. Vous comprendrez donc que je passe sous silence mes expéditions consacrées à la recherche de cette cité et les difficultés auxquelles je me heurtai à chaque étape de ma longue route. Enfin je finis par découvrir la cité engloutie dans les marais, ainsi que les ruines d'Ib toute proche ; ce furent autant de maillons essentiels ajoutés à la chaîne toujours plus longue qui comblait lentement le fossé entre ce monde et mon but ultime. Quant à moi, je ne savais que penser ; désorienté, j'ignorais le lieu ou la nature de cette destination.

Pendant trois longues semaines, j'explorai les rives vaseuses du lac paisible qui recouvre Sarnath. A la fin, n'y tenant plus, poussé par une force irrésistible, j'eus une nouvelle fois recours à mes curieuses capacités aquatiques et me mis à fouiller le fond de cet hideux marais.

Je m'endormis ce soir-là serrant dans les bras une petite figurine verte que j'avais arrachée aux ruines sous-marines. Je vis mon père et ma mère en rêve — confusément toutefois —, dans une sorte de brouillard... Ils m'appelaient !

Toute la journée suivante, je la passai dans les ruines centenaires d'Ib ; au moment de partir, je découvris une pierre gravée qui me donna ma première preuve tangible. Le plus incroyable était que je pouvais *lire* les caractères inscrits sur ce vieux pilier altéré par les siècles. L'écriture cunéiforme était plus ancienne encore que les inscriptions des colonnes brisées de Geph. La pierre érodée s'était parée des ravages du temps... pourtant, miracle, je comprenais !

Il n'était pas question du mode de vie des anciens habitants d'Ib ou de ceux de Sarnath, morts il y a si longtemps. La pierre racontait seulement la destruction des êtres d'Ib par les hommes de Sarnath, et du sort réservé par la suite à Sarnath. C'était aux dieux d'Ib que cette malheureuse cité devait son destin ; malheureusement, pas la moindre indication n'était fournie sur les dieux eux-mêmes. Je savais seulement que la lecture de cette pierre, ainsi que ma présence à Ib, avaient réveillé des souvenirs enfouis très profondément en moi... qui sait, peut-être même des souvenirs *ancestraux*. Je fus une fois de plus la proie de ce sentiment que je ressentais si fortement dans les marais du Yorkshire : je me sentais près de chez moi. Puis, comme j'écartais d'un pied paresseux les joncs à la base de la colonne, de nouvelles inscriptions ciselées apparurent. Une fois le limon enlevé, je poursuivis ma lecture. Il n'y avait que quelques lignes... pourtant elles me donnaient la clef :

« Ib n'est plus, mais ses Dieux vivent encore. A l'autre bout du monde, la Cité Sœur se cache sous terre, dans les régions barbares de la Zimmerie. C'est là que vit le

Peuple ; c'est là que les Dieux seront toujours adorés. Même jusqu'à la venue du Cthulhu... »

De nombreux mois plus tard, je trouvai enfin au Caire un homme versé dans les connaissances anciennes, une autorité en matière d'antiquités maudites, de contrées préhistoriques et de légendes. Ce sage homme n'avait jamais entendu parler de la Zimmerie mais croyait, par contre, savoir qu'une contrée avait jadis porté un nom fort semblable.

— Et où se trouvait cette Zimmerie ? demandai-je.

— Malheureusement, me répondit le savant en consultant une carte, la plus grande partie de la Zimmerie est aujourd'hui engloutie sous la mer. Jadis elle se situait entre Vanaheim et Némédie, dans l'Hyborée antique.

— Vous avez bien dit que « la plus grande partie » est submergée ? Et qu'en est-il de la région qui se trouve *au-dessus* du niveau de la mer ?

Peut-être l'anxiété qui perçait dans ma voix provoqua-t-elle le regard curieux qu'il me lança. Peut-être était-ce à nouveau simplement dû à mon étrange aspect ; le soleil implacable des pays du Sud avait encore durci davantage ma peau imberbe et je ne pouvais plus dissimuler les puissantes membranes qui reliaient mes doigts.

— Pourquoi tenez-vous tant à le savoir ? demanda-t-il. Que cherchez-vous ?

— Mon pays, répondis-je d'instinct, sans savoir ce qui m'avait poussé à le dire.

— Oui... reprit-il en me scrutant de près. C'est bien possible... Vous êtes anglais, n'est-ce pas ? Puis-je vous demander de quelle région vous venez ?

— Du nord-est, dis-je, pensant subitement à mes marécages. Pourquoi cette question ?

— Mon pauvre ami, vous avez cherché en vain, expliqua-t-il en souriant. Zimmerie, ou ce qu'il en reste, enveloppe toute cette région nord-est de l'Angleterre, votre pays. Ironie du sort ! Pour trouver votre pays, vous l'avez quitté...

Le destin me dévoila cette nuit-là une carte que je ne pouvais négliger. Dans le hall d'entrée de mon hôtel, une table était affectée aux lectures habituelles des résidents anglais. Un large éventail de romans, livres de poche, revues et journaux, allant du *Reader's Digest* à *The News of the World,* y était présenté. Souhaitant passer quelques heures agréables dans une fraîcheur toute relative, je m'assis, bercé par le doux ronronnement d'un ventilateur, un verre d'eau glacée à portée de la main, et me mis à feuilleter d'un doigt nonchalant un des journaux. Soudain, au détour d'une page, une photo et un article retinrent mon attention et, après un examen attentif, me déterminèrent à prendre un billet pour le prochain vol à destination de Londres.

La photo était de mauvaise qualité certes, mais assez claire cependant pour que je puisse reconnaître une petite figurine verte... *la répétition exacte de celle que j'avais trouvée dans les ruines de Sarnath, au fond du paisible marais...*

Pour autant que je m'en souvienne, l'article était rédigé comme suit :

M. Samuel Davies, 17 Heddington Crescent, Radcar, a trouvé ce merveilleux vestige du passé (voir photo ci-dessus), dans un cours d'eau dont la seule source connue se situe dans la paroi de la falaise de Sarby-on-the-Moors. M. Davies a fait don de la statuette au musée de Radcar. Elle y est actuellement étudiée par le conservateur, le professeur Gordon Walmsley de Goole. Jusqu'à présent, le professeur Walmsley n'a pu apporter aucun éclaircissement sur l'origine de cette étrange œuvre d'art apparemment très ancienne. Le test Wendy-Smith, méthode scientifique permettant de déterminer l'âge des fragments archéologiques, indique toutefois qu'elle aurait plus de dix mille ans d'âge. La figurine verte semble n'avoir aucun rapport avec les civilisations mieux connues de l'ancienne Angleterre et passe pour une découverte d'une importance rare. Les experts géologues sont malheureusement unanimes ; ils affirment que ce cours d'eau est totalement infranchissable à l'endroit où il jaillit des falaises de Sarby.

Le jour suivant, je m'endormis une heure peut-être dans l'avion et vis une seconde fois mes parents en songe. Comme la première fois, ils m'apparurent dans une sorte de brume ouatée... mais leurs appels étaient plus pressants ; les vapeurs denses qui les entouraient laissaient entrevoir d'étranges silhouettes, courbées en signe d'obéissance, semblait-il, tandis qu'une mélopée ironiquement familière s'élevait de gorges cachées et sans nom...

J'avais envoyé du Caire un télégramme à ma gouvernante, l'informant de mon retour. Lorsque j'arrivai à Marske, quelqu'un m'attendait. Un certain M. Harvey se présenta aussitôt à moi. Il appartenait à la compagnie « Johnson et Harvey » et me tendit une grande enveloppe cachetée. Elle m'était adressée *de la main de mon père*. M. Harvey m'expliqua qu'il avait reçu pour instruction de me remettre cette enveloppe le jour de mes vingt et un ans. J'étais malheureusement à l'étranger à cette époque, il y avait déjà presque un an de cela ; la firme était alors restée en contact avec ma femme de ménage, afin que, dès mon retour, l'accord conclu bientôt sept années auparavant entre mon père et la compagnie de M. Harvey pût être réalisé. M. Harvey prit congé. Je remerciai la gouvernante et décachetai le pli. Il renfermait un manuscrit rédigé dans un caractère que je n'avais jamais vu au cours de mes études. C'était exactement le même que celui gravé sur ce vieux pilier centenaire d'Ib ; mon instinct me disait que ces lignes avaient été tracées de la main de mon père. Et, bien sûr, je pouvais les lire aussi facilement que de l'anglais. Tant par la diversité que par l'ampleur de son contenu, le texte tenait plus du manuscrit que de la lettre. Je n'ai d'ailleurs pas l'intention de le reproduire dans son intégralité. Cela me demanderait trop de temps ; de plus, l'allure à laquelle se déroule le Premier Changement ne me le permettrait plus. Je ne résumerai donc que les principaux points qui retinrent mon attention.

J'abordai le premier paragraphe avec incrédulité... mais, dès les premières pages, une profonde stupeur m'envahit pour faire aussitôt place à une joie sauvage devant les fantastiques secrets dévoilés par les éternels hiéroglyphes d'Ib. *Mes parents n'étaient pas morts*. Ils étaient tout simplement rentrés, rentrés à la maison...

Ce jour-là, il y aura bientôt sept ans, alors que je revenais chez moi, quittant une école réduite en cendres par le bombardement, notre maison de Londres avait été volontairement sabotée par mon père. Il avait placé une puissante charge d'explosifs et l'avait amorcée pour qu'elle explose au retentissement de la première sirène de raid aérien. Mes parents s'en étaient alors retournés, à l'insu de tous, dans leurs marécages. Je réalise à présent qu'ils n'avaient pas prévu mon retour ce jour-là, puisque j'étais pensionnaire. Mais l'explosion avait libéré les élèves. Maintenant encore, ils ne doivent toujours pas se douter que j'étais arrivé chez nous à l'instant précis où les radars de défense des services militaires anglais avaient repéré les points ennemis dans le ciel. Le plan de mes parents avait réussi : aux yeux de tous, ils avaient trouvé la mort dans la catastrophe ; pourtant, il avait presque mis fin à ma vie. Quand je pense que, moi aussi, je les avais crus morts depuis ce jour. Mais pourquoi avoir eu recours à de tels extrêmes ? *Quel secret* fallait-il à tout prix cacher aux autres hommes... Où vivaient mes parents à l'heure actuelle ? Je poursuivis ma lecture...

Peu à peu, tout fut dévoilé. Mes parents et moi n'étions pas anglais de naissance. Nous avions quitté notre pays natal pour le Yorkshire lorsque j'avais à peine quelques semaines. Nous venions d'un pays très proche et, paradoxalement, fort éloigné. La lettre expliquait ensuite que *tous* les enfants de notre race sont conduits ici en bas âge parce que l'atmosphère de notre patrie ne convient pas à la santé de jeunes êtres. La différence dans mon cas est que ma mère a été incapable de se séparer de moi : c'est là tout l'atroce de la situation ! Alors que les enfants de notre race doivent grandir *loin* de leur pays, les adultes ne peuvent quitter que rarement leur milieu ambiant. Cette restriction est principalement due à leur *apparence physique* au cours de la plus longue période de leur vie. *Pendant la majeure partie de leur existence, ils ne ressemblent au type humain ni de corps ni d'esprit.*

En d'autres termes, les enfants doivent être abandonnés sur un seuil de porte, à l'entrée d'un orphelinat, dans des églises ou dans tout autre endroit où ils seront recueillis et soignés. Au cours des premières années, seules d'infimes différences se manifestent entre ma race et celle des hommes. En lisant, je me remémorai les contes merveilleux que j'aimais tant jadis, où goules, fées et autres créatures fabuleuses abandonnaient leurs petits aux hommes pour qu'ils les élèvent et volaient à leur tour des enfants pour les éduquer à leur image.

Etait-ce *là* ma destinée ? Allais-je devenir vampire ? Je me replongeai dans ma lecture. J'appris ainsi que les êtres de ma race ne peuvent quitter leur pays natal que deux fois dans leur vie : la première peu après leur naissance — comme je l'ai déjà expliqué, ils sont conduits parmi les hommes par nécessité et y sont abandonnés jusqu'à leurs vingt et un an environ —, et une seconde fois plus tard, plus précisément lorsque des *métamorphoses* dans leur morphologie les rendent à nouveau aptes à supporter les conditions *extérieures*. Mes parents venaient d'atteindre ce dernier stade de leur, euh... développement lors de ma naissance. Mais l'attachement de ma mère était tellement fort qu'ils délaissèrent leurs *devoirs* dans notre monde pour me conduire personnellement en Angleterre. Là, ignorant les Lois, ils demeurèrent avec moi. Mon père avait emporté certains trésors pour nous assurer une vie aisée jusqu'au jour où ils seraient *contraints* de m'abandonner, à l'époque du *Second Changement,* lorsque leur séjour prolongé éveillerait les soupçons de l'humanité sur notre existence.

Ce jour avait fini par arriver et ils avaient camouflé leur départ pour notre pays secret en faisant sauter notre maison de Londres, donnant ainsi à croire aux autorités et à moi-même (cela a dû briser le cœur de ma mère), qu'ils étaient morts au cours d'un raid aérien allemand.

Quelle autre solution avaient-ils ? Ils ne voulurent pas risquer de me révéler *qui j'étais réellement.* Quel effet aurait eu sur moi une telle révélation, moi qui commençais à peine à manifester quelques différences ? Il leur restait l'espoir que je découvre moi-même le secret, ou du moins la majeure partie, ce que je fis! Pour plus de sûreté, cependant, mon père laissa cette missive.

La lettre racontait aussi comment peu d'*enfants abandonnés* retrouvent le chemin de leur pays. Des accidents emportent les uns, les autres perdent la raison. Ce nouvel élément me rappela un article lu dans je ne sais quel journal ; il y était question de deux patients du sanatorium d'Oakdeene près de Glasgow, atteints d'une démence si horrible et à l'*aspect extérieur si effrayant*, que personne n'était autorisé à les voir et que même leurs infirmières avaient du mal à les supporter. D'autres encore se faisaient ermites en des lieux sauvages et inaccessibles ; quant à certains, je tremblai en lisant quels sorts affreux leur étaient réservés. C'était pire que tout. Mais il y avait aussi les heureux, ceux qui parvenaient à rentrer au pays. Ils venaient réclamer leurs droits. Tandis que certains d'entre eux étaient guidés dans leur route par des adultes en second séjour parmi les hommes... d'autres trouvaient leur chemin par instinct ou par chance. Aussi horrible que puisse paraître ce plan d'ensemble de notre existence, la lettre en explique la logique : mon pays ne pouvait accueillir beaucoup de monde ; dès lors, ces risques de folie due à nos changements physiques inexplicables, les accidents et ces autres sorts dont j'ai parlé forment un système de sélection par lequel seuls les plus aptes de corps et d'esprit retournent dans leur pays natal.

... Je viens de lire une nouvelle fois chaque ligne de cette lettre... et déjà je commence à ressentir un raidissement de mes membres. Le manuscrit de mon père est arrivé juste à temps. Depuis longtemps, j'étais préoccupé par l'accentuation croissante de mes différences. A présent, les membranes de mes mains atteignent les premières articulations ; quant à ma peau, elle est devenue étonnamment épaisse, rugueuse et ichtyique. La courte queue à la base de ma colonne vertébrale n'est plus une protubérance ; elle est devenue un membre supplémentaire. A la lumière de ce que je viens d'apprendre, ce nouveau membre n'a rien d'anormal ; c'est bien au contraire la chose la plus naturelle qui soit parmi les miens! L'absence totale de système pileux sur mon corps a également cessé de m'inquiéter puisque j'ai découvert mon destin. Je suis différent des hommes, c'est exact. Mais n'est-ce pas là le cours normal des choses ? *Je ne suis pas un homme...*

Ah ! Heureuse étoile qui m'a poussé à ouvrir ce journal, au Caire ! Si je n'avais pas vu cette photo ni lu cet article, je n'aurais sans doute pas réintégré de sitôt ma région marécageuse... et je tremble à l'idée de ce qui aurait pu m'arriver ! Qu'aurais-je fait, une fois modifié par le Premier Changement ? Aurais-je fui, dissimulé sous des vêtements suffocants, vers quelque contrée lointaine, pour y mener une vie d'ermite ? Peut-être serais-je retourné à Ib ou à la Cité sans Nom pour y vivre dans leurs ruines solitaires jusqu'à ce que mon aspect me permette à nouveau de vivre parmi les hommes. Et après cela,... après le Second Changement ?

Peut-être des modifications morphologiques aussi inexplicables m'auraient-elles rendu fou ? Il y aurait eu, peut-être, un nouveau pensionnaire à Oakdeene ? Par ailleurs, mon destin aurait pu être pire encore que tous ceux-là. J'aurais pu être forcé de vivre dans les profondeurs, devenir l'un des Etres d'en bas et adorer Dagon et le Grand Cthulhu, comme d'autres avant moi.

Mais non ! La clémence du sort, les connaissances accumulées lors de mes lointains séjours et le document de mon père m'ont épargné toutes ces horreurs qu'ont vécues d'autres créatures de ma race. Je vais retourner à la Cité Sœur d'Ib, à Lh-yib, au pays de ma naissance enfoui sous les marécages du Yorkshire. C'est de ce pays que provient la figurine verte qui me ramena à ces rivages, cette figurine qui est la répétition exacte de celle que j'ai trouvée dans le lac de Sarnath. Je retournerai et serai adoré par ceux dont les frères moururent à Ib, il y a des siècles, sous la lance des hommes de Sarnath, ceux qui sont si précisément dépeints sur les cylindres rouges de Kadatheron, ceux qui chantent sans voix dans les abysses. Je retourne à Lh-yib !

Maintenant encore, j'entends la voix de ma mère ; elle m'appelle comme elle avait coutume de le faire lorsque, enfant, je parcourais ces mêmes marécages :

— Bob ! Petit Bo ! Où es-tu ? demandait la voix

Elle m'appelait souvent Bo et riait lorsque je lui demandais pourquoi. Mais pourquoi pas? Bo ne me convenait-il pas? Robert, Bob, Bo? Quel aveugle ai-je été! Jamais, pas même vers la fin, je n'ai remarqué que mes parents n'étaient pas tout à fait comme les autres gens... Mes ancêtres n'avaient-ils pas été adorés dans la pierre grise d'Ib avant la venue des hommes, aux premiers jours de l'évolution de la Terre? J'aurais dû deviner mon identité le jour où je découvris cette figurine dans la vase. *Ses traits étaient comme seront les miens après le Premier Changement. Sur la base était gravé en caractères anciens d'Ib — caractères que je pouvais lire car ils faisaient partie de ma langue maternelle, précurseur de toutes les langues — mon propre nom!*
Bokrug:
Dieu-Lézard du peuple d'Ib et de Lh-yib, la Cité Sœur!

Note:
Monsieur,
A ce manuscrit « annexe A » de mon rapport était jointe une courte lettre d'explication adressée à la CMNE de Newcastle et reproduite comme suit:

Robert Krug,
Marske
Yorks.,

Le 9 juillet 1952.

Aux Secrétaires et Membres
de la CMNE,
Newcastle-on-Tyne
MM. les Directeurs de la Compagnie Minière Nord-Est,
C'est au cours d'un voyage à l'étranger que j'ai pris connaissance, dans une revue scientifique de vulgarisation, de votre projet des Marécages du Yorkshire, dont le début des travaux est prévu pour l'été prochain. Je me suis aussitôt décidé à vous écrire. Vous vous proposez de forer très profondément dans les marais afin de provoquer des explosions souterraines, et espérez ainsi créer, puis exploiter des poches de gaz qui figureront à l'actif des

158

ressources naturelles du pays. Je proteste ! Il est en effet vraisemblable que cette entreprise envisagée par vos conseillers scientifiques entraînerait la destruction de deux races primitives douées d'intelligence. C'est pour éviter leur destruction que je me sens contraint d'enfreindre leurs lois et de vous dévoiler leur existence ainsi que celle de leurs serviteurs. Si je vous raconte toute mon histoire, vous comprendrez, me semble-t-il, que mes protestations sont fondées. Après la lecture du manuscrit ci-joint, j'ose espérer que vous suspendrez définitivement vos projets d'exploitation.

Robert Krug

Rapport de POLICE M-Y-127/52
Suicide présumé

Monsieur,

J'ai à vous faire rapport des faits suivants : le 20 juillet 1952 vers quatre heures de l'après-midi, j'étais de service au Commissariat de Police de Dilham, lorsque trois enfants (déclarations annexées au volet B) vinrent faire la déclaration qui suit au sergent de faction. Ils avaient vu un « drôle d'homme » escalader la clôture de l'étang du Diable, malgré les panneaux d'avertissement, et se jeter dans le courant puis s'enfoncer dans le flanc du coteau. Accompagné du plus âgé d'entre eux, je me rendis aussitôt sur les lieux de l'événement supposé, à un kilomètre environ au-delà des marais de Dilham, et me fis montrer l'endroit où ce « drôle d'homme » avait enjambé la barrière. Plusieurs signes *montraient effectivement* que quelqu'un était passé récemment par-dessus le grillage : herbe piétinée, taches d'herbes sur les fils. Je pus sans difficulté escalader moi-même cette clôture, mais fus incapable de constater si les enfants avaient ou non raconté la vérité. Je n'ai rien trouvé autour de l'étang ni dedans qui me permette de supposer que quelqu'un s'y était jeté... Rien d'étonnant à cela : à cet endroit, le courant pénètre dans le versant de la colline et l'eau s'engouffre violemment sous terre. Seul un excellent nageur serait capable de se dégager des tourbillons. L'an passé, au mois d'août, trois géologues trouvèrent la mort exactement au même endroit, alors qu'ils tentaient une reconnaissance partielle du cours souterrain du fleuve.

Je me remis alors à questionner le garçon qui m'avait accompagné ; il me dit qu'ils avaient vu un *second* homme à cet endroit avant l'incident. Il s'était réfugié en boitant, comme s'il souffrait, dans une caverne toute proche. Ceci juste avant que le « drôle d'homme » — vert et muni d'une queue courte et souple, décrivent-ils — ne sortît de la même caverne pour escalader la barrière et se jeter dans l'étang.

Lorsque j'inspectai ladite caverne, je trouvai une sorte de dépouille d'animal, ouverte le long des bras et des jambes et au travers du ventre, à la manière des trophées de chasseurs de gros gibier. Cet objet était soigneusement roulé dans un coin de la caverne et se trouve à présent dans la pièce des objets perdus du Commissariat de Police de Dilham. A côté de la dépouille, un ensemble complet de vêtements de bonne qualité était plié. Dans la poche intérieure du veston, je trouvai un portefeuille contenant quatorze livres en billets d'une livre et une carte de visite avec l'adresse d'une maison à Marske, 11 Sunderland Crescent. Les vêtements ainsi que le portefeuille se trouvent également dans la salle des objets perdus.

Vers six heures trente, je me suis rendu à cette adresse de Marske pour y interroger la femme d'ouvrage, une certaine Mme White. Elle me fit une déclaration (voir annexe C) concernant son employeur partiel, Robert Krug. Mme White m'a également remis deux enveloppes, dont l'une contient le manuscrit joint à ce rapport en annexe A. Mme White avait trouvé cette enveloppe cachetée, accompagnée d'un billet lui demandant de la poster, quand elle se rendit à son travail l'après-midi du 20, une demi-heure environ avant mon arrivée. En vue de l'enquête que je menais et eu égard à sa nature, c'est-à-dire une recherche sur l'éventuel suicide de M. Krug, Mme White pensa qu'il valait mieux remettre l'enveloppe entre les mains de la police. De plus, elle ne savait qu'en faire vu que Krug avait oublié de l'adresser. Pensant que l'enveloppe pouvait contenir un billet expliquant son suicide, je l'ai donc acceptée.

Quant à l'autre enveloppe, non cachetée celle-là, elle contenait un manuscrit rédigé dans une langue étrangère ; il se trouve à présent dans la salle des objets perdus de Dilham.

Au cours des deux semaines qui suivirent ce suicide présumé, je tentai tout ce qui était en mon pouvoir pour retrouver Robert Krug. Je n'ai pu trouver la moindre preuve permettant de croire qu'il est toujours en vie. Ceci, plus le fait que les vêtements trouvés dans la caverne ont été identifiés par Mme White comme étant ceux que portait Krug le soir de sa disparition, m'ont déterminé à demander que mon rapport soit classé dans les dossiers « non résolus » et que Robert Krug soit porté disparu.

Sergent J.T. Miller
Dilham,

Le 7 août 1952.
Note :
Monsieur,
Souhaitez-vous que j'envoie copie du manuscrit en annexe A — comme l'a demandé Krug à Mme White — au secrétaire de la Compagnie Minière Nord-Est ?
Inspecteur I.L. Lanson
Police du Comté de Yorkshire
Radcar,
Yorks.

Cher sergent Miller,

Suite à votre note du 7 courant, je vous prie de ne plus rien entreprendre au sujet de l'affaire Krug. Suivant votre suggestion, j'ai porté l'homme disparu, suicide présumé. En ce qui concerne son *document,* cet homme était à mon avis soit un déséquilibré mental, soit un mystificateur monumental, voire un mélange des deux. Sans nier le fait que certains éléments de son histoire sont indiscutables, le total de l'affaire semble cependant être le produit d'un esprit dérangé.

Entre-temps, j'attends la suite de votre rapport sur le nouveau cas. Je fais ici allusion au nourrisson trouvé sur un banc d'église à Eely-on-the-Moor en juin dernier. Comment allez-vous retrouver la mère ?

LE REMPART DE BÉTON
PAR Brian LUMLEY

I

Je ne cesserai jamais de m'étonner devant la manière dont certaines gens, qui se prétendent chrétiens, prennent un tel plaisir devant le malheur des autres. La vérité profonde de cette assertion s'imposa à moi lorsque j'eus vent des bruits et des rumeurs les plus inutiles qui circulaient sur le comportement étrange de mon plus proche parent.

Il y avait ceux qui concluaient que la lune, non contente de provoquer les marées et en partie le lent mouvement de la croûte supérieure de la Terre, était également responsable de l'étrange attitude de Sir Amery Wendy-Smith à son retour d'Afrique. La meilleure preuve en était la fascination subite de mon oncle pour la sismographie — l'étude des tremblements de terre ; ce sujet l'envoûta au point qu'il construisit son propre instrument, un modèle qui ne comprenait pas la base de béton classique. Il atteignit une exactitude telle qu'il pouvait mesurer les plus infimes tremblements, les vibrations les plus profondes qui secouent sans cesse notre monde. C'est ce même instrument qui se trouve devant moi, à présent ; je l'ai sauvé des ruines du cottage et je lui lance de plus en plus fréquemment des coups d'œil inquiets. Avant sa disparition, mon oncle passait des heures entières — dans quel but ? — à étudier les mouvements fractionnels du vibreur sur le graphique.

Pour ma part, je trouvai plus qu'étrange la façon dont Sir Amery, alors qu'il séjournait quelque temps à Londres après son retour, fuyait le métro ; il préférait de loin payer des courses de taxi astronomiques plutôt que de descendre dans ce qu'il appelait « ces tunnels tout noirs ». C'était étrange, oui... je n'y ai cependant jamais vu un signe de déséquilibre mental.

Pourtant, même ses amis les plus intimes semblaient convaincus de sa folie ; ils l'imputaient aux contacts trop intenses qu'il avait eus avec ces civilisations mortes et tombées dans l'oubli qui le fascinaient. Mais aurait-il pu en être autrement ? Mon oncle était à la fois collectionneur et archéologue. Ses curieuses pérégrinations dans les pays lointains ne visaient certes pas les honneurs ou tout autre intérêt personnel. C'était plutôt par amour pour la vie qu'il les entreprenait, car à chaque fois qu'il s'ensuivait une certaine gloire — ce qui arrivait souvent — il la mettait sur le compte d'un de ses collègues. Ils l'enviaient, ses soi-disant confrères. Ils auraient bien rivalisé avec lui, mais ils ne possédaient pas la prescience et la curiosité instinctive dont il était si singulièrement doté... ou plutôt non, ce n'était pas un don mais, hélas, une malédiction. L'amertume que je nourris à leur égard est due à la façon dont ils l'ignorèrent après la terrible apogée de cette ultime et fatale expédition. Au cours des années précédentes, plusieurs d'entre eux s'étaient rendus célèbres grâce aux découvertes de mon oncle, mais, lors de cette dernière exploration, ces « parasites » n'avaient pas été de la partie. Il ne voulait plus les favoriser en leur offrant l'occasion de lui ravir une gloire fraîchement acquise. A mon avis, en affirmant qu'il n'avait plus tous ses esprits, ils y trouvaient en majeure partie le moyen d'assouvir leur rancœur et d'amoindrir son génie.

Ce dernier safari sonna à coup sûr l'heure de sa fin *physique*. Lui qui, pour son âge, passait pour un homme fort, à l'allure fière, aux cheveux noirs de jais, un éternel sourire aux lèvres, cet homme énergique avait à son retour la démarche d'un vieil homme voûté, amaigri. Ses cheveux avaient blanchi ; son sourire s'était fait rare et crispé, tandis qu'un tic pinçait parfois le coin de sa bouche.

Avant que cette triste déchéance ne donne l'occasion à ses « amis » d'antan de le tourner en ridicule, avant ce fatal voyage, Sir Amery avait déchiffré ou traduit — je suis profane en la matière — une poignée de tessons connus dans le monde archéologique sous le nom de *Fragments de G'harne*. Bien qu'il refusât toute conversation sérieuse au sujet de ses découvertes, je savais cependant que c'était ce qu'il venait de déchiffrer qui l'avait envoyé, voué au malheur, au cœur de l'Afrique. Il s'était aventuré avec un groupe d'amis personnels, tous d'une érudition comparable à la sienne, au centre du continent, à la recherche d'une cité légendaire. D'après Sir Amery, cette cité avait existé plusieurs siècles avant l'âge des pyramides. D'après ses estimations, en effet, les ancêtres de l'homme n'étaient pas encore conçus que déjà les gigantesques remparts de G'harne dressaient leurs sculptures monolithiques dans la nuit des temps. Même en tenant compte de l'âge de ce lieu, s'il existait, les allégations de mon oncle ne pouvaient être repoussées. De nouveaux tests scientifiques sur les *Fragments de G'harne* avaient révélé leur âge pré-triasique et leur existence, sous une autre forme que de la poussière séculaire, était impossible à expliquer.

C'est seul et mourant de soif que Sir Amery atteignit un campement de sauvages, cinq semaines après avoir quitté un petit village indigène, dernier contact de l'expédition avec le monde civilisé. Ces hommes féroces qui le découvrirent l'auraient certainement tué, s'ils n'en avaient été empêchés par leurs superstitions. Ils furent arrêtés par son aspect étrange, ses cris incompréhensibles et surtout par le fait qu'il venait d'une zone considérée comme « tabou » par leurs légendes tribales. Ces êtres primitifs finirent par le soigner et lui rendre un semblant de santé ; ils le conduisirent ensuite dans une région plus civilisée où il retrouva lentement des forces et la possibilité de poursuivre sa route vers le monde extérieur. Quant aux autres membres du voyage, on ne reçut jamais aucune nouvelle d'eux ; je suis d'ailleurs le seul à connaître cette histoire grâce aux lettres laissées par mon oncle. Mais j'y reviendrai plus tard.

Après son retour solitaire en Angleterre, Sir Amery manifesta de plus en plus ces manies excentriques dont j'ai déjà parlé ; de plus, la moindre allusion ou conjecture

émise sur l'étrangeté de la disparition de ses collègues
suffisait à le plonger dans une sorte de délire. Furieux, il
se mettait alors à proférer des paroles horribles et
inexplicables telles que « une terre ensevelie où
Shuddle-M'ell rumine, complotant la destruction de la
race humaine et la libération du Grand Cthulhu de sa
prison aquatique... »

Lorsque les autorités lui demandèrent de donner une
explication officielle sur la disparition de ses compagnons, il répondit qu'ils étaient tous morts dans un
tremblement de terre et, bien que, dit-on, on lui eût
demandé de détailler sa réponse, il n'eut rien à ajouter...

Incertain de la façon dont il pourrait *réagir* à mes
questions sur son expédition, j'évitais le sujet. Toutefois,
j'écoutais d'une oreille avide les rares occasions où il
avait envie de parler sans y être invité ; j'étais encore
plus impatient que les autres de voir le mystère se lever
sur cette affaire.

Quelques mois seulement après son retour, il quitta
subitement Londres pour sa maison isolée, dans les
marais du Yorkshire, et m'invita à le rejoindre pour lui
tenir compagnie. L'invitation était d'autant plus étrange
que mon oncle avait passé des mois entiers dans une
solitude absolue, au fin fond de vastes étendues déser-
tiques, et se plaisait à se prendre pour un ermite.
J'acceptai aussitôt ; c'était pour moi l'occasion unique de
profiter de cette solitude que je trouve si favorable à la
rédaction de mes écrits.

II

Peu après mon arrivée, Sir Amery me montra deux
sphères nacrées d'une beauté singulière. Elles devaient
mesurer quatre pouces de diamètre et, bien qu'il fût
incapable d'identifier avec certitude la matière dont elles
se composaient, il put néanmoins me préciser qu'elles
semblaient être le résultat d'une combinaison inconnue
de calcium, d'olivine et de poussière de diamant. Com-

ment ces objets avaient-ils été fabriqués ? C'était, disait-il, à chacun d'y répondre. Il avait trouvé ces sphères, me raconta-t-il, sur le site de G'harne — première allusion au fait qu'il avait réellement trouvé la ville morte — ensevelies à fleur de terre, dans un coffret de pierre sans couvercle dont les côtés aux angles étranges et inconnus portaient des gravures absolument repoussantes. Sir Amery fut tout, sauf explicite, au sujet de ces dessins ; il se contenta de préciser que les horreurs qu'ils suggéraient étaient tellement excessives qu'il valait mieux ne pas trop s'étendre sur leur description. Finalement, cédant à mes questions serrées, il m'apprit qu'ils montraient de monstrueux sacrifices à quelque innommable divinité chtonienne. Il refusa de m'en dire plus long, mais comme je me révélais d'une curiosité « insatiable », il me conseilla de lire les œuvres de Commode et du cauchemardesque Caracalla. Il me signala également que, en plus de ces gravures, le coffret était orné de nombreuses lignes aux caractères profondément dessinés, lesquels ressemblaient fortement aux reliefs cunéiformes des *Fragments de G'harne* et, par certains côtés, présentaient une ressemblance troublante avec les insondables *Manuscrits Pnakotic*. Selon toute probabilité, poursuivit-il, cette boîte avait servi de coffre à jouets et ces sphères faisaient office de hochets pour un enfant de la cité ancestrale. Des enfants — ou de jeunes adolescents — étaient mentionnés dans les lignes qu'il était parvenu à déchiffrer dans cette étrange écriture tracée sur le coffret.

A ce stade précis de son récit, je remarquai que les yeux de Sir Amery devenaient vitreux et sa voix hésitante... presque comme si quelque blocage psychique étrange affectait sa mémoire. Alors, sans transition, comme un homme en transe hypnotique, il se mit à marmonner d'étranges histoires. Shuddle-M'ell et Cthulhu, Yog-Sothoth et Yibb-Tstll — « des *dieux* d'ailleurs défiant toute description » —, se mêlaient à des endroits mythologiques aux noms tout aussi étranges : Sarnath et Hyperboréa, R'lyeh et Epiroth, ainsi que beaucoup d'autres...

Dieu sait que je brûlais d'en savoir davantage sur cette

tragique expédition, mais ce fut pourtant moi, je le crains, qui forçai Sir Amery à s'arrêter. A l'entendre marmonner de la sorte, je ne pus empêcher la pitié et l'inquiétude de se peindre sur mon visage. Lorsqu'il s'en aperçut, il s'excusa et gagna en toute hâte l'intimité de sa chambre. Plus tard, lorsque je jetai un coup d'œil par la porte, il semblait absorbé par son sismographe ; je crois qu'il transposait les données du graphique sur l'atlas mondial de la bibliothèque. Je notai avec inquiétude qu'il discutait calmement avec lui-même.

Du fait de sa personnalité et de l'intérêt profond qu'il portait aux questions ethniques, mon oncle avait toujours possédé, en plus de ses ouvrages d'archéologie et d'histoire, quelques notions sur les œuvres traitant des savoirs anciens et primitifs ainsi que des religions équivoques. J'entends par là des travaux tels que *Le Rameau d'Or* et le *Culte des Sorcières* de Miss Murray. Mais que dire alors de ces *autres* livres que je trouvai dans sa bibliothèque quelques jours à peine après mon arrivée ? Ses rayons comprenaient au moins neuf livres dont les allusions sont, à ma connaissance, si révoltantes que, pendant de longues années des autorités de toutes tendances les qualifièrent de divagations littéraires, maudites, blasphématoires, répugnantes et ignoblés. Parmi eux se trouvaient le *Cthaat Aquadingen* écrit par un auteur inconnu, *Notes sur le Necronomicon* de Feery, le *Liber Miraculorem, Histoire de la magie* d'Eliphas Levi ainsi qu'un exemplaire relié de cuir de l'odieux *Culte des goules*. Le pire que j'y découvris est peut-être un mince ouvrage écrit par Commode, ce « maniaque sanguinaire », en 183 av. J.-C. et qu'une plastification protégeait contre une plus grande dégradation.

En plus de cela, comme si ces livres n'étaient pas assez troublants, il y avait cette *autre* chose ! Que penser de cette mélopée indescriptible et bourdonnante qui s'élevait souvent de la chambre de Sir Amery, en plein cœur de la nuit ? Cela se produisit pour la première fois la sixième nuit que je passai dans sa maison ; je fus soudain arraché à un sommeil déjà tourmenté par les intonations morbides d'un langage qui m'apparut imprononçable par les cordes vocales de l'homme. Mon oncle les prononçait cependant avec une facilité étrange et je pus griffonner une phrase qui revenait sans cesse, en utilisant les caractères écrits se rapprochant le plus possible des paroles prononcées. Ces mots... ou plutôt ces *sons* étaient les suivants :

Ce'haiie ep-ngh fl'hur G'harne fhtagn,
Ce'haiie fhtagn ngh Shuddle-M'ell.
Hai G'harne orr'e ep fl'hur,
Shuddle-M'ell ican-icanicas fl'hur orr'e G'harne...

A l'époque, ce refrain me sembla absolument impossible à reproduire ; depuis lors cependant, j'ai constaté qu'au fil des jours, la prononciation de ces lignes devenait étrangement plus facile... comme si, à l'approche de quelque obscène horreur, je devenais plus capable de m'exprimer dans les termes mêmes de cette horreur. Peut-être est-ce simplement parce que, ces derniers temps, j'ai eu l'occasion de répéter cette litanie dans mes rêves et que, comme tout est beaucoup plus simple en rêve, cette facilité s'est transmise à mon état de veille. Mais cela n'explique nullement les trépidations : les mêmes inexplicables tremblements qui terrorisaient tellement mon oncle. Et ces chocs qui provoquent les vibrations constantes du sismographe et du style, sont-ils simplement les témoins de quelque vaste cataclysme souterrain à des milliers de miles de profondeur et à cinq mille miles de distance... *ou sont-ils dus à quelque chose d'autre ?* Quelque chose de tellement inattendu et effroyable que mon cerveau se glace lorsque je suis tenté d'étudier le problème trop sérieusement...

III

Puis vint un temps, plus précisément quelques semaines après mon arrivée, où Sir Amery retrouva une forme resplendissante. Il marchait toujours voûté, c'est vrai — bien que ce défaut me parût moins prononcé, et n'avait pas perdu ses soi-disant excentricités, mais je retrouvais en lui l'homme d'avant par plus d'un détail. Son tic nerveux avait disparu et ses joues avaient retrouvé un peu de leurs anciennes couleurs. Cette amélioration avait, je le supposais du moins, un rapport certain avec ses interminables études sismographiques : j'avais en effet observé une relation indéniable entre les mesures relevées par l'instrument et la maladie de mon oncle. Mais comment les mouvements internes de la Terre pouvaient-ils déterminer l'état de ses nerfs ? Là, je m'avouais vaincu. C'est après une incursion dans sa chambre, afin d'examiner de près cet instrument, qu'il m'en dit plus long sur la cité morte de G'harne. Ce sujet, j'aurais dû à tout prix l'empêcher de l'aborder...

— Les fragments, raconta-t-il, révélaient l'emplacement d'une cité de G'harne, dont le nom n'est repris que dans les légendes et qui, par le passé, a été évoquée comme l'égale de l'Atlantide, de Mu et de R'lyeh. Un mythe, ni plus ni moins. Mais donner un emplacement à une légende revient en quelque sorte à la matérialiser... or, quand cet emplacement s'accompagne de vestiges du passé, d'une civilisation enfouie depuis des éternités, la légende devient Histoire. Tu serais surpris d'apprendre quelle proportion de l'histoire du monde s'est constituée de la sorte.

» J'avais l'espoir, une sorte de pressentiment, que G'harne avait réellement existé. En déchiffrant les fragments, je fus en mesure de *prouver* l'existence indiscutable de l'ancienne G'harne. J'ai parcouru d'étranges lieux, Paul, et ai entendu des récits plus étranges encore. J'ai même vécu parmi une tribu africaine dont les sages déclaraient connaître les secrets de la cité perdue ; leurs sorciers me parlèrent d'un pays où le soleil ne brille jamais ; où Shuddle-M'ell, caché en dessous d'un sol crevassé, complote la diffusion du mal et de la démence à travers le monde tout en projetant la résurrection d'autres abominations, pires encore !

» Il se terre au fond de sa tanière. Il attend le jour où les étoiles seront *propices,* et que ses hordes horribles seront en nombre *suffisant,* afin de pouvoir envahir le monde entier de sa nature repoussante et organiser le *retour* d'êtres encore plus répugnants que lui ! On m'a raconté que de fabuleuses créatures nées des étoiles habitaient la Terre des millions d'années avant l'apparition de l'Homme et qu'elles occupaient toujours des endroits obscurs, lorsque notre ancêtre finit par s'y développer. Je te le dis, Paul, sa voix s'élevait, *ils sont présents aujourd'hui encore... dans des endroits que personne ne soupçonnerait !* On m'a parlé de sacrifices à Yog-Sothoth et Yibb-Tstll qui te glaceraient les veines, ainsi que des rites inquiétants pratiqués sous les cieux préhistoriques, avant même l'avènement de l'antique Egypte. Les ouvrages d'Albertus Magnus et de Grobert m'apparaissent inoffensifs après tous ces récits ; Sade lui-même aurait défailli en les entendant.

La voix de mon oncle proférait des phrases de plus en plus précipitées. Il s'arrêta, reprit son souffle puis poursuivit d'un ton normal, moins saccadé :

— A la lecture de ces fragments, ma première idée fut de monter une expédition. Crois-moi, j'avais appris l'existence de certaines choses que j'aurais pu mettre au jour ici en Angleterre — tu serais surpris si tu savais tout ce qui se cache sous la surface de ces paisibles collines de Costweld —, mais un tel projet aurait alerté une armée de ces soi-disant « experts » et amateurs du même genre, c'est pourquoi je me décidai pour G'harne. Lorsque je parlai de cette expédition pour la première fois à Kyle, Gordon et aux autres, je dus avancer de fameux arguments, car tous insistèrent pour m'accompagner. Attention, plus d'un s'est certainement cru en route pour l'impossible ! Quoi d'étonnant ? Comme je te l'ai déjà expliqué, G'harne relève de la même utopie que Mu ou Epiroth — ou relevait en tout cas — et ils ont dû se croire à la recherche de la lampe d'Aladin ! Mais ils furent malgré tout de la partie. D'ailleurs, ils pouvaient difficilement se permettre de *ne pas venir,* à supposer que G'harne *existât vraiment...* Tu penses ! Quelle perte de succès !... Jamais ils ne se le seraient pardonné. Et c'est pour cela aussi que je ne me le pardonne pas ; s'ils ne s'étaient pas intéressés à ces fragments, tous seraient ici, à l'heure présente ; Dieu les aide...

La voix de Sir Amery montait, en proie à une excitation effroyable. Il continua, fébrile.

— Grand Dieu ! mais cet endroit me rend malade. Je ne peux pas le supporter plus longtemps. C'est toute cette herbe et cette terre. J'en ai des frissons ! Du ciment ! Etre entouré de ciment, voilà ce dont j'ai besoin, et du ciment le plus épais possible... Pourtant, même les grandes villes ont leurs inconvénients... Les métros et autres inventions du genre... As-tu vu *Accident de métro* de Pickman ? Seigneur, quel film... Et cette nuit... Cette *nuit* ! Si tu avais pu les voir ; ils sortaient des crevasses ! Si tu avais pu sentir ces vibrations... Atroce ! Leur apparition faisait basculer et danser le sol lui-même... Nous les avions dérangés... Peut-être même ont-ils pensé qu'on les attaquait, alors ils sont sortis... Seigneur ! Quel aurait été le motif d'une telle *férocité* ? Quelques heures plus tôt à peine, je m'étais félicité d'avoir trouvé ces globes, et alors... Et alors...

Il haletait à présent ; ses yeux prenaient à nouveau un éclat vitreux. Je ne reconnaissais plus le *timbre* de cette voix aux intonations à présent indistinctes et *étrangères*.

—Ce'haiie, Ce'haiie... La ville était bien ensevelie, mais celui qui l'avait qualifiée de *morte* s'était trompé. *Ils vivaient !* Ils vivent depuis des millions d'années ; peut-être même ne meurent-ils *jamais*... Et pourquoi pas ? Ce sont des dieux après tout, à leur façon... Ils ont surgi dans la nuit...

— Mon oncle, par pitié ! l'interrompis-je.

— Pas besoin de me regarder ainsi, Paul, ni de penser ce que tu penses à l'instant... Il existe d'étranges choses, crois-moi ! Wilmarth, à Miskatonic, pourrait t'en conter plus d'une, j'en suis sûr. Tu n'as pas lu ce qu'a écrit Johansen ! *Bon sang, lis le récit de Johansen ! Hai ep fl'hur*... Wilmarth... Vieux bavard, va... que sait-il qu'il ne veut pas raconter ? Pourquoi tout ce mystère autour de ce qui a été découvert dans ces fameuses montagnes de la Démence, hein ? Et l'équipement de Pabody, qu'a-t-il permis d'extraire du sous-sol ? *Dis-le-moi si tu le peux*. Ha, ha, ha ! *Ce'haiie, Ce'haiie... G'harne icanica*...

Il criait à présent, les prunelles vitreuses, les mains s'exprimant avec frénésie. Il ne me voyait plus. Il ne voyait plus rien. Il revivait en esprit les événements atroces qui, croyait-il, s'étaient réellement déroulés. Je lui saisis le bras pour le calmer, mais il se dégagea violemment. Il ne savait plus ce qu'il faisait.

— Elles ont surgi, ces choses caoutchouteuses... Adieu Gordon... Cesse de hurler — ces cris me font perdre la tête —... Dieu merci, ce n'est qu'un rêve !... Un cauchemar pareil à tous les autres, ces derniers temps... *C'est bien un rêve*, non ? Adieu Scott Kyle, Leslie...

Il fit brusquement volte-face, les yeux dilatés.

— *Le sol se soulève et craque ! Ils sont légion... Je perds pied...* Non, je ne rêve pas ! *Juste ciel ! CE N'EST PAS UN REVE !* Non ! Arrêtez, vous m'entendez ! Aghh ! *La vase...* Courir !... Fuir ces — voix ? — fuir ces bruits de succion de ces mélopées...

Puis, sans discontinuer, il entama lui-même une mélopée et le *son* horrible qui s'éleva, ce son qui n'était plus étouffé cette fois par l'épaisseur d'une solide porte, aurait fait défaillir tout auditeur plus craintif. Cela ressemblait à ce que j'avais entendu les nuits précédentes, et ces mots, qui semblaient presque comiques sur papier, à les entendre prononcer par la bouche de ma propre chair, de mon sang, et avec cette *facilité* si naturelle...

Ep ep fl'hur G'harne,
G'harne fhtagn Shuddle-M'ell hyas Negg'h.

Alors qu'il scandait ces horribles onomatopées, les pieds de Sir Amery s'étaient mis à battre le sol en une parodie grotesque de la course. Ses cris redoublèrent soudain, puis, de façon imprévisible, il me dépassa d'un bond pour se jeter tête la première contre le mur. Le choc lui fit perdre l'équilibre et il s'affaissa sur le sol.

J'eus bien peur que mes soins malhabiles fussent insuffisants, mais, à mon grand soulagement, il reprit conscience quelques minutes plus tard. Il m'assura d'une voix chevrotante que « tout allait bien, un peu secoué, c'est tout » et, prenant appui sur mon bras, se retira dans sa chambre.

La nuit suivante, il me fut impossible de fermer l'œil,

aussi je m'enroulai dans une couverture et m'assis devant la porte de la chambre de mon oncle, afin d'être sur place au cas où il serait dérangé dans son sommeil. Il passa une nuit paisible cependant et, le matin, je le retrouvai en bien meilleure forme. Il semblait avoir oublié l'affaire.

Les docteurs modernes savent depuis longtemps que, dans certains cas mentaux, on peut obtenir la guérison du patient en lui faisant *re-vivre* les événements responsables de sa maladie. La crise de mon oncle avait peut-être eu le même effet ; c'était du moins mon avis. Je m'étais en effet fait une nouvelle opinion sur son comportement bizarre. Je m'étais dit que ces cauchemars qui l'assaillaient sans cesse lui faisaient revivre sans doute cette nuit fatale, cette nuit de tremblement de terre, cette nuit où ses amis et collègues furent tués. Que son esprit soit temporairement un tant soit peu dérangé à son réveil à la découverte du carnage, quoi de plus naturel ? Et, à supposer que ma théorie fût correcte, elle expliquait également ses obsessions sismiques...

IV

Une semaine plus tard, le délabrement de la santé de Sir Amery se manifesta à nouveau. Depuis quelques jours, il semblait aller mieux, bien qu'il divaguât encore de temps à autre dans son sommeil ; il avait même passé quelques heures dehors « pour faire un peu de jardinage ». Septembre était déjà fort avancé et il faisait froid, mais le soleil brillait et, ce jour-là, il passa toute la matinée à manier le râteau et la cisaille. Nous vaquions à nos occupations en toute quiétude ; je m'apprêtais à préparer le déjeuner lorsqu'un fait étrange se produisit. A n'en pas douter, je sentis le sol bouger sporadiquement sous mes pieds et j'entendis un grondement sourd. J'étais assis au salon à ce moment ; quelques secondes plus tard, la porte du jardin s'ouvrit violemment et mon oncle se précipita à l'intérieur. Le visage blanc comme la mort et les yeux convulsés, il se dirigea, sans me voir, vers sa chambre. Sidéré par son apparition impétueuse, j'eus à peine le temps de me lever qu'il était déjà revenu tout excité du salon. Il s'affala, haletant, dans une bergère.

— C'était le sol… L'espace d'un instant, j'ai cru que le sol… Il marmonnait, plus pour lui-même que pour moi, tremblant de la tête aux pieds après le choc qu'il avait subi. Alors, devant l'inquiétude peinte sur mon visage, il tenta de se calmer.

» … Le sol. J'étais sûr de le sentir trembler — mais j'ai dû me leurrer. Ce doit être cet endroit. Cet endroit dégagé… Je devrais faire un réel effort et m'en aller d'ici ! En fait, il y a beaucoup trop de terre et pas assez de ciment ! Un rempart de béton, c'est ça…

J'avais été à deux doigts de lui avouer que, moi aussi, j'avais senti des vibrations, mais voyant qu'il croyait s'être trompé, je choisis de me taire. Je n'avais pas du tout envie d'aggraver sans raison son déséquilibre.

Cette nuit-là, une fois Sir Amery couché, je me dirigeai vers son bureau, cette pièce pour laquelle, bien qu'il ne l'eût jamais dit clairement, il avait un réel culte, avec l'intention de jeter un coup d'œil à son sismographe. Cependant, avant d'examiner l'appareil lui-même, je vis des notes éparpillées sur sa table de travail.

Un seul regard me suffit pour constater que ces feuilles de papier ministre blanches étaient couvertes de notes fragmentaires de la lourde écriture de mon oncle, et quand je regardai de plus près, je découvris avec horreur qu'elles n'étaient qu'un fouillis incohérent relatant à première vue des faits dissociés — bien que manifestement *liés* — se rattachant d'une certaine manière à ses étranges hallucinations. Ces documents m'ont été remis à titre définitif, ce qui me permet de les reproduire intégralement ci-dessous :

LE MUR D'HADRIEN
AD 122-128. Remblai calcaire. (Gn'yah des *Fragments*) ??? Des *secousses sismiques* ont interrompu les fouilles ; c'est pourquoi des blocs de basalte prêts à être fendus furent laissés sur le site.

W'nyal-Shash (MITHRAS)

Si les Romains avaient leurs propres divinités, *ce n'est pourtant pas à Mithras* que les disciples de Commode, le Maniaque Sanguinaire, offraient des sacrifices à Limestone Bank ! C'est au même endroit que cinquante années auparavant, une grande dalle de pierre fut mise au jour. Elle était couverte d'*inscriptions* et de *dessins* ! Silvanus, le centurion, gratta toutes ces marques et l'enterra à nouveau. Un squelette, identifié comme étant celui de Silvanus, grâce à l'anneau sigillaire entourant encore l'un de ses doigts, fut retrouvé plus tard profondément enfoui sous terre, à l'endroit même où se dressait jadis une taverne Vicus... Mais nous ignorons *comment* il disparut ! Les partisans de Commode ne semblaient pas très prudents non plus. Selon Caracalla, ils disparurent également en une nuit... *lors d'un tremblement de terre* !

AVEBURY

(*A'bby* néolithique des *Fragments* et du *Pnakotic Mss???*) Référence au livre de Stukeley, *Un temple consacré aux Druides Anglais,* incroyable... Les druides, en effet... Mais Stukeley y est presque, lorsqu'il parle du Culte du Serpent ! *Des larves, serait plus exact !*

CONCILE DE NANTES

(IXᵉ siècle.) Les membres du concile ignoraient ce qu'ils faisaient en déclarant : « Que ces pierres qu'ils adorent parmi les ruines, au fond des bois, et sur lesquelles ils prêtent serment et sacrifient leurs *offrandes,* que ces pierres soient *arrachées* à leurs fondations et enfouies ensuite là où leurs dévots fanatiques ne pourront jamais plus les retrouver... » J'ai lu ce paragraphe tant et tant de fois que chaque mot s'est imprimé dans ma mémoire ! *Dieu seul sait ce qu'il advint des pauvres diables qui essayèrent d'exécuter les ordres du concile...*

DESTRUCTION DE LARGES PIERRES

Au cours des XIIIᵉ et XIVᵉ siècles, l'Eglise tenta également le déplacement de certaines pierres d'Avebury en raison des *superstitions locales* qui poussaient les gens du pays à participer à un *culte païen* et à pratiquer la *sorcellerie*! En fait, plus d'une de ces pierres fut détruite — par le feu et l'aspersion — « à cause des *figures* qui les recouvraient ».

INCIDENT
1920-25. Pourquoi de tels efforts pour enterrer une des grandes pierres? Une secousse sismique fit glisser la pierre, emprisonnant ainsi un ouvrier. *Il semble qu'aucun effort ne fut tenté pour le libérer...* Cet « accident » se produisit entre chien et loup et deux autres hommes *moururent de frayeur*! Pourquoi les autres hommes qui creusaient prirent-ils la fuite devant une telle scène? Et puis, quelle était cette *chose* titanesque que l'un d'entre eux vit s'enfoncer *dans le sol*? Cette chose présumée laissa une *odeur* monstrueuse sur son passage... *C'est à leur ODEUR que vous les reconnaîtrez...* Etait-ce un occupant d'un autre nid de ces goules éternelles?

L'OBELISQUE
Pourquoi l'immense obélisque de Stukeley fut-il brisé? Les morceaux furent enterrés au début du XVIIIe siècle, mais, en 1833, Henry Browne découvrit des *sacrifices* brûlés sur ce site... Et tout près, à Silbury Hill... *Mon Dieu! Cette butte du diable!* Il est des choses, même parmi toutes ces horreurs, auxquelles on ne saurait penser... et, tant que j'ai encore toute ma raison, Silbury Hill sera l'une d'entre elles!

AMERIQUE: INNSMOUTH
1928. Que s'est-il passé? Pourquoi le gouvernement fédéral a-t-il largué des grenades sous-marines autour du récif du Diable, sur la côte atlantique, juste devant Innsmouth? Pourquoi la moitié des habitants d'Innsmouth ont-ils été exilés? Quelles étaient leurs relations avec la Polynésie et qu'est-ce qui gît enfoui dans les terres *sous la mer*?

WIND WALKER
(Death Walker, Ithaqua, Wendigo, etc.) Une *nouvelle horreur* à présent, mais d'un *type* différent ! *Pas de doute* possible ! *Des sacrifices humains* présumés à Manitoba. Circonstances incroyables autour de l'*Affaire Norris* ! Le professeur Spencer, de l'université de Québec, a littéralement confirmé la validité de ce cas... Et a...

... Ses notes s'arrêtent là. J'avoue que j'en fus soulagé. Mon oncle semblait dans un état peu satisfaisant ; il perdait quelque peu la raison. Il n'était pas exclu, bien sûr, qu'il eût écrit ces lignes avant ce semblant de progrès ; dans ce cas, sa situation n'était pas nécessairement aussi lamentable qu'elle le paraissait.

Je remis les feuillets exactement comme je les avais trouvés et étudiai avec attention le sismographe. La ligne tracée par le style était droite et régulière et lorsque je déroulai la bobine pour mieux observer le diagramme, je notai la même régularité anormale depuis les douze derniers jours. Comme je l'ai déjà dit, cet instrument influençait directement l'état de mon oncle et ce témoin du calme de la Terre expliquait donc à coup sûr l'amélioration relative de sa condition. Mais un point me tracassait : le diagramme n'indiquait aucun mouvement !... Or, j'étais certain d'avoir senti une secousse — mieux, j'avais *entendu* un sourd grondement — et il me semblait quasiment impossible que Sir Amery et moi-même eussions été simultanément victimes de la même illusion sensorielle. Je replaçai la bobine et m'apprêtai à quitter la pièce lorsque, en me retournant, je remarquai quelque chose que mon oncle n'avait probablement pas vu. Une petite vis de laiton gisait par terre. Je démontai à nouveau le tambour et aperçus la fraisure que j'avais effectivement remarquée auparavant, mais sans y prendre garde. Il était évident qu'elle était prévue pour cette vis. Je ne connais rien en mécanique et je suis absolument incapable de préciser quel rôle jouait cette pièce dans le fonctionnement normal de l'appareil. Je la vissai néanmoins en place et remontai l'appareil. Ensuite, je restai quelques minutes encore pour m'assurer que tout fonctionnait correctement et, pendant quelques secondes, tout me parut normal.

Mes oreilles m'avertirent les premières d'un changement. Avant, la machine émettait un ronronnement sourd d'horloge, ainsi qu'un grincement perçant et continu. Alors que le ronronnement se poursuivit, le grincement fut bien vite remplacé par un grattement saccadé qui attira mon regard fasciné sur le style.

Cette petite vis faisait bien sûr toute la différence du monde. Pas étonnant que le choc que nous avions ressenti lors de ce fameux après-midi, et qui avait également inquiété mon oncle, n'avait pas été enregistré ! L'instrument était tout à fait déréglé, *mais à présent, il fonctionnait... Je pouvais lire clairement que toutes les deux ou trois minutes, le sol était secoué par des tremblements qui, bien qu'ils ne fussent pas assez violents pour être ressentis comme tels, n'en étaient pas moins suffisamment forts que pour faire zigzaguer le style sur toute la surface du cylindre en mouvement...*

Lorsque je me décidai à aller dormir, je me sentais bien plus secoué encore que le sol ! Mais je ne parvenais cependant pas à préciser avec certitude la cause de ma nervosité. Pourquoi tant d'appréhension devant ma découverte ? Oui, j'étais conscient de l'effet probablement déplaisant qu'aurait sur mon oncle cet appareil en ordre de marche. Je savais que cela risquait même de provoquer une nouvelle crise, mais était-ce là la cause réelle de mon inquiétude ? J'avais beau réfléchir, il n'y avait aucune raison pour qu'une région précise du pays reçoive plus que son quota habituel de vibrations sismiques. En fin de compte, j'en conclus que ce sismographe était soit tout à fait déréglé soit trop sensible, et allai me coucher en m'assurant que ce violent choc n'avait aucun rapport avec l'état nerveux de mon oncle. Avant de m'endormir cependant, je remarquai que l'air lui-même semblait chargé d'une étrange tension. La brise légère qui avait emporté les dernières feuilles au cours de la journée était tombée, faisant place à un calme absolu et, toute la nuit, je m'imaginai dans un demi-sommeil que le sol tremblait sous mon lit...

V

Le lendemain matin, je fus debout de bonne heure.
Comme je n'avais plus de papier pour écrire, j'avais
décidé de prendre l'unique bus de la matinée pour
Radcar. Sir Amery n'était pas encore levé et, pendant le
trajet, mon esprit passa en revue les événements de la
veille ; c'est ce qui me décida à effectuer quelques
recherches pendant que j'étais en ville. A Radcar, après
un rapide petit déjeuner, je téléphonai aux bureaux du
Radcar Recorder où un certain M. McKinnen, secrétaire
de rédaction, me fut particulièrement utile. Il passa près
d'une heure au téléphone du bureau à se renseigner pour
moi. En conclusion, il me signala que pendant près d'une
année, aucune secousse importante n'avait été enregistrée en Angleterre, point sur lequel j'aurais de toute
évidence argumenté si d'autres renseignements
n'avaient suivi. J'appris ainsi qu'il y avait bien eu quelques *chocs mineurs* dans des localités telles que Goole, à
quelques kilomètres de là, notamment au cours des
dernières vingt-quatre heures, ainsi qu'à Tenderden,
près de Douvres. On avait également relevé une très
légère secousse à Ramsey, dans le Huntingdonshire.
Après de vifs remerciements, je m'apprêtais à prendre
congé de M. McKinnen lorsqu'il me proposa de jeter un
coup d'œil sur les dossiers internationaux du journal.
J'acceptai avec reconnaissance et me retrouvai seul en
face d'une imposante pile de documents traduits. La
plupart d'entre eux ne m'étaient bien sûr d'aucune
utilité, mais je ne mis pas longtemps à dénicher ce qui
m'intéressait. Je ne pus d'abord croire à l'évidence
incontestable qui se révélait sous mes yeux. C'est ainsi
que je lus que des tremblements de terre assez sérieux
avaient ébranlé Aisné au mois d'août, au point que deux
maisons s'écroulèrent et que plusieurs personnes furent
blessées. Une connexion avait été établie entre ces chocs
et d'autres relevés quelques semaines plus tôt à Agen :
comme à Aisné, ils semblaient être causés par un *tasse-
ment du sol,* plutôt que par une réelle secousse. Des

chocs semblables avaient également été observés début juillet à Calahorra, Chinchon et Ronda en Espagne. La trace en était aussi droite que le parcours d'une flèche et traversait — *ou plutôt passait sous* — le détroit de Gibraltar en direction de Xauen, dans le Maroc espagnol, où une rue entière de maisons s'était effondrée. Plus loin cependant, à... Mais j'en avais suffisamment appris. Je n'osais poursuivre mon enquête plus à fond ; je refusais de savoir — même de loin — où se situait la cité morte de G'harne...

Oh ! J'en avais vu assez que pour oublier le but premier de mes courses. Que mon livre attende ! Il y avait plus important à faire. L'étape suivante fut la bibliothèque municipale, où je m'emparai de l'*Atlas mondial* de Nicheljohn pour l'ouvrir à la grande carte pliante des îles Britanniques. Mes connaissances sommaires de la géographie des comtés anglais me permirent cependant d'observer un « fil conducteur » entre les régions écartées où s'étaient manifestés ces *séismes mineurs*. Je ne m'étais pas trompé. A l'aide d'un second livre qui me servit de règle, je traçai une ligne droite entre Goole dans le Yorkshire et Tenderden sur la côte sud et constatai, avec effroi, que cette ligne passait très près, si pas sur Ramsey, dans le Huntingdonshire. Poussé par une insatiable curiosité, je prolongeai ce trait vers le nord ; mon regard soudain fébrile nota qu'il passait à *quelque quinze cent mètres seulement de notre cottage des marais* ! Les doigts moites et insensibles, je tournai les pages, jusqu'à la carte de France. Après quelques secondes d'arrêt, malgré ma maladresse, je finis par trouver l'Espagne et l'Afrique. Combien de temps restai-je assis là, foudroyé, à tourner les pages de temps à autre et à vérifier, comme dans un cauchemar, noms et localités ?... Lorsque je quittai enfin la bibliothèque, mes pensées se bousculaient en un chaos indescriptible. Une épouvante insondable me glaçait le dos. Mon système nerveux tout entier commençait déjà à lâcher...

Le soir, lors du trajet du retour, le ronronnement du moteur du bus me plongea dans une sorte de demi-sommeil dans lequel j'entendis à nouveau les paroles qu'avait prononcées Sir Amery, alors qu'il parlait, en rêvant :

— Ils n'aiment pas l'eau... l'Angleterre est en sécurité... Doivent aller trop profondément...

Ces pensées me réveillèrent complètement et un frisson me pénétra jusqu'à la moelle des os. Ces pressentiments de mauvais augure n'étaient pas sans fondement : ce qui m'attendait à la villa était de nature à achever la dégradation de mon système nerveux.

Lorsque le car franchit la dernière courbe boisée qui cachait la villa, j'aperçus la catastrophe ! Tout s'était écroulé. Je ne pouvais pas y croire ! Malgré tout ce que je savais, malgré toute cette accumulation de preuves lentement établies, c'en était trop. Mon esprit torturé ne pouvait comprendre. Une fois descendu du car, j'attendis qu'il se fraie un chemin entre les voitures de police stationnées, avant de traverser la route. Une partie de la clôture du cottage avait été abattue, afin de permettre à une ambulance de se parquer dans le jardin bizarrement incliné. Il faisait presque nuit et des projecteurs éclairaient la scène. Une équipe de secouristes fouillait rapidement ces incroyables décombres. Je restais planté là, pantois, lorsqu'un policier s'approcha. Quand je lui eus décliné mon identité, il me raconta ce qui s'était passé.

Un automobiliste qui passait avait assisté à l'effondrement du cottage, et les secousses qui l'accompagnaient avaient été ressenties jusque dans les environs de Marske. La maison s'était écroulée comme un château de cartes. Deux minutes plus tard, la police et une ambulance étaient sur les lieux ; les travaux de secours avaient immédiatement débuté. Tout portait à croire que mon oncle était *hors* de la maison lors de l'accident, car on n'avait pas encore trouvé la moindre trace de lui. Une *odeur* singulière et asphyxiante avait flotté un temps, mais s'était dissipée peu après le commencement du déblayage. Les sauveteurs avaient dégagé le sol de toutes les pièces, à l'exception du bureau. Pendant le temps qu'il prit à me mettre au courant des faits, d'autres décombres étaient encore frénétiquement retirés...

Tout à coup, le chœur des voix excitées se tut. Je vis le groupe de travailleurs regarder intensivement quelque chose à leurs pieds. Mon cœur bondit. En une seconde, j'escaladai les débris pour voir ce qu'ils avaient trouvé.

Là, à l'emplacement précis du plancher du bureau, gisait ce que j'avais craint et inconsciemment prévu. Ce n'était qu'un trou. Un *trou* béant dans le sol — *mais à voir l'angle d'inclinaison du parquet et la façon dont les lattes avaient été rejetées, il semblait nettement que le sol, plutôt que de s'être écroulé, avait été poussé de bas en haut...*

VI

Depuis, on n'a plus rien vu ni entendu sur Sir Amery Smith et, bien qu'il soit porté *disparu,* je sais qu'il est mort. Il s'en est allé vers d'autres mondes fantastiques et mon seul vœu est que son âme erre de *notre* côté du seuil. Oui, par notre ignorance, nous avons commis une grande injustice envers Sir Amery, moi et tous les autres qui le prenaient pour un fou. Toutes ses manies étranges... Je comprends chacune d'elles à présent, mais cette compréhension me fut dure et me coûtera cher ! Non, il n'était pas fou. Il mit au point toutes ces choses pour se préserver et, bien que ses nombreuses précautions n'eussent finalement servi à rien, elles n'étaient pas dictées par la folie mais, au contraire, par la crainte d'un mal innommable.

Mais le pire doit encore venir ! Je devrai affronter une fin semblable. Je le sais, parce que, peu importe ce que je fais, les secousses me hantent. Ou est-ce seulement une divagation de mon esprit ? Non ! Je ne suis pas déséquilibré. Mes nerfs sont fichus, mais mon esprit est intact. J'en *sais* trop ! *Ils* m'ont rendu visite en songe, tout comme ils ont probablement rendu visite à mon oncle, et ce qu'ils ont lu dans mon esprit *les* a avertis du danger qu'ils couraient. Ils ne peuvent pas me laisser approfondir mes recherches, car une interférence de ce genre risquerait un jour de révéler *leur existence* aux yeux des hommes, *avant qu'ils ne soient prêts*... Mon Dieu ! Pourquoi ce vieux fou de Wilmarth, à Miskatonic, n'a-t-il pas répondu à mon télégramme ? Il doit y avoir une solution ! Même maintenant, *ils* creusent... ces habitants des ténèbres...

Mais non ! A quoi bon ! Il faut que je me ressaisisse. Finissons-en avec ce récit. Je n'ai pas eu le temps de révéler aux autorités la vérité, mais même alors, je sais quelle aurait été leur réaction.

« Il y a quelque chose qui cloche avec ces Wendy-Smith »... auraient-ils dit.

Mais ces pages se chargeront de raconter l'histoire à ma place et serviront également d'avertissement pour les autres. Peut-être que les gens seront-ils intrigués en voyant combien ma... *mort*... s'identifie à celle de Sir Amery. Peut-être que, guidés par ce manuscrit, les hommes rechercheront-ils l'ancienne folie de la Terre pour la détruire, avant qu'elle ne les détruise...

Quelques jours après l'accident de la villa, je me suis installé dans cette maison, à la périphérie de Marske, dans le cas où mon oncle — bien que je n'y croie pas — réapparaîtrait. Mais à l'heure qu'il est, d'horribles puissances me retiennent en ces lieux. *Je ne peux* m'enfuir... Au début, leur pouvoir n'était pas si fort, mais maintenant... Je ne suis même plus capable de quitter cette table de travail et je sais que la fin est imminente. Je suis cloué à ce fauteuil, enraciné comme une plante, et il ne me reste plus qu'à taper à la machine ! Mais je dois... il faut... Les mouvements du sol sont beaucoup plus forts à présent. Ce vibreur diabolique est infernal ; il saute comme un fou sur le papier...

Deux jours seulement après mon arrivée dans cette maison, la police m'a remis une enveloppe toute souillée de terre. On l'avait trouvée dans les ruines du cottage, près du bord de ce curieux cratère ; elle m'était adressée. Elle contenait les notes que je viens de retranscrire ainsi qu'une lettre que, à en juger par la façon tragique dont elle se termine, Sir Amery devait être en train de rédiger lorsque l'horreur vint le chercher... A la réflexion, il n'y a rien d'étonnant à ce que l'enveloppe ait survécu dans l'accident. *Ils* n'ont pas dû savoir ce que c'était et n'y auront sans doute prêté aucune attention. *Rien* n'a été abîmé à dessein dans la villa, c'est-à-dire, rien d'*inanimé*. Dans la mesure où j'ai pu l'établir, seules ces

terribles sphères, *ou ce qu'il en restait,* avaient disparu...
Mais je dois me dépêcher... Impossible de fuir et les
secousses ne cessent de croître en force et en fré-
quence... Non! Je n'aurai pas le temps. Pas le temps
d'écrire tout ce que je voulais dire... Les chocs sont trop
puissants... tr op pui ss ant.. M'emp êche de t aper... Je
vais termi ner c eci c ommej e pe ux et fixer la lett re de S
ir Ame r y à ce manu scr i t... ils...

Cher Paul,

Si jamais cette lettre te parvient, je te demande de
poser certains actes pour la sécurité et la santé du
monde. Il est absolument indispensable que l'on explore
et *s'occupe* de *ces choses,* bien que je sois incapable de te
dire comment. Ma première intention était d'oublier les
événements de G'harne, afin de préserver mon équilibre
mental. J'ai eu tort de vouloir les taire. En cet instant
précis, des hommes creusent dans des lieux étranges et
bannis. Qui sait ce qu'ils vont mettre au jour? Il faut
absolument que ces horreurs soient dévoilées, extir-
pées... mais pas par des amateurs! Ce travail doit être
effectué par des hommes prêts au pire, prêts à une
horreur répugnante et cosmique. Des hommes armés.
Peut-être des lance-flammes feraient-ils l'affaire... Une
connaissance scientifique de la stratégie serait de la plus
haute nécessité... On mettrait au point des appareils
capables de repérer l'ennemi... J'entends des instruments sismologiques spécialisés... Si j'en avais le temps,
je préparerais un dossier détaillé et explicite, mais il me
semble que cette lettre devra suffire à guider les chasseurs d'horreur de demain. Vois-tu, *je sais avec certitude
à présent qu'ils me cherchent!* C'est la fin. Il est trop
tard! Moi aussi, au début, j'ai cru comme tant d'autres
que je perdais la raison. Je refusais de croire au spectacle
que j'avais *vu* se dérouler sous mes yeux! L'admettre
revenait à admettre la folie! Mais, rien à faire, c'est bien
vrai... *Cela s'est passé... et se passera à nouveau!*
Dieu sait ce qui s'est passé avec le sismographe, mais
ce fichu appareil m'a laissé tomber de la pire manière.
Oh, *ils* auraient fini par m'avoir, mais j'aurais au moins
eu le temps de préparer un avertissement détaillé...

Penses-y, Paul, je te le demande... Pense à ce qui est arrivé au cottage... Je peux t'en parler comme si c'était *déjà arrivé* ; parce que je sais que *cela doit arriver ! Cela va arriver !* C'est Shuddle-M'ell, il vient pour ses sphères... Paul, examine la manière dont je suis mort, car, si tu lis ces lignes, c'est que je suis mort ou disparu... ce qui est pareil. Lis les annexes de cette lettre très attentivement, je t'en supplie. Je ne dispose pas d'assez de temps pour être plus explicite, mais ces anciennes notes devraient t'aider... Si tu pousses tes recherches, ne fût-ce qu'un peu — ce que je crois —, tu ne manqueras pas de découvrir bientôt une horreur fantastique dont, je le répète, le monde entier *doit* être averti... Le sol tremble pour de bon à présent, mais, comme je sais que ma fin approche, je reste ferme au cœur de l'épouvante. De là à affirmer que mon calme actuel durera... Je pense que j'aurai tout à fait perdu l'esprit, lorsqu'*ils* viendront me chercher. Je vois déjà la scène... Le sol se fend, éclate pour *les* laisser passer. Tiens ! Rien que d'y penser, mes sens se révoltent... Il y a une *odeur* repoussante, de *la vase, une mélopée,* des *contorsions* gigantesques et... Et alors...

Incapable de m'enfuir, j'attends... Je suis prisonnier du même pouvoir hypnotique qui retient les autres à G'harne. Quels monstrueux souvenirs ! Quel réveil lorsque j'aperçus mes amis et compagnons vidés jusqu'à leur dernière goutte de sang par ces *choses* vermiformes et vampiriques venues des cloaques du temps ! Des dieux aux dimensions étrangères... Ce jour-là, j'étais moi aussi hypnotisé par cette même force terrible, incapable de me porter au secours de mes amis ou même de m'enfuir ! Par miracle, quelques lambeaux de nuages voilèrent un instant la lune et l'effet hypnotique fut rompu. Alors, comme un fou, en hurlant et en sanglotant, je pris la fuite, laissant derrière moi les bruits ignobles de succion et de bave, ainsi que le chant rauque et démoniaque de Shuddle-M'ell, et de ses hordes.

Sans savoir ce que je faisais, j'emportai ces satanées sphères dans ma fuite... J'en ai rêvé la nuit dernière. J'ai revu les inscriptions du coffret de pierre. Cette fois cependant, *je savais les lire !* Toutes les craintes et les *ambitions* de ces êtres infernaux s'offraient à mes yeux aussi clairement que les titres d'un quotidien ! Des dieux ? Peut-être en sont-ils, qu'importe. Une chose cependant est certaine : le plus grand obstacle à leur plan de conquête de la Terre est *leur cycle de reproduction terriblement long et compliqué !*... Chaque millénaire ne voit la naissance que de quelques jeunes ; mais, quand on sait depuis combien de temps ils sont ici, le jour approche où ils seront en nombre *suffisant* ! Avec un mode de reproduction aussi laborieux, tu comprendras qu'ils redoutent la perte d'un seul de leurs affreux rejetons. *C'est pourquoi ils ont creusé des galeries sur des milliers de miles ; elles passent même sous les océans les plus profonds : ils veulent récupérer les sphères !* Je m'étais demandé pourquoi ils me pourchassaient... mais je le sais à présent. Je connais également *leur technique*. Ne devines-tu pas comment ils savent où je suis, ou pourquoi ils viennent ? Pour eux, ces sphères sont comme des phares, ou comme la voix d'une sirène. *Ils répondent simplement à l'appel de leur petit, comme tout autre parent — bien que ce soit plus sous l'impulsion d'une insatiable ambition que d'une émotion du type humain. Mais ils arriveront trop tard !* Il y a quelques minutes à peine, juste avant que je ne commence cette lettre, ces choses ont *éclos*... Qui aurait deviné que c'étaient des *œufs* ? ou que le coffre qui les renfermait était une sorte de couveuse artificielle ? Je l'ignorais et ne peux me le reprocher. J'ai même essayé de les radiographier, mais ils ont renvoyé les rayons ! Et puis, les coquilles étaient si *épaisses* ! Lors de l'éclosion cependant, elles se sont fendillées en minuscules fragments. Ces nouvelles créatures n'étaient pas plus grandes qu'une noix... Si l'on considère la taille des adultes, ces êtres doivent posséder un taux de croissance inimaginable.

Quant à ces deux-là, ils ne grandiront jamais ! Je les ai grillés sous mon cigare... *Tu aurais dû entendre les cris mentaux de ceux d'en bas !*

Si j'avais su plus tôt, avec certitude, que ce n'était pas de la démence, il m'aurait sans doute été possible d'éviter cette atrocité... Mais à quoi bon, maintenant... Consulte mes notes, Paul, et fais ce que j'aurais dû faire.

Etablis un dossier détaillé que tu remettras aux autorités. Wilmarth t'aidera probablement et peut-être aussi Spencer de l'université de Québec... Me reste peu de temps... plancher craque...

Le dernier choc... le plancher se disloque, ... se soulève. Seigneur, à l'aide, ils montent... ils viennent, je les sens à l'intérieur même de mon esprit, ils se dirigent à tâtons...

Monsieur,

Je vous écris au sujet du manuscrit découvert dans les décombres du n° 17 d'Anwick Street à Marske, dans le Yorkshire. La maison s'est écroulée suite à de violentes secousses du sol en septembre dernier. Ce document est selon toute vraisemblance un conte fantastique que projetait de publier l'écrivain Paul Wendy-Smith. Il est d'ailleurs plus que probable que la prétendue « disparition » de Sir Amery Wendy-Smith ainsi que celle de son neveu visent uniquement à assurer le succès commercial de cette nouvelle... Personne n'ignore que Sir Amery était fort intéressé par la sismographie, et sans doute ces tremblements de terre auront-ils inspiré le récit du jeune écrivain. L'enquête suit son cours...

Sgt J. Williams

Yorkshire. Comté de Constalbury.

Le 2 octobre 1933.

CEUX DES PROFONDEURS
PAR JAMES WADE

*« Plus divins que les dauphins, rien n'a encore été créé ;
car, de fait, ils étaient jadis hommes et vivaient dans les
cités auprès des mortels. »*

Oppien : HALIEUTIQUE
(200 après J.-C.)

I

Je n'avais jamais rencontré le Dr Frederick Wilhelm
avant d'aller travailler à l'Institut d'Etudes Zoologiques
qu'il avait établi dans une petite baie isolée de la côte
californienne, à quelques kilomètres au nord de San
Simeon et de Piedras Blancas, non loin de Big Sur. Mais
j'avais entendu parler, bien sûr, des études qu'il avait
entreprises. Il y avait des années que les suppléments des
journaux du dimanche avaient découvert Wilhelm ce
qui n'avait d'ailleurs rien que de très naturel : quel sujet
plus sensationnel un journaliste aurait-il pu espérer découvrir, sinon cette idée que l'homme partageait la terre
avec une espèce plus ancienne et peut-être plus intelligente que lui ; une espèce oubliée ou ignorée de la
science moderne, mais avec laquelle il serait peut-être
possible un jour d'établir des communications ?

Ce n'était pas là un thème aussi rebattu que celui des Martiens, ou du spiritualisme, ou des trolls vivant cachés sous les collines, bien entendu. Wilhelm avait choisi d'étudier le dauphin, ce mammifère marin aperçu pour la première fois il y a des siècles par des marins superstitieux et métamorphosé, à travers les mythes, en ondines, en sirènes, en toutes ces races fabuleuses et secrètes que les légendes faisaient vivre au fond des mers. Or, il semblait à présent que les superstitions n'étaient pas aussi fausses qu'on avait pu le croire.

Des essais préliminaires avaient montré depuis longtemps que nos lointains cousins de la haute mer disposaient d'un degré élevé d'intelligence pure, insoupçonnée par suite de leur habitat aqueux, de leur absence de mains ou de tout appendice préhensile qui leur aurait permis de produire des objets. Les recherches de Wilhelm n'avaient pas été les premières dans ce domaine, mais ses spéculations étaient assurément les plus audacieuses et il avait réussi à convaincre assez de gens pour que ses préoccupations aient pu devenir l'objet de toute une carrière, et pour obtenir les fonds gouvernementaux et ceux des fondations privées nécessaires à l'installation de l'institut vers lequel je me dirigeais tant bien que mal, dans une jeep louée, sur les pistes sableuses et défoncées qui longeaient le vert et sinueux Pacifique, par un après-midi d'avril, sous un soleil pâle, il y a un an.

Si je connaissais l'existence de Frederick Wilhelm et de son institut, j'ignorais la manière dont il avait pu entendre parler de moi et ce qu'il savait à mon sujet. En un sens, je pouvais assez bien comprendre pourquoi ma spécialité, la perception extra-sensorielle et la télépathie, était susceptible d'avoir un rapport avec ses travaux mais les premières lettres et les télégrammes qu'il m'avait adressés ne m'avaient jamais fourni le moindre détail sur ce qu'il attendait de notre collaboration.

Je reconnais que le salaire que le Dr Wilhelm me proposait avait été un facteur déterminant dans ma décision d'accepter un travail dont la nature exacte demeurait obscure. Coordinateur de recherche, jusqu'alors, dans une petite fondation de l'Est vouée aux études parapsychologiques qu'avait négligées le groupe

Rhin, de Duke, j'avais eu mon content de maigres budgets et de salaires de famine.

Il faut reconnaître, cependant, que le lieu où Wilhelm poursuivait ses expériences m'avait fait hésiter plus longtemps qu'aucun autre des aspects curieux de son offre. J'avoue que j'ai toujours éprouvé de l'antipathie pour la Californie, en dépit du peu de temps que je me souvienne y avoir jamais passé. Pour certains, les créneaux gothiques et les eaux stagnantes de la Nouvelle-Angleterre représentent le sommet de l'horreur et de la décadence spirituelles ; pour moi, c'est la corruption criante, étalée aux lumières des néons de Los Angeles, qui déclenche cette réaction.

Ces pensées et d'autres s'enchevêtraient dans mon esprit tandis que je conduisais ma jeep sur le difficile chemin qui longeait la plage et qui, j'en avais reçu l'assurance de la part du jovial employé d'une agence de location de voitures à San Simeon, allait infailliblement me mener jusqu'à l'Institut d'Etudes Zoologiques : « Cette route ne peut pas vous mener ailleurs, une fois que vous aurez pris à gauche à la première buvette en plein air où ils vendent du jus d'orange — vous savez, le genre de cabane qui veut ressembler à une très grosse orange. Vous continuez, tout simplement, et vous ne vous laissez arrêter ni par les hippies, ni par la mer haute jusqu'à ce que la route s'arrête ! »

Comme je jetais des coups d'œil assez nerveux sur le paysage, j'aperçus à ma gauche une sorte de campement de tentes blanches, décolorées par le soleil, et des silhouettes sombres qui s'élançaient vers la dentelle mouvante de la barre qui ourlait le bord de l'eau. Etaient-ce là les hippies auxquels mon guide avait fait allusion, ces railleurs sardoniques qui se tiennent à la périphérie de notre société, attaquant et détruisant les principes et les valeurs légués par trois mille ans de civilisation ? Ou s'était-il moqué de moi ; ne s'agissait-il pas simplement d'une bande de jeunes bourgeois venus passer sur la plage un après-midi de soleil, de sable et de liberté sexuelle, comme pour chercher un répit à l'existence ingrate et abrasive que leur réservait notre société à la précaire abondance ?

Soudain, la soi-disant route vira brusquement en haut d'une montée et je me retrouvai, surpris, tout près (un effet de zoom) de ce qui ne pouvait être que le célèbre Institut d'Etudes Zoologiques.

II

— Que savez-vous, en fait, des dauphins — ou des marsouins, comme on les appelle quelquefois ? me demanda le Dr Frederick Wilhelm, les yeux cachés par d'épais verres qui renvoyaient la lumière tamisée par les abat-jour dorés des lampes de son luxueux bureau.

Nous venions tout juste de nous installer devant un cocktail, après le rapide tour de l'Institut que j'avais fait pour la première fois, sous la conduite de son directeur, immédiatement après que celui-ci fut venu me saluer quand j'avais arrêté ma jeep.

Wilhelm s'était montré cordial et d'une politesse presque trop raffinée, bien qu'il m'ait semblé curieux de le voir m'entraîner comme pour une partie de plaisir d'un bout à l'autre de son établissement sans même me laisser le temps de porter mes bagages dans l'appartement qui m'était réservé et d'y faire un peu de toilette après cette longue route. Je mis cela au compte de la vanité d'un pionnier de la science qui s'était frayé une voie tout seul et qui, ayant enfourché son dada favori, s'élançait dans la dernière ligne droite où allait se jouer la grande course.

Pourtant, Wilhelm n'avait rien de bien curieux ; c'était un homme de haute taille, grisonnant, aux vêtements froissés, qui faisait songer à un pingouin ; il se déplaçait et s'exprimait avec l'enthousiasme désarmant de l'écolier qui vient de découvrir l'existence d'une connaissance que l'on appelle la science. Comme il me pressait de labo en labo sur un rythme échevelé, il m'expliqua :

— Nous verrons les bassins des dauphins demain matin. Joséphine — mon assistante, Joséphine Gilman — y travaille en ce moment ; elle nous rejoindra plus tard pour prendre un verre et dîner avec nous.

Comme ma correspondance avec le Dr Wilhelm me l'avait déjà appris, ses collaborateurs les plus importants (au nombre de trois, à présent, moi compris) résidaient à l'Institut, tandis que les techniciens et les aides, une douzaine de personnes environ, faisaient la navette chaque jour entre San Simeon, où ils étaient logés chez l'habitant, et le laboratoire, dans un minibus Volkswagen.

— Que savez-vous, en fait, des dauphins ? disait donc Wilhelm.

— A peu près ce qu'en sait tout profane, m'entendis-je répondre avec franchise. Je sais que des recherches qui ont débuté en 1950 ont indiqué qu'étant donné la taille du cerveau du dauphin et ses adaptations spécialisées, il est probable qu'il a un degré d'intelligence élevé et que celle-ci, accompagnée de l'équipement sensoriel, offre une possibilité de communication avec l'homme. Si mon souvenir est exact, il n'en est rien sorti de concluant, jusqu'à présent, en dépit de tous les efforts déployés.

» Mais ce qui est le grand mystère pour moi, eus-je la témérité de lui dire, c'est la raison pour laquelle je me trouve ici. Voulez-vous que je tente d'hypnotiser vos dauphins ou d'interpréter ce qu'ils ont dans la tête ?

— Pas exactement, me répondit Wilhelm, qui remplissait mon verre une seconde fois avec un shaker de cristal gravé du dessin classique de l'enfant perché sur le dos d'un dauphin. Tout au moins, pas à ce stade. La façon dont j'ai prévu, en fait, que vous débuteriez sera de vous faire hypnotiser un sujet humain, afin de voir si une telle personne pourrait devenir plus sensible au déroulement de la pensée de l'animal.

» Nous avons beaucoup travaillé. Nous avons enregistré et analysé les bruits que font ces animaux, à la fois sous l'eau et dans l'air : les claquements de langue, les chevrotements, les sifflements, une large gamme de sons — dont certains dépassent dans l'aigu le spectre acoustique perceptible par l'homme. Nous avons enregistré ces sons, nous les avons codés et les avons donnés à un ordinateur, mais il n'en est pas sorti le moindre embryon de langage, en dehors de certains signes extrêmement reconnaissables qui accompagnent la souffrance, la détresse, l'accouplement — signes que bien des espèces animales sont capables de produire et auxquels on ne peut vraiment donner le nom de langage. Et, bien que les dauphins reproduisent parfois la voix humaine avec une clarté surprenante, cela ne semble relever que de l'imitation du perroquet, sans qu'il y ait une réelle compréhension.

» Cependant, en même temps, nos encéphalographes révèlent qu'il y a dans le cerveau des dauphins une production d'émissions électriques semblable à celle que l'on relève chez l'homme quand il parle et qu'elle s'effectue dans les régions qui correspondent à nos centres de la parole — tout cela, sans la moindre vocalisation.

» Cela m'a amené à adopter une théorie selon laquelle les moyens fondamentaux de communication chez les dauphins pourraient bien être d'ordre télépathique et à me convaincre que nous n'entrerions jamais en relation avec eux par un autre moyen.

Je ne manquai pas d'être surpris.

— Avez-vous un sujet expérimenté et sensible du point de vue télépathique dans votre équipe ou vous proposez-vous d'engager une telle personne ? lui demandai-je.

— Mieux que cela, lança le Dr Wilhelm avec un accent de triomphe, tout en agitant les lunes jumelles de ses verres. Nous avons ici une personne sensible qui a l'expérience de ces animaux depuis plusieurs mois — qui sait comment les dauphins pensent, sentent et réagissent ; une personne qui a vécu si près des dauphins qu'elle pourrait presque être acceptée par eux comme un autre dauphin.

— Il veut parler de moi, monsieur Dorn.

Dans l'encadrement de la porte qui menait à une entrée plongée dans l'ombre venait de s'avancer, légère, la silhouette souple d'une femme.

III

En l'observant brièvement à la table du dîner éclairée par des bougies, une heure plus tard, je me dis que si

Joséphine Gilman avait quelque chose de frappant, elle n'était pas belle. Elle était assez jeune, avec un corps svelte, mais la couleur terreuse, la texture un peu desséchée de sa peau et, surtout, la protubérance de ses yeux, qui lui donnait un regard fixe, faisaient qu'elle manquait de véritable distinction.

— Mais, bien entendu, me disait-elle au café, vous connaissez toutes les histoires des Grecs et des Romains de l'Antiquité au sujet des dauphins, monsieur Dorn. La manière dont ils rassemblaient les poissons pour venir en aide aux pêcheurs, dont ils sauvaient les personnes qui se noyaient et comment ils tombaient quelquefois amoureux de jolis petits garçons qu'ils emportaient vers le large sur leur dos. Il y a une longue tradition de relations amicales entre nos deux espèces.

— Je ne suis pas entièrement persuadé que leurs bonnes « relations publiques », pour ainsi dire, à travers les âges soient vraiment convaincantes, intervint Wilhelm. Il m'arrive parfois de songer que cela ressemble à la façon dont les gens superstitieux se référaient aux fées et aux trolls qu'ils qualifiaient, pour les flatter, de « bon peuple », étant donné qu'ils redoutaient ce que ces derniers auraient pu leur faire. Ainsi héritons-nous de comptines modernes et de féeries de Walt Disney au lieu d'histoires des races cachées de trolls, ces êtres menaçants, malvenus et évincés des collines dont ils étaient à l'origine les hôtes.

Joséphine Gilman prit sa tasse de café et frissonna délicatement, comme pour exprimer son désaccord.

— Mais si, Jo, il y a quelque chose de vrai là-dedans, insista Wilhelm, en se levant et en se dirigeant d'un pas lourd vers une grande bibliothèque dressée dans un angle obscur de la pièce. Laissez-moi vous citer un exemple tiré d'une tradition non occidentale. Il se mit à chercher un livre sur l'un des rayons les plus élevés.

— Sir Arthur Grimble, reprit-il, était gouverneur colonial dans les îles Gilbert, il n'y a pas très longtemps de cela. Il visitait un atoll du nom de — comment était-ce déjà ? — Butaritari, où l'on disait que vivait un homme qui savait appeler les dauphins.

Wilhelm trouva le livre, chercha une page et l'ouvrit.

— Grimble écrit, poursuivit-il, que cet individu prétendait être capable de faire sortir son âme de son enveloppe corporelle au cours d'un rêve et de l'envoyer chercher les dauphins dans leur demeure, « sous l'horizon de l'ouest », pour les inviter à venir prendre part au village de Kuma à un festin accompagné de danses.

» Grimble le fit essayer et le rêveur s'en alla dans sa hutte, tandis que les villageois se préparaient pour les réjouissances.

» Soudain, le rêveur, encore en transes, sortit en courant de sa hutte « en gémissant sur une note étrangement aiguë, comme l'aurait fait un jeune chien ». Il courut jusqu'au bord de la mer et tous les indigènes le suivirent dans un état d'excitation proche de l'hystérie.

» Eh bien, les dauphins étaient là, si l'on en croit Grimble, et ils nageaient dans les hauts-fonds. Tous les indigènes entrèrent dans la barre pour se porter à leur rencontre. Le chef de la troupe des dauphins vint en nageant jusqu'au rêveur qui cria que le « roi venu de l'ouest » s'était déplacé pour le saluer.

Le Dr Wilhelm apporta le livre jusqu'à la table, s'assit et termina son café.

— Mais la chose la plus étrange, reprit-il, c'est que ces animaux nageaient parmi les indigènes qui se mirent à plusieurs pour les porter jusqu'au bord et les dauphins s'installèrent avec la plus grande complaisance dans la première frange d'écume pour assister à la danse et au vacarme hystériques qui suivirent, comme s'ils avaient eu une longue habitude de spectacles comme celui-là.

Les lunettes de Wilhelm réfléchirent les flammes jumelles des bougies de la table ; impossible de trouver ses yeux. Cet incident curieux, me demandai-je, était-il à l'origine de sa croyance en la possibilité d'une communication télépathique de l'homme avec les dauphins ?

— Alors, qu'en pensez-vous ? Wilhelm referma le livre.

— Il me semble, répondis-je, que ces indigènes avaient fait des dauphins l'objet de quelque rituel religieux et que ces animaux avaient appris à aimer cette idolâtrie. Vos voisins, les hippies, seraient peut-être capables de se lancer dans une chose comme celle-là.

196

— Vous faites erreur sur ce point, me dit Joséphine Gilman d'un ton grave. Les gens qui vivent là-bas sur la plage détestent les dauphins. Enfin, ou ils les détestent ou ils en ont peur.

IV

Le jour suivant se leva chargé d'humidité et de nuages. Pendant que je prenais mon petit déjeuner devant mon appartement dans le patio vitré qui donnait sur la houle gris-vert du Pacifique, distant des quelques mètres d'une étroite bande de sable, je vis le Dr Wilhelm arriver lentement sur la plage, comme s'il faisait une promenade matinale ordinaire. Soudain, je me rendis compte qu'il n'était pas seul. Progressant avec peine dans le sable, un personnage surprenant venait à sa rencontre ; c'était un homme botté, barbu, vêtu de fourrure, aux traits bulbeux et à la chevelure hirsute, surmontée d'un large béret rouge vif — une caricature grossière, me sembla-t-il, du célèbre buste de Wagner. L'un des hippies !

Une impulsion, une simple curiosité peut-être, me poussa à avaler les œufs et les toasts qu'une employée très matinale m'avait apportés sur un plateau et me précipiter sur la plage afin d'aller me joindre à l'étrange colloque qui était en train de se tenir sous les nuées striées d'argent et de gris.

L'attitude de mon employeur semblait vouloir exprimer la brusquerie et toute absence de sympathie tandis qu'il écoutait ce que le barbu avait à lui dire. Je ralentis et m'approchai des deux hommes, comme si j'étais sorti pour flâner un peu ; avant de parvenir à leur hauteur, la seule chose que je réussis à entendre fut le sifflement de la barre qui déferlait en chuintant sur le sable presque à nos pieds.

— Bonjour, monsieur Dorn, jeta Wilhelm d'un ton sec, manifestement peu satisfait de me voir. Je devrais peut-être vous présenter M. Alonzo Waite, puisqu'il est notre voisin. M. Waite est le grand-prêtre, ou Dieu sait'

comment il s'intitule lui-même, de cette bande hippie
qui vit là, un peu plus bas.

— Je ne m'intitule rien du tout, protesta vivement
l'autre. Mes disciples m'ont donné le titre de gourou ou
de chef spirituel, car j'accorde plus de temps qu'eux aux
exercices mystiques. Mais je ne cherche ni n'accepte une
quelconque prééminence par rapport à eux. Nous
sommes tous des pèlerins engagés dans la quête sacrée
de la vérité.

Il avait une voix profonde, grave, étrangement im-
pressionnante, et la manière dont il choisissait ses mots
bien qu'excentrique, révélait plus de culture et de cour-
toisie que je m'y serais attendu.

— C'est peut-être très bien, intervint Wilhelm sur un
ton irrité, mais votre quête de la vérité me paraît vouloir
contrarier la mienne.

— Je vous avertis simplement, et ce n'est pas la
première fois, que le travail que vous avez entrepris avec
les dauphins est un travail potentiellement très dangereux pour vous tous et pour d'autres aussi. Vous devriez
renoncer à ces études et relâcher ces bêtes avant qu'il
n'arrive quelque chose de très grave.

— Et sur quoi fondez-vous cette remarquable prophétie? s'enquit Wilhelm aigrement. Dites-le à
M. Dorn: j'ai déjà entendu tout cela.

— Nos rêves et nos visions ont été troublés depuis peu
par la présence de grandes formes blanches menaçantes
qui venaient couper et bloquer les motifs sacrés en
couleurs et les mandalas animés qui nous mènent à une
plus grande compréhension spirituelle, dit Waite d'une
voix forte. Ce sont des vibrations qui émanent des
créatures que vous avez emprisonnées ici, que vous
nommez dauphins mais que nous, nous connaissons sous
un nom bien plus ancien. Ces créatures sont mauvaises,
puissantes et mauvaises. Au fur et à mesure que pro-
gressent vos expériences, les manifestations troublantes
s'intensifient. Ces vibrations sont terriblement destruc-
trices, tant sur le plan mental que sur le plan physique.
Pour votre plus grand bien, je vous adjure de renoncer
avant qu'il ne soit trop tard.

— Si ce que nous faisons trouble vos rêveries de

198

fumeurs, remarqua Wilhelm avec un mépris mal dissimulé, pourquoi ne déménagez-vous pas et n'allez-vous pas vous installer hors de portée ?

Le grand barbu cligna des yeux et fixa le lointain.

— Il nous faut demeurer et concentrer nos pouvoirs psychiques afin de combattre ces vibrations mauvaises, dit-il doucement. Il y a certains exercices spirituels et certaines cérémonies que nous pouvons entreprendre et qui réussiront peut-être à contenir ou à faire dévier le danger pendant quelque temps. Nous avons d'ailleurs prévu une cérémonie de ce genre pour ce soir. Mais la seule manière dont vous puissiez être en sécurité consiste à relâcher ces créatures anciennes à la sagacité perverse et à abandonner vos expériences.

Waite restait là, grave, fixant le large, silhouette grotesque et de mauvais présage mais non sans dignité pourtant, sous ce béret trop grand pour lui et cette robe de fourrure qui flottait au vent.

V

— On jurerait une scène tirée d'un film de science-fiction tourné par Hollywood, murmura Wilhelm avec colère, tandis qu'il me faisait traverser le laboratoire principal, haut de plafond et vaste comme une grange, avant de sortir par-derrière. On aurait dit qu'il n'arrivait pas à se débarrasser l'esprit de la rencontre qu'il avait faite sur la plage et que cela le tourmentait à un point incompréhensible pour moi.

— Vous avez vu notre équipement d'enregistrement du son atmosphérique et sous-marin, reprit Wilhelm pour changer enfin de sujet. A présent, il faut que vous voyiez où nous en utilisons la plus grande partie et où vous aurez surtout à travailler vous-même.

L'arrière du laboratoire donnait sur la plage ; près de l'eau se dressait une construction sans fenêtres, de proportions plus modestes — longue, basse, et enduite, comme les autres, de ciment blanc. Wilhelm, qui me précédait, en ouvrit l'unique et lourde porte métallique à l'aide d'une clé qu'il prit dans sa poche.

L'intérieur était avant tout occupé par un réservoir profond qui ressemblait à une petite piscine intérieure. Sur trois côtés, le bord étroit de ce bassin était tout encombré de tableaux électriques de contrôle, d'écouteurs et d'autres accessoires reliés aux principaux claviers des appareils d'enregistrement ou des ordinateurs du grand laboratoire. Le côté du bâtiment le plus proche de la mer comprenait surtout une sorte d'ouverture pouvant donner accès, je l'appris plus tard, à une petite anse qui communiquait avec l'océan, afin de permettre le nettoyage du bassin et le renouvellement de l'eau, quand il en était besoin. De dures lampes fluorescentes se jouaient sur la surface du bassin et envoyaient des spirales ondoyantes de lumière réfléchie dans tous les angles de la pièce ; on percevait le sifflement léger des radiateurs à vapeur équipés de thermostats qui maintenaient constantes la température de l'air et celle de l'eau.

Pourtant, rien de tout cela n'attira immédiatement mon attention car voilà que j'étais enfin mis en présence du sujet de l'expérience lui-même : une silhouette souple, massive et pourtant non dénuée de grâce — d'un gris pommelé sur le dos, d'un blanc sale sur le ventre, avec un long nez en bouteille et des yeux intelligents profondément enfoncés — flottait sans bouger, dans une eau peu profonde, grâce aux nageoires qu'elle agitait lentement.

Le dauphin n'était d'ailleurs pas seul car il partageait son bassin avec Joséphine Gilman, vêtue d'un maillot de bain rouge vif qui mettait en valeur sa remarquable silhouette de façon saisissante. A dire vrai, je me rendis compte que je fixais Joséphine avec plus d'intensité que son compagnon aquatique.

— Hello.

L'accueil de Joséphine était aimable, quoique légèrement ironique, comme si elle s'était aperçue du regard que je lui avais jeté.

— Jo a passé la plus grande partie des deux derniers mois et demi dans ce bassin, m'expliqua le Dr Wilhelm. Son but était d'entrer complètement en relation avec

Flip — le dauphin — et d'encourager la moindre tentative de communication de sa part.

— Flip, intervint Joséphine, c'est, bien sûr, le diminutif de Flipper, le héros du film classique et des séries de télévision qui ont été les premiers indices de la prise de conscience populaire de l'intelligence de cet animal.

Jo se mit à rire et se hissa adroitement sur le bord carrelé de la piscine. Elle tendit le bras pour attraper une lourde serviette éponge dans laquelle elle s'enveloppa frileusement.

— Quelqu'un veut du café ? Il fait un peu frais aujourd'hui pour se lancer dans des jeux aquatiques aussi tôt le matin.

Tandis que Jo servait le café qu'elle avait pris sur une table de silex, Wilhelm me faisait un portrait complet de Flip.

— C'est un beau spécimen de *Tursiops truncatus*, bien qu'il soit un peu plus petit que la moyenne — environ un mètre soixante-cinq, en réalité. Son cerveau pèse environ mille sept cent grammes, soit trois cent cinquante grammes de plus que le cerveau humain, avec une densité cellulaire comparable.

» Nous avons celui-ci depuis plus d'un an, maintenant, et bien qu'il sache émettre tous les divers sons dont on les sait capables — aboiements, grognements, claquements, grincements et sifflements — et même imiter la parole humaine, nous ne pouvons en tirer un type de langage. Et pourtant, ils doivent se parler entre eux. Mon intérêt pour la delphinologie a été éveillé pour la première fois par un rapport sur des repérages au sonar que des unités de la Marine avaient faits près de Ponape, dans le Pacifique Sud. Ces repérages révélaient que leurs déplacements sous-marins s'effectuaient dans l'ordre et la discipline sur une distance de plusieurs milles. Autre chose encore : ils adoptaient un type de mouvement ou une formation mathématiquement précis, ce qui suggérait l'existence soit d'un jeu complexe, soit d'une sorte de rituel.

— Peut-être, l'interrompis-je en plaisantant, s'entraînaient-ils pour la cérémonie qui a tant impressionné le gouverneur Grimble.

— De toute manière, dit Jo, en reposant sa tasse et en remettant en place une bretelle de son maillot de bain, comme en dix semaines je ne suis arrivée à rien avec Flip, c'est vous maintenant qui allez être chargé de nous placer sur la bonne longueur d'onde. A dire vrai, je n'y crois guère, mais Fred tient à essayer cela et je coopérerai avec le moins possible de réserves mentales.

Me souvenant d'un passage de l'un des tout premiers livres consacrés aux dauphins et dont l'auteur était le Dr Lilly, je demandai à Wilhelm :

— Avez-vous implanté des électrodes dans le cerveau de cette bête, pour tenter des expériences sur les stimuli excitateurs de plaisirs ?

— Nous avons dépassé tout cela, me répondit Wilhelm avec impatience. On sait depuis des années qu'ils sont capables d'apprendre presque aussitôt les réactions structurées les plus complexes quand on leur présente le stimulus et que leurs réponses vont bien au-delà de ce à quoi n'importe quel animal inférieur peut prétendre parvenir. De plus, c'est là quelque chose de grossier — une sorte de masturbation électrique ou d'absorption de LSD, dont nos amis de la plage, là-bas, sont partisans. Cela ne témoigne ni d'un respect suffisant pour l'égalité essentielle dans laquelle nous nous trouvons avec le dauphin ni, si c'est le cas, pour sa supériorité.

Tandis que nous étions engagés dans cette conversation, mon attention avait été lentement attirée par l'animal lui-même qui se laissait flotter dans la piscine près de nous. Il était visible qu'il suivait notre conversation, bien qu'il n'ait pas eu, je suppose, la moindre compréhension verbale. Son unique œil visible, enfoncé dans une orbite circonvolutionnaire derrière le bec assez menaçant, allait de l'un à l'autre d'entre nous avec l'intérêt le plus vif. Je me pris même à y lire des expressions humaines : sollicitude de propriétaire quand il se posait sur Joséphine Gilman, tolérance amusée à l'égard du Dr Wilhelm, mais envers moi, quoi ? Du ressentiment, de l'animosité, de la jalousie ? Que n'allais-je pas imaginer là, dans la clarté crue des lumières d'un laboratoire scientifique ?

— Il vous faudra apprendre à mieux connaître Flip,

me dit alors Wilhelm. Si vous voulez nous aider à comprendre le delphinois, vous et lui devez devenir bons amis.

Il y eut une vive agitation dans l'eau ; Flip se tourna brusquement sur le côté gauche et partit en nageant, à demi submergé, tout en émettant le premier son dauphin que j'eusse jamais entendu : un sifflement aigu de dérision.

VI

Ce soir-là, après le dîner, Joséphine Gilman et moi allâmes nous promener sur la plage sous une lune qui brillait par intermittence entre les tourbillons des nuages. Le Dr Wilhelm était dans son bureau en train de mettre à jour des notes et la cuisinière-femme de chambre, dernier membre du personnel à nous quitter le soir, venait juste de s'ébranler dans un bruit de ferraille vers San Simeon avec la Land Rover de l'Institut.

Je découvris que je ne savais comment démêler mes sentiments à l'égard de Jo. Quand je l'avais vue dans la piscine avec le dauphin, ce matin-là, elle m'avait profondément attiré car elle paraissait être, pour ainsi dire, dans son élément. Mais au dîner, dans une robe de cocktail à fanfreluches qui n'était pas vraiment faite pour elle, elle m'avait une fois de plus paru peu sympathique, avec son teint terreux et ses yeux saillants dénués d'humour.

— C'est demain que commencent les séances d'hypnose, lui rappelai-je, comme nous avancions lentement vers le bord de l'eau. Etes-vous certaine de vouloir sincèrement supporter tout cela ? Après tout, vous dites que vous n'avez pas confiance dans cette manière d'aborder la question et cela peut inhiber la réponse que vous y ferez.

— Je ferai ce que Fred croit être pour le mieux et j'assumerai ce qu'il assume, temporairement tout au moins. Je suis devenue très forte pour ça, jusqu'à un certain point. Saviez-vous qu'un jour il m'a demandé de l'épouser ? Mais je n'ai pas voulu aller jusque-là.

— Non ?

J'étais embarrassé par la façon brutale dont elle avait fait intervenir ses problèmes personnels.

— Je crois que c'était surtout pour une question de commodité. Sa première femme était morte, nous travaillions ensemble, nous nous intéressions aux mêmes choses — le fait aussi qu'il nous fallait parfois passer ici la nuit ensemble pour surveiller le travail vingt-quatre heures d'affilée si cela était nécessaire — enfin, cela nous aurait simplifié la vie, mais je lui ai répondu non.

— Comment avez-vous commencé à vous intéresser à la... delphinologie, c'est bien le mot ?

Je voulais changer de sujet. Nous étions parvenus au point au-delà duquel les vagues se retiraient, laissant des franges d'écume sifflante, iridescente, que l'on devinait à demi dans cette pénombre.

— En vérité, j'ai toujours été fascinée par la mer et par la vie sous-marine. Je passais la moitié de mon temps à l'aquarium, chez moi, à Boston — soit là, soit au port.

— Votre famille est de Boston ?

— Pas à l'origine. Mon père était dans la Marine et nous y avons longtemps vécu après la mort de ma mère. La famille de mon père venait d'un port ruiné de l'Atlantique, Innsmouth, qui se trouvait un peu au nord de Marblehead. Les Gilman appartenaient à une vieille famille de l'endroit. Ils pratiquaient déjà la pêche à la baleine et le commerce des Indes il y a deux cents ans, et je suppose que c'est de là que m'est venu l'intérêt que je porte à l'océanographie.

— Est-ce que vous y retournez souvent ?

— Je n'y suis jamais allée, aussi étrange que cela puisse paraître. Tout le village a failli complètement brûler vers 1920, avant ma naissance. Mon père m'a dit que c'était un pays mort, déprimant, et m'a fait promettre il y a bien des années de ne pas en approcher — je ne sais pas exactement pour quelle raison. C'était juste après la dernière visite qu'il y avait faite car, au cours de la traversée suivante, il devait tomber du contre-torpilleur qu'il commandait. Personne n'a su comment ; le temps était calme.

— Vous ne vous êtes jamais demandé pourquoi il vous avait conseillé de ne pas approcher de, comment était-ce déjà, Innsville ? Ma voix se troublait.

— Si, surtout après sa mort. J'ai cherché dans les journaux de l'époque du grand incendie — les bibliothèques de Boston n'avaient pratiquement rien d'autre sur Innsmouth — et j'ai découvert un article qui pouvait avoir quelque rapport avec tout cela. On y relevait toute une suite d'allusions saugrenues à la manière dont les habitants d'Innsmouth avaient ramené des espèces de métis de sauvages païens de leurs voyages dans les mers du Sud, bien des années auparavant, à la façon dont ils avaient instauré un culte diabolique, ce qui leur avait permis de découvrir les trésors engloutis et d'obtenir un pouvoir surnaturel sur la pluie et le beau temps. L'article suggérait que les hommes du village s'étaient mariés avec leurs prêtresses polynésiennes ou Dieu sait quoi, et que c'était là une des raisons pour lesquelles les gens de la région les fuyaient et les détestaient.

Je songeai à la peau rêche de Joséphine, à ses yeux étranges et je m'interrogeai.

Nous avions couvert près de deux kilomètres depuis l'Institut quand nous nous rendîmes compte soudain que l'ombre, au sud, devant nous, était déchirée par le léger brasillement d'un feu sur la plage. Au même moment, une sorte de mélopée ou de chant glutineux s'éleva de la même direction. D'un seul coup, un gémissement suraigu et hystérique, que l'écho transforma en un cri d'extase blessant, fendit l'air de la nuit et se prolongea un temps incroyable — chargé de terreur un instant, puis ironique et moqueur, animal et insouciant, enfin — montant et descendant avec une frénésie qui ne pouvait suggérer que le délire ou la folie, poussés humainement — ou inhumainement — à l'extrême.

Sans réfléchir et sans l'avoir voulu, Joséphine et moi nous retrouvâmes en train de nous étreindre et de nous embrasser avec un abandon qui répondait au vacarme sauvage de la plage, là-bas.

VII

Il sera plus commode de résumer les quelques jours qui suivirent en citant des extraits du journal que je me suis mis à tenir dès le début de notre tentative d'entrée en rapport télépathique avec le dauphin Flip par hypnose d'un sujet humain :

20 avril. Ce matin, j'ai placé Joséphine sous hypnose légère et j'ai trouvé en elle un sujet presque idéalement suggestible. J'ai implanté des ordres posthypnotiques destinés à la maintenir en éveil et à la pousser à se concentrer sur la pensée du dauphin afin qu'elle capte tout message qui émanerait de ce dernier. Quand je l'ai réveillée, elle est retournée dans le bassin avec Flip et elle y a passé le reste de la journée, s'y livrant à toute une série de jeux qu'ils ont imaginés ensemble. Il est frappant d'observer à quel point l'animal lui est dévoué et la suit dans la piscine, puis avec quelle violence il aboie et chevrote pour protester chaque fois qu'elle le quitte. Flip n'accepte sa nourriture, des poissons crus entiers, que de sa main.

J'ai demandé au Dr Wilhelm s'il n'y avait rien à craindre de ces mâchoires à l'aspect redoutable, qui sont équipées de centaines de dents et peuvent sectionner un poisson comme une immense et léthifère paire de ciseaux. Il m'a répondu que non ; ni dans l'histoire, ni dans la légende, il n'a jamais été rapporté qu'un dauphin ait attaqué ou même blessé de manière accidentelle un être humain.

22 avril. Toujours aucun résultat. Wilhelm veut que je tente une hypnose plus profonde et une suggestion plus poussée. En fait, il m'a proposé de laisser Joséphine en transe pour une journée ou davantage, avec juste assez de volition pour conserver, une fois dans le bassin, la tête hors de l'eau. Quand j'ai protesté en disant que c'était dangereux, étant donné que dans cet état elle pourrait très bien se noyer par inadvertance, Wilhelm m'a jeté un curieux regard et m'a dit : « Flip ne la laisserait pas se noyer... »

25 avril. Aujourd'hui, en l'absence de tout progrès, j'ai accepté d'essayer le programme prévu par Wilhelm pour une seconde étape, puisque Jo accepte de le suivre. Je l'ai endormie au bord de la piscine, tandis que Flip nous observait avec curiosité. (Je n'ai pas l'impression que ce dauphin ait de la sympathie pour moi, alors que je n'ai eu aucun mal à me faire des amis des autres dauphins qui sont installés dans un bassin plus important, sur la plage nord.) Après avoir implanté dans son subconscient les plus sérieux avertissements d'avoir à conserver toute sa prudence dans l'eau, je la laissai retourner dans la piscine pour quelques heures. Son comportement, bien entendu, est celui d'une somnambule ou d'une personne en état comateux. Elle s'assied sur le rebord de la piscine ou y patauge d'un air absent. Flip semble surpris et irrité de ce qu'elle ne veuille pas jouer avec lui à leurs jeux habituels.

Comme j'aidais Jo à sortir de l'eau au bout d'une heure environ de ce régime, le dauphin est passé en trombe devant nous à une vitesse terrifiante et je suis persuadé qu'il avait l'intention de me happer le bras, ce qui aurait fait de moi la première personne à avoir été mordue par un dauphin dans l'histoire de l'humanité · pourtant il a sans doute renoncé à cette idée au tout dernier moment et a viré de bord pour s'éloigner, en frémissant et grinçant de colère, son unique œil visible me lançant des regards funestes...

27 avril. Le Dr Wilhelm veut que je prolonge la période pendant laquelle Jo se trouve sous hypnose dans la piscine. Ceci parce que, à son réveil, hier, elle a dit qu'elle se souvenait d'impressions vagues et singulières qui auraient pu être des images télépathiques ou des messages. Je suis presque certain qu'il ne s'agit que de pseudo-souvenirs créés par son subconscient pour faire plaisir au Dr Wilhelm ; j'ai beaucoup protesté contre toute intensification de cette phase de l'expérience.

Les orgies des hippies sur la plage, au sud d'ici, se poursuivent presque chaque nuit jusqu'à l'aube. Nous en perdons tous les trois le sommeil et devenons nerveux, surtout Jo, qui se fatigue vite après les séances prolongées sous hypnose.

28 avril. Jo avait gardé une impression particulièrement profonde de scènes ou d'images qui lui avaient été transmises pendant l'hypnose, après que je l'eus arrachée à ses transes, cet après-midi. Selon la suggestion de Wilhelm, je l'ai mise une fois de plus sous hypnose pour l'aider à se souvenir et nous avons enregistré au magnétophone un échange de questions et de réponses qui ne s'est guère révélé concluant. Elle parlait d'une cité de pierre, en ruine, sous la mer, avec des arches, des dômes et des flèches d'églises couverts d'algues, de créatures marines qui se déplaçaient dans les rues noyées. Elle ne cessait de répéter un mot dont la prononciation se rapprochait d'« Arlayeh ». Ce n'est là, j'en suis certain, qu'imagination pure, outre les souvenirs de poèmes de Poe ou de pages de littérature d'horreur de dernier ordre — peut-être même aussi de l'histoire que Wilhelm nous a lue au sujet des dauphins des îles Gilbert et de leur « roi venu de l'ouest ». Pourtant, Wilhelm était tout excité et Joséphine l'a été à son tour quand elle s'est réveillée et qu'elle a entendu la bande. L'un et l'autre veulent que je la plonge en transe profonde et que je la laisse toute une journée dans la piscine. Je tiens cela pour une idée absurde et je le leur ai dit.

29 avril. Ce matin, Wilhelm m'a pressé à nouveau. Je lui ai répondu que je ne saurais être responsable de ce qui pouvait arriver et il m'a répliqué : « Non, bien sûr que non ; je suis moi-même responsable de tout se qui se fait dans cet Institut. » Puis il m'a montré une sorte de harnais de toile ou de bouée-culotte, qu'il avait installé dans la piscine et fixé solidement au bord ; Jo pourrait y être sanglée et se déplacer dans l'eau, sans courir le risque de se noyer pendant qu'elle serait sous hypnose. J'ai cédé et j'ai accepté de poursuivre dans ce sens pendant quelque temps.

30 avril. Tout s'est passé sans difficulté ; Jo et Wilhelm sont convaincus quant à eux que ce qu'ils appellent des « messages » deviennent plus précis et plus concrets. Pour moi, ce dont elle se souvient sous hypnose légère n'est que non-sens ou fantaisie et vient s'ajouter peut-être au souvenir de ces curieuses rumeurs concernant Innsmouth, la ville natale de son père, qu'elle avait mentionnée devant moi il y a quelque temps. Néanmoins, tous deux veulent continuer de cette manière pendant encore un jour ou deux et j'ai accepté, étant donné qu'il ne paraît pas y avoir de véritable danger à le faire

VIII

« Pas de danger à le faire ! » Si, quand j'ai écrit ces mots, j'avais eu le moindre soupçon de ce que je sais à présent, j'aurais immédiatement arrêté l'expérience ; j'aurais soit choisi cette solution, soit quitté cet avant-poste au bord de la mer, aux frontières de l'inconnu, menacé de l'extérieur par une superstition fanatique et de l'intérieur par une intraitable *hubris* scientifique. Mais bien que les indices eussent été là, immédiatement reconnaissables, je ne vis pourtant rien alors, je ne perçus qu'un vague et inexplicable malaise et je ne fis rien ; voilà pourquoi je suis, moi aussi, responsable de ce qui est arrivé.

Demandez-moi aujourd'hui pourquoi nous avons laissé Jo Gilman seule dans le bassin du dauphin ce soir-là et je reconnaîtrai que cela semble n'avoir été que négligence criminelle ou inexcusable folie. Pourtant, Wilhelm et moi l'avions surveillée à tour de rôle toute la nuit précédente, à demi submergée dans son harnais de toile et rêvant ses étranges rêves sous la lumière crue des tubes fluorescents. Le harnais lui maintenait la tête et le thorax bien au-dessus de l'eau ; quant à Flip, qui paressait, tranquille, dans ce bassin, il paraissait somnoler, lui aussi (bien que les dauphins ne dorment jamais puisqu'il leur faut constamment, comme les baleines, remonter à la surface pour respirer). Aussi, le second soir, après qu'elle nous l'eut elle-même recommandé, Wilhelm et moi nous étions retirés pour dîner, puis nous étions allés nous détendre un peu dans nos chambres.

Le hurlement, qui nous arracha l'un et l'autre à une vague torpeur née du manque de sommeil, nous parvint aux environs de dix heures du soir. La chambre du Dr Wilhelm était plus proche du labo principal que la mienne ; aussi, en dépit de notre différence d'âge et de corpulence, atteignit-il avant moi la lourde porte de fer de l'aquarium du bord de la plage. Comme j'approchais du bâtiment, je le vis tâtonner pour trouver le trou de la serrure. Ses mains tremblaient. Je fus stupéfait de l'entendre me jeter, hors d'haleine, par-dessus son épaule :

— Attendez-moi ici !

Je n'eus pas le choix, car il se glissa à l'intérieur et claqua la porte derrière lui. La fermeture s'opérait de façon automatique et comme seuls Wilhelm et le premier technicien du labo — qui se trouvait, à cette heure, à des kilomètres de là, à San Simeon — avaient les clés, je fus bien forcé d'obéir.

Je me souviens encore et je revis dans le moindre détail l'agonie et l'appréhension de cette veille, tandis que la barre sibilante venait s'écraser à quelques mètres de là, sous l'influence d'un vent qui fraîchissait et sous une demi-lune qui brillait avec une ironie sereine sur ce bâtiment d'un blanc spectral, silencieux et aveugle.

J'avais jeté un coup d'œil à ma montre tout en courant sur la plage, et je peux affirmer qu'il s'était passé presque dix minutes entre le moment où Wilhelm m'avait claqué la porte au nez et celui où elle se rouvrit — lentement, en grinçant, l'ouverture découvrant, comme toujours, un rectangle de dure lumière qui m'éblouit.

— Venez m'aider à la porter, murmura Wilhelm de l'intérieur, avant de s'en retourner.

Je pénétrai à l'intérieur. Il avait retiré le corps évanoui de Jo Gilman de l'eau et l'avait enveloppé dans plusieurs de ces grandes sorties de bain qui restaient toujours à portée de la main près de la piscine. Je jetai un coup d'œil par-dessus la silhouette inerte et je fus surpris de voir le harnais de toile de Jo flotter, écartelé, à la surface vacillante du bassin, ainsi qu'une partie du maillot de bain rouge vif qui paraissait mêlée à la toile en lambeaux. La forme sombre du dauphin Flip, je l'aperçus aussi tout entière submergée, étrangement immobile, dans l'un des angles éloignés de la piscine.

— Dans sa chambre, murmura Wilhelm, comme nous soulevions Jo.

Dieu sait comment, titubant et progressant de biais dans le sable mou, nous atteignîmes le bâtiment où nous logions, ouvrîmes à grand-peine la porte, puis trébuchâmes à travers l'appartement de Jo (je n'y avais jamais pénétré, mais Wilhelm paraissait connaître les lieux), avant de laisser choir sans cérémonie son corps emmitouflé sur l'étroit lit pliant.

— Je vais appeler un docteur, murmurai-je en titubant vers la porte.

— Non, ne faites pas ça ! lança Wilhelm, en allumant une faible lampe de chevet. Elle n'est pas vraiment blessée — en tant que zoologue, je suis suffisamment médecin moi-même pour m'en rendre compte. Allez chercher un magnétophone au labo. Je crois qu'elle est toujours sous hypnose et qu'elle est peut-être capable de nous raconter ce qui s'est passé.

— Mais vous avez vu..., commençai-je d'une voix essoufflée.

— J'ai vu ce que vous avez vu, grinça-t-il, en me lançant un regard de colère à travers ses lunettes qui reflétaient la lueur rouge et tamisée de la lampe de chevet. Elle était accrochée au bord de la piscine, quand je suis entré là-dedans, elle n'avait qu'une partie de sa conscience, elle était sortie de son harnais et... Allez me chercher le magnétophone, mon vieux !

Pourquoi lui obéis-je aveuglément, je n'en sais toujours rien, mais je me retrouvai une fois de plus en train de longer la plage à l'aveuglette, l'anneau de clé de Wilhelm à la main, puis je tâtonnai pour trouver un magnétophone portatif dans l'un des placards bien rangés du laboratoire principal.

Quand je rapportai à bout de bras l'appareil dans la chambre de Joséphine, je découvris que le Dr Wilhelm s'était arrangé pour lui passer un déshabillé de dentelle incongru et qu'il l'avait glissée sous les couvertures. Il lui massait les poignets d'un mouvement mécanique et examinait son visage avec anxiété. Elle avait toujours les yeux fermés et sa respiration, pénible, était irrégulière.

. Nous nous aperçûmes très vite que Jo se trouvait

toujours dans le profond état mesmérique où je l'avais placée ce matin-là. Je fus à même de lui tirer des réponses en employant les mots clés que j'utilisais pour déclencher l'état de transe, état qu'elle atteignait avec tant de facilité au cours des derniers jours que c'en était déconcertant.

— Jo, m'entendez-vous ? Dites-nous ce qui vous est arrivé, la pressai-je avec douceur.

La couleur lui revint lentement au visage ; elle eut un soupir profond et bougea sous les draps. Pour ce qui se passa ensuite, je possède non seulement le témoignage de mes propres souvenirs, mais encore une transcription de la bande magnétique, tapée à la machine le lendemain, car le Dr Wilhelm, avec un air d'attente anxieuse, venait d'approcher le micro de son oreiller. Ce qui suit est un résumé — où sont omis certaines de ses répétitions et les encouragements de notre part — de ce que nous entendîmes murmurer par les lèvres meurtries d'une femme en état comateux, qui s'agitait, inquiète, sur sa couche, dans une chambre faiblement éclairée, près du Pacifique scintillant et inondé de lune, aux alentours de la minuit, la veille d'un premier mai.

— Il faut sortir... faut sortir et unifier les forces. Ceux qui attendent dans la liquide Arlayeh (transcription phonétique), ceux qui parcourent l'immensité désertique et neigeuse de Leng, ceux qui sifflent et se cachent dans Kadath l'inexplorée — tous se lèveront, tous se réuniront une fois encore pour louer le grand Cloulou (transcr. phonét.), Shub-Niggurath, Celui qui ne doit pas être Nommé...

» Tu m'aideras, toi compagne qui respires aussi l'air, toi compagne qui détiens aussi la chaleur, toi qui retiens la semence pour les dernières semailles et la moisson sans fin... (Nom imprononçable ; peut-être Y'ha-nthlei) célébrera nos noces, les labyrinthes envahis par les algues abriteront notre couche, les promeneurs de l'ombre à la démarche fière, silencieuse, nous accueilleront et se livreront à une haute débauche et à des danses altières sur leurs pattes aux nombreux segments... leurs yeux anciens, luisants, sont gais... Et nous demeurerons parmi la merveille et la gloire toujours...

Celle qui nous parlait haleta soudain et parut lutter pour se réveiller. Mon appréhension s'était cristallisée en une certitude :

— Elle est hystérique, murmurai-je.

— Non, non, pas hystérique, siffla le Dr Wilhelm qui s'efforçait de maîtriser sa voix en dépit de l'exaltation qu'il ressentait. Pas hystérique. Elle a franchi tous les obstacles. Vous ne voyez pas ce qui se passe ? Vous ne voyez pas qu'elle se fait l'écho d'idées et d'images qui lui ont été projetées ? Vous ne comprenez pas ? Ce que nous venons d'entendre, c'est la tentative qu'elle a faite pour traduire dans notre langue l'expérience qu'elle a vécue aujourd'hui... La chose la plus étonnante qu'aucun être humain ait jamais expérimentée : recevoir une communication d'une autre espèce intelligente !

IX

Du reste de cette nuit, je n'ai guère gardé le souvenir. Le double choc de la crise hystérique de Jo Gilman — car c'est ainsi que j'interprétai le discours extravagant qu'elle avait prononcé encore inconsciente, ainsi que son hurlement initial et la manière dont elle s'était débattue pour s'arracher au moyen de contention dont nous avions usé avec elle — et de l'interprétation irraisonnée qu'en avait faite mon employeur m'avait démonté à un tel point que, lorsque Jo eut sombré lentement dans un sommeil normal, je m'excusai auprès du Dr Wilhelm et regagnai ma chambre comme un homme ivre, un peu avant minuit, pour y dormir dix heures d'un sommeil ininterrompu, sinon paisible.

Ce qui me surprit vivement quand je rejoignis les autres membres de l'équipe au déjeuner, le lendemain, ce fut de me rendre compte qu'une réticence, presque une conspiration du silence, s'était déjà instaurée au sujet des événements de la nuit précédente. Jo, bien que pâle et encore ébranlée, faisait allusion à ce qui s'était passé en en parlant comme de son « voyage au LSD » devant les autres membres de l'équipe et le Dr Wilhelm se contentait d'indiquer qu'une phase avortée de « l'Opération Dauphin » venait d'être abandonnée.

Quoi qu'il en soit, Jo renonça entièrement à l'intimité dans laquelle elle avait auparavant vécu avec Flip ; à dire vrai, je ne devais plus jamais la revoir dans le bâtiment de l'aquarium, du moins pas avant une scène cruciale dont j'hésite presque, dans les circonstances actuelles, à affirmer qu'elle eut vraiment lieu.

Soudain, tous les efforts de recherche se trouvèrent hâtivement reportés sur les parcs de la plage nord où s'entassaient les jeunes dauphins, et l'on demanda d'interpréter des enregistrements de sonars et des diagrammes qui rendaient compte de divers types de déplacements sous l'eau qui pouvaient — ou ne pouvaient pas — indiquer l'existence d'une communication télépathique grégaire entre ces animaux isolés et en groupes, soit libres, soit captifs.

Ceci, même si c'était une manière rationnelle et plausible de mettre l'accent sur un autre aspect expérimental, ne parvint pas à me convaincre tout à fait ; cela me semblait n'être qu'une dissimulation de la vérité (tant de la part de Joséphine que de celle de Wilhelm) qui masquait une crainte, une incertitude ou quelque préoccupation insoupçonnée que je ne parvenais pas à saisir. Peut-être ces quelques extraits supplémentaires de mon journal contribueront-ils à faire comprendre quel était mon malaise durant cette période :

7 mai. Jo est toujours distante et évasive à mon égard. Aujourd'hui, comme nous travaillions ensemble à coder divers types de mouvements des dauphins pour l'ordinateur, elle s'est tue brusquement, s'est arrêtée de travailler et s'est mise à regarder droit devant elle. Quand j'ai passé une main devant son visage, je me suis rendu compte que son regard était vague, qu'elle ne voyait pas et qu'elle était en réalité retombée dans une transe dont j'ai pu la tirer en me servant des mots clés que nous utilisons lorsqu'elle est sous hypnose régulière.

J'ai été horrifié car de telles transes involontaires peuvent très bien être le symptôme d'un trouble psychique profond, dont je ne pourrais que me tenir pour responsable, étant donné que j'ai cédé à l'obstination téméraire du Dr Wilhelm. Quand elle s'est réveillée, pourtant, elle n'a pas voulu reconnaître avoir eu autre chose qu'une migraine et s'être assoupie un instant. Je n'ai pas voulu insister sur ce point à ce moment-là.

8 mai. Ce qui précède a été écrit à la fin de l'après-midi. Comme Jo m'a paru être à nouveau elle-même, au dîner, j'ai résolu d'aller la voir un peu plus tard afin d'avoir une conversation sérieuse avec elle au sujet de l'état préoccupant dans lequel elle se trouve. Quand je suis arrivé à la porte de son appartement, j'ai cependant été surpris d'entendre des voix, engagées, semblait-il, dans une conversation à voix basse.

Je suis resté là quelques instants, ne sachant si j'allais oser frapper ou non. Soudain, je me suis aperçu que si ce que j'entendais se décomposait en un échange de questions et de réponses, caractéristique d'une conversation, avec les silences et les variations de rythme et de cadence des voix qui y prennent part, le timbre n'était en réalité que celui d'une seule personne : Joséphine Gilman. Je ne pouvais distinguer le moindre mot dans le flot de ce discours murmuré. Avec précaution, j'ai essayé de tourner la poignée. La porte était fermée. J'ai donc repris sur la pointe des pieds le couloir extérieur comme si j'avais été un voleur ou un quelconque indiscret.

10 mai. Je ne peux toujours pas croire que ce que Jo a dit au magnétophone après son soi-disant accès d'hystérie était vraiment une transmission télépathique de Flip dont elle se serait souvenue ; et en dépit de ce que le Dr Wilhelm m'a dit cette nuit-là, j'ignore s'il le croit encore lui-même. J'ai étudié la transcription à plusieurs reprises et je crois bien avoir trouvé une explication. Il y avait quelque chose qui m'avait paru familier et qui me hantait à propos de l'une des phrases qu'elle avait prononcées : « Leurs yeux anciens, luisants, sont gais. » Me souvenant à quel point la mémoire du Dr Wilhelm était remarquable, je suis allé lui en parler et il m'a dit aussitôt :

— Oui, c'est Yeats. J'ai reconnu ça presque tout de suite.

— Mais alors, cela signifie que le prétendu message,

ou une partie de celui-ci tout au moins, peut provenir du souvenir du subconscient qu'elle a d'un poème.

— Peut-être. Mais après tout, c'est Yeats qui a écrit un vers où il est question de « cette mer déchirée des dauphins, du gong harcelée ». Peut-être est-il leur poète favori.

Cette désinvolture m'a irrité.

— Docteur Wilhelm, lui ai-je répondu avec colère, croyez-vous vraiment que cette bande soit une transmission télépathique provenant de Flip ?

Il est redevenu grave.

— Je ne sais pas, Dorn. Sans doute ne le saurons-nous jamais. Je l'ai cru tout d'abord, mais peut-être m'étais-je laissé entraîner. Je vais presque jusqu'à le souhaiter — c'était une expérience bien éprouvante. Il y a pourtant une chose dont je suis sûr ; vous aviez raison ; cette voie d'approche est trop dangereuse, pour un sujet aussi tendu que Jo, tout au moins. Il se peut que nous trouvions une façon plus sûre de reprendre la recherche en partant de l'hypnose plus tard mais pour le moment je ne vois pas comment. Nous avons du moins eu la chance qu'il ne lui soit rien arrivé.

— Ça, nous ne le savons pas non plus, répliquai-je. Elle s'est mise à s'hypnotiser toute seule.

Wilhelm ne m'a pas répondu...

20 mai. Depuis plus d'une semaine, je n'ai pas vu Jo se mettre en transe pendant la journée. Il est vrai qu'elle se retire tôt en invoquant la fatigue ; aussi ignorons-nous ce qui lui arrive la nuit. A diverses reprises, je me suis délibérément posté derrière sa porte, le soir, et une fois, j'ai cru distinguer à nouveau l'étrange conversation à voix basse que j'avais déjà surprise mais celle-ci se poursuivait sur un ton plus bas encore et semblait plus lointaine.

La recherche se fait à présent de façon machinale et curieusement artificielle ; je ne crois pas que nous arrivions à quoi que ce soit, ni qu'il y ait la moindre nécessité pour moi d'y participer. L'enthousiasme et la vigueur qui animaient Wilhelm au début l'ont également abandonné. Il maigrit et paraît plus âgé, inquiet, comme s'il s'attendait à quelque chose...

24 mai. Je suis resté assis tard, dans le patio, la nuit dernière, les yeux tournés vers l'Océan, invisible puisqu'il n'y avait pas de lune. A neuf heures environ, j'ai vu quelque chose de blanc descendre au bord de l'eau, puis poursuivre sa route vers le sud, dans la direction du labo principal. Troublé par ce qu'il y avait là de singulier, j'ai suivi.

C'était Jo, bien entendu, soit sous hypnose, soit en crise de somnambulisme. (Voilà une scène digne d'un film d'horreur dont Wilhelm aurait pu se moquer !) Je l'ai prise par le bras et j'ai pu la guider jusqu'au bâtiment où nous dormons. La porte de son appartement était ouverte et je l'ai mise au lit sans qu'elle m'oppose de résistance. Mais quand j'ai tenté de la réveiller en usant des méthodes mesmériques habituelles, je n'y suis pas parvenu. Au bout d'un moment, pourtant, elle m'a paru sombrer dans un sommeil ordinaire et je l'ai quittée, verrouillant la serrure de la porte d'entrée de telle sorte que le bloc s'enclenche automatiquement. Wilhelm travaillait tard dans son bureau, mais je ne voyais pas pour quelle raison je serais allé lui parler de cet incident. Je ne le mentionnerais sans doute pas à Jo non plus, étant donné que cela risquerait de la bouleverser encore davantage. Je me rends compte que je me suis beaucoup attaché à elle depuis son « voyage au LSD », d'une façon tendre, protectrice, différente de l'attraction physique que j'avais tout d'abord ressentie pour elle. Et le sachant, je reconnais aussi qu'il faut faire quelque chose pour lui venir en aide. Je ne vois pas d'autre solution que de faire appel à un psychiatre mais Wilhelm en a déjà nié la nécessité et je n'ignore pas que Jo le suivra sur ce point.

Il me faut demeurer en éveil et recueillir assez de faits pour convaincre l'un et l'autre que c'est une décision à prendre de toute urgence.

Au cours des dernières semaines, nos hippies avaient renoncé à leurs cérémonies nocturnes, mais la nuit dernière, après avoir quitté la chambre de Jo, j'ai entendu leurs chants et leurs cris inhumains s'élever à nouveau et j'ai aperçu de mon patio les reflets de leur feu, au loin, sur la plage.

Une fois de plus, je n'ai pas bien dormi.

X

Nous étions à la mi-juin et il n'y avait eu aucun changement dans la situation subtilement tendue qui régnait à l'Institut quand j'eus une entrevue lourde de sens avec le gourou hippie, Alonzo Waite.

La lune brillait très vivement ce soir-là et j'étais assis comme d'habitude dans mon patio vitré, un dernier verre de cognac à la main, tentant pour la centième fois de mettre un peu d'ordre dans mes pensées et mes idées. Jo Gilman s'était comme d'habitude retirée très tôt et le Dr Wilhelm était parti en ville chercher quelques fournitures dont nous avions besoin ; aussi étais-je en fait la seule personne visible de l'Institut. Peut-être Waite le savait-il car il vint sans hésiter de la plage à ma porte, son manteau de fourrure lui battant les mollets, alors qu'il n'y avait pas de lumière dans mon appartement. Je me levai et hésitai un peu avant de le faire entrer.

Il s'installa sur une chaise de toile, refusa mon cognac, puis retira, sans y prêter attention, le béret rouge et sale qu'il avait posé sur ses longues boucles. Dans la lueur incertaine de la lampe-tempête que je venais d'allumer, ses yeux sombres paraissaient distants et leur regard était tourné vers l'intérieur ; je me demandai s'il était sous l'influence des drogues.

— Monsieur Dorn, commença mon visiteur, de cette voix sonore dont j'avais encore les accents dans l'oreille, je sais que vous, en tant qu'homme de science, ne pouvez approuver ce que mes compagnons et moi-même tentons de faire. Pourtant, comme il entre dans votre domaine d'explorer les aspects les plus ignorés de l'esprit humain, j'ai nourri l'espoir que vous voudriez bien m'écouter avec plus de sympathie que le Dr Wilhelm ne l'a fait.

» Moi aussi, je suis un scientifique, ou plutôt, je l'ai été — ne souriez pas ! Il y a quelques années, j'étais professeur assistant de psychologie clinique dans un petit établissement du Massachusetts auquel on a donné le nom d'université Miskatonic, un endroit dont vous ne pouvez même pas avoir entendu parler. Cette université se trouve dans une vieille ville coloniale, Arkham, un trou perdu, mais qui a eu son heure de célébrité au temps des procès de sorcières.

» Maintenant, aussi extravagante que puisse vous paraître cette coïncidence — s'il s'agit véritablement d'une coïncidence —, j'ai connu de vue votre collaboratrice, Joséphine Gilman, au temps où elle était étudiante là-bas, bien qu'elle-même ne pourrait sûrement pas me reconnaître, pas plus que mon nom ne lui dirait quelque chose, sans doute, sous le déguisement que j'ai adopté depuis.

Il frissonna légèrement, baissa les yeux pour jeter un coup d'œil sur son costume excentrique, puis il reprit :

— Vous n'avez probablement gardé aucun souvenir du scandale qui me contraignit à quitter mon poste, puisqu'il fut étouffé et que seuls quelques rares journaux voués au sensationnel le mentionnèrent. J'ai été l'un de ces premiers martyrs de la science — ou de la superstition, si vous préférez ; mais qui faisait preuve de superstition ? —, renvoyés pour avoir expérimenté des drogues avec des étudiants tout au début des recherches sur le LSD. Comme d'autres, plus célèbres aujourd'hui et qui ont parfois exploité leurs découvertes pour en tirer un profit personnel ou une certaine notoriété, j'étais convaincu que ces drogues qui ouvraient l'esprit permettraient à l'humanité d'accéder à tout un monde nouveau d'expériences psychiques et religieuses. Je n'ai jamais cessé de me demander à l'époque si l'expérience ne serait faite que de beauté ou si elle comprendrait aussi la terreur. J'étais un scientifique pur, à cette époque, aimais-je à penser, et pour moi tout ce qui pouvait contribuer au progrès de la compréhension humaine était un bon matériau — ou tout au moins un matériau neutre. J'avais encore beaucoup de choses à apprendre.

» La pratique secrète de la drogue à l'université Miskatonic se faisait dans un cadre un peu particulier. Cette école possède l'une des collections les plus remarquables à l'heure actuelle de livres anciens consacrés aux pratiques religieuses extraordinaires. Si je vous dis qu'un traité arabe du Moyen Age intitulé *Necronomicon* s'y trouve dans une version latine, vous n'en aurez jamais entendu parler ; l'exemplaire de la Miskatonic est pourtant sans prix, l'un des trois que l'on connaisse encore — les deux autres se trouvant à Harvard et dans une bibliothèque à Paris.

» Ces livres mentionnent l'existence d'une ancienne société secrète, ou d'une association culturelle, qui est persuadée que la terre et tout l'univers connu ont été autrefois dominés par d'innombrables envahisseurs étrangers venus de l'espace et du temps extérieurs, longtemps avant que l'homme ne soit apparu sur cette planète. Ces entités auraient été si complètement étrangères à la matière moléculaire et à la vie protoplasmique qu'ils auraient été virtuellement, en fait, des êtres surnaturels — surnaturels et malfaisants.

Waite avait peut-être été professeur, me disais-je, mais à en juger par la manière dont il amenait ses mots et la façon surprenante dont il les choisissait, il aurait fait un bien meilleur acteur shakespearien ou l'un de ces pasteurs prêchant le retour à la religion que l'on rencontrait autrefois. Son costume contribuait d'ailleurs à renforcer cet effet-là.

— A un moment donné, poursuivit le gourou barbu, ces usurpateurs furent battus et chassés par des opposants cosmiques d'une puissance encore supérieure à la leur et qui, de notre point de vue limité, tout au moins, sembleraient avoir été débonnaires. Cependant, les Anciens, battus, ne pouvaient ni être éliminés, ni même contrecarrés de façon définitive. Ils continuent donc à vivre, emprisonnés, mais ils cherchent toujours à revenir et à reprendre leur puissante domination sur l'univers espace-temps afin d'y poursuivre leurs buts immémoriaux et totalement inconnaissables.

» Ces livres anciens rapportent la tradition et les textes qui ont été transmis à l'homme par des prêtres humains et préhumains ayant servi ces déités emprisonnées qui s'efforcent sans cesse de modeler les pensées des hommes ou de s'imposer à elles par les rêves. Ces entités étrangères les poussent à accomplir les rites et les cérémonies grâce auxquels elles peuvent être préservées, affermies et enfin délivrées d'un asservissement qu'elles détestent.

» Tout cela se poursuit aujourd'hui encore et a influencé la moitié de l'histoire de la science et de la religion humaine de façon occulte. Et bien entendu, il y a les cultes rivaux qui s'efforcent de prévenir le retour des Anciens et d'anéantir les efforts de leurs favoris.

» Pour être bref, les visions provoquées par l'usage du LSD chez les étudiants de Miskatonic, outre les résultats de quelques expériences et cérémonies dont nous avons appris le détail dans les vieux livres, nous ont confirmé de terrible manière la réalité de cette mythologie fantastique. Il y a eu plusieurs disparitions de membres du groupe qui en avaient trop osé et plusieurs cas de dépression nerveuse qui s'accompagnaient de transformations physiques, si bien que les victimes devaient être placées en réclusion permanente. Ces phénomènes, je vous l'assure, n'étaient pas dus à la moindre intervention humaine, quoi que les autorités aient pu choisir de croire.

» Bien qu'on n'ait pu prouver aucune délation, le groupe fut découvert, renvoyé, et je perdis mon poste. Après cela, un certain nombre d'entre nous décidèrent de venir ici pour y fonder une communauté destinée à contrecarrer l'action des partisans de ce culte malfaisant visant à libérer les Grands Anciens, ce qui signifierait, en réalité, la mort ou la dégradation pour tous les hommes qui n'ont pas juré de les servir. Tel est le but de nos efforts actuels : acquérir une connaissance et une discipline spirituelles par l'usage contrôlé des moyens hallucinogènes. Croyez-moi, nous avons vu un nombre plus que suffisant des horreurs qui sont liées à ces questions et nos sympathies sont tout acquises à l'autre côté. Malheureusement, il y a des groupes d'opposants, dont certains sont installés ici même, en Californie, qui travaillent selon des voies parallèles afin d'obtenir des résultats exactement opposés.

— C'est une histoire intéressante, le coupai-je avec impatience, dégoûté que j'étais de ce que je n'estimais être que de simples divagations de fou, mais qu'est-ce que tout cela peut bien avoir à faire avec nos recherches ici et le fait que vous ayez connu Mlle Gilman du temps où elle était étudiante ?

— La famille de Joséphine est originaire d'Innsmouth, dit Waite d'une voix forte qui ne laissait présager rien de bon. Cette ville maudite était autrefois l'un des centres de cette conspiration cosmique. Avant la guerre de Sécession, les marins d'Innsmouth ont rapporté d'étranges croyances de leurs voyages dans le Pacifique Sud — d'étranges croyances, d'étranges pouvoirs et d'étranges Polynésiennes déformées qu'ils avaient prises pour femmes. Plus tard, des choses plus étranges encore allaient leur venir de la mer elle-même, en réponse à certains rites et sacrifices.

» Ces créatures, mi-humaines, mi-amphibiennes, issues de souches inconnues de batraciens, vécurent dans la ville et s'y marièrent avec les habitants, puis elles donnèrent naissance à de monstrueux hybrides. Presque tous les habitants d'Innsmouth allaient porter les tares de cet héritage inhumain et, en vieillissant, nombre d'entre eux devaient s'en aller vivre sous la mer, dans les vastes cités de pierre qu'y ont construites les races qui servent le Grand Cthulhu.

Je répétai le nom étrange d'une voix hésitante ; cela paraissait éveiller quelque chose dans ma mémoire. Tout cela me rappelait curieusement ce que Jo m'avait dit, ainsi que les mots qu'elle avait prononcés dans son délire et que la bande magnétique avait enregistrés, ce que Wilhelm avait cru à demi être plus ou moins un message lancé par la pensée d'une race sous-marine.

— Cthulhu, reprit Waite, d'une voix sépulcrale, est une déité démoniaque emprisonnée dans une citadelle au milieu de la cité préhumaine de R'lyeh, qui se trouve sous l'eau, quelque part au milieu du Pacifique, car le pouvoir de ses ennemis l'a contraint à s'enfoncer sous la mer, il y a de cela bien des éons ; endormi, il rêve toujours cependant au jour de sa libération, au moment où il pourra reprendre la domination qu'il exerçait autrefois sur la terre. Et ses rêves, au cours des siècles, ont créé et contrôlé ces races sous-marines à l'intelligence malfaisante qui sont ses serviteurs.

— Vous ne parlez pas des dauphins ! m'exclamai-je.

— Les dauphins et les autres — certains ont un tel aspect que seuls des naufragés qui déliraient et les ont vus ont pu survivre. C'est là la source des légendaires hydres et harpies, de Méduse et des sirènes, de Scylla et de Circé, qui ont terrifié les êtres humains depuis l'aube de la civilisation et même longtemps avant.

» A présent, vous devinez pourquoi j'ai constamment averti le Dr Wilhelm d'avoir à renoncer à son travail, même s'il est plus près d'atteindre le succès qu'il ne s'en rend compte. Il se mêle de choses plus terribles qu'il ne peut l'imaginer, sans doute, lorsqu'il cherche à entrer en communication avec Ceux des Profondeurs, les favoris de cette horreur blasphématoire que l'on connaît sous le nom de Cthulhu.

» Plus que cela — la jeune fille à travers laquelle il recherche cette communication est l'une des Gilman d'Innsmouth. Non, ne m'interrompez pas ! Je l'ai su dès que je l'ai vue à l'université ; les signes sont reconnaissables, bien qu'ils ne soient pas encore très prononcés : les yeux saillants, ichtyoïdes, la peau rêche du cou avec l'amorce naissante de l'ouverture des branchies qui se développeront graduellement avec l'âge. Un jour, comme ses ancêtres, elle quittera la terre et s'en ira vivre au fond de l'eau, amphibien sans âge, dans les cités envahies par les algues de Ceux des Profondeurs, que j'aperçois presque chaque jour, dans mes visions comme dans mes cauchemars.

» Il ne peut s'agir de coïncidence — il y a eu manipulation quelque part pour que cette fille, qui ignore presque tout de son terrible héritage, ait été mise en contact intime, impie, avec une créature qui peut lui enlever les minces chances qu'elle ait jamais eues d'échapper à son monstrueux destin génétique !

XI

Bien que j'aie fait de mon mieux pour calmer Alonzo Waite en l'assurant que toutes les tentatives qui avaient été faites pour établir un rapport hypnotique entre Jo et Flip avaient été abandonnées, qu'en outre la jeune fille avait pris l'animal en aversion, je ne lui parlai pas des aspects troublants de la question, dont certains paraissaient curieusement pouvoir s'insérer dans l'étrange mélange de superstition et d'hallucination qu'il avait essayé de m'imposer.

Waite ne parut guère convaincu par mes protestations mais je voulais me débarrasser de lui pour réfléchir une fois de plus à cette affaire. Manifestement, toute son histoire était absurde ; il était cependant tout aussi évident qu'il y croyait ; or, si d'autres y croyaient aussi, comme il le prétendait, cela pouvait peut-être expliquer dans une certaine mesure les surprenantes coïncidences et la trame semi-consistante que semblaient tisser dans le même temps tant d'inconséquences et tant d'ambiguïtés.

Pourtant, après le départ de Waite, je me dis qu'il manquait encore un certain nombre de morceaux au puzzle. Ainsi, quand Jo Gilman vint frapper à ma porte, un peu avant onze heures, fus-je à la fois surpris (elle ne sortait plus jamais la nuit depuis sa crise de somnambulisme) et heureux de la chance qui m'était offerte de lui poser quelques questions.

— Je n'arrivais pas à dormir et j'ai eu envie de parler à quelqu'un, m'expliqua Jo, avec une indifférence un peu forcée, tout en prenant la chaise que Waite avait abandonnée. J'espère que je ne vous dérange pas.

Elle accepta un cognac à l'eau et alluma une cigarette.

Je dévisageai Jo avec attention pour tenter de relever le moindre signe indiquant qu'elle pourrait retomber dans cet état auto-hypnotique dans lequel elle tenait des conversations avec elle-même mais je n'en vis aucun. Elle me parut plus normale qu'elle ne l'avait été depuis bien des semaines. En revanche, j'étais ennuyé de me rendre compte que j'étais devenu plus conscient qu'auparavant des particularités physiques que cet imbécile de Waite avait attribuées à un impossible héritage biologique, légué par son ascendance.

Notre conversation fut tout à fait prosaïque jusqu'au moment où je saisis l'occasion que m'offrit un court silence pour lui poser l'une des questions qui avaient commencé à m'intriguer :

— Quand avez-vous entendu parler pour la première fois des études du Dr Wilhelm et comment se fait-il que vous soyez venue travailler pour lui ?

— C'était tout de suite après que mon père se fut noyé. Il m'a fallu quitter le collège, là-bas, au Massachusetts, et commencer à gagner ma vie. J'avais entendu parler des recherches de Fred et elles m'avaient paru séduisantes dès le début mais je n'aurais jamais pensé demander à travailler ici si mon oncle Joseph ne me l'avait suggéré.

— C'est le frère de votre père ?

— Oui. Un drôle de vieux petit bonhomme ; j'ai toujours pensé, quand j'étais enfant, qu'il ressemblait tout à fait à une grenouille. Il passe la moitié de l'année dans la vieille maison de famille à Innsmouth, et l'autre moitié à Boston. Il a l'air d'avoir tout l'argent dont il a besoin, bien que je ne lui en aie jamais vu entre les mains. Mon père lui avait demandé une fois, en plaisantant, ce qu'il faisait pour gagner sa vie et l'oncle Joe s'était contenté de rire, puis de répondre qu'il plongeait sous la mer pour récupérer des doublons espagnols.

» Quoi qu'il en soit, quelques semaines après ma sortie de l'école et mon retour à Boston, l'oncle Joe me montra un article au sujet des travaux du Dr Wilhelm sur les delphinidés — je crois que c'était dans le *Scientific American*. Joe savait que j'avais fait des études d'océanographie, bien entendu, et il me dit qu'il connaissait quelqu'un qui faisait autorité dans ce domaine et qui pourrait me donner une recommandation. Elle devait être bonne car, en moins de six semaines, je me retrouvai ici. Cela fait maintenant un peu plus de deux ans.

Si Alonzo Waite avait eu besoin d'un chaînon supplémentaire pour ajouter à sa folle théorie d'une conspiration, voilà qui l'aurait comblé !

— Vous savez, poursuivit Jo du même ton apparemment désinvolte, je vous ai déjà dit que le Dr Wilhelm m'avait demandée en mariage, il y a six mois. A l'époque, j'avais estimé que ce n'était pas une bonne idée mais, aujourd'hui, je voudrais bien l'avoir pris au mot.

— Pourquoi ? Vous avez peur de finir vieille fille ?

J'aurais peut-être bien quelque chose à dire là-dessus, ur
de ces jours.

— Non. Sa voix restait aussi calme et insouciante
qu'auparavant. La raison en est que — depuis l'époque
environ où Fred Wilhelm m'a tirée de ce voyage au LSD
dans le bassin du dauphin — je suis enceinte. Enfin, c'est
ce qu'a calculé le docteur de San Simeon.

— Alors, c'est Fred ?

Ma réflexion me paraissait stupide, pleine de maladresse.

— Tirez vous-même les conclusions, me répondit Jo,
avec un rire nerveux. C'est soit vous, soit Fred. Je ne me
souviens de rien de ce qui s'est passé jusqu'au moment
où je me suis réveillée le lendemain matin et où j'avais
l'impression d'être un vieux punching-ball.

— Wilhelm est resté seul avec vous dix minutes au
moins avant de me laisser pénétrer dans l'aquarium. Et il
est demeuré seul avec vous, dans votre appartement,
après que je fus allé me coucher, trois heures plus tard.
Je n'ai jamais été seul avec vous, ce soir-là.

— C'est bien la conclusion que j'avais tirée après ce
que vous m'aviez dit tous les deux, le lendemain. En
outre, je ne vous avais jamais repoussé — peut-être
simplement parce que vous ne m'aviez rien demandé.

— Jo, dis-je en abandonnant ma chaise ; mais je ne
sus comment poursuivre.

— Non, murmura-t-elle, oubliez tout ça. Quoi que
vous ayez eu envie de me dire, il est trop tard. Il faut que
je me mette à penser sur des bases entièrement différentes, maintenant.

— Qu'allez-vous faire ?

— Je pense que je vais épouser Fred — c'est-à-dire, si
cela l'intéresse toujours. A partir de là, nous verrons. Il y
a d'autres sujets de préoccupation en dehors de moi,
pour le moment, et il semble que c'est la bonne voie à
suivre — la seule voie — pour commencer.

Nous n'ajoutâmes plus grand-chose. Jo se sentit soudainement fatiguée et je la raccompagnai jusqu'à son
appartement. Après quoi, j'allai me promener sur la
plage. Un vent vif se leva aux environs de minuit et les
nuages voilèrent le peu de lune qu'il y avait. Je me

entais comme paralysé ; j'avais ignoré jusqu'alors, ou
u moins je ne m'étais pas avoué ce que je ressentais
nvers Jo. Je l'aimais, moi aussi.

J'entendis la Land Rover grimper bruyamment la
oute sablonneuse ; le Dr Wilhelm revenait. J'allais
voir du mal à me retrouver en sa présence, demain
natin. Ce pourrait bien être, à vrai dire, le meilleur
noment pour lui offrir ma démission, même si je n'avais
as de projet pour l'avenir. Il me serait peut-être pos-
ible de retrouver mon ancien poste.

De toute manière, personne n'avait plus besoin de
noi ici et cela, au moins, était clair comme le jour.

Je regagnai ma chambre et m'offris plusieurs autres
erres de cognac. Avant de m'endormir, je me rendis
ompte que les hippies étaient en train de se lancer dans
'une de leurs sauvages orgies sur la plage sud. S'il fallait
n croire Waite, ils organisaient ces cérémonies pour
ue le monde sensible, normal et sain demeure un
nonde sûr pour les gens sensibles, normaux et sains.

S'il en restait encore, de nos jours.

XII

Je ne crois pas avoir dormi beaucoup plus d'une heure
quand quelque chose me fit dresser d'un seul coup dans
mon lit, complètement réveillé. Cela aurait pu être un
bruit, comme cela aurait pu être une espèce de message
mental (ce qui ne manquait pas d'ironie, étant donné le
champ de mes recherches, c'est que je n'avais jamais
observé, et encore bien moins expérimenté, un exemple
de communication télépathique qui m'eût totalement
convaincu).

De toute façon, il y avait quelque chose qui ne tournait pas rond, j'en étais sûr. Et si ma prémonition
s'avérait juste, je savais où il me fallait aller pour m'en
rendre compte : sur la plage, près du laboratoire principal. Je m'habillai hâtivement et me précipitai dehors,
dans les sables mous.

Le vent, qui avait maintenant presque atteint une force de tempête, avait balayé les nuages de devant la faucille de la lune qui brillait, dépouillée, sur la plage et éclairait de sa lumière crue un océan d'étain, battu et froissé. Je pouvais voir deux silhouettes bouger près du bâtiment aveugle du bord de l'eau, où Flip, le sujet négligé de notre première expérience, était toujours tenu dans l'isolement. Elles convergèrent et pénétrèrent dans le bâtiment de concert, après avoir été arrêtées un instant par les serrures.

Comme je m'élançais à leur poursuite, les rafales du vent m'apportèrent des bribes de la cérémonie hippie ; je reconnus le roulement des tambours et l'entrechoquement sauvage des cymbales, la mélopée étouffée et le hurlement aigu d'extase ou de terreur, ou des deux à la fois, qui flottaient dans l'air.

La lumière blanche et brutale des tubes fluorescents se déversait à présent par la porte qui menait au bassin du dauphin et je perçus, en m'approchant, un son nouveau à l'intérieur du bâtiment. Le bruit métallique d'une machinerie et le bourdonnement d'un moteur électrique. Le Dr Wilhelm était en train de lever la porte qui donnait sur la mer et qui s'ouvrait sur la façade la plus proche de l'océan, porte qui était parfois utilisée dans la journée pour changer l'eau du bassin, tandis que Flip était maintenu par les aides du labo. Nul ne pouvait le retenir, à cette heure ; Wilhelm allait-il relâcher l'animal pour satisfaire quelque vague et tardif scrupule de conscience ?

Comme j'arrivais essoufflé à la porte ouverte, je me rendis compte cependant qu'il se passait quelque chose de plus grave. En un éclair, juste avant que la tempête ne coupe les lignes de haute tension, j'aperçus une scène incroyable : la porte massive était entièrement levée et permettait aux vagues turbulentes de se précipiter dans la piscine inondée de lumière, les laissant même venir s'écraser avec violence sur le rebord, puis inonder le poste d'observation et son équipement complexe.

Le dauphin, opposant sa puissante musculature à la force impétueuse de l'eau qui pénétrait, était en train de s'ouvrir sans relâche une route vers la haute mer. Du or Wilhelm, il n'y avait pas trace ; mais perchée sur le arge dos, le dos lisse de la grande bête marine, son corps u en partie recouvert par sa chevelure éparse qui ottait, se tenait Joséphine Gilman, assise bien droit, à alifourchon sur son étrange monture, évoquant l'anti- ue dessin grec de l'enfant sur le dauphin, emblème nigmatique du mariage de la Terre avec l'Océan.

Soudain, les lampes s'éteignirent, mais les vagues umultueuses continuèrent à déferler, la mélopée dis- ante et délirante atteignit le sommet de l'hystérie, puis arut se prolonger incroyablement, indéfiniment.

Je n'ai pas gardé d'autre souvenir.

XIII

Le corps de Joséphine n'a jamais été retrouvé et il n'y pas de raison pour moi d'espérer qu'il le soit. Quand 'équipe du labo arriva le lendemain matin, on répara la igne à haute tension et on leva à nouveau la porte sur la ner. Le corps déchiqueté du Dr Wilhelm se trouvait pris lessous. Le mécanisme de la porte s'était arrêté au noment où le courant avait manqué et Wilhelm avait été royé alors qu'il tentait de suivre vers la haute mer le couple fantastique qu'il avait libéré.

Sur la table de travail bien en ordre du bureau de Wilhelm, lieu où j'avais rencontré Joséphine Gilman pour la première fois, le soir de mon arrivée, se trouvait une enveloppe jaune qui m'était adressée. Elle contenait une lettre tapée à la machine et une bande de magnéto- phone. Je découvris moi-même cette enveloppe et ne la montrai pas à la police, qui paraissait ajouter foi à l'histoire que je lui racontai, selon laquelle Wilhelm et Joséphine avaient été balayés à la mer lorsque la porte s'était accidentellement levée, au cours d'une expé- rience.

Voici le texte de la lettre :

Cher Dorn,

Quand vous lirez ceci, je serai mort, si j'ai de la

chance. Il me faut les relâcher tous les deux afin qu'il retournent aux profondeurs océaniques auxquelles il appartiennent. Car, voyez-vous, je suis persuadé, à présent, que tout ce que ce personnage grotesque, Alonze Waite, m'a dit, est vrai.

Je vous ai menti une fois quand vous m'avez demandé si j'avais implanté des électrodes dans le cerveau du dauphin utilisé au cours des expériences. J'avais, en réalité, implanté une électrode à un stade précédent de mes recherches, alors que je faisais diverses études sur le mécanisme de la stimulation sexuelle chez l'animal. Et quand nos expériences à propos des communication télépathiques m'ont paru peu satisfaisantes, j'ai été assez criminel et assez stupide pour radiodiffuser un signal adéquat afin d'activer ce stimulus, dans un effort malheureux pour accroître le rapport entre le sujet et l'animal.

Ceci se passait dans l'après-midi du 30 avril et vous pouvez imaginer — même si vous répugnez plutôt à le faire — ce qui s'est produit ce soir-là. J'assume toute la responsabilité et je me charge de tous les remords que j'expierai de la seule façon qui me paraîtra convenable.

Quand je suis arrivé à la piscine avant vous, ce terrible soir, j'ai vu d'un seul coup d'œil ce qui venait sans doute tout juste de se passer. Joséphine avait été arrachée à son harnais de toile, encore hypnotisée, et elle avait été terriblement meurtrie. Son costume de bain lui avait été arraché presque en totalité mais je l'enveloppai dans une sortie de bain et réussis à la glisser dans son lit sans que vous vous soyez douté de ce qui s'était véritablement passé. L'hypnose durait encore et elle ne s'en est pas douté non plus. A partir de ce moment, pourtant, elle a été toujours plus sous contact télépathique et même sous contrôle de l'animal qui se trouvait dans la piscine, en dépit du fait qu'elle l'évitait de manière consciente et délibérée.

Ce soir, quand je suis rentré de la ville, elle m'a appris sa grossesse mais au milieu de notre conversation, elle est tombée en transe, comme cela lui arrivait souvent, et elle est partie sur la plage. Je l'ai enfermée dans sa chambre et suis venu m'asseoir pour écrire ceci, étant onné que vous avez le droit de connaître la vérité, même s'il n'y a plus rien que nous puissions faire après ce oir.

Je pense que nous avons tous deux aimé Joséphine, acun à notre façon, mais que, maintenant, il est trop rd. Je dois la laisser s'en aller rejoindre les siens — elle ait en train de changer — et quand le bébé sera né, eh ien, vous pouvez imaginer la suite.

Je n'aurais moi-même jamais cru la moindre parcelle e tout cela s'il n'y avait eu la bande magnétique. assez-la et vous comprendrez tout. Je n'y ai pas pensé endant près de deux semaines, idiot que j'étais. Puis je e suis souvenu que tout le temps où Jo était demeurée ypnotisée dans la piscine avec le dauphin, j'avais donné ordre de laisser les micros ouverts, afin d'enregistrer ut ce qui pourrait se passer. Les bandes étaient chaque is classées et datées le lendemain, mais elles n'avaient mais été écoutées. J'ai trouvé le passage datant du 0 avril et j'en ai repiqué la partie que je joins à cette ttre.

Au revoir — et je regrette.

Frederick C. Wilhelm

Bien des heures passèrent — heures de tristesse et l'incrédulité stupéfaites — avant que je n'ose trans- orter un magnétophone jusque dans ma chambre pour couter l'enregistrement que Wilhelm m'avait laissé. 'avais débattu en moi-même la possibilité de détruire la ande sans l'entendre ; après l'avoir écoutée, je m'en llai effacer la bande originale rangée dans le laboratoire rincipal.

Mais le besoin de connaître la vérité — une vertu cientifique qui est parfois aussi une faiblesse humaine — me contraignit à écouter cette chose maudite. Cela ignifiait pour moi la renonciation à toute paix de l'âme t à tout sentiment de sécurité dans cette vie. J'espère que Jo et Flip éprouvent quelque satisfaction à vivre lans cet étrange et lointain univers que m'avait décrit ce rophète de mauvais augure, le gourou Waite, et que rederick Wilhelm a trouvé la paix. Je n'espère ni n'attends ni l'un ni l'autre.

Voici ce que j'ai transcrit de cette bande après l'avoir repassée de nombreuses et pénibles heures. L'indication de temps précise qu'elle a été enregistrée aux environs de neuf heures trente-cinq, le soir du 30 avril, quelques minutes à peine avant que le cri d'agonie de Joséphine ne nous envoie trop tardivement, Wilhelm et moi, l'arracher à cette pièce atrocement illuminée où l'horreur ultime s'était produite :

« Ma bien-aimée, ma promise, tu dois m'aider. Il me faut sortir pour aller unifier les forces. Ceux qui attendent dans la liquide R'lyeh, ceux qui parcourent l'immensité désertique et neigeuse de Leng, ceux qui sifflent et se cachent dans Kadath l'inexplorée, tous se lèveront, tous se réuniront une fois encore pour louer le Grand Cthulhu, Shub-Niggurath, Celui qui ne doit pas être Nommé. Tu m'aideras, toi compagne qui respire aussi l'air, toi compagne qui détiens aussi la chaleur, toi qui retiens la semence pour les dernières semailles et la moisson sans fin. Y'ha-nthlei célébrera nos noces, les labyrinthes envahis par les algues abriteront notre couche, les promeneurs de l'ombre à la démarche fière silencieux, nous accueilleront et se livreront à une haute débauche et à des danses altières sur leurs pattes aux nombreux segments... leurs yeux anciens, luisants, sont gais. Et nous demeurerons parmi la merveille et la gloire, toujours. »

Simple répétition, direz-vous ; simplement une version première de ce discours désordonné et dénué de sens que Joséphine répétait une heure plus tard, sous hypnose, dans sa chambre à coucher ; une récitation altérée de fragments et de craintes refoulés par le subconscient d'un être qui, sans le savoir, redoutait le passé de sa famille dans un port décadent, abandonné du monde, de l'autre côté du continent ?

Je voudrais pouvoir le croire, moi aussi, mais je ne le puis. Car ces mots fous étaient prononcés non par une femme mentalement déséquilibrée, placée dans une profonde transe hypnotique, *mais avec les accents tremblants, bêlants, inhumains de la voix si reconnaissable du dauphin lui-même, serviteur étranger de maîtres plus étrangers encore : Ceux des Profondeurs de la légende, ces intelligences préhumaines (et peut-être bientôt posthu-maines) qui cachent, derrière une apparence débonnaire et bénigne, une menace pour l'homme que toute l'ingénui-té destructrice de ce dernier ne peut ni égaler, ni éviter.*

LE RETOUR DES LLOIGORS

PAR Colin WILSON

Je m'appelle Paul Dunbar Lang et j'aurai soixante-douze ans dans trois semaines. Je suis en excellente santé mais, comme on ne sait jamais combien de temps il vous reste à vivre, je vais coucher cette histoire sur le papier et peut-être même la publier si l'envie m'en prend. Quand j'étais jeune, j'étais bien persuadé que Bacon était l'auteur des pièces de Shakespeare, mais j'ai toujours pris garde de ne pas laisser imprimer mes opinions sur ce sujet car je redoutais les réactions de mes collègues universitaires. L'âge a pourtant un avantage : il vous enseigne que l'opinion des autres n'a pas, au fond, une très grande importance ; la mort a tellement plus de réalité. Si je publie ceci, ce ne sera pas animé par le désir de persuader quelqu'un de la vérité de ce que j'avance, mais simplement parce que je ne me soucierai plus d'être cru ou non.

Je suis né en Angleterre, mais je vis en Amérique depuis l'âge de douze ans. J'ai résidé pendant près de quarante ans à Charlottesville où j'étais professeur de littérature anglaise à l'université de Virginie. Ma *Vie de Chatterton* est encore l'ouvrage de référence le plus coté dans ce domaine. Depuis une quinzaine d'années, je dirige une collection d'*Etudes sur Poe*.

Il y a deux ans, à Moscou, j'ai eu le plaisir de faire la connaissance de l'écrivain Irakli Andronikov, surtout célèbre pour ses « histoires de la recherche littéraire », un genre dont on peut dire qu'il est le créateur. Andronikov me demanda si j'avais jamais rencontré W. Romaine

Newbold, dont le nom est associé à celui du manuscrit Voynich. Je n'avais jamais vu le professeur Newbold, mort en 1927, et je n'avais encore jamais entendu parler du manuscrit. Andronikov me raconta l'histoire dans ses grandes lignes. Je la trouvai passionnante. De retour aux Etats-Unis, je me hâtai de lire *La Clé de Roger Bacon* (Philadelphie, 1928) et deux articles que le professeur Manly avait consacrés à cette question.

L'histoire du manuscrit Voynich est, en bref, la suivante. Découvert dans un vieux coffre, dans un château italien, par un marchand de livres rares, Wilfred M. Voynich, il a été apporté aux Etats-Unis en 1912. En même temps, Voynich a retrouvé une lettre assurant que ce manuscrit avait été la propriété de deux célèbres savants du xviie siècle et qu'il avait été écrit par Roger Bacon, moine franciscain mort aux environs de 1294. Ce manuscrit comporte cent seize pages et paraît chiffré. Il est évident qu'il s'agit d'un document scientifique ou magique car il comporte des dessins de racines ou de plantes. D'autre part, il contient aussi des croquis qui rappellent de façon surprenante les illustrations de cellules ou d'organismes minuscules, de spermatozoïdes par exemple, que l'on trouve dans les ouvrages de biologie modernes. On peut y voir également des diagrammes astronomiques.

Neuf années durant, des professeurs, des historiens et des spécialistes de cryptographie s'employèrent à découvrir ce code. En 1921, Newbold annonça à la société philosophique américaine de Philadelphie qu'il était parvenu à déchiffrer quelques passages. L'intérêt suscité fut immense ; on tint cela pour un tour de force de l'érudition américaine. L'émotion s'accrut encore lorsque Newbold révéla quel était le contenu du manuscrit. Il apparut en effet que Bacon avait dû avoir une avance de plusieurs siècles sur son temps. Il avait, semblait-il, inventé le microscope quatre cents ans avant Leewenhoek et fait preuve d'une pénétration scientifique qui surpassait même celle de son homonyme du xvie siècle, Francis Bacon.

Newbold mourut avant d'avoir achevé ses travaux, mais ses « découvertes » furent publiées par son ami,

Roland Kent. C'est à ce point que le professeur Manly reprit l'étude du manuscrit et décida que l'enthousiasme qui s'était emparé de Newbold l'avait induit en erreur. Un examen au microscope révélait que la nature étrange des caractères n'était pas entièrement due à un chiffrage. L'encre s'était écaillée quand le vélin avait séché, si bien que l'« écriture sténographique » n'était en réalité que le résultat de l'usure due aux siècles. Quand Manly annonça sa propre découverte, en 1931, l'intérêt pour le « manuscrit le plus mystérieux du monde » (selon l'expression de Manly) s'estompa, la réputation de Bacon s'évanouit et toute l'histoire fut rapidement oubliée.

A mon retour de Russie, je me rendis à l'université de Pennsylvanie et j'y examinai le manuscrit. J'éprouvai une sensation curieuse. Je ne m'étais pas préparé à le considérer comme un objet possédant une aura romantique. Quand j'étais jeune, j'ai souvent senti un frisson me parcourir des pieds à la tête lorsque je tenais une lettre manuscrite de Poe et j'ai passé bien des heures assis dans sa chambre, à l'université de Virginie, pour tenter de communier avec son esprit. En vieillissant je suis devenu plus réaliste — façon de reconnaître que les génies sont au fond bien semblables aux autres hommes — et j'ai cessé d'imaginer que les objets inanimés tentaient, d'une manière ou d'une autre, de nous « raconter une histoire ».

Pourtant, dès que je pris en main le manuscrit Voynich, j'éprouvai une sensation déplaisante. Je ne peux la décrire plus précisément. Il ne s'agissait pas d'un sentiment de malfaisance, d'horreur ou de crainte — simplement quelque chose de déplaisant ; ce que je ressentais, enfant, lorsque je passais devant la maison d'une femme dont on disait qu'elle avait mangé sa sœur. Cela évoquait pour moi l'idée d'un meurtre. Cette sensation persista tout au long des deux heures où j'examinai le manuscrit, telle une odeur désagréable. La bibliothécaire ne partageait visiblement pas mes sentiments à cet égard. Quand je lui rendis le manuscrit, je dis en plaisantant :

— Je n'aime pas ce machin-là.

Elle se contenta de me jeter un regard surpris ; je voyais bien qu'elle n'avait aucune idée de ce que je voulais dire.

Quinze jours plus tard, deux photocopies que j'avais commandées arrivaient à Charlottesville. J'en envoyai une à Andronikov, comme je le lui avais promis, et je fis relier l'autre pour la bibliothèque de l'université. L'ayant examinée à la loupe, je lus le livre de Newbold et les études de Manly. Je ne sentis pas renaître en moi la même impression « déplaisante ». Mais quand, des mois plus tard, j'emmenai mon neveu jeter un coup d'œil sur le manuscrit, j'éprouvai à nouveau la même sensation. Mon neveu ne ressentit rien.

Alors que nous étions dans la bibliothèque, une personne de ma connaissance me présenta Averel Merriman, ce jeune photographe auquel on fait souvent appel pour illustrer les livres d'art coûteux du genre de ceux que publient les éditions Thames & Hudson Merriman me dit qu'il avait récemment photographié en couleur une page du manuscrit Voynich. Je lui demandai si je pouvais la voir. Plus tard dans l'après-midi, j'allai le trouver dans sa chambre d'hôtel et il me montra la photographie. Quelles étaient mes raisons ? Je crois bien que je cédai à une sorte de désir morbide qui me poussait à chercher si cette sensation « déplaisante » était encore perceptible en présence d'un cliché. Je découvris en revanche quelque chose de plus intéressant. Il se trouvait que je connaissais bien la page que Merriman avait photographiée. Je me rendis compte, en l'examinant avec soin, qu'elle différait de manière subtile de l'original. Je la fixai longuement avant de m'en expliquer la raison. Le coloris de la photographie — développée selon un procédé mis au point par Merriman — était légèrement plus « riche » que celui du manuscrit original. Et quand je regardais indirectement certains des symboles — en concentrant mon regard sur la ligne qui les précédait immédiatement —, ils m'apparaissaient en quelque sorte comme « complétés », comme si la décoloration laissée par les traces d'encre avait un peu repris de son intensité.

Je m'efforçai de ne pas montrer mon émotion. Pour une raison ou pour une autre, j'avais profondément l'impression d'être devenu le détenteur d'un secret — un peu comme si Merriman m'avait donné l'indice qui permettait de retrouver un trésor caché. Une sorte de sensation comparable à celle que devait éprouver « M. Hyde » s'empara de moi — le sentiment d'être soudain habité par la ruse et par une sorte de désir malsain. Je m'enquis, l'air indifférent, de ce qu'il en coûterait pour photographier le manuscrit complet de cette manière. Il me répondit que cela se monterait à plusieurs centaines de dollars. C'est alors qu'une idée me vint. Je lui demandai si, pour une somme beaucoup plus importante — disons, un millier de dollars —, il accepterait de me faire d'importants agrandissements de ces pages — quatre par page, par exemple. Il me dit qu'il le ferait et je lui signai un chèque sur-le-champ. J'étais tenté de le prier de m'envoyer les photos l'une après l'autre, au fur et à mesure qu'il les prendrait, mais je craignis d'éveiller sa curiosité. J'expliquai à mon neveu Julien que la bibliothèque de l'université de Virginie m'avait demandé de faire faire ces photos — mensonge sans fondements dont je m'étonnai moi-même. Pourquoi mentir ? Le manuscrit avait-il une influence suspecte sous laquelle j'étais tombé ?

Un mois plus tard, je reçus un paquet recommandé. Je fermai à clé la porte de mon bureau et m'installai dans un fauteuil près de la fenêtre, tout en déchirant l'emballage. Je pris, au hasard, une photo du milieu de la pile et la tournai vers la lumière. Je faillis crier de joie devant ce que je découvris. De nombreux symboles paraissaient « complétés », comme si leurs moitiés brisées étaient désormais réunies sur le parchemin par une zone légèrement plus sombre. J'examinai feuille après feuille. Aucun doute n'était plus possible. La photographie en couleur parvenait à révéler des signes qui demeuraient autrement invisibles, même au microscope.

Ce qui suivit ne fut plus qu'un travail de routine, même si cela me prit plusieurs mois. Je collai les photographies une par une sur une grande table à dessiner, puis j'en fis le traçage. Je transférai ces tracés avec le plus grand soin sur un épais papier à dessin. Progressant alors avec une lenteur délibérée, je dessinai la partie « invisible » des symboles afin de les compléter. Quand tout fut terminé, je reliai l'ensemble en un fort volume et j'en commençai l'étude. J'avais reconstitué plus de la moitié des symboles, qui avaient, bien entendu, quatre fois leur taille normale. Au prix d'un labeur digne d'un véritable détective, je pus achever presque tous les autres.

C'est alors seulement, au bout de six mois, que je me mis à considérer la partie la plus importante de la tâche que je m'étais assignée — la question du déchiffrage.

Pour commencer, j'ignorais totalement où j'allais. Les symboles étaient complets, mais que représentaient-ils ? J'en montrai quelques-uns à l'un de mes collègues qui avait écrit un livre sur l'art de déchiffrer les langues mortes. Il me dit qu'ils avaient une vague ressemblance avec des hiéroglyphes tardifs — datant de la période où toute ressemblance avec des « dessins » avait disparu. Je perdis un mois à suivre cette fausse piste. La chance, pourtant, était avec moi. Mon neveu était sur le point de retourner en Angleterre et il me demanda de lui confier les photos de quelques-unes des pages du manuscrit Voynich. J'éprouvai une profonde répugnance à le faire, mais je pouvais difficilement le lui refuser. Je gardais encore un secret absolu au sujet de mon travail, ce que je justifiais mentalement en me disant que je tenais simplement à ce que personne ne me volât mes idées. Je décidai finalement que la meilleure façon, sans doute, de ne pas faire naître chez Julien une certaine curiosité au sujet de mes travaux serait de faire le moins de mystère possible. Aussi, deux jours avant qu'il n'embarque, je lui offris une photographie d'une page du manuscrit à laquelle je joignis ma reconstitution d'une seconde page. Je le fis sans insister, comme si la question n'avait qu'une faible importance pour moi.

Dix jours plus tard, je reçus une lettre de Julien qui me fit me féliciter de ma décision. Sur le bateau, il s'était lié d'amitié avec un jeune homme, membre d'une association culturelle arabe, qui s'en allait rejoindre son poste à Londres. Un soir, par hasard, il lui avait montré les photographies. La page du manuscrit Voynich n'avait éveillé aucun écho chez cet Arabe ; mais quand il avait vu ma « reconstitution », il avait immédiatement dit :

— Ah, ceci doit être l'une des formes de la langue arabe.

Pas de l'arabe moderne, car il était incapable de le lire, mais il n'était pas douteux pour lui que ce manuscrit provînt du Moyen-Orient.

Je me précipitai à la bibliothèque de l'université et j'y trouvai un texte en arabe. Un simple coup d'œil me révéla que le jeune homme avait raison. Le mystère du manuscrit Voynich était résolu : il semblait bien avoir été composé en arabe médiéval.

Il me fallut deux semaines pour apprendre à lire l'arabe — sans le comprendre, bien entendu. Je me préparai à entreprendre l'étude de cette langue. Je calculai qu'en travaillant six heures par jour il me faudrait quatre mois pour la parler couramment. Ce gros travail me fut cependant épargné. Quand j'eus une assez grande connaissance du manuscrit pour pouvoir transcrire les mots de quelques phrases avec nos lettres, je m'aperçus qu'il n'avait pas été écrit en arabe, mais en un mélange de latin et de grec.

La première pensée qui me vint à l'esprit fut que quelqu'un s'était donné beaucoup de mal pour cacher ses pensées aux regards indiscrets, puis je me rendis compte que c'était faire là une supposition gratuite. Au Moyen Age, les Arabes comptaient assurément parmi les médecins les plus habiles d'Europe. Si un médecin arabe avait écrit un texte, quoi de plus naturel pour lui que de le faire en latin et en grec, tout en utilisant l'écriture arabe ?

J'étais alors dans un tel état de surexcitation que c'est à peine si je pouvais manger ou dormir. Ma gouvernante ne cessait de me dire que j'avais besoin de vacances. Je décidai de suivre son conseil et de partir. Je retournerais par bateau à Bristol pour rendre visite à ma famille et j'emporterais le manuscrit pour pouvoir travailler toute la journée sans être dérangé.

Deux jours avant que le bateau ne lève l'ancre, je découvris comment s'intitulait le manuscrit. La page de titre manquait, mais il y avait à la page quatorze une référence qui s'appliquait clairement à l'ouvrage lui-même. Il s'agissait du *Necronomicon*.

Le lendemain, j'étais assis dans le salon de l'hôtel Algonquin, à New York, et je prenais un martini avant le déjeuner, quand je reconnus une voix familière. C'était celle d'un vieil ami, Foster Damon, de l'université Brown, à Providence. Nous nous étions rencontrés bien des années auparavant, alors qu'il recueillait des chansons populaires en Virginie. L'admiration que j'avais ressentie en lisant ses poèmes et ses livres sur Blake nous avait remis très souvent en contact depuis. J'étais enchanté de le retrouver à New York. Il était également descendu à l'Algonquin. Bien entendu, nous déjeunâmes ensemble. Au milieu du repas, il me demanda quel était le sujet de mes travaux.

— As-tu jamais entendu parler du *Necronomicon*? lui demandai-je en souriant.

— Bien sûr.

— C'est vrai? Où cela?

— Chez Lovecraft. Ce n'est pas de cela dont tu voulais parler?

— Au nom du ciel, qui est Lovecraft?

— Tu ne le connais pas? C'est un écrivain de chez nous, de Providence. Il est mort il y a une trentaine d'années. Tu n'as jamais rencontré son nom?

Un souvenir surgit alors du fond de ma mémoire. Quand j'étais allé voir la maison de Mrs. Whitman, à Providence — pour mon livre, *L'Ombre de Poe* —, Foster avait mentionné le nom de Lovecraft, en l'accompagnant d'un commentaire du genre de: « Tu devrais lire Lovecraft. C'est le meilleur auteur américain d'histoires extraordinaires depuis Poe. » Je me souvenais lui avoir répondu que c'était Bierce qui, à mon avis, méritait ce titre, puis j'avais oublié.

— Veux-tu dire que le terme de Necronomicon se trouve réellement dans un texte de Lovecraft?

— J'en suis presque certain.

— Et où crois-tu que Lovecraft ait pu le trouver?

— J'ai toujours pensé qu'il l'avait inventé.

J'avais perdu tout intérêt pour ce que nous mangions. Nul n'aurait pu prévoir que les choses allaient prendre cette tournure. Autant qu'il m'était possible de le savoir, j'étais en effet la première personne à avoir lu le manuscrit Voylich. Mais l'étais-je? Que dire de ces deux érudits du XVIIe siècle? L'un d'eux ne l'avait-il pas déchiffré et n'en avait-il pas mentionné le titre dans l'un de ses écrits?

La première chose à faire était manifestement d'aller vérifier chez Lovecraft et de découvrir si la mémoire de Foster avait bien été fidèle. Je me surpris à souhaiter qu'il se soit trompé. A la fin du repas, nous prîmes un taxi et nous rendîmes dans une librairie de Greenwich Village où je pus découvrir une édition de poche des récits de Lovecraft. Avant de sortir de la boutique, Foster feuilleta le livre, puis posa le doigt sur l'une des pages :

— Là, voilà. *Necronomicon,* par l'Arabe dément, Abdul Alhazred.

C'était bien là, impossible d'en douter. Dans le taxi que nous prîmes pour rentrer, j'essayai de ne pas trop montrer à quel point j'étais bouleversé. Mais dès que nous fûmes arrivés, je m'excusai et regagnai ma chambre. J'essayai de lire Lovecraft, mais je ne pus me concentrer.

Le lendemain, avant d'embarquer, j'allai chez Brentano's acheter les œuvres de Lovecraft : j'y trouvai deux titres brochés et plusieurs autres en éditions de poche. Les livres brochés s'intitulaient *La Chambre close* et *Epouvante et surnaturel en littérature.* Dans le premier, je tombai sur une longue description du *Necronomicon,* accompagnée de plusieurs citations. Il y avait aussi cette phrase dans le texte de présentation : « Bien que le livre lui-même, la plupart de ses traducteurs et l'auteur soient tous imaginaires, Lovecraft a usé ici de... *ses techniques d'insertion de faits historiques réels au sein de larges passages qui ne sont que pure littérature d'imagination.* »

Pure littérature d'imagination. Il s'agissait peut-être d'une simple coïncidence de termes ? *Necronomicon* — le livre des noms morts. Un titre qu'il n'était pas difficile d'inventer. Plus j'y songeais, plus cette explication me paraissait vraisemblable. Aussi, avant même de monter à bord dans l'après-midi, je me sentais déjà l'esprit beaucoup plus libre. Je pris un bon déjeuner et m'endormis ensuite en lisant.

Je ne sais combien de jours se passèrent avant que je ne m'aperçoive que cette nouvelle découverte littéraire exerçait une fascination toujours croissante sur moi. J'avais tout d'abord eu l'impression que Lovecraft construisait fort habilement des histoires extraordinaires. C'est peut-être le travail que j'accomplissais sur la traduction du manuscrit Voynich qui transforma mon point de vue à son égard. Il est possible aussi que je me sois rendu compte que Lovecraft avait été uniquement obsédé par ce monde étrange qu'il avait lui-même créé — uniquement, même si on le comparait à des écrivains comme Gogol ou Poe. Il me faisait songer à ces anthropologues qui manquent d'habileté littéraire mais qui vous laissent tout de même une forte impression tant l'authenticité de leur matériel s'impose à vous.

Comme je pouvais vouer plusieurs heures au travail chaque jour, j'eus rapidement achevé ma traduction du manuscrit Voynich. Je m'étais rendu compte, longtemps avant la fin, que je n'étais en présence que d'un fragment et que, outre le déchiffrage, il recelait d'autres mystères — un code à l'intérieur du code, si j'ose dire. Ce qui me frappa le plus — à tel point que je résistai très difficilement à l'envie de me précipiter dans le couloir et d'en parler à la première personne venue —, c'était l'incroyable somme de connaissances scientifiques que révélait ce manuscrit. Newbold ne s'était guère trompé à ce sujet. L'auteur en savait beaucoup plus long que n'importe quel moine du XIIIe siècle — ou que n'importe quel érudit mahométan d'ailleurs. Un long passage obscur consacré à un « dieu » ou à un démon qui était une sorte de tourbillon d'étoiles y était suivi par un autre passage où l'élément constitutif essentiel de la matière était décrit comme une énergie (on y trouvait employés les termes grecs *dynamis* et *energeia,* de même que le mot latin, *vis*) *en unités définies*. On aurait bien dit qu'il y avait là une anticipation très claire de la théorie des quanta. Ailleurs, la graine humaine était décrite comme étant faite d'unités de puissance, chacune de ces unités devant doter l'homme de caractères qu'il conserverait sa vie durant. Ceci ressemblait beaucoup à une référence aux gènes. Le dessin d'un spermatozoïde humain se trouvait placé au milieu d'un texte qui se rapportait au *Sefer Yezirah,* Le Livre de la Création de la Cabale.

Plusieurs références dédaigneuses à l'*Ars Magna* de Raymond Lulle venaient renforcer la croyance selon laquelle l'auteur en était bien Roger Bacon — un contemporain du mathématicien mystique — bien qu'en un point il ait été fait allusion au scripteur sous le nom de Martinus Hortulanus, qu'on pourrait traduire par Martin le Jardinier.

Mais qu'est donc, en dernière analyse, le manuscrit Voynich ? C'est le fragment d'un ouvrage qui a la prétention de rendre compte de l'univers scientifiquement et totalement : son origine, son histoire, sa géographie (si j'ose employer ce terme), sa structure mathématique et ce qu'il recèle dans ses profondeurs. Les pages en ma possession contenaient un résumé préliminaire. En certains points, il témoignait de connaissances profondes ; en d'autres, c'était un mélange médiéval traditionnel de magie, de théologie et de spéculation précopernicienne. J'avais l'impression que cet ouvrage aurait pu avoir eu plusieurs auteurs ou que la partie que je possédais était le résumé de quelque autre manuscrit, imparfaitement compris de Martin le Jardinier ; il y avait les habituelles allusions à l'Hermès trismégiste et à la Tablette d'émeraude, au Chrysopée, au livre de Cléopâtre sur l'art de transmuer les métaux, au serpent gnostique Ouroboros et à une planète, ou une étoile mystérieuse, du nom de Tormantius dont il était dit qu'elle abritait des dieux qui inspiraient l'effroi. Il était aussi question d'une langue « kianne », qui d'après le contexte n'avait apparemment aucun rapport avec celle que l'on parlait dans l'île égéenne de Chio, patrie d'Homère.

Ceci me permit d'ailleurs de faire un pas de plus sur la voie de mes découvertes. *Epouvante et surnaturel en littérature,* de Lovecraft, comprend un court passage consacré à Arthur Machen et j'y tombai sur une référence à la « langue kianne » qui aurait été utilisée en liaison avec un culte de sorcellerie. Il était aussi fait mention de « dols », de « voolas » et de « lettres aklos ». Ces dernières retinrent mon attention ; il y avait une allusion dans le manuscrit Voynich à des « inscriptions aklos ». J'avais tout d'abord supposé que « aklo » pouvait être une corruption du mot cabalistique

« agla », employé en matière d'exorcisme ; je révisa
mon opinion. Au-delà d'un certain point, le recours aux
coïncidences est la marque d'une faiblesse de l'esprit.
L'hypothèse qui se présentait alors à moi était la suivante : le manuscrit Voynich était un fragment ou un
résumé d'un ouvrage beaucoup plus important intitulé
Necronomicon et peut-être d'origine cabalistique. Des
copies complètes de ce livre existaient ou avaient existé
et une tradition orale s'était peut-être perpétuée à son
propos, grâce à des sociétés secrètes du type de l'Eglise
du Carmel de Naundorff, si tristement célèbre, ou de la
Fraternité de Tlön, telle qu'elle a été décrite par Borges.
Machen, qui avait passé quelque temps à Paris vers 1880,
était presque certainement entré en relation avec le
disciple de Naundorff, l'abbé Boulan, dont on sait qu'il
pratiquait la magie noire. (Il apparaît dans *Là-Bas,* de
Huysmans.) Quant à Lovecraft, il était possible qu'il eût
trouvé cet ouvrage ou connu la tradition orale s'y rapportant, soit de lui-même, soit même par l'intermédiaire
de Machen.

Il était vraisemblable, dans ce cas, qu'il existât encore
des exemplaires de cet ouvrage, cachés dans quelque
grenier ou dans un coffre d'un second château italien.
Quel triomphe pour moi si je parvenais à retrouver l'un
d'eux et à le faire publier en même temps que ma
traduction du manuscrit Voynich ! Ou même si je réussis-
sais tout simplement à prouver de manière définitive
qu'il avait existé.

Tel fut le rêve qui me hanta tout au long des cinq jours
que je passai sur l'Atlantique. Je lisais et relisais ma
traduction du manuscrit dans l'espoir de découvrir quelque indice qui m'amènerait à retrouver l'œuvre
complète. Mais plus je lisais et moins le texte m'éclairait.
Lors de la première lecture, j'avais senti l'existence d'un
plan général de quelque sombre mythologie, jamais
énoncée clairement mais que l'on pouvait déduire à
partir d'un certain nombre d'indications. Quand je relus
le tout, pourtant, je me demandai si tout cela n'était pas
un effet de mon imagination. Le livre paraissait se
désintégrer en une suite de fragments indépendants.

A Londres, je perdis une semaine au British Museum

chercher des références au *Necronomicon* dans divers ouvrages consacrés à la magie, depuis l'*Azoth* de Basil Valentine jusqu'aux écrits d'Aleister Crowley. La seule suggestion intéressante se trouvait dans une note de bas de page des *Remarques sur l'alchimie* d'E. A. Hitchcock 1865) : il y était question « des secrets à présent inacces-ibles des tablettes aklos ». Mais le texte de l'ouvrage ne omportait aucune autre référence à ces tablettes. L'ad-ectif « inaccessible » signifiait-il que l'on savait que ces ablettes avaient été détruites ? Si oui, comment Hitch-ock l'avait-il appris ?

La sombre atmosphère du mois d'octobre à Londres t la fatigue due à un mal de gorge persistant m'auraient resque poussé à prendre l'avion pour New York, quand a chance tourna en ma faveur. Dans une librairie de Maidstone, je rencontrai le frère Anthony Carter, un armélite qui éditait une petite revue littéraire. Il avait encontré Machen en 1944 — trois ans avant la mort de l'écrivain — et avait consacré par la suite un numéro de a revue à la vie et à l'œuvre de cet auteur. Je rac-ompagnai le frère Carter au Prieuré, près de Seve-oaks ; tout en conduisant sa petite Austin à un modeste inquante à l'heure, il me parla longuement de Machen. Je finis par lui demander si, à sa connaissance, Machen n'avait jamais été en relation avec des sociétés secrètes ou s'il s'était intéressé à la magie noire.

— Oh, cela m'étonnerait, dit-il.

Le désespoir m'envahit. Encore une fausse piste...

— Je le soupçonne, reprit-il, d'avoir exploité quel-ques-unes des traditions curieuses qui se maintenaient encore autour de Melincourt, le village où il était né. A l'origine, ce village était l'Isca Silurum des Romains.

— Des traditions ? Je m'efforçai de garder un ton détaché. Quelles sortes de traditions ?

— Oh, vous savez bien. Ce qu'il décrit dans *La Colline des rêves*. Des cultes païens et ce genre de choses.

— Je croyais que tout cela n'était que pure imagina-tion.

— Oh non. Il a fait allusion une fois à un livre qu'il avait vu et dans lequel se trouvaient révélées toutes sortes de choses horribles qui se seraient produites dans cette région du pays de Galles.

— Où? Quelle sorte de livre?

— Je n'en ai aucune idée. Je n'y ai guère prêté attention. Je crois qu'il l'avait vu à Paris — à moins que ce ne soit à Lyon. Je me souviens pourtant du nom de l'homme qui le lui avait montré. Staislav de Guaita.

— Guaita!

Je n'avais pu m'empêcher d'élever la voix et il faillit nous mener dans le fossé. Il me jeta un regard où perçait un doux reproche.

— C'est ça. Cet homme était en relation avec je ne sais quelle absurde société de magie noire. Machen semblait prendre tout cela au sérieux, mais je suis sûr qu'il se moquait un peu de moi...

Guaita était en rapport avec le cercle de magie noire de Boulan et Naundorff. C'était là une pierre de plus à mon édifice.

— Où se trouve Melincourt?

— Dans le Monmouthshire, je crois. Quelque part dans les environs de Southport. Auriez-vous l'intention d'y aller?

Il n'avait pas dû être difficile de suivre la cours de mes pensées. Je ne vis pas de raisons de le nier.

Le religieux ne dit plus rien avant d'arrêter sa voiture dans la cour ombragée du Prieuré. Il me dévisagea alors brièvement et dit d'une voix douce :

— Je ne m'avancerais pas trop, si j'étais vous.

Je ne répondis que par un grognement et nous abandonnâmes le sujet. Quelques heures plus tard, de retour dans ma chambre d'hôtel, je me souvins de cette réflexion et j'en fus frappé. S'il pensait que Machen s'était un peu moqué de lui en lui parlant de ses « cultes païens », pourquoi me conseillait-il de ne pas trop m'avancer dans cette histoire? Croyait-il à l'existence de tels cultes et préférait-il garder cela pour lui? En tant que catholique, bien entendu, il était certainement persuadé de l'existence surnaturelle du mal...

J'avais consulté le Bradshaw de l'hôtel avant de monter me coucher. Il y avait un train pour Newport qui partait de la gare de Paddington à neuf heures cinquante-cinq, avec un changement à Caerleon à deux heures trente. A dix heures cinq, j'étais assis dans le wagon-restaurant, je buvais du café et je regardais les mornes immeubles couleur de suie de la banlieue d'Ealing céder la place aux verts champs du Middlesex. Je me sentais gagné par un sentiment d'excitation d'une intensité et d'une pureté tout à fait nouvelles pour moi. Je suis incapable d'en expliquer la raison. Je ne peux dire qu'une chose, c'est qu'à ce point de mes recherches j'avais clairement l'intuition que les choses importantes allaient véritablement commencer. Jusqu'alors, je m'étais senti plutôt déprimé, en dépit du fait que j'avais surmonté les difficultés du manuscrit Voynich. Peut-être était-ce dû au fait que je trouvais assez déplaisant le contenu du manuscrit. Je suis aussi romantique que n'importe qui — et je crois que la plupart des gens sont au fond des romantiques, ce qui n'a rien de malsain —, mais je suppose que toutes ces allusions à la magie noire me paraissaient n'être, en définitive, que stupidité dégradante — dégradante pour l'intelligence de l'homme et la faculté qu'il a d'évoluer. Mais en ce gris matin d'octobre ce que j'éprouvais était tout autre — cette impression d'avoir les cheveux dressés sur la tête que ressentait Watson quand Holmes le secouait pour le réveiller, en lui disant : « Il se trame quelque chose, Watson. » Je n'avais pas encore la moindre idée de ce qui pouvait se tramer. J'étais pourtant gagné par une étrange intuition de la gravité de ce qui m'attendait.

Las de regarder le paysage, j'ouvris un sac où j'avais placé des livres et en sortis un *Guide du pays de Galles* et deux volumes d'Arthur Machen ; quelques nouvelles choisies et un ouvrage autobiographique, *Choses lointaines*. Ce dernier me persuada que j'allais trouver un pays enchanteur dans la région du pays de Galles où avait vécu Machen. Il écrivait : « Je considérerai toujours que la grande chance de ma vie aura été de naître au cœur du Gwent. » Sa description du « tumulus mystique », de « l'ondoiement gigantesque et arrondi » de la Montagne de Pierre, les bois profonds et la rivière au cours sinueux, tout cela évoquait un paysage de rêve. A dire vrai, Melincourt est un lieu où le roi Arthur était venu tenir sa cour légendaire et Tennyson y a situé ses *Idylles du roi.*

Le *Guide du pays de Galles,* que j'avais trouvé chez un bouquiniste de Charing Cross Road, décrivait Southport comme une petite ville-marché située « dans un cadre plaisant, vallonné, verdoyant, fait de bois et de prairies ». J'avais une demi-heure à perdre entre les deux trains et je résolus d'aller un peu visiter la ville. Dix minutes y suffirent. Quels qu'aient pu être ses charmes en 1900 (date de la publication du *Guide*), c'était à présent le type même de la cité industrielle, dont l'horizon se hérissait de grues et dont l'air résonnait des coups de sifflet de ses trains ou des sirènes de ses bateaux. Je pris un double whisky dans un hôtel proche de la gare afin de me donner du courage pour le cas où Caerleon me réserverait une semblable déception. Cela ne suffit guère à atténuer le choc que me causa la découverte de la ville moderne dans laquelle je me trouvai une heure plus tard, après un court voyage dans les faubourgs de Southport. Caerleon est dominée par une monstruosité architecturale en briques rouges que je pris, à juste titre, pour un asile d'aliénés. Et « l'Usk aux murmures puissants » de Chesterton m'apparut comme un cours d'eau boueux qu'enlaidissait encore la pluie qui tombait à présent d'un ciel gris ardoise.

J'entrai dans mon hôtel — endroit sans prétentions ni chauffage central — à trois heures et demie, jetai un coup d'œil sur les fleurs du papier peint de ma chambre — enfin un souvenir de 1900 —, puis décidai d'aller faire un tour sous la pluie.

Au bout d'une centaine de mètres dans la rue principale, je passai devant un garage où je découvris un écriteau « Autos à louer », peint à la main. Un petit homme à lunettes était penché sur le moteur d'une voiture. Je lui demandai s'il était possible d'avoir un chauffeur.

— Mais oui, monsieur.

— Cet après-midi ?

— Si vous voulez, monsieur. Où voulez-vous aller ?

— Me promener un peu dans la campagne, c'est tout.

Il me jeta un regard incrédule.

— Vous êtes un touriste, alors, monsieur ?

— Oui, si l'on veut.

— Je suis à vous tout de suite.

L'expression de son visage, tandis qu'il s'essuyait les mains, disait bien qu'il pensait qu'il ne fallait pas rater une chose pareille. Cinq minutes plus tard, il attendait devant le garage, portant la veste de cuir des automobilistes de 1920 et tenant le volant d'une voiture de la même époque. Les phares vibraient même de haut en bas pour accompagner le bruit du moteur.

— Où va-t-on ?

— N'importe où. Vers le nord — vers Monmouth.

Je me blottis dans le fond de l'auto et regardait la pluie en sentant nettement se préciser les premiers symptômes d'un rhume. Au bout de dix minutes, la voiture se réchauffa et le paysage s'améliora. En dépit des efforts accomplis pour le moderniser, la vallée de l'Usk demeurait extrêmement belle. Le vert des champs était d'une intensité frappante, même comparé à celui de la campagne de Virginie. Les bois avaient bien le mystère et l'ombrage dont avait parlé Machen et le décor était presque trop pittoresque pour être réel, évoquant l'un de ces grandioses paysages romantiques d'Asher Durand. Et puis, au nord et au nord-est se dressaient les montagnes que l'on devinait à peine à travers les nuages couleur de fumée ; c'était là le paysage désolé du *Peuple blanc* et du *Cachet noir,* l'un et l'autre encore très présents à ma mémoire. Mr Evans, mon chauffeur, avait le tact de ne pas parler et de me laisser bien me pénétrer du caractère de ce paysage.

Je lui demandai s'il avait jamais rencontré Machen. Il me fallut épeler son nom avant que Mr Evans ne le reconnaisse. Machen me paraissait avoir été totalement oublié dans sa ville natale.

— Vous l'étudiez, c'est ça, monsieur ?

Il employait ce mot, étudier, comme s'il avait voulu caractériser une activité à la fois lointaine et rituelle qui n'avait rien de commun avec ce qu'il connaissait. Je reconnus que tel était bien mon but ; j'exagérai même un peu en disant que j'avais l'intention d'écrire un livre sur Machen. Ceci éveilla son intérêt ; quelle qu'ait pu être son attitude à l'égard des écrivains disparus, il n'éprouvait que du respect pour ceux qui vivaient encore. Je lui dis que plusieurs des nouvelles de Machen avaient pour cadre les collines désolées qui se dressaient devant nous et j'ajoutai, sans avoir l'air d'y toucher :

— Ce que je voudrais vraiment découvrir, c'est où il a pu prendre les légendes dont il s'est servi dans ses nouvelles. Je suis presque certain qu'il ne les a pas inventées. Voyez-vous quelqu'un, ici, qui pourrait les connaître ? Le curé, par exemple.

— Oh non. Le curé ne connaît rien aux légendes.

Il affirmait cela sur un tel ton qu'on aurait juré que raconter des légendes était une activité purement païenne.

— Pensez-vous que quelqu'un d'autre les connaîtrait ?

— Voyons. Il y a bien le colonel, si vous savez le prendre du bon côté. C'est un drôle de type, le colonel. Si votre tête ne lui revient pas, vous perdrez votre salive avec lui.

Je tentai de lui en tirer davantage à propos du colonel — était-il amateur d'antiquités, par exemple ? Les réponses qu'il me fit, en bon Celte, étaient très vagues. Je changeai de sujet, mis la conversation sur le paysage et recueillis une foule d'informations jusqu'à notre retour à Melincourt. Selon la suggestion de Mr Evans, nous roulâmes vers le nord jusqu'à Raglan, puis obliquâmes vers l'ouest et revînmes vers les Montagnes Noires qui se trouvaient sur notre droite et paraissaient plus désolées et plus menaçantes de près que vues du vert plat pays des environs de Melincourt. Je m'arrêtai à Pontypool, y achetai une étude des traces de la civilisation romaine autour de Melincourt et un ouvrage d'occasion de Giraldus Cambrensis, historien et géographe gallois du temps de Roger Bacon.

Je fus surpris de voir à quel point le tarif qu'appliquait Mr Evans était raisonnable et je lui demandai de me réserver ses services toute une journée dès que le temps s'améliorerait. De retour à l'hôtel, devant un breuvage baptisé grog et fait de rhum, d'eau chaude, de jus de citron et de sucre, je me mis à parcourir les journaux de

Londres, puis posai quelques questions prudentes au sujet du colonel. Cette manière d'aborder la question se révélant stérile — les Gallois ne s'ouvrent guère aux étrangers —, je cherchai son nom dans l'annuaire. Colonel Lionel Urquart, les Pâtures, Melincourt. Réconforté par mon grog, je gagnai ensuite une cabine téléphonique glaciale et composai son numéro. Une voix de femme que l'accent gallois rendait presque incompréhensible me répondit que le colonel n'était pas chez lui, puis qu'il y était peut-être et qu'elle allait voir.

Au bout d'une longue attente, une voix anglaise, sèche et bourgeoise, aboya dans le récepteur :

— Allô, qui est à l'appareil ?

J'entrepris de me présenter, mais avant que j'aie pu achever, il me coupa :

— Je regrette, je n'accorde jamais d'interviews.

J'expliquai rapidement que j'étais professeur de littérature et non journaliste.

— Ah, de littérature. Quel genre de littérature ?

— Pour le moment, je m'intéresse aux légendes locales. Quelqu'un a fait allusion au fait que vous saviez beaucoup de choses à ce sujet.

— Ah, on pense cela ? Eh bien, c'est peut-être vrai. Comment avez-vous dit que vous vous appeliez ?

Je répétai mon nom, mentionnai mon appartenance à l'université de Virginie et les ouvrages que j'avais publiés. Je perçus quelques sons indistincts à l'autre bout du fil, un peu comme s'il avait été en train de manger sa moustache et avait éprouvé des difficultés à avaler. Il finit par me dire :

— Ecoutez... Si vous veniez ici un peu plus tard dans la soirée, vers neuf heures ? Nous pourrions prendre quelque chose et parler un peu.

Je le remerciai, regagnai le salon de l'hôtel où brûlait un bon feu et me commandai un autre rhum. J'avais l'impression de mériter des félicitations après toutes les réserves qu'avait faites Mr Evans au sujet du colonel. Une seule chose me tourmentait encore. Je ne savais absolument pas à qui j'avais affaire et rien du genre de légendes qui pouvaient l'intéresser. Il ne m'était permis que de° supposer une chose, c'était qu'il devait être l'amateur local d'antiquités.

A huit heures et demie, après un dîner abondant mais dépourvu d'imagination : côtelettes d'agneau, pommes à l'anglaise et un légume vert inidentifiable, je me mis en route après avoir demandé le chemin de la maison du colonel au réceptionniste, visiblement intrigué. Il pleuvait et ventait encore, mais grâce au grog mon rhume ne s'aggravait pas.

Située en dehors de la ville, la maison du colonel se dressait à mi-pente d'une colline raide. Il y avait une grille d'entrée rouillée et une allée pleine de flaques boueuses. Dès que j'eus tiré la sonnette, dix chiens se mirent à aboyer, puis l'un d'eux s'approcha de la grille et gronda pour m'intimider. Une Galloise un peu ronde ouvrit un battant, donna une tape au doberman pinscher, qui grogna et s'aplatit, puis me fit passer devant une meute de chiens qui jappaient — et dont plusieurs, notai-je, avaient des cicatrices et les oreilles déchirées — avant de m'introduire dans une bibliothèque faiblement éclairée où régnait une odeur de fumée de charbon. Je ne sais quel genre d'homme je m'étais attendu à trouver — probablement un homme de haute taille, très britannique d'aspect, le visage bronzé et la moustache raide —, mais celui que je découvris me surprit plutôt. Court et boiteux — un accident de cheval lui avait causé une fracture de la hanche droite —, son teint basané suggérait la présence de sang mêlé dans ses veines, tandis que son menton fuyant lui donnait un air un peu reptilien. De prime abord, c'était un personnage foncièrement antipathique. Le regard était vif et intelligent mais plein de défiance. Il me fit l'effet d'un homme susceptible de faire naître de considérables ressentiments. Il me serra la main et m'invita à m'asseoir. Je m'installai près du feu. Un nuage de fumée envahit aussitôt la pièce. Je m'étranglai et suffoquai.

— Il faudrait ramoner, dit mon hôte. Prenez plutôt ce siège.

Un instant plus tard, un objet tomba du haut de la cheminée, accompagné d'une quantité de suie et, avant que les flammes ne l'aient rendu méconnaissable, je crus reconnaître un squelette de chauve-souris. J'en déduisis — à juste titre, comme je devais l'apprendre un peu plus tard — que le colonel recevait peu et avait rarement l'occasion d'ouvrir la bibliothèque.

— Et quel livre de moi avez-vous lu ? me demanda-t-il.

— Je… euh…, pour être tout à fait franc, je ne les connais que par ouï-dire.

Je fus soulagé de l'entendre commenter sèchement :

— Comme la plupart des gens. Il est tout de même encourageant de penser qu'ils vous intéressent.

A ce moment, j'aperçus derrière lui son nom au dos d'un volume. Il me sembla que la jaquette était plutôt haute en couleurs mais le titre, *Les Mystères de Mu,* se détachait nettement en lettres écarlates. J'enchaînai donc rapidement :

— Bien sûr, je ne sais pas grand-chose au sujet de Mu. Je me souviens avoir lu un livre de Spence…

— Parfait charlatan ! coupa Urquart sèchement.

J'eus alors l'impression, à la lumière du feu, que ses yeux s'injectaient légèrement de sang

— Et aussi, repris-je, que Robert Graves a de curieuses théories au sujet du pays de Galles et des Gallois…

— Les tribus disparues d'Israël, parlons-en ! Je n'ai jamais entendu avancer quelque chose d'aussi puéril et d'aussi tiré par les cheveux ! N'importe qui vous dira que ça n'a aucun sens. En outre, j'ai prouvé de manière concluante que les Gallois étaient les survivants du continent perdu de Mu. Je dispose de preuves qui me permettent de l'affirmer. Vous en avez sans doute vu quelques-unes ?

— Pas autant que je l'aurais souhaité, dis-je en me demandant dans quoi je m'étais lancé.

Il s'interrompit alors pour m'offrir un whisky et il me fallut prendre rapidement une décision — ou bien lui demander de bien vouloir m'accorder une autre entrevue et m'échapper, ou rester et tenir jusqu'au bout. La pluie qui fouettait les vitres me décida. Je tiendrais.

Tout en versant le whisky, il me dit :

— Je crois pouvoir deviner ce que vous pensez. Pourquoi Mu plutôt que l'Atlantide ?

— Pourquoi, en effet ? dis-je l'air surpris.

Je ne me doutai même pas, à ce moment-là, que Mu était censé s'être trouvé dans le Pacifique.

— Exactement. C'est la question que je me suis posée moi-même il y a vingt ans, quand j'ai commencé à faire des découvertes. Pourquoi Mu, alors que les vestiges les plus importants se trouvent dans le sud du pays de Galles et à Providence.

— Providence ? Quel Providence ?

— Providence dans l'Etat de Rhode Island. J'ai la preuve que le centre de la religion des survivants de Mu se trouvait là-bas.

— Quelle sorte de preuve ?

— Des vestiges. Ceci, par exemple.

Il me tendit un fragment de pierre verte presque trop lourd pour que je puisse le tenir d'une seule main. Et je n'avais jamais vu de dessin ou d'inscription tels que ceux que j'y voyais gravés, excepté une fois dans un temple de la forêt du Brésil. L'inscription était tracée en caractères incurvés qui n'étaient pas sans rappeler la sténographie de Pitman ; le visage gravé au centre aurait pu tout aussi bien être un masque de diable, un dieu-serpent ou un monstre marin. Comme je le fixais, je ressentis la même impression de répugnance — cette sensation déplaisante — que j'avais déjà éprouvée en examinant le manuscrit Voynich pour la première fois. J'avalai une grande gorgée de whisky. Urquart mit le doigt sur le « monstre marin ».

— Le symbole du peuple de Mu. Le Yambi. La couleur de cette pierre est leur couleur favorite. C'est là l'une des manières, pour nous, de savoir où ils ont vécu — l'eau de cette couleur.

Je levai les yeux vers lui, sans comprendre.

— Comment cela ?

— Lorsqu'ils détruisent un endroit où ils ont vécu, ils laissent volontiers derrière eux des étendues d'eau — des petits lacs, si possible. On peut toujours les reconnaître car elles diffèrent légèrement de celles que nous connaissons. On y retrouve cette alliance du vert de l'eau stagnante et du gris-bleu que vous pouvez voir ici.

Il se tourna vers la bibliothèque et y prit sur une planche un livre d'art luxueux qui portait un titre du genre *Les Plaisirs des ruines*. Il l'ouvrit et me montra une photographie. Elle était en couleur.

— Regardez ceci — Sidon, au Liban. La même eau verte. Et puis voyez là : Anuradhapura, à Ceylan — les mêmes verts et les mêmes bleus. Les couleurs de la décomposition et de la mort. Ils ont détruit ces deux centres à un moment ou à un autre. Et il en existe six autres comme cela, à ma connaissance.

J'étais à la fois fasciné et impressionné en dépit de moi-même, peut-être était-ce dû à la pierre ?

— Mais comment ont-ils fait cela ?

— Vous commettez la même erreur que tout le monde — en songeant à eux comme s'ils avaient été faits comme nous. Ils ne l'étaient pas. En termes humains, ils n'avaient pas de formes et étaient invisibles.

— Invisibles ?

— Comme le vent ou l'électricité. Il vous faut comprendre qu'il s'agissait de *forces* plutôt que d'êtres. Ils ne disposaient même pas d'identités nettement séparées comme les nôtres. Cela est établi dans les tablettes du Naacal, de Churchward.

Il poursuivit sur ce thème et je ne tenterai pas de retranscrire tout ce qu'il me raconta. Cela me parut n'être, en grande partie, que pur non-sens. Il y avait pourtant une bizarre logique à la base de la plupart de ses propos. Il tirait des livres des étagères puis m'en lisait des passages, et la majeure partie de ces ouvrages était due selon moi à toutes sortes de farfelus, mais il s'emparait ensuite d'un manuel d'anthropologie ou de paléontologie et m'en livrait quelque extrait qui paraissait confirmer ce qu'il venait d'avancer.

Ce qu'il me raconta, en bref, c'est ceci. Le continent de Mu existait dans le Pacifique Sud entre vingt mille et douze mille années avant notre ère. Il était peuplé par deux races dont l'une ressemblait à l'homme moderne. L'autre groupait ce que Urquart appelait « les invisibles venus des étoiles ». Ces derniers étaient absolument étrangers à notre terre et leur chef s'appelait Ghatanothoa, le noir. Ils prenaient parfois une forme, telle celle du monstre de la tablette, qui était une représentation de Ghatanothoa, mais ils n'existaient que comme « tourbillons » de puissance à l'état naturel. Ils n'étaient pas bienfaisants, au sens où nous l'entendons, car leurs instincts et leurs aspirations étaient totalement différents des nôtres. Une tradition, née de la découverte des tablettes du Naacal, veut que ces êtres aient créé l'homme mais ce point, soulignait Urquart, était certainement inexact, car tous les témoignages archéologiques prouvaient que l'évolution de l'homme s'était déroulée sur des millions d'années. Les hommes de Mu étaient pourtant certainement leurs esclaves ; ils étaient sans doute traités avec ce que nous considérerions comme une incroyable barbarie. Les Lloigors, ou êtres-étoiles, savaient amputer les membres sans entraîner la mort et ils le faisaient au moindre signe de rébellion. Ils pouvaient aussi provoquer la croissance de tentacules cancériformes chez leurs esclaves humains ; or, ils se servaient également de cette faculté comme d'un moyen de punition. L'un des dessins des tablettes du Naacal représente un homme avec des tentacules sortant des deux orbites.

La théorie d'Urquart au sujet de Mu avait quelque chose d'extrêmement original. Il m'expliquait qu'il y avait une différence essentielle entre les Lloigors et les êtres humains. Les Lloigors étaient profondément, totalement pessimistes. Urquart précisait qu'il nous était presque impossible d'imaginer ce que cela signifiait. Les êtres humains vivent de diverses espérances. Nous savons qu'il nous faut mourir. Nous ignorons d'où nous venons et où nous allons. Nous savons que nous pouvons être victimes d'accidents, de maladies. Nous savons que nous obtenons rarement ce que nous souhaitons et qu'une fois que nous l'avons obtenu nous cessons de l'apprécier. Tout cela, nous le savons, mais nous demeurons pourtant d'incorrigibles optimistes, allant même jusqu'à nous tromper nous-mêmes avec d'absurdes croyances, clairement dépourvues de sens, au sujet d'une vie après la mort.

— Mais je me demande pourquoi je vous parle ! dit soudain Urquart. Je sais pourtant que les professeurs n'ont jamais l'esprit ouvert — tous ceux à qui j'ai eu affaire m'ont toujours trahi. Est-ce parce que je pense que vous pourriez être l'exception, que vous pourriez comprendre ce qu'il y a de vrai dans ce que je vous dis. Mais pourquoi voudrais-je que tout cela soit connu, alors qu'il me faut mourir, comme tout le monde ? Absurde, n'est-ce pas ? Il est vrai que nous ne sommes *pas* des créatures raisonnables. Nous vivons et réagissons en obéissant à un réflexe déraisonnable d'optimisme — un simple réflexe, comme celui qui projette la jambe en avant lorsque l'on frappe le genou. Il est évident que tout cela est complètement stupide. Et pourtant, nous vivons en y répondant.

Je m'aperçus que j'étais devenu très attentif à ses paroles, bien que convaincu d'être en présence d'un homme un peu fou. Il était assurément intelligent.

Il m'expliqua ensuite que les Lloigors, bien qu'infiniment plus puissants que les hommes, se rendaient également compte qu'entretenir un quelconque optimisme serait absurde dans cet univers. Leurs esprits étaient faits d'une unité et non compartimentés. Il n'y avait pas de distinction, pour eux, entre un esprit conscient, un esprit surconscient et un esprit subconscient. Ils voyaient donc nettement les choses en tout temps, sans que leur esprit ait la possibilité d'éviter de regarder la vérité en face ou de l'oublier. Du point de vue mental, ce qui leur équivaudrait le mieux serait l'un de ces romantiques du XIXᵉ siècle, hanté par le suicide, sombrant dans la mélancolie, convaincu que la vie n'était qu'un puits de misère et fondant son existence quotidienne sur cette vue des choses.

Urquart niait qu'il y eût une ressemblance quelconque entre les bouddhistes et les Lloigors du point de vue du pessimisme fondamental — non à cause du concept du Nirvàna, qui offre une sorte d'absolu, équivalent au Dieu des chrétiens, mais parce que nul bouddhiste ne vit réellement dans la contemplation constante de son pessimisme. Il l'accepte intellectuellement mais il ne le sent pas avec ses nerfs et avec ses os. Les Lloigors, eux, vivaient leur pessimisme.

Malheureusement — et j'avais de la peine à suivre Urquart jusque-là — la Terre n'était pas une planète faite pour abriter un tel pessimisme, à un niveau subatomique. C'était une planète jeune. Tous ses processus d'énergie suivaient encore une pente ascendante, si l'on peut dire ; ils étaient évolutionnistes et tendaient vers la complexité, donc vers une destruction des forces négatives. Un simple exemple, pour illustrer ceci, nous était offert par la manière dont tant de romantiques étaient morts jeunes ; la Terre ne tolérait pas les forces subversives.

De là, la légende selon laquelle les Lloigors auraient créé les hommes pour qu'ils leur servent d'esclaves. Car pourquoi des êtres tout-puissants auraient-ils eu besoin d'esclaves ? Simplement à cause de l'hostilité active pour ainsi dire, de la Terre elle-même. Pour contrarier cette hostilité, pour faire aboutir leurs projets les plus simples, ils avaient eu besoin de créatures qui travaillent en se fondant sur l'optimisme. Et c'est ainsi que les hommes étaient apparus : des êtres délibérément myopes, incapables de regarder en face ce qui, manifestement, était la vérité au sujet de l'univers.

Ce qui s'était passé ensuite avait été absurde. Les Lloigors s'étaient lentement affaiblis en vivant sur la Terre. Urquart disait que les documents n'indiquaient pas les raisons qui avaient poussé les Lloigors à quitter leur patrie, située sans doute dans la nébuleuse d'Andromède. Ils étaient lentement devenus une force moins active. Leurs esclaves s'étaient alors emparés du pouvoir, devenant les hommes que nous connaissons. Les tablettes du Naacal, comme d'autres documents qui nous étaient parvenus, étaient dues à ces hommes de Mu et non aux « dieux » des origines. La Terre avait favorisé l'évolution de ses enfants, ces êtres maladroits et optimistes, tandis qu'elle affaiblissait les Lloigors. Néanmoins, ceux qui avaient autrefois tout pouvoir sont demeurés. Ils se sont retirés sous la Terre et dans la mer, de façon à concentrer leur puissance dans les pierres et les roches dont ils peuvent inverser le métabolisme. Ceci leur a permis de s'accrocher sur la terre pendant des milliers d'années. De temps à autre, ils accumulent assez d'énergie pour faire à nouveau irruption dans la vie humaine et c'est alors qu'on assiste à la destruction de cités entières. Une fois, ils ont anéanti tout un continent

— celui de Mu lui-même — et, plus tard encore, l'Atlantide. Ils ont toujours été d'une virulence particulière quand ils ont pu retrouver trace de leurs anciens esclaves. Ils sont à l'origine de bien des mystères archéologiques — de la destruction de grandes villes en Amérique du Sud, au Cambodge, en Birmanie, à Ceylan, en Afrique du Nord et même en Italie. Sans compter, si l'on devait en croire Urquart, deux grandes cités en Amérique du Nord, Grudèn Itzà, qui se trouve maintenant enfouie sous la terre marécageuse des environs de La Nouvelle-Orléans, et Nam Ergest, une cité florissante qui s'élevait jadis à l'endroit où se creuse aujourd'hui le Cañyon du Colorado. Le Grand Cañyon, disait Urquart, n'avait pas été créé à la suite d'une érosion terrestre, mais d'une explosion souterraine, suivie d'une « grêle de feu ». Il était porté à croire qu'elle avait été produite, comme la grande explosion sibérienne, par une sorte de bombe atomique. Comme je lui demandais pourquoi on ne relevait aucune trace d'explosion autour du canyon, Urquart me fournit deux réponses, à savoir que cette explosion s'était produite il y a si longtemps que la plupart des vestiges qu'elle avait laissés avaient été détruits par les forces naturelles et que, pour tout observateur dénué de préjugés, il était clair que le Cañyon du Colorado n'était qu'un immense cratère de forme irrégulière.

Au bout de deux heures d'entretien de ce genre et après plusieurs verres de son excellent whisky, je me trouvais dans un tel état de confusion que j'avais totalement oublié les questions que j'étais venu lui poser. Je lui dis qu'il me fallait aller me coucher et réfléchir à tout cela. Le colonel se proposa de me ramener en voiture. L'une des questions que j'avais voulu poser me revint en mémoire au moment où je m'installais à la place du passager de son antique Rolls-Royce.

— Que voulez-vous dire quand vous avancez que les Gallois sont des survivants de Mu ?

— Ce que je vous ai dit. J'en suis certain — j'en ai les preuves —, ils sont les descendants des esclaves des Lloigors.

— Quelle sorte de preuves ?

— Toutes les sortes. Il me faudrait une heure encore pour bien vous expliquer.

— Pourriez-vous me donner une simple indication ?

— Si vous voulez. Jetez un coup d'œil sur le journal local, demain matin. Vous me direz ce qui vous a frappé.

— Mais que dois-je y chercher ?

Il était amusé par mon refus d'attendre. Il aurait pourtant dû savoir que les vieillards ont encore moins de patience que les enfants.

— Le nombre de crimes.

— Ne pouvez-vous m'en dire davantage ?

— Bon, si vous voulez.

Nous étions arrêtés devant l'hôtel à présent et il pleuvait toujours avec violence. A cette heure de la nuit, on ne percevait plus que le bruit de la pluie et celui de l'eau qui roulait dans les gouttières.

— Vous verrez, reprit-il, que le taux des crimes est ici trois fois plus important que celui du reste de l'Angleterre. Les chiffres sont si élevés qu'ils sont rarement publiés. Que ce soit le meurtre, la cruauté, le viol ou tous les genres de perversion sexuelle, on en trouve plus d'exemples dans cette région que dans toutes les îles Britanniques.

— Mais pourquoi ?

— Je vous l'ai dit. Les Lloigors trouvent la force de réapparaître de temps à autre.

Et pour bien me faire comprendre qu'il voulait rentrer chez lui, il se pencha et m'ouvrit la portière. Il avait disparu avant que j'aie atteint la porte de l'hôtel.

Je demandai au veilleur de nuit si je pouvais lui emprunter un journal local ; il en sortit un de son placard et me dit que je pouvais le garder. Je montai dans ma chambre, qui était froide, me déshabillai et me glissai dans mon lit. On y avait placé une bouillotte. Je parcourus alors le journal. Je n'y vis tout d'abord rien qui vînt confirmer les assertions d'Urquart. Le grand titre était réservé à une grève du chantier naval, les articles de fond consacrés à un comice agricole où les juges étaient accusés de s'être laissé corrompre, puis à une nageuse de Southport qui avait failli battre un record dans la traversée de la Manche. En troisième page, l'éditorial examiait quelque question d'observance du dimanche. Tout cela me paraissait bien innocent.

Je me mis à lire les petits paragraphes que l'on avait insérés près des encarts publicitaires ou entre les nouvelles sportives. Un corps sans tête retrouvé flottant dans le bassin de retenue de Bryn Mawr, que l'on avait cru pouvoir identifier comme celui d'une jeune fille de ferme de Llandalffen. Un garçon de quatorze ans envoyé en maison de correction pour avoir blessé un mouton à coups de hache. Un fermier demandant le divorce sous prétexte que sa femme semblait être tombée amoureuse de son beau-fils, un idiot. Un prêtre condamné à un an de prison pour s'être livré à des actes contre nature sur des enfants de chœur. Un père qui avait assassiné sa fille et le fiancé de celle-ci par jalousie sexuelle. Un homme qui, dans une maison de retraite, avait incinéré deux de ses compagnons en versant de la paraffine sur leurs lits et en y mettant le feu. Un garçon de douze ans qui avait donné à ses deux sœurs, des jumelles de sept ans, des glaces saupoudrées de mort-aux-rats et qui n'avait jamais pu cesser de rire devant le tribunal pour enfants. (Les fillettes, heureusement, avaient survécu, avec de graves troubles stomacaux.) Un entrefilet annonçant que la police avait inculpé un homme pour les trois meurtres du Sentier des Amoureux.

Je pris note de tout cela au fur et à mesure que je le lisais. Cela faisait tout de même beaucoup pour une paisible région rurale comme celle-ci, même si l'on tenait compte de la proximité de villes comme Southport et Cardiff, où le taux de criminalité devait être plus important. Il faut avouer que ce n'était pas grand-chose, si on établissait une comparaison avec la plupart des villes américaines. Charlottesville elle-même peut enregistrer un nombre d'infractions qui pourrait être considéré comme une importante vague de criminalité en Angleterre. Avant de m'endormir, j'enfilai une robe de chambre et descendis dans le hall où j'avais vu un exemplaire de l'Almanach de Whitaker pour y rechercher des statistiques criminelles concernant l'Angleterre. Cent soixante-six meurtres seulement pour l'année 1967 — trois meurtres par million d'habitants. Le nombre de meurtres est environ vingt fois plus élevé en Amérique. Et pourtant, dans un seul numéro de ce petit journal local, je venais d'en relever neuf, dont certains, il est vrai, étaient assez anciens. (Les meurtres du Sentier des Amoureux s'étaient étalés sur dix-huit mois.)

Je dormis très mal cette nuit-là, car je ne cessai de songer à des monstres invisibles, à de terribles cataclysmes, à des meurtriers sadiques ou à des adolescents démoniaques. Ce fut un soulagement pour moi que de trouver au réveil un beau soleil et une première tasse de thé. Je ne pus m'empêcher, pourtant, de jeter un coup d'œil à la servante — une pauvre petite chose au visage trop pâle, aux yeux éteints et aux cheveux raides — puis de me demander de quelle union irrégulière elle était le produit. Je pris le petit déjeuner et le journal du matin qu'elle avait apportés dans ma chambre et je me mis à parcourir ce dernier avec un intérêt morbide.

Les faits les plus sinistres étaient une fois de plus soigneusement relégués dans les entrefilets. Deux écoliers de onze ans étaient impliqués dans le meurtre de la fille sans tête, mais ils prétendaient que c'était un vagabond « aux yeux de braise » qui l'avait tuée. Un pharmacien de Southport était contraint de quitter le conseil municipal car il était accusé d'avoir eu des rapports sexuels avec son assistant de quatorze ans. Des faits nouveaux tendaient à prouver qu'une sage-femme, décédée depuis, avait été une faiseuse d'anges, suivant par là l'exemple de la célèbre Mrs. Dyer, de Reading. Une vieille dame de Llangwm avait été gravement blessée par un homme qui l'accusait de sorcellerie — elle aurait rendu anormaux les bébés à naître. Le maire de Chepstow avait été attaqué par un homme qui lui gardait quelque obscure rancune.

Toutes ces méditations sur le crime et la corruption influaient sans doute sur ma façon de voir les choses. J'avais toujours beaucoup aimé ces Gallois, hommes de petite taille, à la chevelure sombre et à la peau claire. Je les considérais à présent comme je l'aurais fait s'ils avaient été des troglodytes et je tentais de retrouver dans leurs yeux quelque chose qui trahisse leurs vices secrets.

Or, plus j'y plongeais, plus j'y apercevais de choses. Je notai le nombre de mots qui s'écrivaient avec deux L, depuis la Lloyd's Bank jusqu'à la ville de Llandudno, et je frissonnai en songeant aux Lloigors. (Incidemment, j'avais l'impression que ce nom m'était familier ; or je le retrouvai, à la page 258 du livre de Lovecraft intitulé *La Chambre close,* comme étant celui du dieu « qui conduit les vents à travers les espaces interstellaires ». J'y trouvai aussi mentionné Ghatanothoa, le dieu noir, bien qu'il n'y soit pas désigné comme le chef des « habitants des étoiles ».)

C'était presque intolérable de se trouver là, en train d'arpenter cette rue ensoleillée, de regarder la population vaquer à ses occupations, faire des courses ou admirer les bébés, puis de sentir ce terrible secret au fond de moi, alors que j'aurais tant voulu le partager. J'aurais désiré pouvoir oublier toute l'histoire comme je l'aurais fait d'un cauchemar, de l'invention d'un esprit à moitié dérangé ; il me fallait cependant reconnaître que tout cela s'inscrivait logiquement à la suite du manuscrit Voynich et de l'évocation des dieux de Lovecraft. Oui, il ne pouvait y avoir de doute : Lovecraft et Machen avaient eu connaissance d'une tradition ancienne qui avait peut-être précédé toutes les civilisations connues sur la Terre.

Cela aurait pu être enfin, seule autre solution, une mystification littéraire poussée, organisée par Machen, Lovecraft et Voynich. Il aurait donc fallu tenir ce dernier pour un faussaire ? Impossible. Quelle alternative tout de même ! Comment pouvais-je croire à cette histoire et penser que j'avais encore toute ma raison, là, dans cette rue ensoleillée, les oreilles pleines des accents chantants du gallois ? Un monde mauvais et noir, si différent du nôtre que les hommes ne pouvaient même pas tenter de le comprendre ; des puissances étranges dont les actions paraissaient incroyablement cruelles et vindicatives, mais qui n'étaient poussées que par les lois abstraites de leur existence, insaisissables pour nous. Urquart, avec son visage reptilien et son intelligence morose. Et par-dessus tout, des forces invisibles qui orientaient les esprits des personnes apparemment innocentes qui m'entouraient pour en faire des être corrompus et dépravés.

J'avais déjà résolu ce que je ferais ce jour-là. Je demanderais à Mr. Evans de me conduire jusqu'aux « Gray·Hills » qu'évoquait Machen. J'y prendrais quelques photos et je poserais quelques questions discrètes. J'emporterais même une boussole — une boussole que je mettais en général dans ma voiture, en Amérique —, pour le cas où il m'arriverait de *perdre* mon chemin.

Il y avait un petit attroupement devant le garage de Mr. Evans et une ambulance, rangée au bord du trottoir. Comme je m'approchais, deux ambulanciers sortirent, portant une civière. Je vis Mr. Evans, l'air sombre, observer ce rassemblement de la petite boutique contiguë à son garage. J'allai lui demander :

— Que s'est-il passé ?

— C'est un type, là-haut, qui s'est suicidé cette nuit. Au gaz.

Comme l'ambulance démarrait, je repris :

— Vous ne trouvez pas qu'il y en a pas mal, par ici ?

— De quoi ?

— Des suicides, des meurtres et ainsi de suite. Le journal local en est plein.

— C'est possible. Ce sont les jeunes d'aujourd'hui. Ils font tout ce qu'ils veulent.

Je vis qu'il était inutile de poursuivre sur ce sujet. Je lui demandai s'il pouvait m'emmener jusqu'aux Gray Hills. Il secoua la tête.

— J'ai promis de rester ici pour donner mon témoignage à la police. Mais vous pouvez prendre la voiture, si vous voulez.

J'allai donc acheter une carte de la région et m'installai au volant. Je m'arrêtai dix minutes pour admirer le pont médiéval qu'avait mentionné Machen, puis je poursuivis lentement vers le nord. La matinée était venteuse mais point froide et le soleil donnait au paysage un aspect tout différent de celui qu'il avait l'après-midi précédent. Je cherchai avec soin les indices qui m'auraient fait reconnaître les Gray Hills de Machen, mais je ne vis rien dans ce paysage vallonné et plaisant qui me parût répondre à sa description. Je passai bientôt devant un poteau qui indiquait qu'Abergavenny se trouvait à seize kilomètres de là. Je décidai d'aller y jeter un coup d'œil. Quand j'y arrivai, le soleil avait si bien dissipé les vapeurs que la nuit avait accumulées dans ma tête que je fis le tour de la ville — elle n'avait rien de bien remarquable du point de vue architectural — puis montai à pied jeter un coup d'œil au château en ruine qui la dominait. J'échangeai quelques paroles avec divers autochtones qui me parurent plus anglais d'allure que gallois. A vrai dire, cette ville était à faible distance et de la vallée de la Severn et du Shropshire, chère à A. E. Housman.

Le mythe des Lloigors me fut cependant remis en mémoire par quelques phrases que le guide local consacrait à William de Braose, Lord de Brecheiniog (ou de Brecon), « dont l'ombre plane, ténébreuse, sur le passé d'Abergavenny » et dont « les infamies » avaient apparemment choqué les Anglais pourtant sans foi ni loi du XIIe siècle. Je me promis de demander à Urquart combien de temps les Lloigors avaient vécu dans le sud du pays de Galles et jusqu'à quelle distance leur influence s'étendait. Je roulai ensuite vers le nord-ouest en passant à travers la région la plus charmante de la vallée de l'Usk. A Crickhowell, je m'arrêtai devant un pub tenu à l'ancienne et y pris un verre d'une bière légère et fraîche. J'y entamai une conversation avec un villageois qui me révéla avoir lu Machen. Je lui demandai où il supposait que se trouvaient les Gray Hills. Il me dit en confidence qu'elles étaient droit au nord, dans les Montagnes Noires, ces hautes landes sauvages qui s'étendent entre les vallées de l'Usk et de la Wye. Je roulai encore une demi-heure et atteignis le haut du col de Bwlch, où la vue est l'une des plus belles que l'on puisse trouver au pays de Galles, avec les Brecon Beacons à l'ouest, une région boisée et vallonnée au sud, des échappées sur l'Usk luisant dans le soleil. Les Montagnes Noires, à l'est, n'avaient rien de menaçant et rien en elles ne correspondait à la description de la page de Machen qui me servait de guide. Je repris donc la route du sud, repassai par Abergavenny (où je pris un déjeuner rapide), puis m'engageai dans les routes secondaires pour me rendre à Llandalffen. Une fois de plus, la route s'était mise à grimper fortement.

Je commençai alors à pressentir que j'approchais du but. L'aridité de ces collines était telle que l'on songeait à l'atmosphère qui règne dans *Le Cachet noir*. Je faisais encore, pourtant, quelques réserves, car le ciel de l'après-midi s'était assombri et je craignais d'être simplement la victime de mon imagination. J'arrêtai la voiture au bord de la route, près d'un pont de pierre, et sortis pour aller m'appuyer au parapet. Il enjambait une rivière au cours rapide et à la puissance hyaline de ce courant me fascinait au point que j'étais presque hypnotisé. Je passai sur le côté du pont et descendis, enfonçant les talons dans la pente raide pour conserver l'équilibre. J'atteignis une roche plate au bord du cours d'eau. C'était presque là un acte de bravade de ma part, car je ressentais un certain malaise que je savais avoir en partie provoqué. Un homme de mon âge a tendance à se sentir fatigué et déprimé après le déjeuner, surtout lorsqu'il a un peu bu.

J'avais un appareil polaroïd autour du cou. Le vert de l'herbe et le gris du ciel formaient un tel contraste que je décidai de prendre une photo. Je réglai l'ouverture et dirigeai l'objectif vers l'amont ; j'arrachai ensuite la photographie et la glissai sous mon manteau le temps qu'elle se développe. Une minute après, j'arrachai le négatif. La photo était noire. Elle avait sans doute été exposée à la lumière. Je levai l'appareil et pris un second cliché, jetant le premier dans l'eau. Quand je sortis la seconde photo, j'eus soudain l'intuition qu'elle aussi serait noire.

Je jetai des regards nerveux autour de moi et faillis tomber dans le torrent quand j'aperçus une tête qui me regardait du haut du pont. C'était un garçon, ou un très jeune homme, qui m'observait, appuyé au parapet. Le dispositif qui mesurait le temps cessa de vibrer. Ignorant le garçon, je séparai le papier de la photo. Elle était noire. Je jurai tout bas et la jetai dans la rivière. Je levai alors les yeux pour chercher la voie la plus facile à prendre pour remonter et je vis le garçon au sommet de la berge. Il portait des vêtements informes, bruns et râpés. Son visage mince et brun me rappelait celui des gitans que j'avais vus dans la gare de Newport. Les yeux bruns étaient totalement dénués d'expression. Je le fixai à mon tour sans sourire, curieux tout d'abord d'apprendre ce qu'il désirait.

Comme il ne faisait pas un geste, je craignis soudain qu'il ne fût venu pour me voler — l'appareil photo, peut-être, ou les chèques de voyage que j'avais dans mon portefeuille. Un second coup d'œil me convainquit qu'il n'aurait su qu'en faire. Les yeux vides et les oreilles saillantes révélaient que j'avais affaire à un idiot. Je sus soudain avec certitude ce qu'il avait dans la tête et cela aussi clairement que s'il me l'avait dit. Il voulait se précipiter sur moi du haut de la pente et me projeter dans la rivière. Mais pourquoi ? Je jetai un coup d'œil vers l'eau. Elle était rapide, elle m'arrivait peut-être à la taille — peut-être même un peu plus haut —, mais elle n'était pas assez profonde pour qu'un adulte s'y noie. Il y avait des roches et des galets dans le lit, mais rien n'était d'une taille telle que je pusse me blesser si j'allais donner contre.

Il ne m'était jamais rien arrivé de comparable — au cours des cinquante dernières années, tout au moins. La faiblesse et la peur m'envahirent à tel point que je fus tenté de m'asseoir. Seule la résolution de ne pas trahir la crainte qui m'habitait m'en empêcha. Je fis un effort et lui jetai un regard menaçant et irrité, comme il m'est arrivé parfois d'en lancer à mes étudiants. A ma grande surprise, il me sourit — mais je crois bien qu'il y avait plus de malice que d'amusement dans ce sourire —, puis il fit demi-tour. Je ne perdis pas de temps : j'escaladai la berge et gagnai une position moins vulnérable.

Quand j'atteignis la route, quelques secondes plus tard, il avait disparu. Comme il n'y avait pas d'autre abri à cinquante mètres à la ronde, il n'avait pu se cacher que de l'autre côté du pont ou derrière ma voiture. Je me baissai et jetai un coup d'œil sous la voiture pour voir si je n'apercevais pas ses pieds. Ils n'étaient pas visibles. Je surmontai la panique qui m'envahissait et allai regarder par-dessus l'autre parapet. Il n'était pas là non plus. Il restait la possibilité qu'il se fût glissé sous le pont, bien que l'eau me parût rouler avec trop de violence. De toute manière, je n'avais pas l'intention d'aller me risquer là-dessous. Je retournai à la voiture en me contraignant à ne pas courir mais je ne me sentis en sécurité qu'après avoir commencé de rouler.

Au sommet de la colline, je m'aperçus que j'avais oublié dans quel sens j'allais. L'inquiétude m'avait totalement ôté de la mémoire dans quel sens je m'étais approché du pont ; en outre, je m'étais garé sur un passage qui s'ouvrait à angle droit sur la route. Je m'arrêtai sur une section déserte pour consulter ma boussole. L'aiguille noire décrivit lentement des cercles, apparemment indifférente à toute direction. Les petits coups que je lui donnai n'y changèrent rien. Elle n'était pas cassée ; l'aiguille n'avait pas quitté son pivot. Elle était simplement démagnétisée. Je continuai ma route jusqu'au moment où je rencontrai un poteau indicateur, découvris que j'étais dans la bonne direction et poursuivis jusqu'à Pontypool. Le problème de la boussole me troublait un peu mais il ne m'inquiétait guère. Ce ne fut que plus tard, en y réfléchissant, que je me rendis compte qu'il était impossible de démagnétiser une boussole sans en enlever l'aiguille et la chauffer ou sans la secouer vigoureusement. Or, elle marchait encore à l'heure du déjeuner, je l'avais vérifié. Il me vint alors à l'esprit que l'affaire de la boussole tout comme la présence du garçon ne constituaient qu'un avertissement. Un avertissement vague et imprécis, comme le geste d'un homme endormi qui chasserait une mouche.

Tout cela peut paraître absurde et être le fruit d'une imagination trop vive ; je reconnais volontiers que j'étais bien près de le chasser de mes pensées. D'un autre côté, je fais volontiers confiance à mes intuitions.

Je me sentais tout de même assez ébranlé pour m'offrir une longue gorgée du cognac de mon flacon, une fois rentré à l'hôtel. J'appelai la réception et me plaignis du froid qui régnait dans ma chambre. Dix minutes plus tard, une servante allumait un feu de charbon sur une grille que je n'avais pas encore remarquée. Assis devant le feu, fumant une pipe et savourant mon cognac, je me sentis revivre. Après tout, rien n'indiquait — même en admettant un instant qu'elles eussent existé — que ces

« puissances » fussent hostiles de manière active. Jeune homme, je méprisais le surnaturel mais, avec l'âge, ce qui séparait le vraisemblable de l'invraisemblable avait tendu à devenir moins net pour moi ; je me rendais compte que le monde entier avait quelque chose d'un peu invraisemblable.

A six heures, je décidai soudain d'aller voir Urquart. Je ne me donnai pas la peine de lui téléphoner car j'en étais arrivé à le considérer comme un allié, non comme un étranger. J'allai donc à pied sous une pluie légère jusque à chez lui et tirai la sonnette de la porte d'entrée. Celle-ci s'ouvrit presque aussitôt sur un homme qui sortait. La Galloise dit « Au revoir, Docteur » et je demeurai interdit, la dévisageant, tandis qu'une crainte soudaine m'envahissait.

— Le colonel va bien ?

Ce fut le docteur qui me répondit :

— Il ira assez bien, s'il prend des précautions. Si vous êtes de ses amis, ne restez pas trop longtemps. Il a besoin de sommeil.

La Galloise me laissa entrer sans poser de questions.

— Que lui est-il arrivé ?

— Un petit accident. Il est tombé dans l'escalier de la cave et nous ne l'avons retrouvé qu'au bout de quelques heures.

En montant, je remarquai qu'il y avait un certain nombre de chiens dans la cuisine. La porte en était ouverte et pourtant ils n'avaient pas aboyé en percevant le son de ma voix. Le couloir de l'étage sentait l'humidité et un méchant tapis en couvrait le plancher. Le doberman était couché devant une porte. Il me jeta un regard las et soumis mais ne bougea pas lorsque je passai devant lui.

Urquart me dit :

— Ah, c'est vous, mon vieux. Gentil d'être venu. Qui vous en a parlé ?

— Personne. J'étais venu vous parler. Que s'est-il passé ?

Il attendit que la gouvernante ait refermé la porte.

— J'ai été poussé dans les escaliers de la cave.

— Par qui ?

— Vous n'avez pas besoin de le demander.

— Mais comment est-ce arrivé?

— J'étais descendu à la cave pour y chercher un peu de ficelle pour le jardin. A mi-chemin — une sensation désagréable d'étouffement — je crois qu'ils ont la possibilité d'émettre une sorte de gaz. Et puis je me suis nettement senti poussé de côté. Ça représente une bonne chute avant d'atteindre le charbon. Je me suis tordu la cheville et j'ai pensé que je m'étais fracturé une côte. Alors la porte a été refermée et le loquet poussé. J'ai crié comme un fou pendant deux heures avant que le jardinier ne m'entende.

Je ne doutais plus de sa parole, à présent, et je ne le considérais plus comme un original.

— Mais vous êtes manifestement en danger ici! Vous devriez aller vivre dans une autre région.

— Non. Ils sont beaucoup plus forts que je ne le pensais. Et après tout, j'étais au-dessous du niveau du sol, dans la cave. C'est peut-être là toute l'explication. Ils peuvent atteindre les choses au-dessus du sol, mais cela leur coûte plus d'énergie que ça n'en vaut la peine. De toute manière, il n'y a pas grand mal. La cheville est simplement foulée et la côte, en définitive, n'est pas cassée. C'était un simple petit avertissement. Pour vous avoir parlé la nuit dernière. Et que vous est-il arrivé, à vous?

— Alors, c'était ça!

Mes propres expériences prenaient un sens, à présent. Je lui racontai ce qui s'était passé. Il m'interrompit:

— Vous êtes descendu le long d'une berge escarpée — vous voyez, exactement comme moi qui suis descendu à la cave. Une chose à éviter.

Et quand je lui parlai de la boussole, il se mit à rire, mais d'un rire sans joie.

— C'est facile pour eux. Je vous l'ai dit, ils peuvent s'infiltrer à travers la matière comme l'eau s'insinue dans l'éponge. Voulez-vous prendre quelque chose?

J'acceptai et lui versai aussi un verre. Tout en le buvant à petites gorgées, il me demanda:

— Ce garçon dont vous avez parlé. Je crois que je sais de qui il s'agit. Le petit-fils de Ben Chickno. Je l'ai déjà vu dans les parages.

— Qui est Chickno ?

— Un gitan. La moitié de sa famille est composée d'idiots. Ils se marient tous entre eux. L'un de ses fils a tiré cinq ans pour s'être trouvé impliqué dans un meurtre — l'un des plus atroces qui aient jamais été commis par ici. Ils avaient torturé un vieux couple pour savoir où ils cachaient leur argent, puis ils les ont assassinés. On a trouvé quelques-uns des objets volés dans la caravane du fils mais ce dernier a prétendu qu'ils y avaient été déposés par un homme qui avait pris la fuite. Il a eu la chance de ne pas être inculpé de meurtre. Incidemment, le juge mort une semaine après avoir condamné le fils. Crise cardiaque.

J'avais plus fréquenté Machen que ne l'avait fait Urquart et le soupçon qui me vint alors était tout naturel. Machen décrit en effet les communications qui s'effectuaient entre certains paysans simples d'esprit et les étranges puissances du mal dont il parle. J'interrogeai Urquart :

— Ce vieil homme — Chickno — pourrait-il être en rapport avec les Lloigors ?

— Tout dépend de ce que vous entendez par « en rapport ». Je ne pense pas qu'il soit assez important pour en savoir bien long sur eux. Mais c'est bien le genre de personne qu'ils aiment encourager — une vieille charogne dégénérée. Vous devriez demander à l'inspecteur Davison ce qu'il pense de lui : c'est le policier le plus élevé en grade, ici. Chickno a collectionné une série de condamnations longue comme le bras — incendie volontaire, viol, vol à main armée, bestialité, inceste. Un dégénéré complet quoi !

Sur ce, Mrs. Dolgelly lui apporta son dîner et me fit comprendre qu'il était temps pour moi de me retirer. A la porte, je m'enquis :

— La caravane de cet homme est-elle installée près d'ici ?

— A un kilomètre et demi du pont dont vous m'avez parlé, environ. Vous n'avez pas l'intention d'aller là-bas, j'espère ?

Rien n'était plus éloigné de mes pensées et je le lui dis.

Ce soir-là, j'adressai une longue lettre à George

Lauerdale, de l'université Brown. Lauerdale écrit des romans policiers sous un pseudonyme et on lui doit deux anthologies de la poésie moderne. Je savais qu'il était en train de consacrer un livre à Lovecraft et j'avais besoin de ses conseils. J'avais désormais l'impression d'être totalement impliqué dans cette affaire. Je n'avais plus le moindre doute. Existait-il donc des preuves de la présence des Lloigors dans la région de Providence? Je voulais savoir si quelqu'un avait élaboré une théorie sur la manière dont Lovecraft s'était procuré son information de base. En quel lieu avait-il vu ou entendu parler du *Necronomicon*? Je pris soin de taire à Lauerdale mes préoccupations réelles; je lui expliquai simplement que j'étais parvenu à traduire une grande partie du manuscrit Voynich et que j'avais des raisons de croire qu'il s'agissait du *Necronomicon* auquel Lovecraft avait fait allusion; Lauerdale pouvait-il me fournir quant à lui une explication? Je poursuivis en disant qu'il existait des témoignages prouvant que Machen s'était fondé sur de véritables légendes du Monmouthshire pour écrire ses contes et que je me demandais si des légendes du même genre n'avaient pas servi de base à l'œuvre de Lovecraft. Avait-il eu connaissance de l'existence de légendes locales de ce type? Courait-il, par exemple, des histoires déplaisantes au sujet de « la maison que l'on fuyait », que Lovecraft occupait dans Benefit Street, à Providence...?

Le lendemain du jour où Urquart avait eu son accident, il se passa quelque chose de curieux que je ne mentionnerai qu'en passant car cela fut sans conséquences. J'ai déjà parlé de la servante, une jeune fille au teint blême, à la chevelure raide et aux jambes maigres. Après le petit déjeuner, je remontai dans ma chambre et la trouvai évanouie, me sembla-t-il, sur le tapis devant la cheminée. J'essayai d'appeler la réception mais on ne me répondit pas. Elle paraissait petite et légère et je décidai de la porter jusqu'au lit ou jusqu'au fauteuil. Ceci ne présentait aucune difficulté, mais en la soulevant il me fut impossible de ne pas me rendre compte qu'elle n'avait presque rien sous son tablier brun, si même elle portait quelque chose. Ceci m'intrigua; il faisait froid.

Au moment où je la posai, elle ouvrit les yeux et me dévisagea avec une joie si malicieuse dans le regard que je fus convaincu qu'elle avait simulé. L'une de ses mains s'empara du poignet que je tentai de dégager, avec la nette intention de prolonger notre contact.

Comme tout cela était joué de manière un peu trop grossière, je me relevai d'un secousse. Au même instant, j'entendis des pas derrière la porte que j'ouvris vivement. Un homme à l'air brutal, au visage de gitan, se tenait là, surpris de me voir. Il ouvrit la bouche pour me dire :

— Je cherche…

C'est alors qu'il aperçut la jeune fille dans la chambre. Je dis rapidement :

— Je l'ai trouvée évanouie sur le plancher. Je vais chercher un docteur.

Ma seule intention était de m'échapper et de descendre mais la jeune fille, qui m'avait entendu, s'écria :

— Ce n'est pas la peine.

Elle sauta alors au bas du lit. L'homme fit demi-tour et s'éloigna. Elle le suivit quelques secondes plus tard, sans même tenter de s'excuser. Il ne fallait guère de subtilité pour comprendre ce qu'ils avaient projeté ; il était chargé d'ouvrir la porte et de nous surprendre. Je ne peux deviner ce qu'ils avaient prévu pour la suite ; peut-être m'aurait-il demandé de l'argent. Je crois plutôt qu'il m'aurait attaqué. Il y avait très nettement un air de famille entre cet homme et le garçon qui m'avait dévisagé au pont. Je ne devais jamais le revoir ; quant à la jeune fille, elle sembla dorénavant vouloir m'éviter systématiquement.

Cet incident me persuada encore plus que la famille des gitans était en relation beaucoup plus étroite avec les Lloigors que ne s'en était douté Urquart. J'appelai ce dernier au téléphone, mais on me dit qu'il dormait. Je passai le reste de la journée à écrire des lettres pour l'Amérique et à visiter les ruines romaines de la ville.

Ce soir-là, je vis Chickno pour la première fois. Pour gagner la maison d'Urquart, il me fallait passer devant un petit bar, à la vitrine duquel on avait apposé un écriteau : *On ne sert pas les gitans*. A la porte de ce bar, pourtant, il y avait un vieil homme mal fagoté — un vieil homme à l'air innocent — qui, les mains dans les poches, me regardait passer. Il fumait une cigarette qui pendait de ses lèvres. C'était à n'en pas douter un gitan.

Je racontai à Urquart l'incident de la servante mais il parut enclin à n'en pas tenir compte ; il pensait que ces gens-là avaient tout au plus eu l'intention de me faire chanter. Il manifesta plus d'intérêt quand je lui parlai du vieil homme et il me demanda de le lui décrire en détail.

— C'est bien Chickno. Je me demande ce que diable il peut bien vouloir.

— Il n'a pas l'air bien méchant.

— Pas plus méchant qu'une araignée venimeuse.

Cette rencontre avec Chickno m'avait troublé. Physiquement, j'espère ne pas être plus craintif qu'un autre ; mais le garçon vu près du pont et l'affaire de la servante m'avaient fait prendre conscience que nous sommes tous très vulnérables sur le plan physique. Si le petit ami de la servante — ou son frère, ou Dieu sait de qui il s'agissait — avait résolu de me donner un bon coup dans l'estomac, il aurait pu me battre jusqu'à l'inconscience ou me casser toutes les côtes sans que je puisse émettre un son. Or, aucun jury au monde n'aurait condamné un homme qui aurait tenté de défendre « l'honneur » d'une jeune fille, surtout si cette dernière avait prétendu être revenue à elle après un évanouissement et avoir découvert qu'on était en train de la violer... Cette pensée fit naître en moi une sensation pénible et je redoutai d'être en train de jouer avec le feu.

Cette crainte explique l'incident qui se produisit ensuite et qu'il me faut décrire. Je dois tout d'abord mentionner qu'Urquart sortit de son lit au bout de trois jours et que nous étions partis en voiture vers les Gray Hills pour tenter de découvrir s'il y avait quelques fondements à la mention faite par Machen de l'existence de grottes souterraines, censées abriter ses troglodytes malveillants. Nous interrogeâmes le pasteur de Llandalffen et ceux de deux villages voisins, parlâmes à quelques paysans en expliquant que nous recherchions des marmites de géants. Si nul ne s'étonna de notre invraisemblable prétexte, nul ne put nous fournir de renseignements ; le ministre de Llandalffen nous dit pourtant avoir entendu des rumeurs à propos de failles qui se seraient ouvertes dans le flanc des collines et dont l'entrée aurait été dissimulée par des blocs de pierre.

Urquart était épuisé après cette journée passée à boiter derrière moi et il rentra chez lui à six heures, résolu à se coucher tôt. Sur le chemin du retour, je crus — ou peut-être l'imaginai-je — voir un homme à l'allure de gitan me suivre sur plusieurs centaines de mètres. Une silhouette qui me rappelait celle du jeune garçon du pont se tenait près de l'entrée de l'hôtel, mais elle s'en éloigna dès que j'en approchai. Je commençai à avoir l'impression d'être un homme marqué. Après le dîner, comme je me sentais mieux, je décidai de marcher jusqu'au pub où j'avais vu le vieux Chickno et de m'enquérir, sans éveiller les soupçons, s'il y était connu.

J'étais encore à quatre cents mètres de là quand je l'aperçus, à la porte d'une crémerie, qui m'observait sans s'en cacher. Je savais que si j'ignorais sa présence, le sentiment d'insécurité qui m'habitait ne ferait que croître et que cela me vaudrait peut-être une nuit blanche. Je fis donc ce qu'il m'arrive de faire avec les monstres qui me visitent dans mes cauchemars — je marchai droit sur lui et l'accostai. J'eus un instant la satisfaction de voir que je l'avais pris par surprise. Il détourna rapidement ses yeux larmoyants — réaction habituelle chez un homme qui n'a pas la conscience tranquille.

Comme j'arrivais à son niveau, je me rendis compte qu'une accusation directe — Pourquoi me suivez-vous ? — ne rimerait pas à grand-chose. Il réagirait avec la ruse instinctive d'un homme qui était d'habitude du mauvais côté de la barrière et il nierait carrément. Je me contentai donc de lui sourire et de lui dire :

— Belle soirée.

Il grimaça un sourire à son tour et me répondit :

— Eh, oui.

Je me plantai alors à côté de lui et prétendis m'intéresser à ce qui se passait dans la rue devant nous. J'eus une fois de plus l'envie de suivre mon intuition. Je le sentais assez mal à l'aise de se retrouver dans la position du gibier, pour ainsi dire ; il était plus habitué à jouer le rôle du chasseur.

Au bout de quelques instants, il reprit :

— Vous n'êtes pas d'ici.

Son accent n'était pas celui des Gallois ; il était plus rauque, plus nordique.

— C'est vrai, je suis américain, dis-je. Après une pause, j'ajoutai :

— Vous n'êtes pas d'ici non plus, si j'en juge par votre accent.

— Non. Du Lancashire.

— De quelle région ?

— Downham.

— Ah, le village des sorcières.

J'avais fait un cours sur les romanciers de l'époque victorienne et je me souvenais encore des *Sorcières du Lancashire*, d'Ainsworth.

Il fit une nouvelle grimace et je vis qu'il n'avait plus une seule dent ; ses chicots étaient noircis et brisés. De près, je me rendis compte également que j'avais eu bien tort de penser qu'il avait l'air innocent. La comparaison qu'avait faite Urquart avec une araignée venimeuse n'était pas si éloignée que cela de la réalité. Pour commencer, il était bien plus âgé qu'il n'en avait l'air à distance — plus de quatre-vingts ans, selon moi. (Les rumeurs devaient plus tard prétendre qu'il avait plus de cent ans. Sa fille aînée avait soixante-cinq ans, en tout cas.) L'âge ne paraissait cependant ni l'avoir adouci, ni l'avoir rendu bienveillant. Il avait un air négligé, dégénéré, et en même temps une sorte de vitalité déplaisante, comme s'il avait pris plaisir à faire encore le mal ou à se sentir redouté. Le simple fait de lui parler me mettait légèrement mal à l'aise : c'était un peu comme flatter un chien que l'on soupçonne d'avoir la rage. Urquart m'avait rapporté quelques histoires très déplaisantes à son propos et j'y ajoutais volontiers foi, à présent. Je me souvenais de l'aventure survenue à la petite fille d'un ouvrier agricole qui avait accepté son hospitalité par un soir de pluie et il m'était difficile de dissimuler mon dégoût.

Nous demeurâmes ainsi quelques minutes à regarder

la rue et quelques jeunes gens qui flânaient, portant des transistors, sans nous prêter attention.

— Tendez votre main, dit-il.

Je le fis. Il la regarda avec intérêt. Il suivit ensuite du pouce les lignes qui se creusaient à la base de mon pouce droit.

— Longue ligne de vie.

— Je suis heureux de l'apprendre. Pouvez-vous voir quelque chose d'autre ?

Il me regarda et sourit avec malice.

— Rien qui vous intéresserait.

Il y avait quelque chose d'irréel dans toute cette conversation. Je jetai un coup d'œil à ma montre.

— C'est l'heure d'aller prendre un verre.

J'avais déjà commencé à m'éloigner quand je dis, comme si l'idée venait de m'en traverser l'esprit :

— Vous voulez vous joindre à moi ?

— Ben, je dis pas non.

L'insolence de son sourire était telle qu'un homme qui n'aurait pas été poussé comme moi par un autre motif en aurait été offensé. Je savais ce qu'il pensait — que j'avais peur de lui et que j'étais en train d'essayer de me le concilier. S'il y avait du vrai dans la première partie de la proposition, rien n'était moins certain pour ce qui était de la seconde. J'estimai que son inaptitude à me comprendre me conférait un léger avantage.

Nous marchâmes jusqu'au pub où j'avais l'intention d'entrer. Je découvris alors l'écriteau placé dans la vitrine et j'hésitai.

— Ne vous tourmentez pas. C'est pas pour moi, dit-il.

Un instant plus tard, je vis pourquoi. La salle était à moitié pleine. Quelques paysans jouaient aux fléchettes. Chickno gagna directement la chaise qui se trouvait sous la cible et s'y assit. Certains hommes eurent l'air contrarié, mais aucun ne dit mot. Ils reposèrent les fléchettes sur l'appui de la fenêtre et gagnèrent le bar. Chickno sourit. Je me rendis compte qu'il lui était agréable de faire montre de son pouvoir.

Il m'annonça qu'il prendrait un rhum. J'allai au bar et le patron me servit sans me regarder en face. Les hommes se dirigèrent discrètement à l'autre extrémité, ou tout au moins ils s'éloignèrent de nous autant qu'ils le purent sans trop en avoir l'air. Il était clair que Chickno était craint. Peut-être la mort du juge qui avait condamné son fils y était-elle pour quelque chose ; Urquart devait me donner d'autres raisons plus tard.

Une chose que je découvris alors me détendit un peu. Il ne tenait pas la boisson. Je ne lui avais offert qu'un rhum de crainte qu'il ne pense que j'avais voulu l'enivrer, mais comme il le regardait et commentait « Un peu petit, ça », j'en commandai un autre. Il avait bu le premier quand je lui apportai le second. Dix minutes plus tard, son regard avait perdu un peu de sa malice et de son acuité.

J'estimai n'avoir rien à perdre en usant de franchise.

— J'ai entendu parler de vous, monsieur Chickno. Il est extrêmement intéressant pour moi de vous avoir rencontré.

Il me répondit :

— Oui. Ça se pourrait bien.

Il but pensivement son second rhum à petits coups tout en suçotant l'une de ses dents creuses. Puis il reprit :

— Vous m'avez l'air d'un type pas bête. Pourquoi restez-vous là où on n'a pas besoin de vous ?

Je fis semblant de ne pas avoir compris.

— Je vais m'en aller très bientôt — probablement à la fin de la semaine. J'étais venu ici pour essayer de trouver quelque chose. Avez-vous déjà entendu parler du manuscrit Voynich ?

Il était visible que cela ne lui était jamais arrivé. En dépit de l'impression que j'avais de perdre mon temps — il regardait devant lui, les yeux vides —, je lui racontai brièvement l'histoire du manuscrit et la manière dont je l'avais déchiffré. Je terminai en lui disant que Machen paraissait avoir eu connaissance, lui aussi, de cette œuvre et que je pensais que l'autre moitié, à moins que ce ne fût un autre exemplaire peut-être, aurait pu se trouver dans cette partie du monde. Quand il me répondit je vis que je m'étais trompé en le supposant stupide ou inattentif.

— Alors vous voulez me faire croire que vous êtes venu dans ce pays pour y chercher un manuscrit ? Et c'est tout ?

Le ton avait la rudesse du Lancashire, mais il n'était pas hostile.

Je repris :

— C'est la raison pour laquelle je suis venu ici.

Il se pencha sur la table et me souffla du rhum dans le nez.

— Ecoutez un peu, monsieur. J'en sais plus que vous croyez. Je sais tout sur vous. Alors, pas de ça entre nous. Peut-être bien que vous êtes un professeur d'université, mais vous ne m'impressionnez pas.

J'avais la sensation très vive de me trouver devant un rat ou une belette. J'éprouvais le sentiment qu'il était dangereux et qu'il aurait fallu pouvoir le détruire, comme un serpent venimeux. Je fis pourtant un effort pour que mes yeux ne me trahissent pas. Je venais soudain de saisir une chose. Il *était* impressionné par le fait que j'étais professeur et aimait pouvoir se trouver en position de me donner virtuellement l'ordre de m'en aller et de m'occuper de ce qui me regardait.

Je pris donc une profonde inspiration et dis poliment :

— Croyez-moi, monsieur Chickno, ce qui m'intéresse plus que tout se trouve dans ce manuscrit. Si je pouvais le trouver, je serais parfaitement heureux.

Il termina son rhum et je crus un instant qu'il allait se lever et partir. Il en voulait simplement un autre. J'allai au bar, lui pris un double rhum et un second Haig pour moi.

Quand je me fus rassis, il avala une longue gorgée de rhum.

— Je *sais* pourquoi vous êtes ici, monsieur. Je sais à propos de votre livre, aussi. Je suis pas un méchant type. Tout ce que je peux dire, c'est que personne ne s'intéresse à vous. Alors, pourquoi vous retournez pas en Amérique ? Vous trouverez pas le reste de votre livre par ici, ça, je peux vous le dire.

Nous ne parlâmes plus ni l'un, ni l'autre pendant quelques minutes. Je me décidai pour la franchise absolue :

— Pourquoi veulent-ils que je m'en aille ?

Un instant, ce que j'avais dit ne l'atteignit pas. Puis son visage se fit sérieux, grave même — mais ce fut très bref.

— Mieux vaut ne pas parler de ça.

Un moment plus tard, il parut se raviser. Ses yeux s'emplirent à nouveau de malice. Il se rapprocha de moi.

— Ils ne sont pas intéressés par vous, monsieur. Ils se moquent même pas mal de vous. C'est lui qu'ils n'aiment pas.

Il fit un bref signe de tête — j'en conclus qu'il voulait parler d'Urquart.

— C'est un imbécile, poursuivit-il. Il a eu assez d'avertissements comme ça et vous pouvez aller lui dire de ma part, ils se donneront plus la peine de l'avertir, la prochaine fois.

— Il ne croit pas qu'ils aient le moindre pouvoir. Pas assez pour lui faire du mal, dis-je.

Il parut ne pas savoir s'il devait sourire ou ricaner. Il fit une grimace et j'eus un instant l'illusion que ses yeux étaient devenus tout rouges, comme ceux d'une araignée. Puis il cracha :

— Alors, ça n'est qu'un sacré... imbécile et il n'aura que ce qu'il mérite.

La crainte m'avait serré le cœur, mais je sentis aussi naître en moi un très léger sentiment de triomphe. Il s'était mis à parler. La franchise avait payé. A moins qu'il ne se remît sur ses gardes, j'allais découvrir certaines des choses que je cherchais à savoir.

Il se domina un peu et affirma sur un ton moins violent :

— D'abord, c'est un imbécile, parce qu'il ne sait vraiment rien. Même pas ça.

Il me tapait sur le poignet de son index replié.

— Je m'en doutais.

— C'est vrai ? Eh bien, vous aviez raison. Toute cette histoire au sujet de l'Atlantide !

Aucun doute. Son mépris était réel. Les paroles qu'il prononça ensuite me donnèrent pourtant un choc plus violent que tout ce qu'il m'avait révélé jusque-là. Il s'avança et me souffla avec une curieuse sincérité dans la voix :

— Ces choses-là sont pas sorties d'un conte de fées, vous savez. Elles jouent pas à des jeux.

Je compris ce qui n'avait pas été clair pour moi,

282

jusqu'alors. Il « les » connaissait. Il les connaissait et en parlait avec ce réalisme indifférent du savant qui fait allusion à la bombe atomique. Je crois bien qu'avant d'en arriver à ce point, je n'avait pas vraiment cru en « eux » ; j'avais espéré que tout cela n'était qu'une sorte de bizarre hallucination ; ou que, comme les fantômes, ces êtres ne pouvaient avoir d'influence réelle sur les affaires humaines. Ses paroles venaient de me faire saisir mon erreur. « Ces choses-là. » Mes cheveux se hérissèrent et je sentis le froid m'envahir les jambes, puis les pieds.

— Et que font-ils?

Il vida son verre et dit d'un air détaché :

— Ça n'a rien à voir avec vous, mon vieux. Vous n'y pouvez rien. Personne n'y peut rien.

Il posa son verre.

— Voyez-vous, reprit-il, ici, c'est leur monde après tout. Nous, on est une erreur. Ils veulent le reprendre.

Il attira l'attention du barman et lui montra son verre.

Je me déplaçai et allai lui chercher son nouveau rhum. Je voulais partir le plus vite possible et parler à Urquart. Si je ne voulais pas courir le risque de le vexer, cela n'allait pas être facile.

Chickno résolut la question pour moi. Après son troisième double rhum, il cessa brusquement d'être intelligible. Il marmonna des choses dans une langue que je pris pour celle des Tziganes. Il mentionna plusieurs fois le nom d'une « Liz Southern », qu'il prononçait « Saozern » ; plus tard seulement, je me souvins que l'une des sorcières du Lancashire exécutées en 1612 s'appelait ainsi. Je ne compris ni ce qu'il disait, ni si cela avait véritablement un rapport avec la sorcière. Son regard devint vitreux, mais il resta persuadé qu'il me fournissait des renseignements. J'eus enfin l'impression très étrange que ce n'était plus le vieux Chickno qui s'adressait à moi, mais un homme possédé par une autre créature. Une demi-heure plus tard, il dormait, la tête sur la table. Je traversai la pièce, allai au barman et lui indiquai le vieux Chickno.

— Je regrette ce qui vient de se passer là.

— Ça ne fait rien, me dit-il.

Je pense qu'il avait déjà compris que je n'étais pas un ami du gitan.

— Je vais téléphoner à son petit-fils, reprit-il. Il le ramènera chez lui.

J'appelai la maison d'Urquart de la cabine la plus proche. Sa gouvernante me répondit qu'il dormait. Je fus tenté d'aller chez lui et de le réveiller mais j'y renonçai et regagnai l'hôtel, tout en regrettant de n'avoir pas quelqu'un à qui parler.

J'essayai de mettre de l'ordre dans mes pensées, de découvrir un sens à ce que Chickno m'avait dit. S'il ne niait pas la réalité de l'existence des Lloigors, pourquoi avoir prétendu qu'Urquart s'était tellement trompé ? J'avais trop bu pour moi et je me sentais épuisé. Je m'endormis à minuit et j'eus un sommeil agité, hanté par les cauchemars. A deux heures du matin, je me réveillai avec le sentiment horrible de la malveillante réalité des Lloigors, mais ce sentiment était mêlé au souvenir des rêves pénibles que j'avais faits à propos du marquis de Sade et de Jack l'Eventreur. J'avais si fort l'impression d'être en danger que j'allumai la lumière. Je me sentis mieux. Je me dis que je ferais mieux de transcrire la conversation que j'avais eue avec Chickno et de la donner à lire à Urquart, pour le cas où il pourrait ajouter quelques-uns des morceaux qui manquaient à ce puzzle. Je la notai donc en détail.

Le froid m'engourdissait les doigts. Je me rendormis, mais je fus réveillé par un léger tremblement qui agita la pièce et me rappela une secousse de tremblement de terre que j'avais ressentie un jour, au Mexique. Je me rendormis ensuite jusqu'au matin.

Avant d'aller prendre le petit déjeuner, je passai à la réception pour y demander mon courrier. Lauerdale m'avait répondu de l'université Brown et je le lus tout en mangeant mes kippers.

La plus grande partie de sa lettre était consacrée aux questions littéraires — il y examinait Lovecraft et sa psychologie. Mais il y avait aussi des pages qui m'intéressaient bien davantage. Lauerdale écrivait : « Je suis moi-même enclin à croire, en me fondant sur le témoignage que nous offrent ses lettres, que l'une des expériences les plus importantes du début de la vie de Lovecraft a bien été le séjour qu'il a fait à Cohasset, un pauvre village de pêcheurs qui se situait entre Quonochontaug et Weeka- paug, dans le sud de l'État de Rhode Island. Tout comme l'"Innsmouth" de Lovecraft, ce village devait être rayé de la carte, plus tard. J'y suis allé et j'ai trouvé que l'atmosphère y était en bien des points comparable à celle que Lovecraft avait reconstituée pour décrire Inns- mouth — que Lovecraft a placé dans le Massachusetts — : "Plus de maisons vides que d'hommes", la décrépitude ambiante, les relents de poisson. Il y avait, en outre, un personnage connu sous le nom de capitaine Marsh qui vivait à Cohasset en 1915, époque à laquelle Lovecraft y résidait, et qui avait passé un certain temps dans les mers du Sud. C'est peut-être lui qui avait raconté au jeune Lovecraft des histoires où il était question de temples polynésiens consacrés au mal et de gens qui vivaient au fond de la mer. La plus importante de ces légendes — elle est également mentionnée par Jung et par Spence — est celle qui raconte l'histoire des dieux des étoiles (ou des démons), qui étaient autrefois les maîtres de cette terre et qui avaient perdu leur pouvoir par la pratique de la magie noire, mais qui reviendraient un jour et repren- draient possession de cette planète. Dans la version citée par Jung, il est dit que ces dieux avaient créé les êtres humains en partant de monstres subhumains.

« Selon moi, Lovecraft aurait tiré le reste du "mythe" des écrits de Machen, ou peut-être de Poe, qui fait parfois allusion à de telles choses. Dans *Manuscrit trouvé dans une bouteille*, par exemple. Je n'ai pu découvrir la preuve qu'il y ait eu des rumeurs déplaisantes au sujet de la "maison que l'on fuyait" de Benefit Street ou de toute autre demeure de Providence. C'est avec le plus grand intérêt que je lirai ce que vous avez à dire à propos des sources de Machen. J'estime qu'il se peut que Machen ait entendu parler d'un ouvrage "secret" du genre de celui que vous mentionnez, mais je ne dispose d'aucun témoignage prouvant que Lovecraft aurait eu lui-même connaissance d'un tel livre. Je suis certain que toute rencontre entre son *Necronomicon* et le manuscrit Voy- nich n'est, comme vous le suggérez, que coïncidence. »

Mes cheveux s'étaient dressés quand j'avais lu la phrase concernant les dieux « qui allaient revenir un jour et reprendraient possession de cette planète », tout comme lorsque j'avais vu l'allusion aux légendes polynésiennes. Car, comme Churchward l'a dit : « L'île de Pâques, Tahiti, les Samoa... Hawaii et les îles Marquises sont les doigts pathétiques de cette grande terre et elles se tiennent, aujourd'hui, comme autant de sentinelles au bord d'une tombe silencieuse. » La Polynésie est tout ce qui reste de Mu.

Tout cela ne m'en apprenait guère plus que je n'en savais ou n'en avais déjà deviné. Ma rencontre avec Chickno soulevait pourtant un problème très réel : jusqu'à quel point Urquart se trouvait-il réellement en danger ? Il pouvait très bien avoir raison quand il affirmait que les Lloigors n'avaient guère de pouvoir ou très peu ; mais il n'était pas sûr qu'il en fût de même en ce qui concernait Chickno et sa famille. Même si on adoptait le point de vue le plus sceptique, que l'on tînt toute l'affaire pour n'être que le produit de l'imagination et de la superstition, Chickno représentait un danger très réel. Pour une raison ou pour une autre, ils détestaient Urquart, lui et les siens.

Le réceptionniste effleura ma manche.

— Le téléphone pour vous, monsieur.

C'était Urquart. Je m'écriai :

— Dieu merci, vous m'avez appelé. Il faut que je vous voie.

— Vous en avez entendu parler, alors ?

— Entendu parler de quoi ?

— De l'explosion ? Chickno est mort.

— Quoi ! Vous en êtes sûr ?

— Pratiquement. Encore qu'ils n'aient pu retrouver grand-chose de lui.

— J'arrive tout de suite.

C'était la première allusion que j'entendais faire au sujet de la grande explosion de Llandalffen. Il y a sur mon bureau un volume intitulé *Plus étrange que logique,* dont l'auteur, Frank Edwards, nous a quittés récemment. Il s'agit de l'un de ces recueils de mystères et de merveilles, dont les sources sont toujours un peu douteuses. On y trouve une section consacrée à la « Grande Explosion de Llandalffen », dans laquelle l'auteur déclare en substance qu'il s'agissait d'une explosion atomique, sans doute due à la défaillance des moteurs d'un « objet volant non identifié » ; Edwards cite les propos du spécialiste des fusées Willey Ley selon lesquels le cratère sibérien de 1908 aurait pu avoir été causé par une explosion d'antimatière, puis établit un parallèle entre l'explosion de Llandalffen et le point d'impact de Podkamennaya Tunguska. Moi, je tiens cela pour carrément absurde. J'ai vu le lieu de l'explosion et il n'y avait pas là, et de loin, des bouleversements tels qu'on ait pu y voir le résultat d'une explosion atomique, eût-elle été de faible puissance.

Mais voilà que j'anticipe sur la suite de mon histoire. Urquart me retrouva à mi-chemin de sa maison et nous roulâmes jusqu'à Llandalffen. Il s'était donc produit une terrible explosion aux environs de quatre heures, ce matin-là ; c'était peut-être cela qui m'avait réveillé à l'aube. La zone touchée était heureusement déserte mais un ouvrier agricole, vivant dans une petite maison à cinq kilomètres de là, avait été projeté hors de son lit. Ce qu'il y avait de plus curieux dans toute cette affaire, c'est qu'il y avait eu extrêmement peu de bruit ; l'ouvrier agricole avait cru à un tremblement de terre et s'était rendormi. Deux hommes du village, qui rentraient chez eux à la fin d'une soirée, disaient avoir perçu comme un bruit sourd leur rappelant celui d'une explosion de mine ou d'un coup de foudre lointain et s'être demandé si un avion ne s'était pas écrasé avec un chargement de bombes. L'ouvrier agricole avait pris sa bicyclette à sept heures pour aller jeter un coup d'œil, mais il n'avait rien découvert. Il en avait pourtant parlé au fermier qui l'employait et tous deux s'étaient rendus sur les lieux, un peu après neuf heures, dans la voiture du fermier. Cette fois, le fermier avait tourné pour prendre une route secondaire et roulé en direction des caravanes des gitans qui étaient arrêtées à trois kilomètres de l'embranchement. Leur première découverte n'avait pas été, comme Edwards l'affirme, un fragment de corps humain, mais une partie de la patte antérieure d'un âne ; elle gisait au milieu de la route. Plus loin, ils s'étaient aperçus que les murs de pierre et les arbres avaient été soufflés. Des petits morceaux de la caravane et d'autres débris étaient dispersés sur plusieurs centaines de mètres autour du centre de l'explosion, qui se situait dans le champ d'un hectare environ où les caravanes avaient été installées.

Je vis ce champ à mon tour — l'inspecteur de police de Llandalffen, qui connaissait Urquart, nous avait permis d'en approcher — et j'eus tout d'abord l'impression qu'il s'agissait d'un tremblement de terre plutôt que d'une explosion ordinaire. Une explosion produit un cratère ou déblaye une zone qu'elle nivelle plus ou moins, mais ici, le terrain était bouleversé et crevassé, comme s'il y avait eu une convulsion souterraine. Un ruisseau coulait dans le champ et il avait déjà transformé toute cette surface en lac. D'un autre côté, on pouvait relever certains indices caractéristiques d'une explosion. Des arbres avaient été abattus ou n'étaient plus que souches déchiquetées, tandis que d'autres n'avaient même pas été touchés. Le muret élevé entre le champ et la grand-route était presque intact, bien qu'il ait couru le long du sommet d'un escarpement, alors qu'un mur beaucoup plus éloigné qui se dressait dans le champ voisin avait été dispersé sur un grand espace.

Il y avait aussi, bien sûr, les restes méconnaissables de l'homme et de l'animal que nous nous étions attendus à y voir ; des lambeaux de peau, des fragments osseux. Bien peu étaient identifiables ; l'explosion paraissait avoir réduit en miettes toutes les créatures vivantes de ce champ. L'antérieur de l'âne qu'avait découvert le fermier constituait le plus grand fragment retrouvé.

Je me sentis vite très mal et je dus aller m'asseoir dans l'auto, mais Urquart continua à boitiller dans les environs pendant plus d'une heure encore, tout en relevant divers éléments brisés. J'entendis un sergent lui demander ce qu'il cherchait et Urquart lui répondre qu'il ne le savait pas. Mais moi, je savais ; il espérait trouver quelque indice décisif qui lui permettrait d'établir le lien qui rattachait ces gitans à Mu. Je ne saurais dire pourquoi, j'étais certain qu'il n'en trouverait pas.

A ce moment, il devait y avoir plus d'un millier de

curieux autour de ce point : ils tentaient d'en approcher assez pour découvrir ce qui s'était passé. Notre voiture fut arrêtée une douzaine de fois pour le moins quand nous entreprîmes de rentrer. Urquart déclarait à qui le lui demandait qu'il était persuadé qu'une soucoupe volante avait explosé.

En réalité, nous étions tous deux à peu près certains de savoir ce qui s'était passé. Je crois que le vieux Chickno était allé trop loin — qu'il m'en avait trop dit. Urquart pensait que sa principale erreur avait été de considérer les Lloigors comme des êtres assez semblables aux humains et lui-même comme un serviteur dont on tolérait qu'il prît des libertés. Il ne s'était pas rendu compte qu'ils pouvaient parfaitement se passer de lui et sa tendance naïve à se vanter et à se présenter comme un ambassadeur des Lloigors en avait fait un élément dangereux pour eux.

Nous en arrivâmes à cette conclusion une fois que j'eus décrit à Urquart les circonstances dans lesquelles Chickno m'avait parlé. Quand j'eus fini de lui lire mes notes, Urquart me dit :

— Rien d'étonnant à ce qu'ils l'aient tué.

— Mais il n'avait pas dit grand-chose, somme toute.

— Il en avait dit assez. Peut-être ont-ils pensé, d'ailleurs, que nous pourrions en deviner plus qu'il ne vous en avait dit.

Nous déjeunâmes à l'hôtel et le regrettâmes. Tous les gens semblaient savoir d'où nous venions, nous dévisageaient et tentaient de surprendre notre conversation. Le garçon passa tellement de temps à traîner autour de notre table que le gérant finit par le rappeler à l'ordre. Nous mangeâmes aussi rapidement que possible et regagnâmes la maison d'Urquart. On avait à nouveau allumé un feu dans la bibliothèque et Mrs. Dolgelly nous y servit le café.

Je me souviens encore de chaque instant de cet après-midi. Il régnait un tel climat de tension que nous pressentions un malheur, l'approche d'un danger physique. Ce qui avait le plus impressionné Urquart, c'était le mépris manifesté par le vieux Chickno quand je lui avais dit que le colonel était persuadé qu'« ils » n'avaient pas de véritable pouvoir. Je me souvenais encore du flot de paroles grossières et méprisantes qui avait fait tourner la tête à plusieurs personnes de ce pub. Or, ce que Chickno m'avait dit s'était avéré exact. « Ils » avaient énormément de pouvoir — plusieurs sortes de pouvoirs. Nous en tirâmes la conclusion que la dévastation que nous avions vu régner dans le camp des gitans n'était due ni à un tremblement de terre, ni à une explosion, mais en quelque sorte à l'action combinée de l'un et de l'autre. Une explosion assez violente pour éventrer des caravanes aurait dû avoir été clairement perçue à Southport et Melincourt, et plus encore à Llandalffen qui ne se trouvait qu'à huit kilomètres de là. Les fentes et les fissures de la terre suggéraient une commotion du sol. Mais un bouleversement du terrain n'aurait pu suffire pour disjoindre ainsi les caravanes. Urquart estimait — et je finis par me ranger à son opinion — que les caravanes et leurs occupants avaient été littéralement déchiquetés. Dans ce cas, quel sens aurait eu la commotion terrestre ? Deux explications possibles s'offraient à nous. Cette dernière s'était produite au moment où les « créatures » venues du sous-sol s'étaient forcé un passage. Ou bien encore, le « tremblement de terre » n'était qu'une fausse piste délibérée, laissée là pour tromper la meute. Les conséquences qui découlaient d'une telle supposition étaient si effrayantes que nous nous versâmes un whisky, bien que ce ne fût encore que le milieu de l'après-midi. Cela signifiait qu'« ils » se souciaient de fournir une explication apparemment naturelle à ce qui était arrivé. Cela sous-entendait aussi qu'ils avaient une bonne raison de chercher à garder le secret. Et autant qu'il nous était possible de le comprendre, ils n'avaient qu'une seule raison de ce genre : ils avaient leurs « plans », leurs projets pour l'avenir. Je me rappelai les paroles de Chickno : « C'est leur monde, après tout... Ils veulent le reprendre. »

Ce qui nous irritait, c'est que dans tous les livres qu'il possédait sur l'occultisme et sur l'histoire de Mu, Urquart ne trouvait rien qui nous suggérât une réponse. Il était difficile de lutter contre le sentiment de désespoir qui nous paralysait, de ne pas savoir par où commencer.

Le journal du soir accrut encore notre abattement, car on y révélait en confidence que l'explosion avait été provoquée par de la nitroglycérine! Les « experts » avaient mis au point une théorie qui semblait expliquer les faits. Le fils et le gendre de Chickno avaient été carriers dans le Nord et avaient l'habitude de manier les explosifs. La nitroglycérine était parfois utilisée dans les carrières parce qu'elle est peu chère et facile à fabriquer. Selon l'article, on soupçonnait les enfants de Chickno d'avoir volé des quantités importantes de glycérine, ainsi que d'acide azotique et sulfurique. Leur intention, prétendait l'auteur du reportage, était de s'en servir pour faire sauter des coffres-forts. Ils devaient avoir fabriqué d'assez grandes quantités de nitroglycérine et une sorte de tremblement de terre avait tout fait exploser.

C'était une explication absurde ; il aurait fallu une tonne de nitroglycérine pour causer des dégâts aussi importants. De toute manière, une explosion de nitroglycérine laisse des traces caractéristiques ; on ne relevait aucune trace de ce genre dans le champ dévasté. Une explosion de nitroglycérine, enfin, cela s'entend ; personne n'avait entendu celle-ci.

Cette explication ne fut pourtant jamais mise sérieusement en doute, bien qu'il y ait eu plus tard une enquête officielle sur les causes du désastre. Il faut supposer que, comme les hommes redoutent les mystères pour lesquels ils n'ont aucune explication, leur esprit a besoin d'une solution, aussi absurde soit-elle, pour se rassurer.

Il y avait un autre fait divers dans le journal du soir qui paraissait tout d'abord n'avoir guère de rapport avec le précédent. Le titre en était ainsi rédigé : « L'explosion a-t-elle libéré un gaz mystérieux ? » Ce n'était qu'un court paragraphe où l'on révélait que de nombreuses personnes de la région s'étaient réveillées ce matin-là avec une forte migraine et une sensation de lassitude, signes avant-coureurs, en apparence, d'une attaque de grippe. Ces impressions s'étaient dissipées un peu plus tard dans la journée. L'explosion n'aurait-elle pas libéré un gaz, interrogeait le reporter, qui aurait pu provoquer l'apparition de tels symptômes ? Le « correspondant scientifique » du journal avait ajouté une note dans laquelle il soulignait que l'anhydride sulfureux pouvait précisément faire apparaître ces symptômes et que diverses personnes en avaient d'ailleurs perçu l'odeur caractéristique au cours de la nuit. La nitroglycérine, bien entendu, contient une faible quantité d'anhydride sulfureux, ce qui pouvait expliquer l'odeur.

Urquart me dit alors :

— Nous allons vite être renseignés là-dessus, en tout cas.

Il téléphona au bureau météorologique de Southport. Ils le rappelèrent dix minutes plus tard pour lui donner la réponse ; au cours de la nuit, le vent avait soufflé du nord-est. Llandalffen se situait au nord du lieu de l'explosion.

Et pourtant, nous ne comprenions ni l'un, ni l'autre, la signification de ce fait divers. Nous perdîmes des heures à chercher des indications qui nous mettent sur la voie, tant dans ma traduction du manuscrit Voynich que dans une trentaine d'ouvrages sur Mu et autres sujets apparentés.

Puis au moment d'attraper un autre volume sur Lémure et l'Atlantide, mon regard tomba sur le livre de Sacheverell Sitwell, *Esprits frappeurs*. Je suspendis mon geste, ne pouvant en détacher mes yeux. J'interrogeai ma mémoire pour tenter de retrouver un fait que j'avais à demi oublié. Cela me revint enfin.

— Mon Dieu, Urquart, je viens de penser à quelque chose. D'où ces créatures tirent-elles leur énergie ?

Il me regardait sans comprendre. Je repris :

— Est-ce leur énergie naturelle ? Il faut avoir un corps physique pour pouvoir produire de l'énergie physique. Mais vous souvenez-vous de ce qui se passe pour les esprits frappeurs...

C'est alors qu'il comprit à son tour. Les esprits frappeurs tirent leur énergie des êtres humains, des jeunes filles, le plus souvent. Pour certains, les esprits frappeurs n'ont pas d'existence indépendante ; ils sont une sorte de manifestation psychique de l'inconscient des adolescents, une explosion de frustration ou la manifestation d'un irrésistible besoin d'attention. Pour d'autres, ce sont des « esprits » qui sont dans la nécessité d'emprunter de l'énergie à une personne émotionnellement troublée ; Sitwell cite des cas de perturbations apportées par des esprits dans des habitations demeurées vides durant de longues périodes.

Etait-ce pour cette raison que tant de gens de la région s'étaient sentis fatigués et comme un peu grippés au réveil — parce que l'énergie nécessaire au déclenchement de l'explosion avait été fournie *par eux* ?

S'il en était ainsi, le danger n'était pas aussi grand que nous ne l'avions redouté. Cela signifiait que les Lloigors n'avaient pas d'énergie qui leur fût propre ; ils devaient la puiser chez les hommes — probablement chez des personnes endormies. Leurs pouvoirs étaient donc limités.

La même pensée nous traversa l'esprit au même moment. Si ce n'est que, bien entendu, le monde est plein de gens...

Néanmoins, nous nous sentîmes soudain plus sereins. C'est dans cette nouvelle disposition d'esprit que nous abordâmes ce qui allait devenir notre tâche fondamentale : avertir la race humaine de l'existence des Lloigors. Ils n'étaient pas indestructibles, sinon ils ne se seraient pas souciés de détruire Chickno parce qu'il avait parlé d'eux. Il serait peut-être même possible de les détruire en déclenchant une explosion nucléaire souterraine. Le fait qu'ils soient demeurés en repos pendant tant de siècles indiquait bien que leur puissance était réduite. Si nous étions à même de produire une preuve catégorique de leur existence, les chances de donner un coup d'arrêt à la menace qu'ils représentaient seraient grandes.

Le point de départ manifeste qui s'offrait à nous était bien l'explosion de Llandalffen : il fallait faire prendre conscience au public qu'elle impliquait sans conteste la réalité de l'existence de ces forces cachées. D'une certaine manière, la mort de Chickno était la meilleure chose qui pouvait se produire : ils avaient montré leur jeu. Nous décidâmes de retourner explorer le lieu de l'explosion le lendemain matin, puis d'établir un dossier sur ce sujet. Nous interrogerions les habitants de Llandalffen et chercherions si l'un d'eux avait réellement senti l'odeur de l'anhydride sulfureux au cours de la fameuse nuit, puis s'ils persisteraient à raconter cette histoire quand nous leur aurions fait remarquer que le vent avait alors soufflé dans la direction opposée. Urquart connaissait quelques journalistes de Fleet Street qui avaient témoigné d'un peu d'intérêt pour l'occulte et le surnaturel ; il les contacterait et insinuerait qu'il tenait une nouvelle sensationnelle.

Quand je regagnai mon hôtel, tard, ce soir-là, je me sentis plus heureux que je ne l'avais été depuis bien des jours. Et je dormis profondément, d'un sommeil lourd. Je m'éveillai alors que l'heure du petit déjeuner était depuis longtemps passée et je me sentis épuisé. J'attribuai cela à mon sommeil prolongé jusqu'au moment où j'entrepris de me rendre dans la salle de bains et où je découvris que j'avais une migraine lancinante, comme si j'avais attrapé le virus de la grippe. Je pris deux Aspirine, me rasai, puis descendis. A mon grand soulagement, personne ne semblait présenter les symptômes d'un épuisement comparable. Du café et des toasts beurrés pris dans le salon me rétablirent un peu ; j'estimai que je souffrais simplement d'un peu de surmenage. Ensuite, j'appelai Urquart.

Mrs. Dolgelly me répondit :

— Je crains qu'il ne soit pas encore levé, monsieur. Il ne se sent pas très bien ce matin.

— Qu'a-t-il ?

— Pas grand-chose. Il a juste l'air très fatigué.

— J'arrive tout de suite.

Je demandai à la réception de m'appeler un taxi ; j'étais trop las pour marcher.

Vingt minutes plus tard, j'étais au chevet d'Urquart. Il avait l'air d'être dans un état plus triste encore que le mien et telle était aussi son impression.

— Il me déplaît beaucoup d'avoir à vous suggérer ceci, dis-je, étant donné la manière dont nous nous sentons tous les deux, mais je crois que nous ferions mieux de partir aussi vite que possible.

— Ne pourrions-nous attendre jusqu'à demain ?

— Ce sera pire, demain. Ils nous épuiseront jusqu'à ce que nous succombions à la première maladie bénigne que nous attraperons.

— Vous avez sans doute raison.

Bien que cela m'ait paru plus pénible que je ne saurais le dire, je réussis à retourner à l'hôtel, à faire mes valises et à demander à un taxi de nous conduire à la gare de Cardiff, où nous pourrions prendre le train de Londres qui en partait à trois heures. Urquart éprouva encore plus de difficultés que moi ; Mrs. Dolgelly fit preuve d'une force de caractère inattendue et refusa de lui préparer une valise. Il m'appela et je me traînai à nouveau chez lui, alors que je désirais plus que tout au monde pouvoir me remettre dans un lit. L'effort pourtant me fit du bien ; avant midi, mon mal de tête avait disparu et je me sentais moins épuisé, encore que j'avais la tête curieusement vide. Mrs. Dolgelly crut à l'explication que je lui donnai de l'arrivée d'un télégramme urgent qui faisait pour nous de ce voyage une question de vie ou de mort, encore qu'elle ait été persuadée qu'Urquart s'effondrerait avant d'arriver à Londres.

Cette nuit-là, nous dormîmes au Regent Palace Hotel. Au matin, en nous réveillant, nous nous sentîmes dans un état parfaitement normal. Ce fut Urquart qui déclara, alors que nous attendions nos œufs et notre bacon du petit déjeuner :

— Je crois que nous sommes en train de gagner, mon vieux.

Pourtant, ni l'un, ni l'autre ne le croyions réellement.

A partir de ce point, mon récit perd toute continuité et n'est plus qu'une suite de notes, le compte rendu de nos frustrations. Nous passâmes des semaines au British Museum à chercher des indices ; puis, plus tard, nous fîmes de même à la Bibliothèque nationale. Les ouvrages traitant de cultes pratiqués dans les mers du Sud révélaient que de nombreuses traditions héritées des Lloigors y avaient survécu et qu'il était clair, là-bas, que ces derniers reviendraient un jour et reprendraient possession du monde qui avait été le leur. Un texte, cité par Leduc et Poitier, précisait qu'ils allaient provoquer une épidémie de « folie déchiquetante » parmi ceux qu'ils souhaitaient détruire et une note précisait que « déchiquetante », dans ce contexte, signifiait bien déchirer avec les dents, comme un homme qui s'attaque à une cuisse de poulet. Von Storch mentionnait une tribu haïtienne dans laquelle les hommes étaient parfois possédés par un démon qui amenait un grand nombre d'entre eux à tuer leurs femmes et leurs enfants en les déchirant à la gorge avec les dents.

Lovecraft nous fournissait, lui aussi, une suggestion importante. Dans l'*Appel de Cthulhu,* il mentionne l'existence d'une collection de coupures de presse ; toutes révèlent que les « Grands Anciens ensevelis » sont en train de devenir plus actifs dans ce monde. Un peu plus tard, le même jour, je rencontrai par hasard une jeune fille employée dans une agence de coupures de journaux qui m'expliqua que son travail consistait simplement à lire entièrement des douzaines de journaux tous les jours afin d'y rechercher les citations du nom des clients de sa maison. Je lui demandai si elle pouvait relever des faits divers d'un intérêt « inhabituel » — tout ce qui touchait au mystère ou au surnaturel — et elle me répondit qu'elle ne voyait pas ce qui pourrait l'en empêcher. Je lui donnai alors un exemplaire du *Lo !* de Charles Fort pour qu'elle ait une idée du genre de faits divers que je souhaitais consulter.

Quinze jours plus tard, je voyais arriver une mince enveloppe jaune qui contenait une douzaine de coupures environ. La plupart étaient sans intérêt — des bébés nés avec deux têtes et autres curiosités médicales, un homme tué en Ecosse par un énorme grêlon, un abominable homme des neiges qui aurait été vu sur les pentes de l'Everest — mais deux ou trois avaient un rapport plus direct avec ce que nous cherchions. Nous contactâmes aussitôt plusieurs agences de coupures de journaux en Angleterre, en Amérique et en Australie.

Leurs travaux nous fournirent une quantité prodigieuse d'informations qui remplirent, à la fin, deux énormes volumes. Nous les regroupâmes en divers chapitres : explosions, meurtres, sorcellerie (et le surnaturel en général), folie, observations scientifiques et divers. Les détails de l'explosion qui s'était produite près d'Al Kazimiyah, en Irak, étaient si semblables à ceux du désastre de Llandalffen — jusqu'à l'épuisement dont avaient souffert les habitants d'Al Kazimiyah — que je ne doutai pas que cette région ait été, elle aussi, l'un des lieux tenus par les Lloigors. L'explosion qui avait dévié le cours de la Tola Gol, près d'Oulan-Bator, en Mongolie, avait amené les Chinois à accuser les Russes d'y avoir laissé tomber une bombe atomique. La curieuse démence qui avait causé la mort de quatre-vingt-dix pour cent de la population de l'île méridionale de Zafora, dans la mer de Crète, était encore un mystère à propos duquel le gouvernement militaire de la Grèce se refusait à faire le moindre commentaire. Le massacre de Panagiourichté, en Bulgarie, accompli dans la nuit du 29 mars 1968, était dû, selon les rapports officiels, « à un culte de vampires », qui « considéraient la nébuleuse d'Andromède comme leur véritable patrie ». Voilà donc quels étaient certains des événements marquants qui nous convainquirent que les Lloigors se préparaient à lancer une attaque de grande envergure contre les habitants de la Terre.

Mais il y avait littéralement des douzaines — peut-être même des centaines — de faits moins importants qui allaient dans le même sens. La créature marine qui avait entraîné un pêcheur de truites au fond du Loch Eilt avait amené divers quotidiens à consacrer des articles aux « survivances de la préhistoire » ; mais l'édition de Glasgow du *Daily Express* (18 mai 1968) donnait comme version une histoire de culte de sorcières et de l'adoration que ces dernières auraient portée à un monstre marin dont l'odeur de décomposition suffocante faisait songer à l'Innsmouth de Lovecraft. Un fait divers consacré à l'étrangleur de Melsham me poussa à aller passer plusieurs jours dans cette ville et j'y recueillis une déclaration signée du brigadier Bradley : il reconnaissait que le tueur avait répétitivement employé avant de mourir les mots « Ghatanothoa », « Nug » (un autre esprit élémentaire décrit par Lovecraft) et « Rantegoz ». (Rhan Tegoth, le dieu-bête, dont il est également fait mention chez Lovecraft ?). Robbins (l'étrangleur) prétendait avoir été possédé par « un pouvoir venu de sous la terre » quand il avait tué les trois femmes qu'il avait amputées des pieds.

Il n'y aurait aucun sens à allonger encore cette liste.

Nous espérons voir paraître un nombre choisi de ces faits divers — quelque cinq cents en tout — en un volume, dont un exemplaire sera adressé à chaque membre du Congrès et à chaque élu de la Chambre des communes.

Quelques-uns des faits divers que nous avons relevés ne trouveront pas place dans cet ouvrage, mais ce sont peut-être les plus troublants. A sept heures quarante-cinq, le 7 décembre 1967, un petit avion privé piloté par R. D. Jones, de Kingston, à la Jamaïque, avait quitté Fort Lauderdale, en Floride, pour regagner Kingston. Il y avait trois passagers à bord. Ce voyage de cinq cents kilomètres environ aurait dû prendre deux heures. A dix heures du matin, la femme de Jones, qui l'attendait à l'aéroport, s'était inquiétée et avait suggéré que l'on entreprenne des recherches. Toutes les tentatives effectuées pour établir une liaison radio avaient échoué. Les recherches avaient commencé dans la matinée. A une heure quinze, Jones avait demandé par radio à l'aéroport la permission d'atterrir, sans se douter, semblait-il, de l'angoisse qu'il avait fait naître. Quand on lui avait demandé ce qu'il avait fait, il avait eu l'air surpris et il avait répondu : « Volé, bien sûr. » Quand on lui avait annoncé l'heure qu'il était, il en était demeuré stupéfait. *Sa propre montre indiquait dix heures quinze.* Il avait expliqué qu'il avait volé presque constamment avec un plafond très bas, mais qu'il n'avait pas eu de raisons de s'inquiéter. Les bulletins météorologiques indiquaient qu'il faisait un temps exceptionnellement clair ce jour-là, pour le mois de décembre, et que ce pilote n'aurait pas dû rencontrer de nuages (le *Gleaner,* 8 déc. 1967).

Les quatre autres cas sur lesquels nous possédons des détails sont très semblables au premier, excepté l'un d'eux, celui de la *Jeannie,* car il concerne un navire garde-côtes qui se trouvait au large de la côte occidentale de l'Ecosse et non un avion. Là, les trois hommes qui étaient à bord avaient rencontré un « brouillard » épais, s'étaient aperçus que leur radio ne marchait pas et que, pour une raison indéterminée, leurs montres s'étaient arrêtées. Ils avaient cru avoir affaire à quelque curieuse perturbation magnétique. Les autres instruments du bord fonctionnaient assez bien, pourtant, et le bateau avait fini par atteindre Stornoway, dans l'île Lewis — après qu'on soit resté sans nouvelles de lui pendant vingt-deux heures, au lieu de trois ou quatre, comme l'avait supposé l'équipage. Un avion-école appartenant à l'Aéronavale, le *Blackjack*, parti de la péninsule de Baja, en basse Californie, détenait cependant le record : on était resté sans nouvelles de lui pendant trois jours et cinq heures. L'équipage croyait avoir passé quelque sept heures loin de sa base.

Nous n'avons pu découvrir quelle explication la marine américaine avait fournie pour ce curieux épisode, pas plus que celle qu'avait donnée le service des garde-côtes de Grande-Bretagne au sujet de l'intermède de la *Jeannie*. On avait probablement supposé que l'équipage avait trop bu et qu'il s'était endormi. Il y avait une chose, cependant, dont nous apprîmes très vite à ne pas douter, c'est que les êtres humains préfèrent ne rien savoir des choses qui menacent leur sentiment de sécurité et de « normalité ». C'est là une découverte qu'avait également faite Charles Fort, aujourd'hui disparu ; il avait voué toute sa vie à son analyse. Je suppose d'ailleurs que les ouvrages de Fort offrent des exemples classiques de ce que William James appelait « un certain aveuglement chez les êtres humains ». Il renvoie invariablement, en effet, ses lecteurs à la presse pour tout ce qui concerne les événements incroyables auxquels il fait allusion. Pourquoi personne ne s'est-il jamais donné la peine d'aller vérifier ses références — ne serait-ce que quelques-unes d'entre elles — avant de reconnaître par écrit la sincérité de ses dires ou l'accuser d'avoir tout falsifié ? M. Tiffany Thayer m'a dit un jour que les lecteurs qui le critiquaient estimaient qu'il y avait toujours quelque « circonstance spéciale » dans les cas cités par Fort qui les invalidait — un témoin peu sûr ici, un journaliste trop imaginatif là, etc. Ce qui n'a jamais frappé personne, cependant, c'est qu'user d'une telle explication pour analyser mille pages de faits soigneusement rassemblés n'équivalait qu'au désir de s'abuser soi-même.

Comme la plupart des gens, j'ai toujours présumé que les êtres humains qui m'entouraient étaient relativement honnêtes, avaient l'esprit relativement ouvert, étaient relativement curieux. S'il était besoin de me confirmer l'existence d'une curiosité au sujet de ce qui est en apparence inexplicable, il me suffirait d'aller jeter un coup d'œil sur l'étalage de n'importe quelle librairie d'aéroport, avec sa douzaine de livres de poche, dus à quelque Frank Edwards, portant tous les titres du genre *le Monde de l'Extraordinaire, Cent Réalités qui dépassent la Fiction*, etc. On est déconcerté lorsque l'on s'aperçoit que tout ceci n'est pas la marque d'une véritable ouverture de l'esprit à l'égard du surnaturel, mais simplement le souhait d'être titillé et choqué. Ces ouvrages constituent une sorte de pornographie de l'occulte, l'un des éléments d'un jeu qui pourrait s'intituler « Faisons comme si le monde était moins ennuyeux qu'il ne l'est ».

Le 19 août 1968, Urquart et moi invitâmes douze « amis » à venir nous retrouver dans l'appartement que nous avions loué au n° 83, dans Gower Street — maison dans laquelle Darwin avait vécu aussitôt après son mariage. Nous pensions appropriée cette association avec Darwin, car nous ne doutions pas que l'assemblée serait mémorable pour quiconque y assisterait. Sans entrer dans les détails, je dirais qu'il y avait là quatre professeurs — trois de Londres, un de Cambridge —, deux journalistes, appartenant l'un et l'autre à la rédaction de bons quotidiens, et divers représentants des professions libérales, dont un médecin.

Urquart me présenta et je lus une communication que j'avais préparée à l'avance, en étant plus explicite quand je l'estimais nécessaire. Au bout de dix minutes, le professeur de Cambridge s'éclaircit la gorge, dit « Excusez-moi » et sortit en toute hâte. Je devais découvrir plus tard qu'il croyait avoir été victime d'une mystification. Les autres m'écoutèrent jusqu'au bout, mais je me rendis bien compte, la plupart du temps, qu'ils se demandaient s'il ne s'agissait pas d'une plaisanterie. Quand ils se rendirent compte que cela n'en était pas une, ils devinrent résolument hostiles. L'un des journalistes, un jeune homme frais émoulu de l'université, m'interrompait sans cesse avec des « Devons-nous comprendre que... ». Une dame se leva et partit ; on m'assura après qu'elle ne l'avait pas fait par incrédulité, mais parce qu'elle s'était aperçue qu'il y avait désormais treize personnes dans la pièce et qu'elle estimait que cela portait malheur. Le jeune journaliste avait apporté deux des livres d'Urquart sur Mu et il en citait des passages pour en tirer des effets accablants. Urquart n'est certes pas un maître de la langue anglaise et il y a eu un temps où je n'aurais sans doute trouvé dans ses ouvrages que prétextes à railleries. Mais ce qui me surprenait le plus, personnellement, c'était qu'aucune des personnes présentes ne paraissait considérer notre « communication » comme un *avertissement*. Ils en discutaient comme ils l'auraient fait d'une théorie intéressante, ou même d'un conte sortant de l'ordinaire. Au bout d'une heure de chicaneries au sujet de diverses coupures de presse, un avocat se leva et fit un petit discours qui traduisait sans conteste le sentiment général et qui débutait ainsi : « Je crois que M. Hough (le journaliste) a bien exprimé les doutes que nous entretenions tous... » Son argument principal, il ne cessait de le répéter, était qu'il n'y avait *pas de preuve formelle*. L'explosion de Llandalffen aurait pu avoir été provoquée par de la nitroglycérine, le lieu où elle s'était produite avoir été le point d'impact d'une pluie de météorites. Les ouvrages du pauvre Urquart furent exécutés d'une manière qui m'aurait hérissé même au temps de mon scepticisme le plus absolu.

Il est inutile de poursuivre. Nous avions enregistré au magnétophone tout ce qui s'était dit au cours de la réunion ; nous le fîmes taper et tirer en plusieurs exemplaires, dans l'espoir que cela serait tenu un jour pour un exemple presque inimaginable de la stupidité et de l'aveuglement humains. Il n'y eut pas d'autres suites. Les deux quotidiens décidèrent de ne rien imprimer sur ce sujet et de ne pas même inclure un compte rendu critique des arguments que nous avions avancés. Un certain nombre de personnes eurent vent de la rencontre et vinrent nous trouver : des dames à la poitrine opulente, portant des oui-ja, un homme mince, persuadé que le monstre du Loch Ness était un sous-marin russe, et un certain nombre de farfelus du même genre. Nous décidâmes alors de déménager et de nous rendre en

Amérique. Nous entretenions encore l'absurde espoir que les Américains se révéleraient plus ouverts d'esprit que les Anglais.

Il ne fallut guère de temps pour que nous perdions nos illusions — il est vrai, aussi, que nous rencontrâmes une ou deux personnes qui voulaient bien suspendre, pour un temps au moins, tout jugement sur la santé de notre esprit. En général, pourtant, les résultats furent négatifs. Nous passâmes une journée intéressante dans le village de pêcheurs de Cohasset, presque mort aujourd'hui — l'Innsmouth de Lovecraft ; ce fut assez pour découvrir qu'il y avait là un centre d'activité des Lloigors presque aussi important que celui de Llandalffen, sinon plus important, qu'ils y étaient presque aussi efficients et que nous courions un danger extrême en y demeurant. Nous parvînmes pourtant à rencontrer Joseph Cullen Marsh, le petit-fils du capitaine Marsh de Lovecraft, qui vivait à présent à Popasquash. Il nous raconta que son grand-père avait perdu la raison avant de mourir, qu'il pensait que ce dernier avait bien eu en sa possession divers livres et manuscrits « occultes », mais que ceux-ci avaient été détruits par sa veuve. Il est donc possible que ce soit chez lui que Lovecraft ait vu le *Necronomicon*. Il nous dit encore que le capitaine Marsh, lorsqu'il se référait aux Grands Anciens, les appelait « les Maîtres du Temps » — une expression intéressante si l'on songe aux cas de la *Jeannie,* du *Blackjack* et des autres.

Urquart se dit convaincu que les manuscrits n'avaient pas été détruits — sous le curieux prétexte que des ouvrages anciens de ce type acquièrent un caractère qui leur est propre et qu'ils tendent à échapper à la destruction. Il s'est lancé dans une énorme correspondance avec les héritiers du capitaine Marsh et les avoués de sa famille, dans l'espoir de retrouver la trace du *Necronomicon.*

En l'état actuel des choses...

Note. Les mots qui précèdent ont été écrits par mon oncle quelques minutes avant qu'il ne reçoive un télégramme du sénateur James R. Pinckney, de Virginie, un vieil ami d'enfance et sans doute l'un de ceux dont mon oncle disait qu'ils « voulaient suspendre tout jugement sur la santé de son esprit ». Le télégramme était ainsi rédigé : « Viens à Washington, dès que possible, apporte coupures. Contacte-moi à la maison. Pinckney. » Le sénateur Pinckney m'a dit depuis que le Secrétaire à la Défense avait accepté de consacrer un peu de temps à mon oncle et que s'il avait été favorablement impressionné, il était concevable qu'il ait pu lui ménager une entrevue avec le Président lui-même.

Mon oncle et le colonel Urquart ne purent trouver de places à bord du vol de trois heures quinze, qui relie Charlottesville à Washington ; ils se rendirent tout de même à l'aéroport, « en attente », dans l'espoir qu'ils pourraient bénéficier d'annulations de vol. Il n'y en avait qu'une. Après une courte discussion, le colonel Urquart se rangea à l'avis de mon oncle et estima lui aussi préférable pour eux de ne pas se séparer et de ne pas arriver à Washington par des voies différentes. C'est alors que le capitaine Harvey Nichols accepta de les piloter jusqu'à Washington dans un Cessna 311, dont il était le propriétaire pour un quart.

L'avion décolla d'une piste secondaire à trois heures quarante-trois, le 19 février 1969 : le ciel était parfaitement clair et les prévisions météorologiques excellentes. Dix minutes plus tard, le pilote signalait à l'aéroport, ce qui était mystérieux, « qu'il entrait dans une zone à plafond bas ». A ce moment, il aurait dû se trouver quelque part dans la région de Gordonsville, et le ciel, dans cette zone, était exceptionnellement clair. Toutes les tentatives ultérieures pour entrer en liaison avec l'avion devaient échouer. A cinq heures, on m'informa que le contact radio était perdu. Dans les heures qui suivirent, cependant, nous reprîmes espoir, car bien que les recherches aient été organisées sur une grande échelle, nul n'avait signalé qu'un avion se soit écrasé. A minuit, nous supposâmes tous que la découverte de la carcasse n'était plus qu'une question de temps et que la nouvelle allait nous en parvenir.

Elle ne nous est jamais parvenue. Au cours des deux premiers mois qui se sont écoulés depuis, nous n'avons rien su de plus au sujet de mon oncle ou de l'avion. Selon moi — et de nombreuses personnes qui possèdent une expérience profonde en matière d'aviation partagent cette opinion —, l'avion a eu une panne d'instruments, il est sorti d'une manière ou d'une autre au-dessus de l'Atlantique et il s'y est perdu.

Mon oncle avait déjà contacté la maison d'édition Black Cockerell Press de Charlottesville au sujet du livre de sélections qu'il avait prévu de faire à partir de ses albums de coupures de presse. Il m'a semblé approprié d'utiliser ses notes pour en former l'introduction.

Dans les articles qui ont été consacrés à mon oncle dans la presse des deux derniers mois, on a souvent affecté de croire qu'il était fou ou tout du moins qu'il était sujet à des hallucinations. Tel n'est pas mon avis. J'ai eu souvent l'occasion de rencontrer le colonel Urquart. C'était, à mon avis, un homme tout à fait indigne de confiance. Ma mère l'a défini devant moi comme « un individu extrêmement sournois ». Le portrait que mon oncle faisait de lui — au moment de leur première rencontre — le confirme, d'ailleurs. Il serait charitable de se persuader qu'Urquart croyait tout ce qu'il avait mis dans ses livres, mais j'ai du mal à l'accepter. Ses ouvrages sont médiocres, les effets en sont grossiers et il n'est pas douteux qu'ils relèvent, pour une part, de l'invention pure. (Il ne mentionne jamais, par exemple, le nom du monastère hindou — ni même le lieu où il se dresse — où il aurait fait ses surprenantes « découvertes » au sujet de Mu ; il n'indique pas non plus le nom du prêtre qui lui aurait appris à lire le langage des inscriptions.)

Mon oncle était un homme simple, de caractère aimable, l'image du professeur distrait poussée presque jusqu'à la caricature. C'est bien ce que révèle la naïveté avec laquelle il rend compte de la réunion organisée au 83, Gower Street, et des réactions de son public. Il n'avait aucune notion des possibilités de la duplicité humaine, que l'on perçoit, à mon sens, dans les écrits du colonel Urquart. Aussi, et c'est caractéristique, mon oncle ne mentionne-t-il pas qu'il avait invité le colonel en Amérique et loué l'appartement du 83, Gower Street.

Les revenus du colonel étaient extrêmement modestes, tandis que mon oncle, je pense, jouissait en comparaison d'une assez belle aisance.

Et pourtant il reste, je crois, une autre explication qu'il faut prendre en considération et qui a été suggérée par l'ami de mon oncle, Foster Damon. Mon oncle était très aimé de ses étudiants et de ses collègues pour le mordant de son esprit et ils l'avaient bien des fois comparé à Mark Twain. Or, la ressemblance entre les deux hommes ne s'arrêtait pas là ; mon oncle partageait aussi le profond pessimisme de Mark Twain à l'égard de la race humaine.

J'ai bien connu mon oncle dans les dernières années de sa vie ; je l'ai beaucoup vu, même dans les derniers mois. Il savait que je ne croyais pas à ses histoires de « Lloigors » et que je tenais Urquart pour un charlatan. Un fanatique aurait tenté de me convaincre et ne m'aurait peut-être plus adressé la parole après un refus de ma part de me laisser persuader. Mon oncle, lui, avait continué à me traiter avec la même gentillesse ; ma mère et moi avions même remarqué que son regard pétillait souvent, lorsqu'il m'apercevait. Se félicitait-il d'avoir un neveu trop pragmatique pour accepter une mystification qu'il avait poussée très loin ?

J'aime à le croire. C'était en effet un homme bon et sincère, et il est regretté par d'innombrables amis.

Julien F. LANG, 1969.

DICTIONNAIRE DES AUTEURS

Robert BLOCH (1917-). — Publié dès l'âge de dix-huit ans, il est l'auteur de centaines de nouvelles — recueillies dans *The Opener of the Way* (son premier ouvrage, publié en 1945 par Arkham House), *Pleasant Dreams* (1960) et d'autres volumes — ainsi que de romans fameux comme *The Scarf* (*L'Echarpe*, 1947), *Psycho* (*Psychose*, 1959) et *The Dead Beat* (*Le Temps mort*, 1960). Né à Chicago, il a passé toute sa jeunesse à Milwaukee, a vécu quelque temps dans le nord du Wisconsin, mais réside actuellement en Californie où il est scénariste pour des émissions de télévision comme *Thriller* et *Alfred Hitchcock Présente*. Il a beaucoup été publié en édition de poche, tant aux États-Unis qu'à l'étranger. Il a longtemps correspondu avec H.P. lovecraft, et il est l'un des rares membres du cercle Lovecraft à écrire encore — dans un style qui a depuis longtemps cessé d'être lovecraftien. Il a apporté sa contribution à des magazines de toutes sortes, de *Weird Tales* à *Playboy,* et il est aussi célèbre pour son remarquable sens de l'humour que pour ses contes de mystère et d'horreur.

John Ramsey CAMPBELL (1946-). — Ecrivain anglais habitant Liverpool. Commença sa carrière par des pastiches de Lovecraft si réussis que Derleth en publia un recueil : *The Inhabitant of the Lake and Other Less Welcome Tenants* (1964). L'auteur n'avait que dix-huit ans ! Transplantant le mythe de Cthulhu sur le sol anglais — et dans un décor urbain —, il accomplit une manière de prouesse avec *Cold Print* (*Sueurs froides*, 1969), qui figure dans le présent volume et allait donner son nom à un autre recueil, beaucoup plus élaboré que le premier, d'histoires se rattachant au même mythe (1985). Parallèlement, Ramsey Campbell est devenu l'un des maîtres de l'horreur moderne, donnant *The Influence* (*Envoûtement*, 1988), *The Nameless* (*La secte sans nom*, 1981), *The Doll Who Ate her Mother* (*La Poupée qui dévora sa mère*,) et beaucoup d'autres chefs-d'œuvre.

August William DERLETH (1909-1972). — Auteur très prolifique aux talents exceptionnellement variés. On compte quelque cent cinquante ouvrages à son actif et il apporta plusieurs milliers de fois sa contribution à des périodiques ou à des quotidiens américains et étrangers. Ses contributions dans le domaine du fantastique sont particulièrement nombreuses, mais là plus importante est peut-être la fondation de la maison d'édition Arkham House, à laquelle il a présidé en 1939. Ayant très tôt correspondu avec H.P. Lovecraft — dès 1925 —, son œuvre la plus importante dans la tradition de cet écrivain fut composée après la mort de ce dernier. La littérature fantastique lui doit *Someone in the Dark, Something Near, Not Long for This World, Lonesome Places, Mr. George and Other Odd Persons, Colonel Markesan and Less Pleasant People* (en collaboration avec Mark Schorer), *The Mask of Cthulhu* (*Le Masque de Cthulhu*), *The Trail of Cthulhu* (*La Trace de Cthulhu*), et, en collaboration avec H.P. Lovecraft, *The Lurker at the Threshold* (*Le Rôdeur devant le seuil*) et *The Survivor and Others* (*L'Ombre venue de l'espace*). Deux recueils de ses nouvelles fantastiques ont été composés en France : *L'Amulette tibétaine* et *Le Fantôme du lac*. Il a composé et publié de nombreuses anthologies, parmi lesquelles *Sleep No More, Who Knocks?, The Sleeping and the Dead, The Night Side, Over the Edge, Travellers by Night, When Evil Wakes, On the Other Side of the Moon, Beyond Time and Space, Strange Ports of Call* et *Dark Things*.

Outre H.P. Lovecraft — dont l'œuvre, essentiellement grâce à ses efforts, est maintenant publiée dans le monde entier — il a fait connaître les contributions à la littérature fantastique d'écrivains tels que Ray Bradbury, A.E. Van Vogt, Clark Ashton Smith, Henry S. Whitehead, Doland Wandrei, Robert Bloch, Robert E. Howard, Frank Belknap Long, Fritz Leiber, Zealia Bishop, Seabury Quinn, Carl Jacobi, Joseph Payne Brennan, E. Hoffman Price, Arthur J. Burks, J. Ramsey Campbell, Manly Wade Wellman, Greye La Spina et Brian Lumley. Il a en outre réimprimé les très remarquables histoires extraordinaires d'Algernon Blackwood, J. Sheridan Le Fanu, H. Russel Wakefield, A.E. Coppard, Arthur Machen, L.P. Hartley, Cynthia Asquith, William Hope Hodgson, S. Fowler Wright, Margery Lawrence, Lord Dunsany et Colin Wilson.

ROBERT E. HOWARD (1906-1936). — Est né et a passé la totalité de son assez brève existence au Texas. Il avait commencé à écrire à l'âge de quinze ans et inventa très vite des personnages qui allaient devenir célèbres, tels Conan le Cimmérien, Solomon Kane, King Kull et Bran Mak Morn. Il réussissait tout particulièrement ce type de récits que l'on rattache aujourd'hui à l'heroic fantasy. Il écrivit des nouvelles sur le sport, des aventures historiques et des contes orientaux. Les nouvelles dont le héros est un homme de l'Ouest nommé Breckenridge Elkins comptent parmi les meilleures de son œuvre. Son premier livre, *A Gent for Bear Creek,* parut en Angleterre en 1937, un an après son suicide. Ses poèmes ont été réunis dans *Always Comes Evening* (*Chants de guerre et de mort,* 1957) et ses nouvelles fantastiques dans *Skull-Face* (*Le Pacte noir,* 1946) et *The Dark Man* (*L'Homme noir,* 1963). D'autres recueils ont été composés en France : *Les Habitants des tombes, Le Tertre maudit, Le Chien de la mort, Le Seigneur de Samarcande, Le Manoir de la terreur, L'Ile des épouvantes* et *La Flamme de la vengeance.* François Truchaud, qui a dirigé ces volumes, a réussi à y inclure des textes inédits aux U.S.A.

HENRY KUTTNER (1915-1988). — Adolescent, il écrivait des lettres à *Weird Tales,* dont plusieurs ont été publiées dans cette revue. C'est encore *Weird Tales* qui publia sa première nouvelle, *The Graveyard Rats* (1936), probablement retouchée par Lovecraft et qui assura d'emblée sa réputation. Les textes suivants, parfois écrits en collaboration avec Robert Bloch, ne confirment pas tous ce coup de maître. Kuttner se cherchait, tâtant de l'heroic fantasy puis de la science-fiction. Enfin il épousa (1940) Catherine Moore — autre lovecraftienne en rupture de ban — et finit par trouver sa voie dans une collaboration conjugale féconde qui doit plus à Lewis Carroll qu'au maître de Providence.

Frank Belknap LONG (1903-). Ecrivain new-yorkais. Correspondant de Lovecraft dès 1920, il rencontra le maître en 1922 et devint un membre actif du premier cercle Lovecraft, qui devint en 1924 le Kalem Club. *Weird Tales* publia son premier texte la même année. Son œuvre fantastique est très largement connue et ses nouvelles ont paru un peu partout, soit dans les périodiques, soit en édition de poche. Ses œuvres figurent dans de nombreuses anthologies américaines et étrangères, qu'il les ait signées de son nom ou de pseudonymes. Ses livres comprennent deux volumes de poésies — *A Man from Genoa* et *The Goblin Tower* —, *The Hounds of Tindalos* (les *Chiens de Tindalos*), *The Horror from the Hills*, *Mars is My Destination*, *The Day of the Robot* et bien d'autres titres encore. Deux recueils de ses nouvelles, *Le Gnome rouge* et *Le Druide noir,* ont été composés en France.

Howard Phillips LOVECRAFT (1890-1937). — Mort trop tôt, est considéré depuis sa disparition comme l'un des plus grands maîtres de la littérature fantastique. Il est né et a passé la plus grande partie de sa vie à Providence, dans l'État de Rhode Island, ou dans les environs, n'effectuant de brefs déplacements que pour aller visiter des villes plus anciennes de l'Amérique du Nord, où il cultivait le goût qu'il avait de l'antique. Une maladie chronique qui l'avait affecté dès sa jeunesse l'avait conduit à lire énormément ; sa nature solitaire le poussa à s'intéresser à l'astronomie, à pratiquer en amateur des travaux d'imprimerie, à développer une imagination exaltée par l'isolement et qui créa un mémorable panthéon de pays et d'êtres mythiques et en fit progressivement ce mythe de Cthulhu auquel se rattachent la plupart de ses contes. Membre actif d'une association d'écrivains amateurs (1914-1925), il trouva là un premier noyau d'admirateurs qui devinrent ses correspondants réguliers, s'employant à écrire à la manière du maître et même à solliciter ses corrections. Le cercle Lovecraft s'agrandit à partir de 1923, son leader ayant pris l'habitude de confier ses nouvelles à la revue *Weird Tales,* où elles touchèrent le grand public. C'est alors que se cristallisa le mythe de Cthulhu, dont ses disciples — du vivant même de l'auteur — contribuèrent à tirer une vaste construction imaginaire où ils se rencontraient plus facilement que dans la vie réelle. Leur vénération fit beaucoup pour la survie posthume de son œuvre, qui a été rassemblée en plusieurs volumes — *The Outsider and Others, Beyond the Wall of Sleep, Marginalia, The Lurker at the Threshold (Le Rôdeur devant le seuil,* en collaboration avec August Derleth), *Something about Cats and Other Pieces, The Survivor and Others (L'Ombre venue de l'espace)* (en collaboration avec August Derleth), *The Sthuttered Room and Other Pieces, Collected Poems, The Dark Brotherhood and Other Pieces* et les *Selected Letters* (dont une remarquable édition critique partielle a été publiée en France sous la direction de Francis Lacassin). Son œuvre complète en prose a fait l'objet d'une édition en trois volumes — *The Dunwich Horror and Others, At the Mountains of Madness and Other Novels,* et *Dagon and Other Macabre Tales (Dagon).* L'œuvre de Lovecraft a été très largement publiée, radiodiffusée et filmée ; ses nouvelles envoûtantes ont été publiées en Angleterre, en Allemagne, en France, en Espagne, au Portugal, au Danemark, en Italie, en Argentine et dans bien d'autres pays, y compris quelques pays de l'Est[1].

BRIAN LUMLEY (1937-). — Anglais comme Ramsey Campbell, il débuta comme lui par un recueil de pastiches de Lovecraft publié par Derleth: *The Caller of the Black* (1971). Mais il persista, contrairement à Ramsey Campbell, dans *The Burrowers Beneath (Le Réveil de Cthulhu,*

---

1. Les recueils composés en France ne suivent généralement pas le plan des éditions américaines. Quand il y a recoupement, le titre du volume français a été signalé entre parenthèses.

1974) et *The Transition of Titus Crow (La Fureur de Cthulhu,* 1975) qui reprennent la tradition lovecraftienne de l'horreur, puis dans *The Clock of Dreams (Les Abominations de Cthulhu,* 1978), *Spawn of the Winds (Le Démon du vent,* 1978) et *In the Moons of Borea (Les Lunes de Borée,* 1979) qui reprennent la tradition lovecraftienne de la fantasy. Finalement il s'est dégagé des pulps de l'entre-deux-guerres avec sa trilogie de *Necroscope,* qui aborde l'horreur moderne dans un contexte d'espionnage.

J. Vernon SHEA (1912-1981). — Membre du cercle Lovecraft dans les années trente, il fut le héros involontaire d'un épisode tragi-comique : Derleth lui ayant conseillé de faire l'amour avec une femme pour devenir un véritable écrivain, Lovecraft, informé, lui écrivit aussitôt pour souligner que cette formalité n'était nullement nécessaire. L'histoire ne dit pas quel parti adopta l'intéressé ; toujours est-il qu'on ne connaît de lui qu'un poème et une demi-douzaine de nouvelles parues dans la *small press.* Dans les années soixante, on sollicita son témoignage sur Lovecraft ; il écrivit les articles demandés, mais sur un ton qui laisse percer quelque amertume. Le créateur de Cthulhu n'en est pas moins le héros de la nouvelle citée dans ce volume.

Clark Ashton SMITH (1893-1961). — Est né dans le pays minier d'Auburn, en Californie, à l'est de Sacramento et y a passé la plus grande partie de sa vie jusqu'à son mariage avec Carol Dorman. Il s'est fixé alors à Pacifice Grove, où il est mort. Smith était un grand poète bien avant que ses contemporains n'aient commencé à lui faire une réputation dans la littérature d'imagination, mais son originalité en tant qu'auteur de remarquables nouvelles fantastiques et d'œuvres de science-fiction d'une conception vraiment très personnelle ne s'est affirmée qu'entre 1920 et 1930. En marge de son œuvre littéraire, Smith s'adonnait à la peinture et il a créé des sculptures fantastiques de qualité, dont bon nombre symbolisent les êtres imaginaires du mythe de Cthulhu et sont aujourd'hui très recherchées des collectionneurs. On peut prendre la mesure de son talent dans ce domaine en lisant *The Fantastic*

Art of Clark Ashton Smith (1973). Ses nouvelles ont paru dans de très nombreux magazines, dont *The London Mercury, Munsey's, The Yale Review, Strange Tales, Smart Set, Poetry, The Black Cat, The Arkham Sampler, Weird Tales, Amazing Stories* et bien d'autres encore. Au cours de sa vie, il a publié sept recueils de poèmes — *The Star-Treader and Other Poems* (1912), *Odes and Sonnets* (1918), *Ebony and Crystal* (1922), *Sandalwood* (1925), *Nero and Other Poems, The Dark Chateau* (1951) et *Spells and Philtres* (1958) — et cinq recueils de nouvelles — *The Double Shadow and Other Fantasies* (1933), *Out of Space and Time (L'Ile inconnue* et *Ubbo-Sathler*, 1942), *Lost Worlds (L'Empire des nécromants* et *La Gorgone*, 1944), *Genius Loci and Other Tales (Le Dieu carnivore*, 1948) et *The Abominations of Yondo (Les Abominations de Yondo*, 1960). Après sa mort ont été publiés *Poems in Prose* (1965), *Selected Poems* (1971) et de nouveaux recueils : *Tales of Science and Sorcery (Morthylla*, 1964), *Other Dimensions (Autres dimensions*, 1970), *Zothique (Zothique*, 1970), *Hyperborea* (1971), *Xiccarph* (1971), *Poseidonis (Poseidonis*, 1973), *The City of the Singing Flame* (1981), *The Last Incantation* (1982), *As it is Written* (1982) et *The Monster of the Prophecy* (1983).

JAMES WADE (1930-). — Est né dans l'Illinois. Après avoir servi en Corée, il s'est fixé à Séoul en 1960. Il a été professeur de musique dans une université, a occupé un poste important dans une agence bénévole et fait du journalisme. Son livre, *One Man's Korea,* a paru en 1967 à Séoul, et il a donné des articles à *Musical America, High Fidelity, Variety,* au *St. Louis Post-Dispatch* et bien d'autres périodiques de Corée, d'Angleterre et des Etats-Unis. Sa musique symphonique et sa musique de chambre ont été jouées dans de nombreux pays, y compris les Etats-Unis. Il a écrit un opéra sur le livre célèbre que Richard E. Kim avait consacré à la guerre de Corée, *The Martyred.* La littérature fantastique exerce un attrait sur lui depuis l'âge de six ans. Adolescent, il s'est mis à écrire des nouvelles influencées par Poe, Lovecraft, Blackwood et John Collins, entre autres : *The Deep Ones (Ceux des Profondeurs)* est la première de ses nouvelles se rattachant au mythe à être publiée. *

COLIN WILSON (1931-). L'un des auteurs actuels qui touchent à tous les genres avec le plus de succès. L'un des écrivains les plus féconds de ce temps, il s'est attaqué avec autorité et intelligence à une diversité remarquable de sujets qui vont de la philosophie à la musique. Il a fait une entrée fracassante dans la carrière littéraire en 1956 avec une « enquête sur la nature de la maladie dont souffre l'humanité au milieu du XXᵉ siècle », intitulée *The Outsider (L'Homme en dehors)* et dont un journaliste de *The Listener* a pu dire qu'il le tenait pour « l'ouvrage le plus remarquable que ce critique ait jamais eu à examiner ». Depuis sa publication, Colin Wilson a fait paraître à des dates très rapprochées une suite étonnante de livres, dont *religion and the Rebell (Le Rebelle face à la religion), Beyond the Outsider, Introduction to the New Existentialism, An Encyclopedia of Murder, Brandy for the Damned,* et bien d'autres. L'intérêt qu'il porte à Lovecraft et au mythe de Cthulhu s'est manifesté tout d'abord dans l'introduction qu'on l'avait par hasard prié de rédiger pour *The Outsider and Others;* ceci l'amena à parler de Lovecraft dans *The Strength to Dream* (1962) puis, à la suite d'un échange de correspondance avec August Derleth, il composa *The Mind Parasites (Les Parasites de l'esprit,* 1967), sa première exploration dans le domaine du mythe. Il a écrit depuis deux autres romans rattachés au mythe, *The Philosopher's Stone (La Pierre philosophale,* 1969) et *The Space Vampire (Les Vampires de l'espace,* 1976), ce dernier adapté au cinéma par Tobe Hooper (*Lifeforce,* 1985). On lui doit également des thrillers psychologiques comme *Ritual in the Dark (Le Sacre de la nuit,* 1960), des romans policiers comme *The Glass Cage (La Cage de verre),* des romans de magie noire (*The Sex Diary of Gerard Sorme,* 1963), des romans historiques (*The God of the Labyrinth,* 1970) et des biographies de Raspoutine, George Bernard Shaw, Wilhelm Reich et Uri Geller. Ses préoccupations philosophiques, manifestes dans des romans comme *La Pierre philosophale,* s'épanouissent dans ses études sur le paranormal : *The Occult (L'Occulte,* 1971), *Mysteries (Mystères,* 1978), *Poltergeist!* (1981). Son œuvre est une synthèse du courant lovecraftien (qui chez le maître excluait toute croyance au surnaturel) et de la nouvelle spiritualité.

TABLE DES MATIÈRES

TABLE DES MATIÈRES

Achevé d'imprimer en juillet 1990
sur les presses de l'Imprimerie Bussière
à Saint-Amand (Cher)

PRESSES POCKET - 8, rue Garancière - 75285 Paris
Tél. : 46-34-12-80

— N° d'imp. 1984. —
Dépôt légal : octobre 1989.

Imprimé en France